刺客信条：奥德赛

［英］戈登·多尔蒂 著
阿贼 黄培原 译

新 星 出 版 社　NEW STAR PRESS

Assassin's Creed Odyssey
Original English language edition first Published by Penguin Books Ltd, London
Copyright © 2018 Ubisoft Entertainment. All rights reserved.
Assassin's Creed, Ubisoft, Ubisoft ,Ubi.com and the Ubisoft logo are trademarks of Ubisoft Entertainment in the U.S. and/or other countries. All artworks are the property of Ubisoft.
Simplified Chinese edition copyright:2019 New Star Press Co., Ltd. All rights reserved. All artworks are the property of Ubisoft.

封底凡无企鹅防伪标识者均属未经授权之非法版本。

著作版权合同登记号：01-2019-2717

图书在版编目（CIP）数据

刺客信条.奥德赛/（英）戈登·多尔蒂著；阿贼，黄培原译.-- 北京：新星出版社，2019.7（2021.5 重印）
ISBN 978-7-5133-3549-2

Ⅰ.①刺… Ⅱ.①戈… ②阿… ③黄… Ⅲ.①长篇小说—英国—现代
Ⅳ.①I561.45

中国版本图书馆 CIP 数据核字（2019）第 066047 号

刺客信条：奥德赛

[英]戈登·多尔蒂 著 阿贼 黄培原 译

策划统筹：陈　曦　贾　骥
责任编辑：汪　欣
特约编辑：王奋仪
美术编辑：宋　慧
责任印制：李珊珊

出版发行：新星出版社
出 版 人：马汝军
社　　址：北京市西城区车公庄大街丙3号楼　100044
网　　址：www.newstarpress.com
电　　话：010-88310888
传　　真：010-65270449
法律顾问：北京市岳成律师事务所

读者服务：010-88310811　service@newstarpress.com
邮购地址：北京市西城区车公庄大街丙3号楼　100044

印　　刷：天津行知印刷有限公司
开　　本：910mm×1230mm　1/32
印　　张：10.25
字　　数：246千字
版　　次：2019年7月第一版　2021年5月第四次印刷
书　　号：ISBN 978-7-5133-3549-2
定　　价：48.00元

版权专有，侵权必究；如有质量问题，请与印刷厂联系调换。

序　章

公元前 415 年。

斯巴达。

这个秘密，藏在我心中已经七载。如同一团火焰，带着融融暖意，不曾熄灭。旁人并不知晓它的存在，然而我能真切感受到它。当我仰视自己的父母，我便感到那团熊熊燃烧的火焰变得愈加明亮；而当我看向自己尚在襁褓中的弟弟时，一股暖意便会流遍我的全身。

有一天，我鼓起勇气，向母亲说明了它的存在。

"你说的便是爱了，卡珊德拉。"她一面轻声答着，一面环顾四周，好像生怕旁人听到似的。"不过，这可不是斯巴达人能认同的感情。一个合格的斯巴达人除了土地、城邦和诸神之外，是不能向任何事物展示爱意的。"她紧紧地握着我的手，要我立下誓言：永远不向其他人透露这个秘密。

在一个暴风呼啸的冬夜里，我们齐齐聚在家中的壁炉旁，围坐在那烧得噼啪作响的火焰四周，年幼的阿利克西欧斯被母亲抱在怀里，我则坐在父亲的脚边。也许，我们四个心中都藏着那样的秘密火焰。这样想着，我便觉心中宽慰不少。

然而，我们这小小圣所的温暖静谧，很快就被一阵指甲在门上抓挠的声音打破了。

父亲徐缓沉稳的呼吸声戛然而止，而母亲则把小阿利克西欧斯紧紧地抱在怀里，死死盯着门口，好似那边的阴影里站着个只有她能看见的恶魔。

"是时候了，尼科拉欧斯。"门外传来了一个似羊皮纸撕裂般的声音。

父亲站起身来。血红的披风抚过他肌肉发达的身体，而他那浓密的黑胡子此时正如一张面具，遮住了他所有的表情。

"等等，再一小会儿就好。"母亲同样站起身来。一面哀求着，一面轻轻抚着他那乌黑浓密的卷发。

"还等什么呢，密里涅？"他一把将母亲的手拨开，厉声喝问，"你心里很清楚，今晚的事无论如何都是逃不过的。"

说完，父亲便猛地一转身，拿起自己的长矛，向门口走去。伴随着嘎吱作响的声音，我看见父亲打开了门。父亲刚走到外面，就被冰冷的雨水浇了个透。父亲是全家的主心骨，我们自然不会让他一个人去冒险。我们紧跟在他身后走出家门。只听得耳边风声不止，九天之上雷鸣不断。

接着，我便看见了他们。

他们站作一圈。形似镰刀的圈子中站着许多祭司，他们有的裸露胸口、头顶花冠，有的身穿灰色长袍。这些权力大过两位国王的人物手持火把，任火焰在暴风中飘摇狂啸。同样在风中肆意飞舞着的还有那最年长督政官的灰白长发。他那一双布满血丝的眼睛看向我们时，光秃的头顶在月光下闪闪发亮，经久未落的牙齿排出了一个令人不安的微笑。他转过身，无言地示意我们跟上。我们便跟随在他们的队列之后，穿过我的家乡，斯巴达五座圣村之一的彼塔那。雨依旧未停，还没走出村落，我就已经浑身湿透，通体冰冷了。

由督政官和祭司组成的长队穿越旷野继续向前走去，迎着狂风低吟诵唱。我也学着父亲那样，将手中的半截长矛当作手杖，拄着断矛前进。每走一步，杆尾都会没入页岩地中。光是握着这把断矛，就让我有一种莫名的兴奋感。因为它曾经的主人是我们斯巴达中的英雄——先王列奥尼达斯。拉科尼亚的所有人都对我们极为尊敬，就是因为我们继承了他的血脉。母亲是他的血亲，同理，我和阿利克西欧斯也一样。我们正是那位伟人——温泉关英雄的后裔。然而，于我而言，父亲才是我心中真正的英雄：他的教导令我变得强健且敏捷，不逊色于任何斯巴达的男孩。尽管他并没能让我的心变得更加坚毅，足以面对接下来的一切。不过，只怕是寻遍希腊全境，都找不到一位能够磨炼心智的导师吧？

我们顺着一条环山的坡道，向忒格托斯山被灰色雾气遮挡的高处走去。两边是深邃的裂谷，山顶则盖着皑皑白雪。这古怪的行程完全不合常理。但自父亲和母亲于秋天去德尔菲，见过传谕者后，就变成了这样。他们并没有告诉我那位大预言家到底和他们说了什么。不过，她所说的肯定不是什么好事：在那之后，父亲就有些草木皆兵，变得焦躁又冷漠。而平日里，母亲也是心神不定，眼神了无生气。

母亲闭着眼睛跟着队伍走了一路，雨水顺着她的脸颊淌下来。她紧紧地抱着阿利克西欧斯，每走几步，就要在他那破布一样的襁褓上亲上几下。当她感受到我投向她的紧张视线，抬起头与我四目相对时，她深吸了一口气，然后把襁褓递给了我。"你来抱弟弟吧，卡珊德拉……"她说道。

于是，我便将断矛绑在了皮带上，伸手接过弟弟。看着眼前越发险峻的山道，我抱着弟弟的双手紧了紧。雷声再次响了起来，仿佛就在附近回荡，闪电也时不时地划过天空。细密的雨丝渐渐变成了冻雨，于是我在阿利克西欧斯襁褓的边角上给他折了一个小凉棚，以免打湿他的小脸。他身上散发出的橄榄油气味和蓟花冠毛衬底那令人心安的味道让人感到十分温暖——尤其是与我冰冷的脸相比。他的小手虽然无力，却在拨弄着我的头发。而当他发出咯咯的声音时，我也会柔声回应他。

山路的尽头是一片高原，远处有一座用带有蓝色纹理的大理石筑成、饱经岁月洗礼的祭坛。边上燃着一根带有防风罩的蜡烛，火苗飘忽不定。一侧是一缸灯油，而边上的双耳喷口瓶里早已满是冻雨，一旁还摆着一个盛放葡萄的大浅盘。

这时，母亲哽咽了一下，停下了脚步。

"密里涅，不要表现得如此懦弱。"父亲呵斥道。

我可以明显地感觉到母亲心中的怒意。"懦弱，你怎能如此说我？尼科拉欧斯，正视自己的情感，是需要勇气的。只有弱者才会用刚毅的面具来掩饰自己。"

"这不是属于斯巴达人的方式。"父亲咬牙切齿地说。

"聚到祭坛前来。"其中一名祭司开口道。我能看见他那肋骨突起的胸前满是冻雨融化后的水痕。不过，眼前古旧的祭坛、一旁高原的边沿及那在远处山峰中留下深邃痕迹的漆黑深渊，都无法勾起我的兴趣。

"把孩子交出来。"最年长的督政官说道。他秃顶外的一圈头发在风中飘舞，目光炽烈得仿佛炉中热炭。他朝我伸出了自己骨瘦如柴的手。那一刻，残酷的真相终于被揭开，我感到自己肩上仿佛有一件厚重的黑色斗篷，压得我喘不过气。

"把那个男孩递给我。"他重复道。

我的上颌因过度的恐惧而僵硬，一瞬间整个口腔都变得干燥无比。

"父亲……母亲?"我呜咽着呼唤父母。

母亲走近父亲,恳求般地将手搭在了他宽阔的肩膀上。而父亲只是站在那里,纹丝不动,犹如一座山峰。

"传谕者已经说过了,"一众祭司齐声怒吼,"若想保得斯巴达不被灭国……那个男孩必须代其陨灭。"

恐惧如同长矛一般将我刺穿。我赶忙抱紧了小阿利克西欧斯,慢慢向后退去。我的弟弟生来健康,凭什么要受到和斯巴达畸形儿及患儿一样的对待?我父母前去拜见传谕者,得到的就是这样的命令吗?是谁给了她权力,让她来害死我的弟弟?为何父亲没有举起长矛对准这群该死的老头,唾弃这严苛的敕令?

父亲终于有所动作,但他却是一把将母亲推开,任由她像块破布一般倒在了地上。

"不……不要!"被两名祭祀拉住的母亲哭喊着,"尼科拉欧斯,求求你了,做点什么吧!"

父亲一言不发,只是抬头望向星空。

一名祭司从背后抓住了我的肩膀,而另一个则从我怀里抢走了阿利克西欧斯,将那小小的襁褓递给了最年长的督政官。那位督政官把我的弟弟轻轻抱在怀里,仿佛将他视作珍宝,口中念念有词。"伟大的真理之神阿波罗,守护女神颇利亚科斯·雅典娜①。我们遵循你们的意志,谦恭地感激你们的教化,以求你们庇护。现在……轮到这个男孩了。"

他将阿利克西欧斯举过头顶,从神坛的一侧向通往无尽深渊的悬崖边上走去。

母亲无力地跌坐在地,声嘶力竭的哭号令我心如刀绞。

注①:AthenaPoliachos(护城圣神雅典娜)是斯巴达人信奉的雅典娜化身,当时每个地区都有自己信奉的守护神,斯巴达人主要信奉的便是雅典娜,其次便是阿波罗。摘自剑桥大学历史教授保罗·卡特莱奇2002年教案。

当那督政官紧绷身躯，准备将我的弟弟丢向悬崖的时候，一道闪电划过天际，紧跟着便听到头顶响起了如同怪兽咆哮般的雷鸣。我仿佛被那雷霆击中一般，感觉体内充满了力量，心中更是燃起了对这不公待遇的愤恨。我奋力发出尖叫，甩开了祭司按着我的双手。我像是一个疯狂的短跑运动员，带着满腔的绝望和愤怒冲了出去，奋力地将双手伸向我的弟弟。我与阿利克西欧斯四目相对的瞬间，时间好像慢了下来。如果我能够将这一刻永远封存在琥珀中，我必然会这么做，因为那个瞬间，血脉相连的我们都还活着。那个瞬间，我还有希望在阿利克西欧斯落下悬崖前抓住他。然而我脚下一滑，被绊倒时隐约感觉到自己的肩膀撞上了督政官的侧身，紧接着便听到了一阵倒吸冷气的声音，随后那位失去平衡的督政官便在我眼前挥舞着手臂跌下了悬崖……随他一起落下的还有阿利克西欧斯。

他们两人就这样猛地扎进了无尽的黑暗，督政官发出的如同恶魔尖啸一般的惨叫声随着他的下落慢慢逝去。

在那之后……便是死一般的寂静。

我跪坐在悬崖边上，听着背后暴怒的咒骂声，身体止不住地颤抖。

"杀人凶手！"

"她杀了督政官！"

我望向深渊，惊愕至极，连冻雨打在脸上都毫无知觉。

第一章

  细密的泪水缓缓滑过卡珊德拉的脸颊。她合着眼,但那画面却再一次出现在眼前,音犹在耳。一切都清晰得令人绝望。是她玷污了列奥尼达斯的血脉,令其蒙羞。二十年,足以让某些人忘记自己欠下的债;接受自己的缺陷;或是坦然面对自己的过去。

  "可我不是那种人。"卡珊德拉轻声说。手中的断矛仿佛听懂了她的话,应声一般,发出回响。她一把将手中的武器插进身侧的沙地,往日的回忆随之淡去。

  她缓缓睁开了眼睛,以适应春季早晨的明亮日光。环抱凯法利尼亚岛的蔚蓝海水在阳光照射下闪烁着光芒,宛若宝石制成的餐盘。海浪轻轻拂过沙滩,轻柔凉爽的浪沫慢慢扫过她裸露在外的脚趾。空气中飘浮着的盐雾,凝结在皮肤表面,给她带来些许凉意。纤云不染的天空中,成群的海鸥发出嘶鸣;同时,一头鸬鹚猛地扎进水中,溅起无数晶体般的水滴。正东方向,在雾气朦胧的地平线附近,雅典桨帆船的队列好像一眼望不到尽头。随着队列缓缓向前移动的帆船,像一道道阴影划过暮蓝色的深水,向科林斯湾驶去,协助封锁墨伽拉。它们浅色的船帆如同泰坦巨人的肺部一般鼓起,海风中夹杂着缆绳和木材发出的嘎吱声,时不时还会传来甲板上战士们的嘶哑吼声。今年早些的时候,凯法利尼亚及大多数的海岛都被划入了雅典的疆域。这场战争就如溃疡一般腐蚀着希腊。卡珊德拉的心里有一个微弱的声音在对她说,不应该对这场分裂思想意识、令原先互为盟友的人们自相残杀的大战熟视无睹。但这哪是那么容易做到的?骄傲的雅典人,她从未放在心上。但另一边……是坚定不移的斯巴达。

斯巴达。

仅仅是想到这个字眼,岸边的美景便顿时变得索然无味。她斜眼看着一旁的列奥尼达斯断矛,铁质的矛刃末端向两侧展开,矛身上雕刻着精美的花纹,使用多年的断矛经过反复打磨,早已不复当年的色泽。自己那段破碎的过去最终留下的也就只有这柄破碎的物件,在她看来也算合情合理。

一声尖锐的鸣叫打断了她的思绪。她抬起头,看见一只叼着银色鲭鱼的鸬鹚破浪而出,却因身后紧追不舍的乌雕而猛地减速。它因恐惧再次发出了凄厉的叫声,丢下口中支离破碎的战利品后,一头扎进了水里。乌雕则用爪子抓住了对方丢下的食物,但那也只是徒劳,因为剩余的碎肉都随浪而去。大鸟发出了一声气馁的尖啸,在空中绕了个圈,朝岸边飞来。着落在沙滩上的乌雕又往前跳了几下,最终停在了卡珊德拉的身旁。看着自己身边的鸟儿,卡珊德拉哑然失笑。原来那该死的断矛并不是过去唯一留下的物什。

"我们都已经谈妥了,伊卡洛斯,"她轻笑着说道,"午饭时的烤鲭鱼,可是要你帮我抓来的。"

伊卡洛斯就这样盯着她，金凤花色的喙和尖锐的眼神令它看起来就像是个对她不满的老先生。

"我明白了。"她挑起眉毛。"全是那头鸺鹠的错。"

卡珊德拉的肚子无力地响了起来，她这才意识到自己已经好几小时未曾进食了。她叹了口气，从沙地里拔出了列奥尼达斯的断矛。有那么一瞬间，她看到了矛刃上自己模糊的倒影。那道身影的脸骨较宽，浅褐色的眼眸里看不到丝毫笑意，厚实的赤褐色发辫搭在左肩上，身上披着一袭破旧得有些可怜的深褐色外袍——一种单肩的男性服装。卡珊德拉只是将断矛握在手中，过去的回忆便不断涌现，于是她迅速将断矛绑回了皮带上，起身离开岸边。

但有件事情吸引了她的注意力，令她停下脚步。这件事情透着古怪，好似一名举止得体的酩酊醉汉，行为反常，引人侧目。远处海面的水雾中，正有一艘帆船破浪前行。但这艘船并没有和其周围的几百艘船只那样绕过岬角进入科林斯湾。恰恰相反，它径直划过水面，向凯法利尼亚岛驶了过来。卡珊德拉微微眯起眼睛，凝视着那船上的白帆，更准确地说，是那帆上目光凛凛、面相凶恶的蛇怪纹章。那张脸庞丑恶无比，变了色的青灰嘴唇向后咧开，露出了口中的尖牙，双眼发出了像烧红的煤炭一般的光芒，而充当其头发的群蛇好似在推动船帆的劲风中扭动起了身躯。她盯着那令人心悸的蛇怪看了好一阵，突然想起了埋藏在记忆深处的美杜莎的传说：那曾是个美丽而坚强的女子，最终却遭到了众神的背叛、诅咒。她的心中升起了一丝同情，如同一团从火焰中炸出的火花一般。还有一件事令她感觉有些诧异：她没在那奇怪的船上看到任何船员，但她非常确定，甲板上的某一处，有人正在暗中窥视着自己。在那个瞬间，凉爽的浪沫与海风似乎都带着些许敌意，令人不寒而栗。

斯巴达的孩子们绝不可以害怕黑暗和寒冷，更不允许对未知的事物产生恐惧。一道埋藏在记忆深处的声音传了出来。那是他的声音。卡珊德拉猛地朝沙滩上唾了一口，不再去看海面上那艘奇怪的帆船，转身离开。她记忆中父亲不时冷嘲热讽般的训示便是那曾经令她引以为豪的家庭唯一留给她的东西。路过的商人们向人们讲述着列奥尼达斯家族中落的凄凉故事。他们说，密里涅承受不住连续失去两个孩子的巨大痛苦，自杀了。这一切都是因为我。她这么想道。

卡珊德拉大步走过海滩，穿过沙丘和被风压弯的马拉姆草，然后沿着一条崎岖的小径前进。她进入一个俯瞰海岸的小海角，那简单的石头堆砌的房屋就是她的家。白色的墙壁在阳光下闪闪发光，撑起遮阳棚的木杆和用木桩固定在上面的破布在轻柔的风中吱吱作响，摇摆不定。附近唯一的橄榄树在清风吹拂下发出沙沙声。绿雀在破碎的石柱附近的水池边啄食，叽叽喳喳地唱起了歌。从这里到岸上的萨米镇只需要步行几个小时。在这里你会体会到什么叫作真正的人情冷漠。路上行人来来往往，却没有一个会停下来与你闲聊甚至是寒暄。看着眼前的景象，卡珊德拉陷入了沉思，这是一个理想场所，一个女人可以在这里安静地度过余生，最后独自死去。她停下来，再次转身面向大海，凝望着远处的大陆模糊的轮廓。她想知道，如果过去不是那么残酷的话，情况会是怎么样的呢？

她转身回到家中，在低矮的门楣下弯腰，进门。持续的海风渐渐停止。她瞥了一眼单人房，里面一张木床、一张桌子、一个狩猎弓、一个箱子，箱子里只有简简单单几样东西：一把破损的象牙梳子和一件旧斗篷。凯法利尼亚是自由的，她的海岸周围没有牢笼，她的四肢也没有镣铐，但贫穷却永远对她不离不弃。只有这个岛上的富人才有希望离开这里。

她坐在桌旁的凳子上，拿起陶罐倒了一杯水，然后打开她早先准备好的皮包。一小块跟鹅卵石一样坚硬的面包、一块和手指差不多大小的盐渍野兔肉和一个装着三颗橄榄的小陶罐。一顿少得可怜的饭。她的肚子号叫着抗议，想知道剩余的在哪儿。

卡珊德拉抬起头，透过自家后面的小窗户，可以看到最近在地上新挖的洞。直到昨天，她的储存坑里还放着两袋小麦和一只用大量的盐腌好的野兔，一碗山羊奶酪和十几只无花果干。至少够她吃上五六天。然后，昨天她从毫无收获的钓鱼会议中回来，看到两名暴徒正偷偷摸摸地拿着这些东西逃往远处。他们之间相隔数百米，可她已经饿得连追上去的力气都没了，所以昨晚她只能空腹入睡。卡珊德拉心不在焉地用拇指沿着列奥尼达斯长矛的边缘划过：完美的弧度。她觉得指尖最上面的一层皮肤裂开了。卡珊德拉咬牙切齿地念着带来痛苦的人的名字——那个小偷："诅咒你被烧死，独眼人。"

卡珊德拉吃着她那少得可怜的饭，她拿起用少许油软化过的面包，把它送进嘴里。正在这时，她听到了一阵肠鸣声——但不是她自己的。她望向门口。门外站着的女孩，楚楚可怜的眼神紧盯着卡珊德拉手中的面包，像是男人盯上了一块金子。

"福柏？"卡珊德拉说，"我好久没见到你了。"

"哦，不要在意我，卡珊。"福柏说着，检查着她脏兮兮的指甲，把她黑色的头发绾在耳朵后面，一边摆弄着自己脏兮兮的、已经磨破了的裙摆。

卡珊德拉转过身来，把面包放到窗台上，一个黑色的身影进入了她的视野。伊卡洛斯的眼睛睁得大大的，眼中充满了期待。它一心想要得到那块盐腌过的兔子肉。她听到了伊卡洛斯的尖叫。

卡珊德拉带着难以置信的微笑，将桌子推开，把肉扔给了伊卡洛斯，将面包扔给了福柏。那一刻他们好像变成了塘鹅，每个人都津津有味地吃着他们手中的美食。福柏，雅典人，孤儿，只有十二岁。三年前，卡珊德拉第一次在萨米附近的街道上遇到了这个在街头乞讨的女孩，在进入城镇之前卡珊德拉给了她几枚钱币。在回来的路上，卡珊德拉把她带回家，喂她吃食，让她睡在自己的小屋里。看着福柏，卡珊德拉内心深处那柔软温暖的回忆慢慢苏醒，心中早已熄灭的火焰眼看就要重新燃起。她不该去爱，她向自己发誓，永远不会像之前那样软弱了。

她叹了口气，弯下腰拎起皮质水袋。"来吧，我们边走边吃。"她说着，拿起橄榄塞进嘴里。柔软的咸味果肉和丰富的油脂令人着迷，唤醒了卡珊德拉的味蕾，却远远满足不了饥肠辘辘的她。"如果不想吃了这顿没下顿的话，我们就应该去找马可斯。"这个残忍的人。她暗自紧了紧自己的皮革护腕。"是时候去讨回一些债务了。"

两人沿着一条阳光普照的小路向南走去，这条小路的其中一段紧贴着悬崖峭壁，弯向内陆。接近中午时，气温越来越高，她们穿过一片满是紫罗兰的草地——空气中充满了牛至和野生柠檬树的香味。绿草掠过卡珊德拉的小腿，蝴蝶从路边飞过，扇动着的翅膀反射出深红色，琥珀色和蓝色的光，蝉在炎热的天气里鸣叫，战争和过去的一切都是那么遥远，而萨米这个安静的港口城市好像被整个世界忽略了。这个小镇没有围墙，到处都是没有墙壁的棚屋和简单的白色房屋，周围是一堆凸起的大理石别墅。富人们在屋顶和阳台上聊天，喝酒。马和赤裸上身、汗流浃背的工人在狭窄的小巷和人头攒动的市场上劳作，将橄榄作物和松树原木拖向码头。运输船在白色石头堆起的码头争抢空间，从那里将材料运送到雅典军用造船厂并搬进那里的仓库。钟声响起，鞭子噼啪作响，七弦琴奏出的美妙音乐，淡淡的玫瑰花香还有寺庙中升起的袅袅炊烟。卡珊德拉只在她需要时才进入城镇——因为这是她获得食物和生活用品的唯一途径。

卡珊德拉现在是一个雇佣兵，他们叫她雇佣兵。雇佣兵有时候负责传递信息，有时会负责赃物的运输……但大部分时候，他们都在做别人做不到的事情。卡珊德拉想到她最近一次的任务，她的心变得冷酷。——潜入一群臭名昭著的土匪在码头的藏身之处。那个夜晚，列奥尼达斯的长矛被染成了血红色，空气中充满了被撕裂的内脏的气味。每一次杀戮，罪恶的种子就会在卡珊德拉心中深深扎根……但是，马可斯所做的一切与多年前的那个夜晚她在深渊边缘种下的扭曲的、盘根错节的橡树相比根本不算什么。而这两次杀戮让卡珊德拉徘徊在死亡边缘，也改变了她的命运。

卡珊德拉摇摇头，不再去回忆令人恐惧的过去，转而想到了自己空空如也的钱包。当她完成任务，回来向马可斯报告成果时，马可斯又一次顾左右而言他，拖欠她应得的酬劳。马可斯现在都不知欠了她多少钱。卡珊德拉怒火中烧。他是个人渣、骗子、卑鄙小人……

另一段记忆突然涌入她的脑海。那是二十年前，她第一次踏上这片绿色的岛屿。马可斯在镇子北边的石头海滩上发现了她，她那只伤痕累累的木筏被海浪冲到了岸边。卡珊德拉想起了两人第一次四目相对时的情形。她想起了马可斯那布满斑点的油腻脸庞和他那卷曲油亮的头发。"你看起来就像一条奇怪的鱼。"马可斯轻笑着说完，顺势拍着她的背。卡珊德拉大口大口地吐出海水。马可斯照顾过她一段时间，但后来似乎有些不耐烦了……直到他注意到卡珊德拉是多么敏捷和坚强。"所有的希腊人都受过跟你一样的训练吗？我需要像你这样的人。"马可斯曾经这么说过。

当萨米模糊的影子被他们抛在身后时，回忆渐渐消散。 福柏蹦蹦跳跳地走在前面，抬头看着在高空飞翔的伊卡洛斯，同时让自己的玩具木鹰"飞"起来，兴奋地欢呼起来。当她们走到一个岔路口时，福柏从最右边的斜坡上跑了下来。"我们快到了。"福柏叽叽喳喳地说。卡珊德拉盯着她的背影，一脸困惑。那条路线是通往艾诺斯山的。一个专横的、被阳光晒得发白的雕像耸立在那些岩石高处：天空之神宙斯单膝跪地，举起的手中包裹着雷电。山坡以下长期受到雨水的冲刷，土壤富含矿物质，所以山脚下梯田中的作物长势良好，葡萄园中的葡萄架上满是绿色的藤蔓。配上银白色的石头仓库和小红砖砌成的别墅，风景如画。"别和山羊一般蠢，福柏。"卡珊德拉说着指向了最左边的岔路。马可斯的地方更靠前一些——靠近南部海湾和海滩。当她看到福柏进入最近的葡萄园时，她的话音渐渐低了下来。庄园一直在那里，但却不见那个穿着绿白相间的斗篷、站在庄稼旁边的身影。"马可斯？"她低声呼唤。

"他让我不要告诉你。"当卡珊德拉在葡萄园的边缘追上她时，福柏说道。

"我确定他做到了。"卡珊德拉怒吼道。"留在这里。"她蹑手蹑脚地从两名在最低的梯田上修剪庄稼的工人身边走过。他们甚至都没有注意到她。还有福柏——跟在她后面，一如既往地不听话。当她悄悄穿过葡萄藤时，她听到了马可斯与一个明显更懂行的工人争吵。

"我们，"他打了个嗝，然后停顿了一下止住了嗝，继续说，"我们会种出像瓜一样大的葡萄。"马可斯对这一点坚信不疑。然后他回头，用力拉扯显然长时间没有浇水的葡萄架上的藤。

"这样会弄死葡萄藤的，马可斯大人。"工人说着，把自己的宽边太阳帽的帽檐转到脑后。"我们不能让这种水果在今年或明年成长，否则它的茎会弯曲甚至折断。第三年才是初收的最佳时机。"

"几年？"马可斯气急败坏地说，"该死，我该怎么报答你呢？"当卡珊德拉从葡萄藤蔓中走出来时，他沉默了。"啊，卡珊德拉。"他微笑着张开双臂，差点打到那个好心的工人。

"你买了一座葡萄园，马可斯？"

"从现在开始，我的姑娘，这里只出产最优质的葡萄酒。"他说着，高兴得在原地转起了圈，差点失去重心跌倒。福柏在附近的葡萄藤蔓间蹿来蹿去，痴痴地笑起来，然后又乖乖跟在伊卡洛斯身后。伊卡洛斯开始尖叫，情绪激动，但卡珊德拉的心思根本不在这里。

"我不想要你的葡萄或葡萄酒，马可斯，"卡珊德拉坚定地说，"福柏和我需要食物，衣服，生活用品。我想要你欠我的德拉克马。"

马可斯微微缩了一下身子，摆弄着他手中酒杯的杯口。"啊，永远是雇佣兵。"他紧张地笑笑。"好吧，你知道，这些硬币到你手里的时间可能会有短暂的延迟。"

"三年，听起来是很短暂。"卡珊德拉不客气地回击。她抬头看着盘旋的伊卡洛斯正疯狂地尖叫着。一种不祥的预感萦绕在她心头：通常老鹰在与福柏玩耍时，不会变得这么焦虑。

"当葡萄变成葡萄酒的时候，"马可斯打断了她的思绪，"我就会有很多钱，亲爱的。首先，我必须确保先还清这个地方的贷款。之后就会付给你相应的酬劳。""很不错。"旁边的工人心不在焉地说。他又开始修剪捆绑葡萄藤了。"独眼人不喜欢迟到的付款。"

马可斯恨恨地盯着男人的背影，双眼都快要喷出火来了。

"你是从独眼人那里借来的钱？"卡珊德拉惊得倒抽一口冷气，连连后退，好像马可斯得了天花一般。"这，"卡珊德拉指着周围的葡萄园，"这些是由他资助的？马可斯，你给自己买来了一场噩梦，你这个蠢货！"她环视艾诺斯山那金色与绿色交错的闪闪发光的斜坡，有些担心自己的声音会因为激动而传得太远。"昨晚，独眼人的手下洗劫了我的商店。他对我已然怀恨在心。他杀死了这个岛上的数十名男子，让我付出了代价。他知道你和我一起工作。在他眼里，我们现在是同一条绳上的蚂蚱。如果你不按时付款，那第一个遭殃的就是我。"

"不完全是。"一个粗哑的声音从两人身后传出。

卡珊德拉转向藤蔓。两个陌生人站在那里，脸上挂着笑。其中一个人的脸像一颗被踩扁的梨子，一手紧紧捂住福柏的嘴，另一只手中的匕首架在福柏脖子上。福柏的身体因恐惧而变得僵硬。卡珊德拉认出了这两个人：他们是昨晚抢了她的储备粮的人。她后悔当时为什么没有注意伊卡洛斯的异常举动。伊卡洛斯，我为什么没有听你的？卡珊德拉暗暗责备自己，抬头看到老鹰还在空中盘旋，发出尖锐的叫声。

"你们敢轻举妄动，我就割开她的喉咙。"其中一个男人说着，威胁似的有节奏地用短剑拍打他空闲的手掌。这个男人的眉毛像悬崖一样突出，眼窝深陷。"马可斯欠下了巨额债务，你也一样，雇佣兵。你凿穿了我们主人的船，还灭掉了主人的一整个护卫队——我们的朋友。那就和我们一起回去怎么样？看看你的所作所为是否让主人满意。"

卡珊德拉觉得自己全身的血液都凝固了。她知道跟他们一起回去，自己必定是死无葬身之地。而且福柏可能会沦为他们的奴隶。可现在这种情况，抵抗只会让自己死得更快。

时间一分一秒地过去，卡珊德拉一动不动。

"似乎这个雇佣兵并不想乖乖受死，"眼窝深陷的男人咆哮着，"看来得给她点颜色看看。"

卡珊德拉的心都凉了。对面的敌人像毒蛇一般，冰冷的瞳孔死盯着自己，吐出的信子嘶嘶作响。眼神出卖了他们的意图和行动。

卡珊德拉看到那个挟持着福柏的暴徒眼珠一转，眼睛死死盯着福柏。他抓着匕首的手太过用力,指甲都泛白了。接下来的举动都是卡珊德拉的本能反应:她向前猛冲,同时取下了腰上挂的矛,向使鞭子一样将矛甩了出去。古老的长矛的矛尖刺进了暴徒的太阳穴。那个男人的眼睛在眼眶里打转,血从他的鼻孔里流出来,他像一堆被推倒的砖头一样瘫在了地上。 福柏跟跄着躲开,脸上挂着泪痕。卡珊德拉猛的一拉长矛末端的绳子,这次她抓住了长矛,像一个真正的重型步兵一样。

眉骨突出的男人死死盯着卡珊德拉,声东击西,假装向左看,然后一声咆哮,又向右猛扑过去。 卡珊德拉将她全身的重量都压在一只脚上,让敌人从他身前越过,当他折返后,卡珊德拉朝他冲过去,将矛刺向他的腹部。他跌跌撞撞地走了几步,突然感到有些不对劲,疑惑地向下看去,只见一堆蓝灰色的肠肚扭动着滑了出来,在正午阳光的照耀下,落到了尘土飞扬的地面上。他看着自己腹部的巨大缺口,带着困惑的笑容向马可斯和卡珊德拉走去,随后脸朝下倒在地上。

"我敢以宙斯的名义发誓!"马可斯号叫着,双手抱头,手指穿过他那油腻的卷发,跪在两具尸体面前。"独眼人现在肯定会杀了我的。"

卡珊德拉紧紧地抱着哭泣的福柏,亲吻她的头顶,用手捂住女孩的耳朵,以免吓到她。"我们会埋葬尸体。没有人会知道他们后来怎么样了。"

"但他会发现。"马可斯用微弱的声音绝望地说,"你必须清楚:今天你砍下了两头野兽的头,将来或许会有四个人来找你寻仇。独眼人的愤怒将会是原来的三倍。他和你所知道的任何暴君一样,你要么完全服从他……要么彻底摧毁他,这么简单的道理你不明白吗?"他摆了摆手。"我不是导师。也许有一天你会找到一个更好的。"

"我劝你最好放弃那个酒窖到一种方法还清独眼巨人的债务。"

马可斯鼓起的眼睛望着前方的苍穹，他的脸在绝望中渐渐松弛下来。然后，他就像被一道肉眼看不见的闪电击中了似的，跟跟跄跄地站起来，抓住卡珊德拉的肩膀，用力摇动，说："有了！有一种方法。"

卡珊德拉耸了耸肩。"在这个岛上赚取一袋银币的方法？我不信。"

马可斯眯起眼睛。"亲爱的，不是银子。是黑曜石。"

卡珊德拉茫然地盯着他。

"你想想，独眼人最重视的是什么？他的手下，他的土地，他的船？不，是他的黑曜石眼睛。"马可斯近乎发狂地指着自己的眼睛。"那只眼睛上甚至还镶着金线。我们偷了他的眼睛，把它卖掉——在大陆的某个地方，也许可以卖给过路的商人。然后我们就可以得到一麻袋银币。足以偿还我的葡萄园的债务，足以支付我欠你的酬劳。足以负担得起福柏的吃穿。"马可斯最后终于找到了一个冠冕堂皇的理由，他高兴得大叫起来。

"我们去偷独眼人的眼睛？"

"他从来没有戴过它。因为它太过昂贵。他总是把它放在家里。"

"他的家就像一个堡垒。"卡珊德拉冷冷地说。她想起了岛屿西边发展起来的小小半岛上备受关注的一座宅院。"斯卡曼德里奥斯是最后一个试图闯进去的人。从那以后就再也没人见过他。"

两人停止了交谈，都在猜测像鼬鼠一样的雇佣兵斯卡曼德里奥斯可能遭受的一百种命运。火刑、剥皮和分尸是独眼巨人折磨敌人的首选方法。斯卡曼德里奥斯的死亡对社会来说根本算不上什么损失，而隐秘和敏捷是他引以为傲的东西。影子，有人这么称呼他。

卡珊德拉摇了摇头。"但回到正题上来……我们去偷独眼人的眼睛？"

马可斯瑟缩了一下，可怜兮兮地耸了耸肩。说道："亲爱的，你是雇佣兵。为了实现这一目标,咱们需要从长计议。最重要的是,你不能被发现。"

"我更关心的是他会抓到我。"卡珊德拉说。

"他抓不到你,因为自己不在他的巢穴里。"马可斯摆了摆手指。"如你所知,这个岛上的几乎所有私人船只都被召入了雅典舰队。艾德莱斯提亚号却是最后剩下的几艘船之一。独眼人正在狩猎,那些船便是他的猎物。我听说他跟那艘船的船长有之间有一些私怨。"

福柏从卡珊德拉的怀抱中挣脱出来。"发生什么事了?"她问道。

"没什么,我的小姑娘。"马可斯率先回答。"卡珊德拉和我只是在讨论我欠她多少钱。她只要再为我做最后一份工作,就可以拥有一切。不是吗,亲爱的?"他转向卡珊德拉。

"之后我们可以过上跟王后一样的日子,整夜整夜地吃了?"福柏问道。

"是的。"卡珊德拉静静地说,抚摸着福柏的头发。

"太棒了,"马可斯咕哝道,"今晚你将留在这里享用一顿丰盛的美食:炸鱼排、章鱼肉、新出炉的面包、酸奶、蜂蜜和开心果以及几杯葡萄酒。然后,你可以在一张舒适的床上好好休息。明天,你就可以上路了。"然后马可斯用只有他们两个能听到的声音低声说。"记住,你一定不能被发现,不然我们三个都……"他将一根手指横在喉咙前,伸出舌头。

卡珊德拉把头偏向一侧,没有让马可斯看到她刻薄的凝视。

第二章

尽管躺在约定中温暖柔软的床上,但卡珊德拉却无法入眠,想起之后的任务,她感到十分不安。她盯着靠在窗边,被月光照得发亮的矛头看了好几个钟头,终于决定趁着天亮前赶紧起身出发。福柏紧紧抱着她,一动不动。卡珊德拉吻了女孩的额头,然后翻身将腿放下床沿。她穿好衣服,溜出葡萄园,走在乡间寒冷的小路上。在黎明前的阴霾中,她听到了野猫的呼噜声和低吼,卡珊德拉一只手握着她的猎弓。太阳很快就冲破了地平线,展开炽热的翅膀,掠过群山和草地。站在高处,她看到了邻近的伊萨卡岛,在不断上升的气温中挣扎着。古老的奥德修斯宫遗址矗立在那里的山坡上,一缕缕阳光穿过那个幽灵般的废墟。她像往常一样凝视着摇摇欲坠的大厦。谁都可以这样做。这里有一座纪念碑,用以纪念一位逝去已久的英雄。这是一位曾经周游世界并衣锦还乡的冒险家,他曾在一场伟大的战争中用自己的智慧作为武器进行战斗。卡珊德拉轻蔑地环视了一圈凯法利尼亚的灌木丛。

别做梦了。我永远都无法离开这个该死的岛屿。我在这里生活，也会在这里死去。

卡珊德拉继续向前走，不久，她便来到了崎岖的西部半岛的边缘，这个岛屿就像海中的一根刺。她像一个猎人一样蹲在那里，啜饮着水。响亮的蝉鸣声在耳边响起，这蝉竭力鸣叫着，似乎在告诉卡珊德拉，自己与她对这片岛屿抱有同样的好奇心。独眼巨人的藏身处坐落在一个平顶的天然土丘上，距离半岛的顶端有数百米远。这个庞大的建筑群只是名义上的藏身之处——因为独眼巨人不需要躲避任何人。一道低矮的墙壁把庄园与外界隔绝开，草和粉红色的天竺葵从风化的石雕裂缝中萌芽。围墙里，一栋别墅傲然屹立，屋顶铺有赤陶瓦，赭石色与海蓝色相间的多立克柱四周是苍白的大理石外墙。独眼人雇来的六个打手站在外墙上，沿着粗糙的护墙来回走动，时刻注意整个乡村的动向。两名男子站在东门楼外的雕像前。她也可以在北墙上看到一个类似的入口。更糟糕的是，卡珊德拉意识到，庄园墙壁和地面之间几乎没有可以为她提供掩护的东西——只有几棵柏树和橄榄树，但大多是低矮的灌木——还有四个戴着宽边帽子的男人在这片空地上徘徊，观察周围的动静。所有的一切都在墙上打手们的眼皮底下。这些外墙周围的守卫们所在的地方俨然形成了一个结界，封锁了这片土地，仿佛它是独眼巨人自己的国家。

无路可走。

总会有办法的，尼科拉欧斯反驳道。

于是她向北望去，沿着灌木丛和通向海岸的岩石斜坡向下望去。深蓝色的海水轻轻地拍打在那细长的瓦片上。当她意识到尼科拉欧斯是正确的时，她抿紧了嘴唇，心不甘情不愿地接受了事实。她将水槽中的软木塞取出，将它倒过来，让珍贵的水流入干燥的金色大地。

卡珊德拉俯下身，盯住四个哨兵中离她最近的一个，小心翼翼地走到岸边。在那里，她把矛和弓包在涂了油的皮革里，把它们绑在背上，然后涉水进入凉爽的浅滩。当水涨到她的胸口时，她俯身向前，双臂伸展，双腿向后踢，沿着半岛的海岸线向西，朝着它的边缘游去。当她游向深处，杂草掠过她的腿部，小鱼在她的腹部打转。她每次滑动双臂，都抬头观察她左边的海岸线。看有没有异常情况。突然，在更深的水域中出现了跳跃的海豚，它们的叫声高亢而愉悦。卡珊德拉听到岸边有靴子摩擦的声音，看到了一个戴着宽边帽的人朝这边走过来，正在巡视四周的情况。卡珊德拉屏住呼吸，潜入水下。透过蓝色的波浪，她看到海豚像她一样飞快地游过。卡珊德拉向岸边望去，她看到了守卫的小腿进入了浅滩。透过水面，她看到了男人扭曲的轮廓，以及他横在胸前的长矛。但他的涉水深度不超过膝盖。而他只看到海豚在场嬉戏，他似乎很高兴站在那里晒太阳……而这时卡珊德拉肺里的空气已经变得陈腐又炽热。如果她现在浮上水面，她就死定了。但如果她不这样做，她同样会死，只不过是会窒息而死。黑点在她的视线边缘扩散开来，卡珊德拉口中冒出一串串气泡，就像老鼠接连从沉没的小船上逃离一样。冰冷的恐惧之手试图抓住她，但她平静地把手从马上就要溢出空气的嘴边放了下来，深吸一口气，向之前一样继续向前游去。

他在远处注视着卡珊德拉，想看她如何花时间找出潜入独眼人巢穴的方法。现在，他优雅地看着她浮出水面，只是从半岛的尖端和庄园的北门口向下，并且离他的瞭望点也不远。到目前为止，卡珊德拉的表现确实跟传言中一样。

"我们很快就会知道她是否像他们说的那样手段老辣。"观察者沉思着，双臂交叉，脸上露出笑容。

卡珊德拉挣扎着浮出水面，爬上了一块被太阳晒得暖洋洋的、平坦的石头。她沿着布满岩石的陆地向前走，一路上都躲在灌木丛后面。卡珊德拉差不多走了一百步，身上的衣服就被太阳晒干了。她躲在庄园北墙附近的一块巨石后面，抬头看着门口的两个守卫。他们穿着皮质紧身胸衣，其中一人戴着红色头巾。胸前斜挎着一只长矛，另一个人腰带上拴着一把小斧头。卡珊德拉的视线越过大门，看到别墅周围没有任何动静，屋顶露台上和前厅入口处也没有巡逻和看守的人。她意识到，独眼巨人几乎将他的主力部下都带走了。外墙是关键。如果她可以突破这里的防卫……她就可以进入无人看守的内部。门口的这些哨兵必须得处理掉，但如何才能在不惊动在外墙上巡逻的十几个守卫的情况下做到这一点呢？她身边忽然传来一阵轻响，卡珊德拉被吓得不轻，她的心都快要从嗓子眼里蹦出来了。"我的天哪，伊卡洛斯！"她哑声道。伊卡洛斯给了她一个不屑的眼神，然后向前低空飞行。卡珊德拉躲在石头后面，一只眼睛从石缝里向下看，只见那只斑点鹰朝着大门滑翔而去。直到它靠近，这两个哨兵才发现，它拍打着翅膀，加快速度，越过一个守卫的头顶，伸出爪子去抓他的红头巾。

"该死的！"警卫尖叫着，抱住了自己的头，而伊卡洛斯则是继续加速向内飞去。两个守卫跟在它身后踽踽着向内走去。墙上的几个男人看到这一奇观时都笑了。

卡珊德拉的眼睛盯着因伊卡洛斯而分心的两个人的背，然后脚步轻柔地俯身向前跑去。就在她溜进大门时，两人放弃了对伊卡洛斯的追逐，转身朝她走过去。卡珊德拉好像被一个看不见的拳击手打了一拳，整个人的视线向右倾斜，落在墙根附近的一堆野生金雀花中。灌木丛中安静了下来，她屏住呼吸，透过灌木丛看着两名警卫从她身边走过……然后回到守卫们刚才所在的门口。墙上的其他人也转过头朝外看。她已经潜入了内部,没有被人发现。

卡珊德拉的心脏怦怦直跳,她朝别墅望去。正门的入口外形像一个阴暗的鱼腹,两侧的红色柱子像血淋淋的尖牙。她穿过大院,躲在木屋的屋外、马车、散落的木桶和成堆的干草后面,直到她中了一箭。她的双腿颤抖着,准备冲到里面。但是臀部的疼痛令她动弹不得。在那里卡珊德拉什么都看不到,她沉思着。那些阴影中可能站着十几个独眼人的手下。她抬起头看——屋顶露台上有一扇通往楼上的门。卡珊德拉匍匐向前,她抓住一棵常春藤蔓,爬到别墅的墙上。一只脚打滑,踢到了门廊屋顶上的一块赤色土瓦。瓷砖破裂并下滑,旋转着下落。卡珊德拉腾出抓着藤蔓的其中一只手,抓住了瓷砖,她顿时松了一口气。

潜行。尼科拉欧斯的声音在卡珊德拉脑内盘旋。斯巴达人必须灵活而沉默,就像影子一样。

"我不是斯巴达人,我是一个被抛弃的人。"她咆哮着将那声音从脑海中赶走,然后跳过大理石栏杆。

通往别墅上层的拱形门与正门一样阴暗。卡珊德拉深吸一口气,她向内侧移动,一只手按在长矛上,另一只手伸展以保持平衡,以便在躲避攻击时翻滚或跳跃。有那么一会儿,卡珊德拉陷入了黑暗,她的头朝各个方向转动,她的辫尾像鞭子一样四处甩动。在她的脑海中,她看到一个面色冷峻的哨兵朝她冲过来,银色的刀锋劈下来……然后她的眼睛找到了焦点,她看到了一个安静、空无一人的卧室。苍白的墙壁上涂满了明亮的油漆,描绘了一幅战斗场景,一个独眼的胜者打败了许多弱小的敌人。房间的一端摆着一张大床,上面铺满了丝绒毯子。她意识到,这里什么都没有……直到她转过身,看到壁炉边的帕里安大理石底座。放在上面的奖杯使她感到毛骨悚然。

三个干瘪的头颅像战利品一样被装在木质支架上，远看很像头盔。卡珊德拉小心翼翼地向他们走去，好像他们会长出身体来攻击她似的。但这三个人早就死了。一个是留着长发、牙齿烂掉的男人，从他脸上的表情判断，显然死时十分痛苦。接下来是一个小伙子，他的鼻子被锯掉，现在他平静的脸中央看上去一塌糊涂。第三个，一个中年妇女，她的表情被定格在了无声的尖叫中，半开的嘴仿佛在喊，在你后面！

地板发出了嘎吱声。

卡珊德拉转身，拔出她的长矛，受到惊吓的她仿佛被火舌烫到了一般。

什么都没发生。

卡珊德拉的心脏怦怦直跳。那个声音是她的想象吗？她把长矛绑回腰带上，然后向后瞥了一眼他们的脑袋。她确信，没有一个是斯卡曼德里奥斯。也许黄鼠狼偷走了他想要的任何东西然后逃走了——逃到北方过着富人的生活？这个猜想给她壮了胆，她充满信心，蹑手蹑脚地走到了卧室的门口。把头从楼梯口探出去环顾四周，左边没有异常情况，右边也没有，然后，卡珊德拉看向了前方……两名守卫！

她再次去握住了自己的矛，随后意识到那两名"守卫"实际上只是古代的盔甲。可能是从伊萨卡旧宫殿的废墟中盗出的青铜武器，头盔和护具。蛛网就像是老人枯瘦的脸庞一般布满头盔内部。

卡珊德拉皱着眉头在楼梯上踱步，盯着前方的两扇门。一个肯定是独眼巨人的保险库。岛上的大多数人说他睡在他的金子上，但这是仅次于黄金的东西。走到最左边的门，她慢慢扭动手柄。随着一声闷响，它松动了，门在巨响中打开。噪音响起时，卡珊德拉的体内仿佛有一千只全身冰冷的老鼠爬过。她屏住了呼吸……但外面并没有人听到屋内的声音。她这才放下心来，打量起了房间。

屋内什么都没有——只是光秃秃的石墙，未上漆或抹灰，以及普通的木地板。除了右边墙上破旧的橱柜外，并没有其他家具。橱柜的门已经不知所踪，里面什么都没有。

她走到右边，轻轻转动第二扇门的把手。它静静地打开，一抹金色映入卡珊德拉的眼帘。一指宽的阳光透过天花板上的一个狭窄的小窗照进来，光芒中飘浮着细微的尘土。金色光芒照在一堆战利品上：装满硬币和符咒的象牙箱子，一个长凳，上面摆着银圈、代币和杯子；用最迷人的蓝色青金石装饰的架子。蛋白石、缠丝玛瑙、祖母绿、紫水晶项链。一种以伊莱克特姆勒图案作为装饰的战弓。在密室的后面，正好是阳光无法触及的地方，有一只眼睛。卡珊德拉舔了舔干燥的嘴唇。它靠在雪松木制成的基座上，固定在那里，金色的瞳孔盯着她。这是密室所有宝藏中最宝贵的财富，比一袋钱币或宝石更有价值。她所要做的就是跨过房间，越过其他宝物……将它拿走。

带走它！

卡珊德拉向前迈了一步，然后停了下来。她感到有些不对劲：一种不协调的气味。在金属的气味和光鲜装饰的背后藏着……死亡，腐烂。她左看看右看看。注意到了门口左侧伤痕累累的石雕，好像一个泥瓦匠在它上面凿出了一个圆点网格。门口右侧门框是雪松木的，不是石头的。卡珊德拉眯起眼睛，伏低身子，伸出弓，小心翼翼地跨过房间的门槛。随后轻轻地将弓尖向下压在房间内的第一块地板上。

嗖的一声，门口右侧的雪松板突然猛地弹起，携劲风而至。她把弓鞘在胸前快速向后退去，与此同时，一个机关从门侧射出，向左边的石头撞去，伴随着金属铮鸣之声，擦出一阵火花。卡珊德拉起身时看到了这个装置：一个与门齐高的钉床。如果她踩上那块地板，那被撕裂的便是她。她盯着斯卡曼德里奥斯那孤零零地被钉在钉床上的尸体。与其说那是一具尸体，不如说那是一副骨架。只是有些许皮肉从骨头上垂下来。一根尖刺刺穿了他的太阳穴，另一根刺穿了他的脖子，胸部和四肢也被尖刺刺穿。"至少过程足够快，没有让你太痛苦，影子。"她如此断言。

　　陷阱被完美地嵌入凹槽，堵住了通往密室的路。她后退一步，有些苦恼，然后听到外面两名守卫沉闷的低语声，他们离别墅越来越近。

　　"太阳更大了。我去照顾马厩里的马匹，你去把别墅锁起来，"一个人对另一个说，"主人今晚回来，如果发现房间里不够凉爽，是会生气的。"

　　过了一会儿，卡珊德拉听到了从楼下传来的脚步声，此后便是一阵阵将门窗关紧并上锁的声音。

　　没时间了，卡珊德拉意识到了这一点，她的呼吸越发急促。她不得不离开，但在得手独眼人的眼睛前她不能离开。她关上了门，将陷阱藏了起来，然后抬头打量了下屋顶。没有其他可以进入密室的方法。她想到了天花板上的缝隙，也许自己可以爬上屋顶然后掉进房间？不，即使对一个孩子来说，那缝隙也太小了。卡珊德拉的思绪百转千回，最后还是回到了第一个房间。像独眼人这样富有且渴望权力的暴徒，他的别墅中为什么会有一个空房间呢？她沉思着，瞥了一眼确认这个房间的其他地方，至少在楼上的每间房间里都装满了奖杯和其他装饰物。她来到第一个房间的门前，按照自己的方式用弓确认了屋内并没有陷阱。在里面，她转身面对与密室相邻的墙壁，用怀疑的目光打量着破旧的无门橱柜。手放在它的两侧，尽量轻轻将它挪到一边，然后盯着它露出的木质舱门。卡珊德拉心中充满了期待，卡珊德拉拉开金色手柄的房间，她怀疑自己的每一个动作都可能会触发暗藏的利刃，然后被切成数段，或令她跌入暗坑，饱受折磨而死。然而她在屋内并没有发现更多陷阱，她伸手从底座上拔出黑曜石的眼睛，感受到它在自己手中冰冷的重量，知道她和马可斯所担心的事情终于可以解决了。当卡珊德拉走下楼梯，走向卧室，顺着藤条向下爬去时，她心中一阵狂喜，这时，她听到了一声叹息。

"卧室弄完，楼上就算搞定了。"一个戴着几乎可以覆盖全脸的旧式头盔的看守嘟囔着说道，声音从头盔的开口处闷闷地传出。

她猛地靠在了墙上，将身子藏进阴影里，看着守卫在她之前进入卧室。她听到百叶窗被合上的声音，锁链轻鸣了数声后，看守再次从房间里出来，向楼下走去。

就在这时，看守的钥匙掉落在了地上。而当他弯下腰去捡的时候，卡珊德拉向前迈出了一步。那嘎吱作响的地板令她汗毛倒竖。守卫飞快地跳起来转过身。在看到她后，他露出了一丝恶毒的冷笑。但正当守卫拿起斧子向卡珊德拉横向挥动，并张嘴准备唤来同伴时，卡珊德拉猛地从护腕的开口处抽出了一把小刀向他掷去。利刃在刺穿了对方的喉咙后继续向前飞去，将看守的呼声扼杀在了喉咙里。看守就这么倒了下去，喉咙的创口处冒起了一个又一个粉红色的血泡。而卡珊德拉在他着地前便接住了他的尸体，以免发出异样的声音引来更多的守卫。在打量了男人片刻后，她的视线从对方的钥匙移到了对方的衣服上，最后看向了门口，她已然想到了逃脱的方法。

观察者盯着穿着黑色斗篷，走出别墅，在庭院里来回踱步的守卫。他听到其中一个人对另一个在外墙门口张贴什么东西的守卫说了几句话，然后他们继续向前走。一种期待的激动之情在他心中涌动：她是一切，他们希望她可以成为一切。他便像乌鸦一样眼都不眨地站在制高点向前扑去。

卡珊德拉听到了自己急促的呼吸声，在皮革头盔内如同往复的波浪一般响起。更糟糕的是，那名被她杀死的头盔原主人显然已经咀嚼了一年生蒜，满是臭味。她拿到了自己想要的东西，心情十分轻松，甚至带着有些厌烦的态度离开了独眼人的庄园，然后钻进灌木丛里，轻轻地用她从护卫手里偷来的斧子拍了拍自己的掌面。

她的借口很简单："我要去外面侦察一下。我敢肯定我在别墅的顶层看到了可疑的东西。"门口的另一个哨兵因中午的炎热已经疲惫不堪，以至于并没有注意到卡珊德拉低沉粗哑而令人生疑的声音。

卡珊德拉走进一个冷杉和杜松的林子，感觉到树荫的阴影笼罩着她——凉爽的感觉扑面而来，一种幸福感油然而生。空气中充满了松树的香气，落下的松针铺就的地毯看上去就很柔软。在前方，她看到一片清澈的蓝色波浪穿过。岸边，当她走进空地时，似乎有一股浓香扑鼻的烟雾袭来，令她头晕目眩，陶醉在即将成功的喜悦中。

一阵节奏缓慢、稳定的拍打手掌的声音令卡珊德拉止住了脚步，那一瞬间，她似乎感受到了众神的恐惧。

"好极了，好极了。"一个声音说道。

卡珊德拉转过头，看向那个坐在空地上一根倒下的原木上的身影。眼前的男人身上打理得如海鸥一般干净，他浅棕色的头发向前梳，身上披着的洁白长袍意外地合体，长袍上斜布着数条显眼的银色条纹，瘦削的脖子和手腕上戴有诸多镯子和饰物。这是一个富翁，她立即意识到，且不是这个岛上的人。

"凯法利尼亚岛的独眼人很少会拒绝来之不易的珍宝。"他这么说道，伴随着胸口的起伏发出了笑声。

卡珊德拉颤抖着。他的语气中带有某种情绪，对方太过了解自己了，语气中甚至带着一丝理所当然。他看着她的眼神，扫视着她的身体的眼神。虽不带有侵略性的色欲，但那种眼神中的渴望与欲望相差无几。

"松开你的斧子吧。没有什么可担心的。"

卡珊德拉的眼睛依旧一眨不眨地盯着他,当然也没有放下她偷来的斧子。伊卡洛斯刚刚俯冲到她的肩膀上,对着陌生人发出一声尖啸。就像一个猎人一样,她接受了她周围视觉的每一个闪烁。她意识到,这个林子里没有其他人。但是她注意到了另一件事:下坡时,在一个小入口处,一艘船停在一个木码头旁。当船上的船员将它吊起到桅杆上时,帆上丑陋的蛇怪正盯着她。

"你是谁?"她咬牙切齿地问道。

"我是来自基拉的厄尔皮诺。"他冷静地回答。

基拉?卡珊德拉想。那是通往德尔菲的门户,而德尔菲便是传谕者的所在地。想到这个,卡珊德拉简直忍不住要往地上吐口水。

"我来找你,是因为我听到了不少关于你的传言,凯法利尼亚的雇佣兵。"厄尔皮诺继续说道。

"你找错人了。"她挺直了身板。"这个岛上有好几个雇佣兵。"

"没有一个如你一般技艺精湛,卡珊德拉。"他低沉的嗓音仿佛被推倒又滚落的墓碑。"没有人能有你那般超乎自然速度的头脑和动作。"

卡珊德拉伸手摘下头上的臭皮革头盔,把它扔到附近的草地上,她束着的辫子在胸前散开。"你想要我做什么?说清楚,否则我会用这把斧子劈开你的胸膛。"

厄尔皮诺笑了起来,精瘦的身体因愉悦而抖了起来。"我愿为你提供巨额的财富,卡珊德拉。比你从独眼人那里偷来的黑曜石眼珠的价格还要高出两倍。"

卡珊德拉把一只手伸进她的包里,确认了下那枚眼球是否还在那里。是的,那东西还在,但是眼前的男人愿意出原价的三倍?有了这笔钱，她就能够还清独眼人的债务，然后为福柏买上一栋好房子。更重要的是，它将打破将她困留在这个岛上的"贫穷"链条。从此以后，她可以去任何地方，做任何事情。这个想法令她感到万分惊恐，但同时也令她激动不已。随后她便注意到对方看向她裸露的手臂时的狂热眼神，她昂起了头，眼光顺着自己的鼻梁，颇有些轻蔑地看向对方。"我不会为了钱与人上床的。此外，你年纪也大了，我说不定会把你折腾坏的。"

厄尔皮诺挑起眉毛。"我想要的不是你的身体，至少不是以那种方式。我为你提供报酬，以换取一枚头颅。"

"你自己不是已经有了脑袋了。"卡珊德拉冷笑道。

厄尔皮诺露出了一丝微笑。"一位战士的首级。对方是斯巴达的一名将领。"

卡珊德拉顿时觉得天旋地转。

"他们称他为斯巴达之狼。"他说道。

卡珊德拉强装镇定，无视了背上流下的汗水。"将军也是人，也会流血。"她耸了耸肩。斯巴达人，尽管他们的自负总是不合时宜。

"所以你打算接下这个任务？"

"他在哪里？"

"大海彼岸，希腊世界最令人垂涎的土地上。"

卡珊德拉的眼睛眯了起来。她的目光越过他的肩膀，向东边眺望。她想到了海上的阴霾和络绎不绝的雅典船队，船队源源不断地向科林西亚湾驶去，以加强雅典的防卫……迈加拉？他在迈加拉？

厄尔皮诺点点头。"在斯巴达和雅典之间的拉锯战中，迈加拉市及其狭长的土地就是纽带。雅典希望这两个港口能够完成其在海拉斯附近的海军套索，斯巴达希望这块土地能够作为通往阿提卡的桥梁。"

卡珊德拉向后退了一步,问道:"所以他在雅典封锁区内?"

"斯巴达之狼和他的部队正在拉科尼亚的陆路上行进,准备前往迈加拉的西部港口——巴盖。"

"你为什么要他死?"她问道。

"战争肆虐……而且,斯巴达之狼站错了队。"

卡珊德拉冷冷地看了他一眼。"我又怎么才能知道你是否站在了正确的一边呢?"

他拿起长袍上的一个钱袋摇了摇。里面传出德拉克马厚重的响声。"因为我是那个付钱给你的人。拿着。"他向她扔了一袋钱币。卡珊德拉在半空中接住了它,钱袋的重量令人惊喜。"照我说的去做,雇佣兵。到时候等待你的就是高出它十倍的财富。"他微笑着,但眼中却没有丝毫笑意。

卡珊德拉瞪着他。"我需要一条船来穿越海上的封锁线。把你的船给我,我便接下你的任务。"她说着朝那艘船首有蛇怪的大船扬了扬头。事实上,她作为一名雇佣兵仅仅出过一次海:驾驶着腐烂的旧商船环绕凯法利尼亚岛,并将偷来的皮草送到马可斯的线人手里。

"到时候我的船可不能出现在迈加拉邻近的海域里,雇佣兵。"厄尔皮诺说道。

"但没有船,合同无效。几年前雅典将她所有盟友的舰队都支走了,迫使他们付钱,这样她就可以扩张她自己的海军。私人手中没有多少适合出海的船只,凯法利尼亚没有一个人可以快速通过封锁。"

厄尔皮诺的鼻子皱了起来,问道:"雇佣兵,冲破封锁对你来说太难了吗?难道我高估了你的能耐?"当她犹豫该如何回答时,他站起来,转身向树林中走去,随后顺着通向他战船的小道下山去了。

"对我来说,没有什么是我做不到的,老头。"卡珊德拉在他后面说。"要不了多久，斯巴达之狼的头颅便会送到你的手上。"

他停了下来，转过头，细长的眼眸看向了卡珊德拉。"好。等你完成任务，就到基拉的朝圣者港湾找我。"

她沿着海岸线徒步回到了马可斯的葡萄园。厄尔皮诺离别前的古怪话语在她的脑中反复盘旋，就像一颗生了根的梧桐种子。现在，这一切都显得模糊且不真切。基拉，她从未去过。斯巴达之狼，她从未见过。二十年来，她就没有离开过在凯法利尼亚岛的沿岸海域。真是个傻瓜，她责备自己。为什么你不能学着对可疑的交易说不呢？马可斯和他那些卑鄙的计划，还有现在这个工作就仿佛是一个必死的陷阱。她大笑起来，声音大得把自己都吓了一跳。"斯巴达之狼安全了。我怕是永远都不会离开这个该死的岛屿了。"

她跋涉了一段时间。过了一会儿，她绕过石坡，来到了克莱托斯湾的白色沙滩。她从腰带上取下她的水囊以解渴，但囊口还没触到她的嘴唇，便被远处传来的声音打断了。

"我发誓，我没有说谎。请不要把她从我身边抢走！"

那喊声横跨海湾，声音嘶哑而绝望。

她蹲下后用手遮住了日光。起初，她只看到海平面不少泛着白色泡沫的海浪、长鸣的海鸟和一些咀嚼着马拉姆草的野山羊。她继续眺望，发现船停靠在海岸线上，在海湾的上游，船尾在沙滩上，船头在水中上下晃动。它比雅典战船及厄尔皮诺的蛇怪战船要小些，但它看起来更为修长，做工也很精良，龙骨附近被涂成了黑色，而船身的周围则是被涂成了红色。船尾上升成一个弯曲的蝎子尾巴，船首有一个闪闪发光的青铜公羊，雕像的两侧也都画上了眼睛。

"艾德莱斯提亚号对我来说就是一切。"那个声音在哀号。

"艾德莱斯提亚。"卡珊德拉低声说。复仇女神……是这艘船的名字？当她一遍又一遍地在脑海中重复着这名字时，她的背颤抖着。"艾德莱斯提亚号，艾德莱斯提亚号。"她嘴里一边念着，一边叩击着自己的手指，却无法回想起这个名字的来历。不知道为什么这个名字听上去如此熟悉。

整个甲板上有不少微小的人影在晃动着。匪徒们捆住了跪倒的船员，并殴打那些试图反抗的人。而其中有一个老头，更是被重点关照了。一个巨人将他的头按向了大陶罐里。那个被制住的家伙扭动着身躯，做着徒劳的挣扎。她又听到了凄惨的、含糊不清的叫声。"神啊，饶了我，放过我的船！"

当巨人将这个可怜的人的头部按进罐中时，水从边缘喷涌而出，喊声被一阵巨大的咕噜声取代。现在，她的视野逐渐变得清晰，她看到了巨人，也想起了她是从何处听说的艾德莱斯提亚号。马可斯的话语在她的脑海中回响：艾德莱斯提亚号是岛上最后剩下的大船之一。独眼人正在外出狩猎，而那艘船是他的猎物。

第三章

　　巴尔纳巴斯徒劳地喊着，气泡随着嘴巴的开合向耳旁涌去，他自水下求饶时发出的沉闷声响听起来很是奇怪，仿佛来自另一个世界。他的双手被绑在背后，绳子也因他的挣扎而勒进了皮肤里，被捆住的地方鲜血淋漓。水从他的口鼻里猛地灌了进去，如同蛇一般钻进他的咽喉。而更糟糕的是，当空气从他的肺部流出，身体尖叫着让他摄入氧气时，那个可能是独眼人副手的男人用宽大厚实的手掌将他按在了原地。眼前先是出现了白色的闪光，之后是黑色的墨迹，如章鱼的墨汁一般，越来越多，并朝四处蔓延，相互勾连，最终彻底覆盖了他的视野。这下他才意识到。这一次，独眼巨人不会再给他喘息的机会。等待他的只有卡戎和引渡人。他在心里默默地哭泣，他坠入了自己埋藏记忆的深坑中，那精彩的人生如同一柄溅射着光芒的火炬般照亮了他记忆中的每一个片段，一个个片段在他眼前闪过。他看到了自己作为一名年轻水手时被放逐过的那个沙岛——那天早晨，当他口渴难耐时，看到了翻滚的海浪……并见到了从中升起的闪光巨物。而前来营救他的人却当他是被晒傻了，全然不信他说的话。

突然间，一切都变了。那只肉实的手掌猛地松开了他的头，罐中的水也安静下来。他那头被束起的花白头发和胡须仿佛章鱼的触手般摆动，将水花甩向了四周。新鲜的空气猛地灌入，那声音震耳欲聋，阳光的照射更是令他头疼不已。他眨着眼睛，一边干呕着，一边气喘吁吁地看向提着他的巨人，而对方也用独眼与他对视。

"你这时刻不停的嘴唇都变蓝了，巴尔纳巴斯。"独眼人和他的手下大笑起来。

"我说的话，"巴尔纳巴斯咳嗽了起来，"并非是对你的侮辱。我向众神发誓。"

"你总是将神明们挂在嘴边。"独眼人嘲笑着再一次握紧了巴尔纳巴斯的脑袋。"是时候让你去见见他们其中的一个了。老家伙，哈迪斯正等着见你呢！"

"不——"巴尔纳巴斯的恳求被中途打断了，紧接着便是一阵飞溅的水花。再次回到痛苦的深渊，眼前朦胧一片，肺部仿佛烧了起来。

这一次，他回想起了自己当上船长时的第一个任务。当他带领他的船员到达一个寻找古代宝藏的岛屿时，他们只发现了一个迷宫般的洞穴。他们迷路了，在那些黑暗的地下通道里徘徊了好几天。他们没有找到宝藏。但是在一天晚上看到了什么，所有人都睡了，唯独巴尔纳巴斯看见了一个……生物。嗯，至少看到了它的影子：那是一只巨大的猛兽，宽阔的肩膀，头上还长着角，看着他们蹒跚而行。巴尔纳巴只见过那怪物一次。或许那只是一场梦？这是他的手下在听到这个故事时的回应，但后来他还是发现了细小的足迹及动物的蹄印。他猛地灌了一口水，身体逐渐松弛，他感觉到了生命的流逝。他的斗争就快结束了，随后……

"怎么了，你这个老家伙？"独眼人将巴尔纳巴斯再次从罐里拽了上来，挑衅道："你信奉的众神到底是无法开口，还是他们早已将你抛弃？"

看守着被绑船员的土匪们爆发出一阵大笑。

"弄死他！"一个人起哄道。

巴尔纳巴斯觉得独眼人的手再次抓紧了他的后脑勺。他没有吸气，因为他知道挣扎只会让这一切更加漫长和痛苦。

"你们为何不来救我？"他低声说道。接下来他看到罐里的水向他涌来……

"放他走。"一个声音从海湾那边传来。

独眼人的手僵住了。

巴尔纳巴斯盯着水，鼻子离水面只有一指的距离。他的头被按住，只能将眼睛转向一边，用余光去看。他看到的景象令他感到一阵恐惧。只见卡珊德拉昂首阔步地从海湾走来，身形修长，步履轻盈，整个人看上去充满了力量。身上背着一张猎人弓、一把斧子及一柄奇怪的断矛。她的脸轮廓分明，仿佛刀削斧凿；双眼被阴影遮盖，只露出一双带有戾气的眉毛，而她的肩上停驻的东西令人难以置信——那是一头老鹰，众神之鸟。眼泪开始在巴尔纳巴斯的眼中打转。这个宛如阿瑞斯之女的人物究竟是谁？

"不要让我说第二遍，独眼人。"她咆哮着，飞扬的沙子如雾一般在她身边旋转。

而那独眼的巨汉在听到后，愤怒得颤抖了起来，紧闭的双唇终于爆发出了一声低沉的咆哮。然后，便随手将巴尔纳巴斯扔到一旁，就像随意丢开一块用旧的抹布。

凯法利尼亚岛的独眼人站在船头，居高临下地看着卡珊德拉，他自很久前便已残缺不全的脸和本是他的右眼的凹陷处都因愤怒而变得扭曲。他绷紧了橡木般的四肢，其上布满了汗水，而他那身镶铜皮甲下的躯干也猛地鼓胀起来。

"是你吗，雇佣兵？"他喝问道。

独眼人束起的黑发如同有生命的火焰一般在风中飘动。而当卡珊德拉走到离他二十多步的距离站定后，他不由惊呼出声："雇佣兵，真的是你！"

卡珊德拉单脚轻移，双脚分开站定。她挺起了肩膀，伊卡洛斯稳稳地停在她的肩上。威慑力！尼科拉欧斯在她脑海里咆哮着。她希望独眼人和她的手下并没有注意到自己那如同在拨弄七弦琴似的颤抖着的手。但她必须去面对他，她对于这个野蛮人和他手下的暴徒已经忍气吞声了太久，她不得不去面对他，去终结他施加在她、福柏、马可斯……及生活在凯法利尼亚岛的所有人身上的束缚。然后……她所需要的、那艘该死的船也停在那里。

"你在这做什么？"独眼人咆哮道，"我可是吩咐了手下让他们把你捆了再带来的！"

"他们都死了。而我是孤身过来，是来找你的……独眼龙。"

独眼人猛地一拳砸在了船沿上，咆哮道："不准那样叫我！"四名手下应声而出。当暴徒们翻过船沿并落在岸边后，便从两侧将卡珊德拉围住了。

当他们向她走来时，卡珊德拉的思绪乱作一团。"独眼龙，你只有一只眼睛，难不成你也只长了一只耳朵不成？我说了，我是来找你的，而不是你手下的这帮恶棍。"

独眼人的嘴唇抽搐了一下，然后他挥动一根手指指向他的四个手下发出了指令:"扯掉她的双腿让她再也走不了路。然后把她拖到船上,待我弄死这个老东西,我要亲自砍了她的头。"

当他侧身向巴尔纳巴斯走去时,她从口袋中掏出了那枚黑曜石制成的眼球,将其迎着太阳举起。"看看我在你家中找到了什么。"

独眼人猛地转过头来看她,然后将独眼眯成了月牙,并发出了一阵邪恶的低笑。"哦,你会为此付出沉重的代价……"他和他剩下的六个手下从船上跳了下来,像绞索一样将她围了起来。你打算独自面对独眼人和他的十个手下?脑海中的尼科拉欧斯嘲笑道:勇敢在许多时候即是愚蠢。明智地挑选对手,永远不要招惹自己应付不了的敌人。

卡珊德拉身后响起一阵刺耳的叫声,下一步计划跃上心头。她转向了正在她身后草地上进食的山羊。"也许我应该将这枚眼球放在更加安全的地方妥善保管更好?"她说着,向山羊后方走去,并且抬起了它的尾巴。

独眼人愣住了,随即骇然。"你敢这么做你就死定了!"

而作为回应,卡珊德拉只是冲他笑了笑,将那眼球放进嘴里湿润了下,然后将它深深地插入了山羊的肛门。山羊不知所措地抬起头,发出了惊恐的叫声。紧接着,卡珊德拉拍打了一下山羊的屁股,令它飞快地从独眼人的两个手下之间穿过,向海边跑去,随即消失在了地平线上。

独眼人发出了一声怒号,然后尖叫着对手下发出了指令:"抓住那该死的山羊,把我的眼睛找回来。"三人应声而出。

至少要面对的浑蛋少了三个。卡珊德拉如此想到。

而独眼人和他剩下的七个手下如同猎猫一般伏低身子,盯紧了卡珊德拉。随后他向手下提出:"杀死她的人将得到一袋银币。"

卡珊德拉则是一只手握着她从独眼人老巢偷来的守卫的斧子,另一只手握紧了列奥尼达斯断矛。注视着眼前的敌人，等待他们发起进攻。暴徒中看上去最凶恶的那个带着沉重的金耳环，身披皮革短裙。卡珊德拉注意到他微微动了一下，于是便在他朝自己冲来的时候，双手成十字交叉，用断矛与斧子挡住了对方的攻击。然而这一击还是让她失去了平衡，向身后的敌人退了过去。她在后退的时候奋力转过身，并准备好面对预想中的敌人发起攻击，却只见伊卡洛斯的残影疾驰而下，抓向她身后那个暴徒的眼睛，将她从对方那凶恶的镰刀下救了出来。随后她迅速转向了下一个朝她袭来的敌人，躲开对方的攻击后，猛地将斧子劈进了他的肩头，深入体内的斧刃在抽出时带出了一团暗色的血液。倒下的敌人身后出现了下一个向她冲来的对手。她压低身体躲过对方的利刃后，将列奥尼达斯断矛扎进了他的脸。对方的脑袋在卡珊德拉的攻击面前如同瓜果一般彻底破碎，伴随着一声动物般的呜咽，轰然倒地。紧接着又有两个人向她扑来，其中一人的长矛贴着她肋骨擦身而过，而另一人的重器几乎要敲碎她的头。敌人的数量实在是太多了……而独眼人本人也在权衡着自己动手的时机。每个斯巴达人都必须拥有一双猎人的眼睛，注意周边的一切，而不仅仅是摆在他们面前的东西。脑中的尼科拉欧斯奚落道。卡珊德拉的余光看到了艾德莱斯提亚号的甲板上的一些东西：桅杆上的帆梁和固定它的绳索——而其另一端系在船沿上。当两名暴徒尖叫着冲过来时，她避开了两人的攻击，并将斧头从她杀死的前一个人的胸部扯出。高高举起后，猛地掷向船角。她还没来得及确认自己是否击中目标，便转过身又挡下了一击。紧接着，她便听到了斧头穿过绳索嵌进船沿时劈进木头的响声，以及向她冲来的独眼人所发出的怒吼声，他握紧了手中的重斧，做好了将她开膛剖肚的准备。随后，一道阴影掠过头顶。脱离束缚的帆桅绕着桅杆转动起来，原本系着桅杆的绳索则在空中乱舞。

卡珊德拉跳起，一把抓住了那被海水打湿的绳索，并宛如救命稻草一般将其牢牢握住，堪堪躲过了独眼人劈向她原本位置的一击。那绳索将她带到空中，她猛地朝独眼人踢了过去，脚后跟踢中了对方的鼻子，而后便像是弹弓上的石头般弹射而出，越过暴徒们的封锁，一跃上了船。她将手一松，身体猛然撞上了船沿，随后双手发力，爬上了甲板。她跑到巴尔纳巴斯身边，解开了绑着他的绳子，随后为离她最近的船员们松了绑。他们猛地跳将起来，显得惊慌失措。

"做好准备。"她对船员发出了指令，然后望向船尾和岸边。她听到了独眼人愤怒的喘息声，眼看着从岸上抛来的绳子钩住了门闩和木头，紧接着绳索又绷紧了，是那独眼的暴徒和他那群手下们开始登船了。船员们迅速地取下了嵌入船体的钩子和短杆，然后冲到船尾的边缘，向正在登船的敌人们发起了进攻，像驱赶吸附在岩石上的帽贝一样。不过独眼人太过强壮了，他最终还是爬上了船沿，一刀砍断了一名船员的脖子，而那名船员就这样摔在了浅滩上。就这样，他和三名手下再次回到了船上。当这名独眼巨人冲向卡珊德拉时，那个懦弱且手无寸铁的巴尔纳巴斯却跌跌撞撞地冲了过来，挡住了他的去路。当独眼人握紧武器，准备将眼前碍事的男人解决掉时，卡珊德拉抓起一根钓鱼竿，在末端绑上一根钉子后，朝甲板另一侧的巨人猛地甩了过去。这支临时拼凑而成的标枪狠狠撞上了独眼人的胸口，将他向后推，最后牢牢钉进了桅杆之中。凶徒的眼中充满了愤怒和不可置信，紧接着一大团暗沉的血液从其嘴里喷出，在片刻的喘息之后，暴徒的身躯终于无力地垂了下来，他死了。

看到这个结果，现在仍在战斗的少数暴徒退缩了，他们显得惶恐不安，丧失了信心。他们从船上跳了下去，飞快地逃离了海湾。

一名船员结结巴巴地问道："凯法利尼亚岛的独眼人……就这么

死了?"

"岛上的人再也不用因他而担惊受怕了。"另一名船员粗声粗气地回答道。

巴尔纳巴斯身上仍然湿答答的,看起来有点邋遢,他来到卡珊德拉面前,盯着她,然后跪倒在地,像一件掉落在地上的斗篷。他凝视着卡珊德拉,眼中充满了敬畏。就在这时,伊卡洛斯猛扑下来,落在了她的肩膀上。"您是战神阿瑞斯的女儿吗?"

"我叫卡珊德拉。"她回答说,一面挥手示意他起来。然后盯着散落的尸体和泥罐。"我听说过独眼人和这艘船的船长间存在一些旧怨。我没想到事情会这么严重。"

巴尔纳巴斯深深地叹了口气。"其实,与独眼人之间的事情是一场误会。我最近在萨米码头边的小酒馆享用美食。说是吃饭,倒不如说是饮酒。我喝得来了兴致,便决定告诉当地人一个过去航行的故事,关于我在岛上看到的一样东西。虽然我酒品的确很差……但我确实看到了它——那是一个可怕的生物,丑陋得无法描述。但当我提到了'独眼怪物'这个词时,我们这位独眼的朋友立刻就站了起来,然后踢翻了我的桌子。他以为我是在说他,从那时起,他就一路追着我。我们侥幸在他抓住我们之前逃离了萨米的码头。但他似乎提前知道了我们会在哪里靠岸,因为我们刚在这里停船,他和他的手下就找上门来。""是啊,独眼人比较……在意那样的话。"卡珊德拉露出了些许笑意。

当巴尔纳巴斯看到独眼人的尸体以及陶罐后,他那被日光晒黑的脸明显放松了下来。"我在海上度过了大半生,如果被淹死在罐里就太丢人了。我欠你一条命,所有的船员也都是因你而死里逃生。但是,除了向您献上我的忠诚外,我也想不到其他方式来报答您的救命之恩了。"

"你只要把船借我用一段时间就足够了。"卡珊德拉如是说。

"一段旅程?"他问道,"我会把你带到任何地方,雇佣兵。如果需要的话,走向世界的边缘也无妨。"

当艾德莱斯提亚号离开克莱普托斯湾后,众人绕着凯法利尼亚岛航行至萨米港,并在那里停留了好几天。巴尔纳巴斯的船员们采购了口粮与补给,为未来的旅程做好了准备,船上时不时有人背着鼓鼓囊囊的麻袋在跳板上来回奔跑。卡珊德拉一只手肘撑在船舷上,身边是嘈杂的码头上人们交谈的声音、海鸥的尖叫声以及附近小酒馆里传来的碰杯声,但她的思绪已然飘向了海面。

卡珊德拉身后响起了轻快的脚步声,沿着码头嘎嘎作响。"我准备好了,"福柏气喘吁吁地说道,"我收拾好了所有的东西。"

卡珊德拉的眼睛紧闭着,竭力去扑灭内心闪烁的火焰。"我不打算带你一起去。"她冷冷地说道。

她身后的脚步声减慢了。

"如果你要去的话,我也要去。"福柏用一种强硬的语气说道。

"我要去的地方不适合孩子。"卡珊德拉说完,慢慢转过身去面对她,蹲下来,迎上了她的目光。现在她知道了,那强硬的语气只是这个孩子用来掩饰内心恐惧的面具。福柏的眼中闪烁着泪水。"你必须留在这个岛上。独眼人已经不在了,所以不会有人来伤害你和马可斯。"她看向福柏的身后。马可斯正站在码头上,与一个斜眼的商人交谈,试图向他出售一只秃顶的脏兮兮的驴子。"这可是一匹战马,"他说,"就算给将军骑都毫不逊色。"他停了一会儿,回到了卡珊德拉的身旁,半点着头向她告别。"照顾好她。"卡珊德拉对他说道。另一个匆匆点头,像一个挨了骂的孩子。

这时卡珊德拉感觉有什么东西压在她的手里。那是福柏的玩具木鹰。"那你把卡拉带走,"福柏说道,"那样无论你走到哪里,卡拉都会和你在一起,就好像我和你在一起一样。"

卡珊德拉觉得好像有一双无形的手正掐着她的喉咙,一丝呜咽从缝隙中流出。但她用手握住玩具鹰,冷冷地叹了口气,压制住了自己的感情。"我有件东西要给你。"她低声说着,将独眼人的黑曜石眼睛塞进了福柏的手掌。她在克莱普托斯湾时用了一种巧妙的换物手法——她很好奇那只可怜的山羊是否已经排出了那枚被她塞进肛门里的鹅卵石。"自己将这个藏好。不要让马可斯知道。如果你遇到麻烦,就把它卖掉,记得要好好利用换来的银币。"福柏盯着那枚眼球,惊愕地张大了嘴,然后迅速地将其塞进了自己的包里。

"再见了,福柏。"卡珊德拉说着站起身来。

"你会回来的,总会有那么一天,你会回来的,对吗?"福柏用恳求的语气问道。

"我没办法给你那样的承诺,福柏,但我希望我们能够再见面。"

最后的物资被带到船上,一切准备就绪,呼喊声在船上回荡。福柏向后退去,面带微笑,却又哭了起来。她从船上跳下来,朝马可斯的方向走去。卡珊德拉转过身去,不再看她,却紧紧握住了手中的玩具鹰。

桨手划动船桨,艾德莱斯提亚号就这样驶向大海。巴尔纳巴斯在甲板上来回踱步。与他被救的那天不同,他看上去不再像是一只溺水的猫了。他穿着一件浅蓝色外衣,肩膀部位是白色的。他那长而浓密的头发梳到了脑后,他的胡须理出了分岔,细心地束好。俨然成了一位英俊的大叔,看上去强壮且坚毅。过了一会儿,他向他的手下喊道:"划动船桨,放下船帆。"船员们便像松鼠一样,飞快地爬上桅杆,拉动绳子。随着远方响雷般的轰鸣声越来越近,艾德莱斯提亚号的白色风帆在船桅上翻滚，露出了其深红色的翔鹰纹章。帆迎着强风，如巨人的胸膛一般鼓胀起来，帆船向东飞驶而去，瞬间搅动起一阵白色的泡沫，喷洒在船上的所有人身上。

巴尔纳巴斯来到卡珊德拉的身边，他的头发在风中飘扬。"当独眼人将我按进水里时，我便向众神祈祷。然后你就出现了……"

卡珊德拉淡淡地笑了。"我正是承你召唤而来。"

"你战斗的英姿宛如亚马孙女王，就像阿基里斯的妹妹一样！甚至连宙斯之鹰都一直在你头顶盘旋。"巴尔纳巴斯继续说道。跟随船只的伊卡洛斯听到这一句话发出了一声尖啸。巴尔纳巴斯的眼睛亮亮的，闪动着向往的光芒。"在我的旅行中，我遇到过一些声称体内流有众神之血的人。但是说大话是再简单且廉价不过的事，我认为要真正判别一个人需要观察他们的行为。"

卡珊德拉有些害羞地移开了目光，视线扫过甲板。它干净整洁，在蝎尾形的船尾下有一个不大的船舱，而一些船员似乎喜欢在甲板的角落处歇息，瞭望台更是备受喜爱。有些人坐在船桅上，荡着双腿。还有一些则是将斗篷叠起当作枕头，躺在船头附近的阴凉处打盹。其他人却是一边打磨着木材一边唱着歌，还有些则在船沿边上掷距骨玩。她数了数，共有三十个人。

"他们每个人都是我的兄弟。"巴尔纳巴斯注意到她的目光，如是说。"你可以完全依赖他们。但我得问你一个问题。为什么，在我能带你去的所有地方中……你偏偏选择了迈加拉？"他凝视着船的前方，那是科林西亚湾的广阔水域。

"有一笔巨额财富在巴盖的迈加拉港等我。"

"那是战争的中心，雇佣兵。"巴尔纳巴斯反驳道。"迈加拉的土地上遍布斯巴达方阵，而水域被雅典船队环绕。后者不会造成任何问题，因为虽然艾德莱斯提亚是艘饱经风霜的小船,但她航速快,且可以灵活转向……撞角也足够锐利。即使如此,我们登陆的时机也是极差,说伯里克利会带领雅典陆军冲入迈加拉,袭击斯巴达驻军的谣言可是越来越多了。什么样的财富值得我们在这种时候踏上这样一片被战火侵扰的土地呢?"

"一位斯巴达将领的首级。"卡珊德拉回答道。

附近的船员们震惊得倒吸了一口冷气。

"我的雇主要我去杀死那位人们称为斯巴达之狼的将军。"她说,随着三列船桨划向更深的水域,她的信心也越来越强。

巴尔纳巴斯吐出一口气,苦笑了起来。露出了发现自己接到的命令是爬上一座涂满油的陡峭悬崖时一样的笑容。"斯巴达之狼?你可真是接下了一项艰巨的任务。我听说斯巴达的尼科拉欧斯有着铁打的肩膀,就连睡觉时都会手握长矛,睁着一只眼睛。他的护卫也如同恶鬼一般……"

巴尔纳巴斯的话语渐渐淡去,剩下的只有卡珊德拉脑中震耳欲聋的嗡鸣。她听到自己喃喃自语:"你说什么?"随后便看到了船长和站在他们附近,见她腿软后上前来扶她的船员们脸上露出迷惑的表情。卡珊德拉朝着他们摆了摆手,示意他们不用管她,随后抓住船沿,俯身盯着水面。

斯巴达之狼就是尼科拉欧斯?他要派我去杀死我的父亲?

厄尔皮诺看着艾德莱斯提亚号驶向大海,在风帆的助力下向科林斯海湾冲去,他摸了摸那个奇怪的面具,轻轻地自言自语。他看到了船尾卡珊德拉纤细的身影。从骄傲、勇敢、自信,到现在这副受到了致命打击的样子,他看到了卡珊德拉单膝跪地,挥手驱散了自己的手下。

"这下她知道了……"他咕哝道,"一切由此开始。"

第四章

"把船帆升起来!"巴尔纳巴斯喊道。那巨大的老鹰纹章被卷回帆布,而二十名坐在皮革长凳上的男子则分别拿起一根冷杉木制成的长桨,向船两边跑去,举起船桨,将它穿过皮革环,并搁置在桨叉之上。随着一声颇有节奏感的击水声,木桨齐齐地拍在了波浪之上。

迈加拉近在眼前,而这次旅程也即将画上终点。

卡珊德拉坐在船头,注视着眼前由雅典船队形成的另类森林。一面面条纹风帆在空中飞扬,其下便是冷杉桅杆和裹漆船身。每艘船上都站满了身穿闪亮铠甲的重甲步兵、弓箭手、机弦手和轻盾兵。有些船上甚至满载着塞萨利安产的骏马,而为避免马儿在看到海洋时产生恐惧,每匹马的头部均蒙上了布以遮挡视线。这俨然是一支漂浮在艾德莱斯提亚号和远处朦胧的迈加拉腹地及巴盖港间的军队。

"我必须得去面对他。"她自言自语道。自从她知道斯巴达之狼的真实身份后,在过去两天的航行中,这句话一直在她脑海中回响,已然成了她自我激励的口号。"但我们是无法通过那道封锁线的。"那些船只成队停驻在浅滩，只有四五艘在更深的水域。而当卡珊德拉能看到最近两艘船上那些白袍轻盾兵脑后的发辫时，那两艘船在见到这艘向他们飞速驶来的小船后，犹如被老鼠激怒的雄狮般脱离封锁线并向卡珊德拉他们的船只驶了过来。船上的士兵们大声叫嚷，并用手指指向了艾德莱斯提亚号，而他们的指挥官则是咆哮着令他们举起标枪瞄准敌人。卡珊德拉已然意识到自己的选择并不明智，便回头朝巴尔纳巴斯和他的手下们看去，准备让他们掉转方向。或许他们可以就此向北边或南边继续航行，并在科林斯海湾的任意一侧停靠。接下来说不定只需要一个月左右时间就能顺陆路赶到巴盖……

但巴尔纳巴斯不待她开口，便大吼出声："舵手，转向……快……快转！"

船尾的阴影处，那位名叫莱萨的黝黑舵手一把抓住了转向用的对桨，宽阔的双肩伴随着发力震颤起来，他咆哮着将身子向左边倾斜，令船头朝右边转去。随后另外两位船员飞速赶来，并将自己全身的重量朝左侧压了上去。

伴随着海水被搅动的响声，船体划破海浪，猛地朝右边转去。卡珊德拉也因无法站稳而握紧了船沿。而转向时掀起的海浪却比她人都要高上一些，打湿了她和她脚下的甲板，随后她便看到那些由轻盾兵们投掷出的标枪病恹恹地落入了艾德莱斯提亚号身后的浪花中。当船身恢复了平衡后，卡珊德拉颇有些不善地瞪着艾德莱斯提亚号船首前方那艘横向对着自己的落单雅典战船。巴尔纳巴斯视线扫过雅典舰队，发现这艘船——便是封锁线最薄弱的部分。

"别松懈！嘿嚯，嘿嚯，嘿嚯……"舵手亢奋地用拳头敲打着手掌，在甲板的中心线上前后往复，嘴里发出的音节节奏越来越快。这重复的音节鞭策着桨手们划动船桨，艾德莱斯提亚号的速度变得愈发惊人。当铜质撞角飞速冲向落单雅典战船的船身时，卡珊德拉瞪大了眼睛，而雅典人则是大惊失色。"站稳了！"巴尔纳巴斯咆哮道。

整个世界都仿佛在一阵木头崩塌的声音中爆炸了。在艾德莱斯提亚号因碰撞震颤起来的时候，卡珊德拉感觉自己的双臂几乎就要脱臼，一时间仿佛天色暗沉，眼前只剩一片火光云团。艾德莱斯提亚号就这样划破那由尖叫声组成的乐章，将雅典战船一分为二，宛如一扇敞开的大门。主桅杆就这样倒了下去，而船员们为求保命，纷纷抱住了那木质的桅杆。这些许骚动，来得快，去得也快。

卡珊德拉回头看了眼身后的混乱场面，涌起的浪沫及呜咽哀鸣的战船残骸。想来无须多久，剩下的雅典船队便会追上他们。

"他们是不会跟上来的。"巴尔纳巴斯说道。"他们不至于为了追一艘小船而冒险贴近岸边。"

这便是岸边了。她心里这么想着，看向了巴盖港那木板铺成的港口及远处断崖。当她意识到自己再无借口可找时，仿佛有一丛冰刺狠狠地扎进了她的心脏。她来了……而他，也在这里等着她。她的视线扫过海岸线，心脏怦怦乱跳。然而，那里什么都没有。

船就这样驶进了空旷的岸滨，贴着港口的木板停了下来。卡珊德拉跃过船沿，落在了岸上，视线顺着寂寥无人的港口向内陆望去。斯巴达之狼，你会在什么地方呢？

然而这时，离卡珊德拉不远处，响起了一道绝望的吸气声，倒是将她吓得差点儿跳了起来。那是一名雅典士兵，从被他们撞成两截的战船上下来，一路游到了浅滩，最后跌跌撞撞地爬上了岸，一边喘着气，一边吐着水，身上的蓝白背心已然湿透了。卡珊德拉朝岸边望去，看到了更多人正从战船残骸内游出来，至少有数百人。其中有些人将自己的盾牌当作浮板，且大多人都没有抛下自己的武器。远处构成封锁线的其他战船上的人们发出了欣喜的欢呼声。在那一瞬间，雅典人似乎在海湾上找到了一个临时的立足点。

直到……一群身披红袍的身影从松树林中冲了出来。

卡珊德拉压低身形，躲进了一丛荆豆花中，看着那由约莫五百人的军团组成的斯巴达方阵从树林中冲了出来。五百人，也就是如今日渐稀少的纯种斯巴达公民总数的五分之一。当他们赤着足，一步一步向海岸线进发的时候，红色的披风随风飘动，整理整齐并紧绑成辫的须发像绳子一样，在空中飞扬碰撞；他们的头盔在傍晚的日光下显得十分耀眼，镶铜的盾牌上刻着血红的拉姆达符号，而手中的长矛则如同行刑者的手指一般，平举着指向了那些爬上岸的雅典人。

他们一言不发，冲向了前方的猎物，一张张面容因憎恶而变得扭曲，刺出的长矛也只为贯穿敌人的胸口，一团团喷出的血花在战场上空凝结成了雾，剩下的只有伤者的惨叫。而那些正在向岸边游来，或是手脚并用爬上浅滩的雅典士兵们，等来的只有斯巴达长矛尾部铜质尖刺毫不留情的重击。当大概七个雅典人组成的小队鼓起勇气，决定放手一搏时，斯巴达士兵中的一人如同梦魇一般冲了出来。卡珊德拉只能隐隐看到他那随风摆动的红色系带披风，他的面容也因头上戴着的科林斯旧式头盔显得有些模糊，唯有他的长矛在阳光下闪闪发光。而七个人全部倒在了他的矛下，血肉分离。不多时，那艘战船上活下来的幸存者便成了一节节漂浮在血泊中的断臂残肢。整个海湾都沉寂了下来，只剩下海浪拍击的声音。

卡珊德拉终于看到了他，她知道眼前的人就是斯巴达之狼，因为他一副将军打扮——头盔上横立的流羽同他被鲜血打湿的披风一般鲜红。她盯着前方戴着头盔的身影，寻找那张脸，过去的记忆像鞭子一样抽打着她。她的心脏仿佛被猛地敲了一下,掌中的列奥尼达斯断矛开始不停地震动。

斯巴达之狼周围的士兵扬起长矛,向他致意。

"呼哈!"他们庄严地吼道。

他们的士气和这些战士的数量让卡珊德拉意识到现实的残酷。现在不是胡思乱想的时候。她松开长矛,披上斗篷,火就熄灭了。她看着斯巴达之狼朝着一个年轻的军官走去,一只手握住他的肩膀。"你做得很好,史坦托尔。"卡珊德拉听到他说。随后,这名斯巴达将军,她的父亲……她的对手转身离开了海湾,朝着一条沿着海岸峭壁蜿蜒而上的道路前进,一些人跟在他身旁。

卡珊德拉回头,看到巴尔纳巴斯正焦急地朝她望来。在这里等我。她比出了这样的口型后,从荆豆花丛中站了起来,向斯巴达士兵们走了过去。其中那名叫作史坦托尔的军官首先注意到了她,然后上前挡住了她的去路。

这名军官比她大上几岁,既然他是一名军官,卡珊德拉猜测他大概有三十岁。他就这样冷冷地盯着她,较薄的嘴唇外围着深色的胡须,鼻梁宛如刀片一般。他很强壮,而且看上去很精瘦……可能有些太瘦了,也许这是战争和饥荒造成的。他的唇瓣动了动,似乎已经准备好了最尖刻的挑衅,直到他注意到停泊在附近的艾德莱斯提亚号后,瞥了一眼死去的雅典人,然后望向了远处海面上战船的残骸。"你……是你将那艘战船撞成两半的?"他总结性的话语被附近肌肉拉扯撕裂的声音打断了,一头秃鹫从一名死去雅典士兵的头颅中抠出了对方的眼球。

"因为它挡了我的路。"卡珊德拉用和他相似的拉科尼亚口音回答道。

卡珊德拉注意到他的眼睛里闪烁着尊重的光芒,她便顺着他骄傲的目光望向了沿岸断崖的最高处——斯巴达之狼正站在那里,挂着短杖俯视海湾,身后的披风在火焰般的暮光中肆意飞扬。

卡珊德拉忽然意识到自己盯着他看了太长时间。而史坦托尔也意识到了这一点。

"你对斯巴达之狼有什么企图?"他厉声问道,话音间充满了怀疑。

卡珊德拉故作冷漠道:"我来这里……是想要为他效力。"

"也就是说,你是一名雇佣兵。你觉得我们需要帮助吗?你难道没有看到我们是怎么解决掉这群雅典蠢货的吗?迈加拉不是还在斯巴达手中吗?"

"没错,现在还在斯巴达手中。"她回答说。"但我可是听说了雅典的伯里克利打算在这附近进行大规模的登陆作战。"

史坦托尔惊讶地张开了嘴。

"我相信你们的战斗力。"她在对方破口大骂前回答道。"但你们难道真的没有一些需要雇佣兵来完成的任务?我只是希望能在你们的营地借宿,以及一个安全的港口,可以让我的船停在那里。"

史坦托尔对卡珊德拉的要求嗤之以鼻。"你想为我们效力?你觉得我真的会将一个用金钱就可以买通的刽子手放在我父亲身边吗?"他抬头看了一眼斯巴达之狼,说道。

"你是斯巴达之狼的……儿子?"卡珊德拉问道,声音哽咽起来。

"我是在他的两个孩子都去世后不久被他收养的。"史坦托尔解释道。"他指导我,训练我。多亏了他,我才成为一名士官,也就是这个军团的将领。他对我来说就是一切,而他也是我想成为的一切。就算他要敲响冥府大门,我都会一直追随在他左右。"

"我只想要一个能够誓死追随他的机会。"卡珊德拉说道。

他有些怀疑地看着卡珊德拉,将她从头到脚打量了一番,宛若一名商人审视一匹马驹一般,最终将一只手劈进了另一只手掌中,做出了决定。"不行。没有任何雇佣兵能踏入我们的营地或是靠近斯巴达之狼一步。"他坚持道。"内陆已经有了太多像你这样的人,在为雅典人卖命……"他皱起了鼻子,继续说:"伊卡诺斯和他雇来的盗贼一直在袭击我们的运粮车,让我们的士兵们没有面包可吃。而其他人则是想要我父亲的项上人头,因为这会给他们带来财富。狼爪附近已有太多荆棘,我不允许出现更多的障碍。依我看,你也可能是他们其中的一员——为了杀死我的父亲才来到这里。"他紧紧地盯着她看了一会儿后,说道:"你走吧,回你的船上去睡觉,然后庆幸我没有砍掉你的脑袋吧,陌生人。"

卡珊德拉身后轻声作响的长矛告诉她是时候离开了。她微微弯了弯腰,并向后走去,回到了那名为艾德莱斯提亚的脆弱的避难所。

在吃完咸烤沙丁鱼和面包及被水稀释过的葡萄酒组成的晚餐后,卡珊德拉在船头附近躺了下来。令人毛骨悚然的沉寂笼罩着海湾,尽管她肌肉酸痛,头脑昏昏沉沉的,但她仍旧无法入眠。于是她干脆将膝盖抱在胸前,坐上了船沿。她身边的伊卡洛斯勉强靠着那一弯照亮水面的月光梳理着自己的羽毛。她看着雅典船队上一个个由火炬形成的光圈,以及斯巴达人那在断壁上驻扎的营地里映出的橙色光芒。而在这个宛如地底世界的浅滩上,陪伴她的只有一群打着鼾的水手,以及那掷石可及的沙滩上,雅典士兵们已经开始发臭的尸体。斯巴达人们剥去了他们的盔甲,却不会有人去埋葬他们。

当她听到水面上的桨声时,她的心跳停了一拍。夜袭?但她只看到一条小划艇从那封锁线中向岸边驶来,随后便看到两名手无寸铁的雅典人跳下船，朝斯巴达营地走去。胆子倒是不小，他们死定了，她想。但在不久之后他们居然回来了，随后一支人数更多的雅典人队伍在他们最凶恶的敌人的许可下划船上岸加入了同伴的行列，帮着他们在沙滩上挖掘坟墓，埋葬他们死去的同袍。

卡珊德拉盯着斯巴达营地。斯巴达之狼再次出现在了断崖的边缘，俯视着这场被漆黑的天空和银色的星沙所环绕的葬礼。毫无疑问，你为自己所表现出的这种尊严、气度而感到自满。她恨恨地比出了这样的口型。但那天晚上在山崖上，你又将这分尊严丢去了哪里？

一个月后，艾德莱斯提亚号仍停靠在巴盖附近，而卡珊德拉也逐渐开始赢得斯巴达人的信任。白天时，她暗中跟随队伍，在许多海湾和港口打退了试图停泊的雅典船队，也会与从北方袭来的步兵对抗。她先后两次帮助斯巴达人扭转了局面。第一次，她躲在靠近岸边的岩石上，越过那些严阵以待的斯巴达人的头顶，射出了数只燃烧的箭，点燃了即将靠岸的雅典三列桨座战船的船帆，那些船只来不及到岸便被付之一炬。结果史坦托尔就像一只被抢走猎物的秃鹫般怒视着她。第二次，则是在几天后，她再次来到了战场上，从树林中冲了出来，并击败了一名雅典的精锐士兵。史坦托尔狠狠骂了她一顿，并将利刃的四分之一架在她脖子上威胁她。"远离我的士兵。更别靠近我的父亲。"他唾弃道。但卡珊德拉可以看到他眼睛下方的黑眼圈，以及斯巴达士兵萎靡不振的步伐。尽管他们为了尊严和名声笑对饥饿，但供粮车迟迟未到，意味着许多人已有近半个月没有吃过固体食物了。

斯巴达的信任好似一把厚重的铁锁。卡珊德拉意识到要想彻底获取斯巴达人的信赖，谷物正是关键所在。她站起身，无声地从船上滑了下来，跑向内陆。

在断崖上，斯巴达营地的轮廓被一圈点燃的火炬刻画出来。哨兵面无表情地站在岗位上,时刻保持警惕,他们长矛的尾端尖刺被插入地面,使得矛身如同支柱般直立。而一些山民则坐在树上及乡间的高地上,他们是职业标枪手和外围的守夜人,虽不是纯种的斯巴达人,但身为士兵,还是受人尊敬的。营地内的斯巴达士兵们坐在火堆旁,不时发出一阵沉闷的笑声。或是从他们的寇松壶里啜饮着那稀薄得有些可怜的黑色肉汤,或是打磨着他们的矛刃。还有几个人赤裸着身体,而他们的希洛忒奴隶们则是小心翼翼地往他们消瘦的身体上涂抹油膏,再用刮身板搓去他们身上的污垢。史坦托尔正坐在营地中央的火堆旁,疲惫不已,饥肠辘辘,更是有些烦躁不安。无法入眠的他从黑暗中起身,并带着其他几位失眠的士兵一起来到了火堆旁,想以此消磨时间,度过夜晚。"唱首提尔泰奥斯的诗歌给我听听吧。"他嘟哝道,"我要听他的战歌。"

坐在他对面的两个斯巴达公民出身的士兵咳嗽了一声,清了清喉咙,然后用最拙劣的歌喉唱起了三百年前斯巴达最伟大诗人所作的一首战歌。史坦托尔沮丧得面色如土,忙制止道:"别唱了,在伟人的幽魂从地底升起并扯下你们的舌头之前,快停下,别再唱了。"

他低头凝视着那如同帽贝般紧贴岸边的艾德莱斯提亚号。那令人烦躁的雇佣兵在这里度过了整个闷热的夏天,也就是将近两个月的时间。卡珊德拉在最近几次战斗中的做法简直是玷污了他们的胜利,有一次她甚至用上了弓箭这种完全不符合斯巴达精神的武器!那天,他走到海湾边上去视察那些在沙滩上训练的手下。模拟战中他们被分作两个对立的方阵,然后一一对应互相厮杀。每当有士兵击倒他们的对手或成功"杀死"对方,他都会发出粗犷的笑声,并鼓掌示意。到最后,所有人都头晕目眩,倒地呻吟时,场中只剩一道威风凛凛的身影。史坦托尔为其欢呼时……他发现那个身着红色斯巴达长袍和头戴铜质头盔的并不是来自拉科尼亚的男人。而是她,那个雇佣兵!

就因为这些士兵给了她一柄斯巴达制式长矛和盾牌,并且和她一起训练,史坦托尔像是个满怀仇恨的泰坦巨人一样咆哮着谴责他的手下。"但这是她应得的,长官,"一名士兵反驳道,"她曾受过专业的斯巴达式训练,但她不愿意透露自己是由谁教导的。"

被卡珊德拉打败的士兵中有一位在事后抓住了她,并试图去亲吻她以表达自己的好感。而那名士兵现在正坐在营地的角落里,照料着自己那骨折的下颌和被挫伤的下体。更奇怪的是,在过去一个月里,他频频接到山民的报告,说是发现她在天黑以后会向内陆的更深处游荡。雇佣兵,你到底是什么人?他如此想道。

无论如何,眼下有更糟糕的问题需要面对。那个女孩的消息准确无误,雅典的伯里克利将一股强大的重甲步兵派向了南方,并企图以此来打破斯巴达人对这片土地的控制,很快斯巴达的军团便会向北进军,迎击敌人。的确如此,盟军已经被召集起来了。史坦托尔用手指梳理他的头发:有的人谈论着雅典的英雄人物,也有人聊起敌人大致的兵力,还有许多人谣传说这次斯巴达必败,军中士气大为不振,如同被饥饿感不断折磨着的肠胃。

一阵急促的脚步声从史坦托尔面前的营帐外传了过来。

史坦托尔猛然抬起头,厉声喝道:"卫兵!"

一道身影来到了火堆旁,并朝着他继续走了过来。当他站起身,准备抽出短剑时,那道身影停下了脚步,并将一个重物朝他的方向丢了过来。在那个物件落到火堆旁后,外层的麻袋破裂开来,而从中溢出的是珍贵的小麦。那小麦便如同黄金一般吸引了众人的目光。当那道身影走近,史坦托尔抬起了头。女猎人打扮的卡珊德拉垂着眉毛,注视着他。

"雇佣兵？"他发出了低沉的吼声。

"伊卡诺斯已经死了。过去的一个月里，我一直在跟踪他。今晚我潜入了他的营地，杀死了他和他的所有手下。那里还留有十多车被他们劫走的谷物，这样你和你的士兵们就可以在雅典人发动攻击前好好吃上一顿，养精蓄锐。"

史坦托尔站起身来，表情喜怒参半。"也就是说你又一次拯救了我们？"他突然爆发了，怒吼道，"你是想要我们给你弯腰行礼，感恩戴德吗？"

"我只求能和斯巴达之狼见上一面。"卡珊德拉轻声说。

史坦托尔的怒火渐渐消退，一个想法如同晶亮的宝石一样在他脑海中闪现——他们需要召集尽可能多的兵力。"那好吧。我有一种方法能让你和斯巴达之狼见上一面。当我们北上对战雅典人的方阵时，"他伸出手指用力地指了指卡珊德拉后道，"你，雇佣兵，我会举荐你，让你跟随我的近卫军团一同出征。你在海湾训练期间表现很好，但沙滩上的模拟战并不足以衡量一名勇士。所以你必须投身到真正的战斗中，作为重甲步兵，成为钢铁壁垒的一部分，并以此来证明自己的价值。"

坐在火堆旁的两名斯巴达士兵闻言大笑了起来。

而史坦托尔则是迫切地希望卡珊德拉会被战争的残酷吓得心神不宁。走吧，雇佣兵，离开这个地方！

但卡珊德拉的答复却令他眸光一凝。"给我一支长矛和一面盾牌，我会以斯巴达人的方式战斗。"

史坦托尔的冷笑逐渐退去，愤怒的双眼里带着一丝寒光。

两支声势浩大的军队拥向了战场，如同两只敌对的巨蟒，他们的距离越来越近，在迈加拉的土地上掀起了滚滚尘土。而那天早上的巴尔纳巴斯就像一只老母鸡一样，试图说服卡珊德拉多带上几个面包，更是反复确认她是否带够了用水。

而现在，他们已经在海上待了大半个早晨，从巴盖湾向北面行进，卡珊德拉也不知道自己是否能够活着回来，再次与他相见。头盔里，卡珊德拉心血澎湃，如同雷鸣般在耳边轰然作响，粗重的呼吸仿佛波涛一般，空气中弥漫着汗水的气味。站在她左侧的斯巴达士兵每走一步，他结实的肩膀就会碰到她的手臂，用来背负盾牌的绳子嵌进了她的肩膀里，而手中重甲步兵长矛的矛柄更是刺痛了她的掌心。临行前，她将列奥尼达斯的断矛留在了艾德莱斯提亚号上，因为她知道若是被斯巴达之狼看到那柄断矛，他便会认出自己。她朝着史坦托尔近卫军团的前方瞥了一眼，那是三十一名面容坚毅的长须男子，而斯巴达之狼也随着他们一同前行。其余的部队则如同深红巨蛇的尾巴一般紧随其后。底比斯、科林斯、迈加拉、福基斯、罗克里斯这些斯巴达在伯罗奔尼撒半岛的盟友闻讯后纷纷派出了援兵，将斯巴达之狼座下的战力扩大到了近七千人。作为先锋的山民们向前飞奔而去，与他们同行的还有一队维奥蒂亚出身的骑兵。随着他们继续进军，前方连绵起伏的乡间景色逐渐消失了。继而出现在他们面前的是山体嶙峋、树木繁茂的高地。

随后，他们便看到了前方在犹如巨型沙盆的洼地中等待着他们的钢铁城墙。

放眼望去，满是铜与铁打制的军备，以及蓝白相间的战袍与旗帜。雅典人的部队横向排开，仿佛与地平线合为一体。卡珊德拉大概估计了一下，敌人至少有近万人。人群中不时传出号叫声及带着挑衅意味的谩骂。

简明的指令在斯巴达纵队中响起，长蛇的尾端横向摆动，形成了宽阔的防线，与雅典军队针锋相对。原本站在最前列的斯巴达之狼和他的士兵们来到了防线的最右端，盟军的士兵站在了队伍的中间，而山民们则冲向了最左侧。当脚步声逐渐淡去后，伴随着一阵木料及金属的破空声响起，所有人向前举起了盾牌，组成了一道铜墙，其上更有着诸如雷电、长蛇、蝎子之类代表着盟军阵营的亮色纹章。卡珊德拉也从背后取下了她的盾牌，将左手小臂穿过其内侧的袖状盾柄，握紧了缠在袖口握柄上的皮质缠带。这时盾牌仿佛变成了她身体的一部分。

突然，战场上有片刻的沉寂，而后这分平静又被轻吟的微风打破，随后便是一声慌乱的羊叫声。一名白发苍苍的斯巴达祭司拽着一头山羊穿过人群，来到了斯巴达之狼的面前。卡珊德拉注视着这位枯瘦的老者，看着他头顶上戴着的花冠及对方赤裸且瘦骨嶙峋的双肩，那晚的记忆再一次出现在她眼前。祭司仰望天空，嘴里念念有词，并将一柄利刃架在了那惊慌失措的牲畜脖子上。在向神明们祝祷后，他的手臂猛然向后扯动。而那头山羊稍作挣扎，便倒了下去，鲜血从其被割开的脖颈处喷涌而出。

待那头牲畜停止动弹，那名祭司表示诸神对此十分满意。斯巴达之狼扬起了一只手，所有士兵都举起了手中的长矛，仿佛一根根金属制成的手指指向了平原另一端的雅典军队。

卡珊德拉身后一名未着铠甲的斯巴达士兵拿起了一组阿夫洛斯管，那自他嘴角向下探出的管状乐器尾端开叉，好似象牙一般。他猛地吸一口气后吹了起来，一声震撼低沉的嗡鸣便自乐器中发出，传向平原的四周。听到这样的声音，卡珊德拉仿佛失去了全身的力量，此刻响起的《卡斯托耳颂》[2]挖出了被她深藏心底的回忆，令她想起了儿时

注②：荷马史诗中记载的故事，波鲁克斯与卡斯托耳是异父同母的兄弟，兄长波鲁克斯是由宙斯所出，拥有永恒的生命；而弟弟却是由斯巴达国王廷达柔斯所出。当弟弟卡斯托耳意外身亡后，波鲁克斯向宙斯提出，要将自己的生命分出一半给弟弟，最终成为黄道十二宫的双子座。

一家人围在桌前一起吃饭的美好时刻。而当她望向对面的雅典军队时,她的喉咙干燥无比,膀胱却好似熟透的瓜果一般鼓胀起来,令她有了一丝尿意。尽管她知道一对一的话,这里的敌人没有一个是她的对手。更何况,在卡珊德拉小时候,斯巴达之狼曾毫不停歇地向她灌输方阵作战的技巧,比如怎样站立才能稳健不倒、怎样抓住进攻和防守的最佳时机。而且卡珊德拉在沙滩训练中击败了那些斯巴达士兵,证明了自己的能力与价值。然而眼前这场真正的战役对她来说极为陌生……令她很是不安。

"你是害怕了吗,雇佣兵?"站在她右侧的史坦托尔问道。

她并没有转过头来看他。

"战场行军,犹如脚上戴着镣铐奔跑。除非你想被所有人羞辱,不然的话,你不能后退,更不能逃跑。你也不能像面对单个敌人那样躲避腾挪。你是这铁壁的一部分,斯巴达战争机器的一部分。而你也只能是这铁壁的一部分。这可不是什么演练,在这个战场上,你要么战胜敌人……要么就被敌人杀死。"他叹了口气后,轻笑出声。"不过你该为此感到开心,因为只有在生死边缘挣扎的人才是活得最精彩的人。"

"你想把我吓跑。"她哑声回应道,"我是不会逃走的。"

"或许是这样吧。但你在看到我的表现后就会发现——我才是能为斯巴达之狼斩获荣耀之人;我才是他手下最杰出的士兵;今日过后,他召见的人绝对会是我,而不是你!"

卡珊德拉斜眼看着他,不知道自己是否应该继续说下去,但她却忍不住去思考自己的人生本该是怎样的。若那晚的事情从未发生过,史坦托尔是否还会出现在这里?可能会是由她来率领军队?抑或是阿利克西欧斯?但她还没来得及闭上嘴,言语便脱口而出。"若我今日战死，就无法见到斯巴达之狼了，你和我说说他的事情吧。"

史坦托尔的目光犹如钢铁般冰冷。"告诉你他身边有多少护卫，平日里会经过哪些地方？这就是你想要的信息，不是吗？你真的以为我已经忘记你的雇佣兵身份了吗？"

卡珊德拉叹了口气，转头看向他。"不，我是说……他是一个怎样的父亲？"

史坦托尔钢铁一般坚硬的外壳瞬间破碎，卡珊德拉头一次从看到这个男人露出了孩子般的神情。而就是这个神情，令她理解了眼前的男人。男人并没有回答卡珊德拉的问题，转眼间面色一变，重新摆出了那副无情且厌世的神态。随着乐声越来越响，卡珊德拉意识到两人之间的谈话该结束了。所以当史坦托尔开口的时候，卡珊德拉惊得几乎跳了起来。

"他坚毅勇敢，关怀下属。要我说的话，他是个好父亲。但某些时候，我却觉得他自己并不是这么想的。他经常会神游天外，悲伤像寒冷的薄雾一般笼罩着他。"他大笑一声，再次露出了更为斯巴达式的一面。"或许，每个人都做过令自己后悔的事情吧。"

"是啊。"卡珊德拉回答道。她狠下了心，看向了斯巴达之狼。很快，有些人就要为自己做过的事情付出代价。

声势浩大的低沉乐声终于停了下来，雅典人的讥讽及那些满是污言秽语的叫骂也就此打住。

两方数百个军官高喊着命令全军前进。斯巴达士兵和盟军进发的速度令卡珊德拉吃了一惊，好似一只巨大的手臂扫过桌面。虽然众人只是小步前进，但步速却很快，也没有发出什么声响。盟军的士兵或是尖叫或是高喊，斯巴达人却是一言不发，只是用充满仇恨的目光盯着前方的敌人。两条横线之间的距离迅速缩短，卡珊德拉看到雅典的陆军部队向他们冲来，那些重甲步兵披着纯白的外衣，唯有右肩被染成了蓝宝石般的颜色。他们的队长头戴着插有翎羽的雅典式样头盔，身披古旧的镶铜板亚麻胸甲，脚蹬镶金的白色皮鞋。当雅典军队逼近的时候，那名队长发出了战吼。

"欸咧咧咧咧！咧咧咧咧！"

卡珊德拉的心跳快得仿佛脱缰的野马一般。若让她在这时回答史坦托尔的问题，她是否害怕了？她很确信，她的答案会是肯定的。卡珊德拉踏实地向前踏出每一步，决意不向眼前这令她头皮发麻的恐怖画面低头。雅典人的矛尖离她越来越近，随后……

嘭！

致命的尖芒撞划过她的盾牌，让她喘不过气来，有些刺向了她的头部，还有一些刺向了她的小腿。与此同时，一声铜铁相撞的巨响传了过来，就像钢铁巨兽的磨声。有些士兵却是刻意用长矛荡开对手的盾牌，为身边的同袍创造了刺中敌人胸腔的机会。战争刚一打响，便已有数百人倒下，喧嚣的战场上频频响起因口含鲜血而含糊不清的喊声，以及被开膛破肚后内脏跌落在地的声音。一支长矛擦过卡珊德拉的脸，削去了她的一束头发，她感觉到滚烫的血液从自己脸上滑落，血腥味钻进了她的鼻腔，血液流进嘴里，卡珊德拉尝到了血的味道。雅典军的队长似是将她当作了这铁壁的最薄弱之处，不断朝着她快速戳刺。而被架在由斯巴达重甲步兵组成的铁壁中的她能做的，只有躲在盾牌后，用长矛还击对手。

"看呐，斯巴达人带了个娘们儿上战场！"伴随着四周的内脏发出的可怖气味和飞洒的血雨，那名队长欣喜地大吼出声。而他手中的长矛却因为反复冲击断成两截，战场上，双方的数百人都遭遇了相同的状况。那相互咬合的尖牙被折断后，对立的两条阵线继续靠拢，直到盾牌相撞，发出沉闷的响声为止。卡珊德拉突然发现那名雅典陆军队长已经来到了她的面前，鼻尖对着鼻尖，她和其余斯巴达士兵面对数量远超于他们的敌军，只能尽力推搡。

"我要把你的乳房削下来，斯巴达婊子。"雅典军官龇牙低吼，口中的唾液喷到了她的脸上。"然后将你的尸体绑在马后，拖上一里再说。"

史坦托尔站在她的右侧，面孔被鲜血染成了暗沉的颜色。"拔剑吧，雇佣兵。"他低吼着拔出了自己的武器，并将其砍向了那被他推开的雅典人的喉咙。卡珊德拉看到陆军队长先行向她发起了进攻，但她如闪电般的反应速度令她战胜了敌人——她抽出了早上收到的短小弯刀，并将其狠狠插入了那名耀武扬威的陆军队长眼眶里。满口的自夸瞬间变成了痛苦的尖叫，随后他便一命呜呼了。另一个雅典士兵填补了他的空缺，两方仍旧胶着着，将士们为了保命奋力抵抗，直到一部分士兵发出无力的哀号后，倒地不起，战局才有了转机。雅典人连连后退，激昂的战歌转眼变成了绝望的尖啸。人数众多的雅典军队最终还是败给了威名远播的斯巴达意志。防线瓦解了，大批雅典人丢下盾牌，仓皇奔逃。作为善后部队，维奥蒂亚骑兵从一侧冲出，而从另一侧拥出的山民，向少数几支坚守着的雅典军团掷出了标枪。史坦托尔看着眼前的景象，大笑了起来。

"这场你来我往的战争就快结束了。"史坦托尔发出了胜利的高呼。"看到了吗，那些雅典人是多么惧怕我们？懦弱的伯里克利逃进了帕特农神庙，成日和剧作家、哲学家做伴。因为他知道雅典人占据迈加拉的时日无多了，而雅典城便是下一个被我们攻陷的对象！"

但在他大发狂言时，卡珊德拉注意到了斯巴达阵线上的一处异变，四名强壮的雅典人围住了负伤的斯巴达之狼，而他的亲卫军也不在他身边。不，他是我的！卡珊德拉在心里咆哮道。她毫不犹豫地向前冲了出去，将盾牌砸向其中一个雅典人的后脑勺，然后将弯刀捅进了旁边那人的身体。第三个雅典人一跃而起，手中的长矛眼看就要刺中斯巴达之狼。但不及他长矛脱手，卡珊德拉便狠狠地将弯刀刺进了他的胸腔，刀锋刺穿了他的外衣、皮肤、筋腱和骨头，插入他的肺部。剧痛瞬间袭来，那名士兵带着刺入身体的弯刀倒了下去。而斯巴达之狼则用盾牌击中最后一个敌人的面部，打断了对方的鼻梁后，长矛流畅娴熟地划过了他的喉咙，结束了这场战斗。那名雅典士兵倒了下去，头部不时地抽动，舌头也不受控制地瘫软下来，发出奇怪的声音。

卡珊德拉跪倒在地，竭力地喘息着，斯巴达之狼就在她眼前，但她手中却没有任何武器。在他的手下赶来，并将他团团围住前，斯巴达之狼盯着她看了一会儿。斯巴达士兵们再次以一种庄严又诡异的态度，举起了长矛，并发出一声令整个沙地战场震动的吼声："呼哈！"

当盟军们喧哗着庆祝胜利时，斯巴达士兵们安静了下来，那一声高喊便是他们仅有的奢侈。他们轻轻将长矛的尾端插入地面，默默地喝着水囊中的水，少数几人用几不可闻的声音小声交流着。

为国杀敌，为国捐躯。尼科拉欧斯曾经这么和她说过：这是我们的使命，不该有盛赞欢庆。

一组人则是冷静地从几个死去的雅典士兵身上剥下了盔甲，然后将长矛插入地面，组成了一个十字框架后，将敌方的胸甲、头盔及盾牌挂在上面，作为装饰——最终呈现出的是一个长着四个脑袋的雅典重甲步兵。一个简单的纪念碑，无声地歌颂着胜利。遍地的残肢引来了越来越多的苍蝇，嗡鸣愈发响亮。随后便有食腐的鹰禽逐一落下。

一名士兵从斯巴达之狼周围的队伍里走出来，问道："你就是那名雇佣兵吗？"

卡珊德拉抬头看向对方，然后点了点头。

"斯巴达之狼对你今日的表现很满意。等我们回到巴盖的营地后，他要求你去和他见上一面。"那名士兵说道。

卡珊德拉的眼角余光看到了正盯着她的史坦托尔，他的面色因愤怒而变得有些阴郁。

那晚气压极低，空气中的硫黄气味预示着风暴即将来袭，随后天空中响起了撕裂声和低沉的轰鸣，风暴似乎有些迫不及待了。卡珊德拉自从从战场上归来，爬上艾德莱斯提亚号后就显得寡言少语。挣脱了想要察看她伤口和瘀青的巴尔纳巴斯后，她径直拿起了自己的断矛，将其塞在腰带后，望向了岸边的断崖。斯巴达营地，和断崖高耸的海角，斯巴达之狼便要在此处召见她。

"我很快就会回来。"咆哮道。"做好即刻航行的准备……这决定了我们是否能够逃出生天。"

话音刚落，卡珊德拉便跳上海湾，向通往断崖的路上走去。风越来越大，拍打着她黑色的披风，一路上，她束起的发辫犹如鞭子抽打般在空中飞舞。当她来到断崖顶端的海角时……她愣住了。

他就这样，背对着她站在那里，忧郁地凝视着远处黑暗且波涛汹涌的海洋，仿佛那是他的宿敌一般。卡珊德拉慢慢走向了他，心跳得越来越快。他被风吹起的血红披风令她回想起了过去。忒格托斯山。她心想：那场登山之行。

卡珊德拉注意到从他头盔下露出的黑色卷发间已然有了几缕白发，以及从他的系带披风下露出的半截小腿可以看出他结实的双腿已然饱经风霜，虽仍坚实有力，但已满是岁月的痕迹。

尽管卡珊德拉接近他的时候未曾发出任何声响，但还是被他察觉到了，并朝一侧微微低下了头。

他自然能听到自己的声音。卡珊德拉在心中自言自语。他是一名斯巴达人，从出生起就接受各种潜行训练。

卡珊德拉停下了脚步。

斯巴达之狼缓缓转过身。

头顶雷鸣阵阵。

他看向了卡珊德拉，审视的目光透过头盔的T形面罩朝卡珊德拉射来。很显然，史坦托尔不过是在模仿他罢了。他斗篷下的身躯布满了伤疤，几道方才包扎完毕的创口却是来自今日与雅典人在沙地战场的角力之中。他这些年肯定不好过。但我不会心软的。卡珊德拉在心中愤怒地说。

"你就是那趋附于我麾下几个月的影子，"他开口道，"来吧，向我介绍下你自己，说说看为何你明知没有报酬，还如此奋力作战。"

他的声音一如卡珊德拉记忆中的那般低沉，但岁月的洗礼令他话语中的威慑力略有衰退。

卡珊德拉注视着他被闪电点亮的眸子，那道霹雳犹如一条蜿蜒曲折的荆棘划破天空，点亮了整个海湾。做出那种事后，你怎能将我忘记？

"你可能已经意识到，要取得我的信任，是非常困难的。但现在你已然得到了我的信任，将来你还能获得许多的赏金及……"

狂风呼啸，将卡珊德拉的披风宛若战旗般扬了起来，露出了她的腰带……以及挂在上面的列奥尼达斯断矛。

斯巴达之狼沉默了。另一道闪电在卡珊德拉背后划过，照亮了他的面容——双目圆睁，一脸难以置信的表情。"你……"他的声音变得沙哑无比。

卡珊德拉握向了那柄古老的断矛，而当她的手触到断矛的时候，她被过去的记忆牢牢地禁锢住了。

我看向了那片如墨深渊，满心绝望地乞求着，希望眼前发生的一切都不是真的。而那重重落在我身上的冻雨却将我拉回了现实。阿利克西欧斯，他死了。

"杀人凶手！"祭司尖锐的喊声宛如一柄镰刀割开了这寒冬的暴雨。"她杀了督政官！"

"她会为斯巴达招来不幸，我们会受到天谴，如同传谕者预言的那样遭到毁灭。"另一名祭祀厉声叫道。

一阵沉默过后，他继续说道："为此，她必须得死。尼科拉欧斯，把她也丢下去。她必须为自己的丑恶行径付出代价。"

我感觉到冰凉的手指触到了我的背部。我在深渊边上转过身来，我看见被一个老者从背后制住的母亲奋力挣扎要冲过来。而父亲充满力量的双肩垂了下来……脸上挂着可怖的神情。

"她，必须，得，死。"一个面容犹如骷髅的祭司哀号道。"如果她活下来，尼科拉欧斯，你就会被流放。这分耻辱将如影随形，便是你的妻子都会厌憎你。"

"不！"密里涅尖叫道，"别听他们的，尼科拉欧斯。"

"就连奴隶都会唾弃你，"那名祭祀继续说道，"你应该像一个斯巴达人一样，做出正确的选择。"

"一切为了斯巴达！"许多人吼道。

"不！"母亲的声音沙哑无比，几乎已经说不出话来。

那一瞬间我只求能和家人一起回到家中的火炉旁，希望这一切都只是一场噩梦。父亲朝我走了过来，那些恶意的呼声仿佛枪林弹雨般落在了他的肩头，唯有母亲的哀求能够挡下这些话语。我张开双臂，等待着被他抱起。他会保护我，为我遮风挡雨——我深信这一点，就如同我相信太阳之神阿波罗每日清晨都会从东方升起一般。他在我面前停了下来，深深叹了口气，并没有看我，而是望向了我身后的无尽深渊。那一瞬间，我确信自己看到了他眼眸中的光芒在闪烁了几下后，暗淡了下去。

父亲握住了我的手腕，他的手掌仿佛金属的利爪一般。在他将我举起的时候，我倒抽了一口冷气。他抱着我迈向了深渊的边缘，起初我的双脚还能感受到悬崖的存在，接下来便是一片虚无。

"不……不！看着我，尼科拉欧斯！"母亲哭喊道，"现在停手还来得及，你看着我！"

"父亲？"我啜泣着开口。

"请你原谅我。"他如此说道。

随后他便松开了手。我猛地跌入了黑暗之中，伴随着母亲撕心裂肺的哀号，他的面孔在我眼前渐渐模糊。只是片刻，我失重般向下落去，如同周遭的冻雨一般。狂风在耳畔呼啸，然后这一切都结束了。

当我从黑暗中醒来时，我首先听到的是一声高亢的尖鸣，随后便有件物什轻轻地啄了一下我的脸。我睁开眼睛后，映入眼帘的便是远处天空不断落下的暴雨，如此远的距离，唯有少数几团冻雨落在了我的脸上，发出轻微的响声。这隐蔽的深渊底部，一切都安静得令人毛骨悚然。这就是我变成幽魂后，永恒岁月中的最初时刻吗？

随后一只小鸟从我身后探出脑袋。它身披洁白的羽毛，有着一对带着灰色轮廓的眼眸，看上去可怜极了。我躲过了它再次向我啄来的鸟喙，却似乎碰到了什么其他东西，一声干涩的闷响自身下响起。随后双肩和一条腿上传来的剧痛令我意识到自己并非幽魂。我还活着，虽然不知道我是怎么做到的，但我活下来了。我坐起身后，那只鸟儿颤颤巍巍地爬上了我的大腿，动作有些笨拙。我意识到，那是一只鸟雕幼崽。我提起了这只幼小的生灵，将它护在手心里，然后哭了起来，希望能快些从这场噩梦中醒来。当我的眼睛适应了黑暗，我看清了身下"干涸废墟"的真面目——那是一个由无数残骸堆成的骨堆。被砸烂击碎的头骨尚且龇着大牙，而粗糙的岩表和破碎的衣料上却是悬挂着一幅幅骷髅的胸腔。当我发现这些骷髅大多是婴儿时，我浑身发冷，恐惧包围着我。这便是被斯巴达人抛弃的后代，皆因长者认定，他们不够强壮或是身有缺陷。

"阿利克西欧斯？"意识到他肯定也落到了这里后，我小声呼唤着他的名字，哪怕只是抱着他都能让我心中踏实一些。"阿利克西欧斯？"

没有任何回应。

我将乌雕幼崽放在地上，膝盖着地，转过身。我尽量不让受伤的那条腿承受任何重量，从满是骸骨的深坑中向前爬去。因为黑暗中目不能视，我只好伸出双手摸索着前行。然后我的手触到了一个柔软的物体，尚且带着些许温度。"阿利克西欧斯？"我哭着叫道。

高空中一道闪电划过，照亮了眼前的事物，督政官被砸烂的尸体双目圆睁，保持着尖叫时的表情，光秃的后脑却变得像被敲开的鸟蛋一般。我猛地向后退去，下意识地想找点什么保护自己，惊慌失措地从旁边抄起了一根骨头。然而被我举在身前的并不是什么骨头，而是列奥尼达斯的断矛。

我看向了断矛的利刃，心中充斥着憎恨、心痛和迷茫。我跌跌撞撞地在骸骨堆里寻找阿利克西欧斯……随后附近的岩壁走道内传来了骨头被移动的声音，我看到了一个修长的身影。有人来了。若是他们找到我，发现我还活着的话，定会将我杀死。于是我抱起了乌雕幼崽，逃走了……逃离了斯巴达，抛弃了过去及其中的一切丑恶。

斯巴达之狼稳住了心神，随后举起双手，制止了向他扑来的女儿。

"这怎么可能呢?"他气喘吁吁地问。

作为回应,卡珊德拉闪电般地举起断矛刺向他的脖颈。而他作为斯巴达人的本能在此刻救了他一命,他猛地从肩带中抽出了一把短剑,挡住了她的攻击。他身形不稳,脚跟已然踩在了悬崖边上,在轰鸣的雷声中,他将目光投向了卡珊德拉身后的斯巴达营帐。

"宙斯都在为我咆哮!"她吼道,"没有人能听到你的喊声,也不会有人来救援。"

为了保持平衡,斯巴达之狼伸出双臂,这时,伊卡洛斯猛然俯冲而下,夺走了他手中的武器。他倒吸了一口气,便向身后的海湾倒去,而从悬崖的高度落下,必死无疑。

卡珊德拉伸出手去掐住了他的咽喉。而另一只手中的断矛则抵住了他的腹部,用代表死亡的双角将他固定在了原地。"现在,斯巴达之狼,"她啐了一口,又将他往悬崖边上推了推,"你该还我个公道了。"

"那就把我杀了吧。"他的嗓音低沉而沙哑。"但在你杀我之前,我得告诉你一件事情。我很爱你和你的弟弟,我对你们视如己出……但你并非我的骨肉,哪怕我付出再多也没用。"

周围的暴风呼啸着,而卡珊德拉的内心也卷起了狂风。"你这话是什么意思?"她将矛尖猛地向前一戳,鲜血自他的腰部流了出来。

"这件事你得去问你的母亲。"

闻言,卡珊德拉感觉自己的灵魂都被冻住了。"母亲她……她还活着?"

尼科拉欧斯艰难地点了点头。"我们成了陌路人,再也没有往来,但她的确还活着。那天晚上她便逃离了斯巴达,但我也不知道她去了哪里。去找她吧,卡珊德拉。记得告诉她,我活着的时候,始终都无法原谅自己在那一夜的所作所为。"他的声音越发沙哑,眼神越发疯狂。"千万要小心草丛中的毒蛇。人们往往会忽略掉它们。"然后抓住了她握着断矛的手,将矛尖深深地刺进了自己的血肉里。"好了……了结这一切吧。"

那一瞬间,划破天际的闪电照亮了他的头盔,卡珊德拉看到了头盔上自己脸庞的倒影。她的心逐渐被冰霜覆盖,掐住对方喉咙的手渐渐松开,准备任其摔下悬崖。而另一只手则是紧绷着,做好了将他刺穿的准备。这分冤屈在卡珊德拉心中埋藏了二十年,而打开她的心结钥匙,终于握在了她自己的手里。

第五章

六月的酷暑时节，名为基拉的海港小镇灼热难耐，海面反射的波光刺眼无比，内陆的苍白山峰在日光下更是令人不可直视。山坡纵横交错的走道上满是徒步登山的朝圣者，他们都是去德尔菲拜见当地那位声名远扬的住民——全希腊知名的女预言家、传谕者，那名保管着太阳神阿波罗智慧的皮媞亚。

基拉的港口混杂着各种不同的气味，各种艳丽的色彩更是令人眼花缭乱。港口的水域趸着几百艘起起伏伏的木筏、艄艭及私人船只，以至于海面几乎看不到任何空隙。其中有一艘船停靠在了私人泊位，船上的水手们或是奔向了港口，或是爬上桅杆，收起了那面画有蛇怪丑恶面容的船帆。朝圣者们顺着舷梯来到了码头边上，说话时音色尖锐，语速极快，充满好奇的目光向四周张望。商人们号着嚷着，向所有路过的人们兜售他们"神圣"的塑像以及各类饰品。当地的孩子们在船间跳跃着，向口渴了的旅人们兜售清凉的饮品。当人群拥着挤过街道，踏上朝圣者之路的时候，周围有烟柱升起，不时传来钟声。

一顶挂有金色布帘的轿子如同一艘逆流前行的小船，穿过了私人停泊处的人潮。轿子的主人，厄尔皮诺生性残暴，看着友人遭遇不幸反而能令他开怀不已。他提起搁置在一旁的钱袋，放在手中掂了掂，思索着自己是否应该将这些资金投入他逐渐壮大的捕鱼产业。"我可以用这些钱买下三艘新船来扩充我的船队。"他咕哝道。"我也可以……用这些钱来买通港口那群欺软怕硬的混混，让他们把德拉孔的十二艘船全部凿漏。"

德拉孔自儿时起，便是他最好的朋友，对方的妻女都会亲切地称他为"叔叔"。早些时候，德拉孔的家里很穷，几乎穷得要上街乞讨了，在那时厄尔皮诺很是享受从自己的盈利所得中拿出几枚钱币接济友人全家的感觉。而那种快乐，并不是因为他帮助了那户人家，而是很享受那种一切尽在掌握的优越感。若不是因为有他的接济，他们或许连饭都吃不上，这样的感觉令他兴奋不已。但德拉孔出海后，找到了一个鲷鱼栖息的所在，于是他便驾着那简陋的艀艨出海捕鱼，每月的月末都会满载而归。之后，他的经济状况有所改善，但他实在太过高调了，他一次又一次地吹嘘自己新买的大船，以及他愈发壮大的船队和他每次收获的财富，并且明言自己不再需要厄尔皮诺的施舍了。"就这么定了。"厄尔皮诺的嘴角微微抽搐，露出一抹恶毒的微笑。"但愿你是个游泳健将，德拉孔。"

当他经过那些站在酒馆外袒露胸膛，并因自己低俗的笑话而粗声怪笑的朝圣者身边时，他们身上那股洋葱气味和下体不净的恶臭令他嫌恶地皱起了鼻子。*快点上山*，缴纳完税收后，赶紧滚。他在心底咒骂着所有人，然后拍了拍手，让抬轿子的人加快脚步。"快。我要在中午前到达我的庄园，这臭味几乎让人无法忍受。"

在穿过由狭窄巷道组成的迷宫后,他们终于来到了小镇的边缘。穿过铁门,来到了他的庄园里。轿子被放下后,厄尔皮诺站起了身,聆听着喷泉的水声,嗅着花园中甘菊的芳香。走进屋内,他便甩掉了自己昂贵的皮质拖鞋,享受着白色大理石地板的凉爽触感。他听到那两名抬轿奴隶的脚步声,于是他转过身,朝其中一个打了个响指后,命令道:"你,倒点甘油进浴池里去。"随后目光逐渐变得淫邪,继续说道:"然后在边上等着我。你这次最好不要扫了我的兴。我可不想再次弄疼你。"

那名奴隶双眼直直地望向前方,点了点头,便照着主人的吩咐去办了。

厄尔皮诺走进了他的书房,屋内半身像、包绒短椅一应俱全,房间的一端是一个壁炉,而另一端则是面朝花园的露天柱廊,大自然的欢欣乐章便如此流淌进了屋内。他走到桌旁,其上摆着一个由黑色与暗橙色组成的双耳喷口壶,他为自己倒了一杯兑了冰水的葡萄酒。然而壶竟然不是空的,这令他有些失望,因为这样,他就无法享受鞭打那个采买食物饮品的女孩所带来的乐趣了。"接下来,该办正事了。"他想着,抿了一口红酒,发出一声心满意足的长叹。他以脚跟为轴心,转向了那外表光滑的白蜡木办公桌,他的书板和选币就置于其上。但他只向前走了一步,身体便僵住了。

桌上放着一枚斯巴达将领样式的头盔,正面对着他,头盔上横向展开的赤色鬃毛仿佛孔雀的尾巴一般。头盔的一半闪烁着青铜的光泽,而另一半却被干涸的血液所覆盖。

"首先,我要你将事先说好的赏金交出来。"一个声音从廊柱的阴影处传了出来。

在看到卡珊德拉后,厄尔皮诺倒吸了一口冷气。她走到了他的眼前，一脸阴郁。她似乎和去年春天厄尔皮诺在凯法利尼亚岛上见到的样子不太一样了。变得愈发纤瘦，个子也长高了，连走路的姿势都多出了一分自信。

"然后，我要你告诉我其中的缘由。"她拉长了音调，气息微喘，继续说道。

"什么缘由？"厄尔皮诺问道。

"别和我装傻。你在将那个任务交给我之前就已经知道了。你很清楚你让我去杀的人是我的父亲！"

厄尔皮诺眯起眼睛，看向了她，缓慢地勾起嘴角。"雇佣兵，如果你知道真相的话，你还会接下这个任务吗？"他说着打开了桌子下方的一个抽屉，并从中取出了一小袋钱币，但他的目光却始终未从她身上移开。最终他冷漠地将钱币扔在了办公桌上。

"我想有些罪孽还是不提的好。"卡珊德拉说完，便小心翼翼地走向了办公桌，似是担心其中会有陷阱一般。

"然而，若是有人捅了马蜂窝，那么这些人就不得不面对袭来的虫群。"厄尔皮诺压低了声音，宛如密谋一般对卡珊德拉耳语。"他并不是你的亲生父亲，是这样吧？"

卡珊德拉的嘴唇抽搐了一下，露出了如同猛兽般凶恶的表情。质问道："你这条阴险的毒蛇，把你所知道的一切都交代清楚。你派我去杀他到底是何居心？"

厄尔皮诺耸了耸肩，将身体瘫在一张垫有垫子的长椅上，做作地叹了口气后，一边抿着红酒，一边用手抚摸着长椅一端的大理石阿瑞斯立像，战争之神的手中握着一柄青铜长矛。"斯巴达之狼是一名优秀的将领，不需多时，他便能突破雅典人的防线，破坏掉他们的战略……战争若是那么快就结束的话，还有什么利益可图？"

卡珊德拉拿起钱袋后，逼近他厉声问道："那你又是如何了解到我和他的过去的？"

"我酷爱戏剧。而一位了不起的将军只因为传谕者的一面之词，便将自己的孩子们丢下悬崖……这可是老少咸宜的悲剧啊。"他轻笑着说道。

"你还真能从最不合理的地方找出乐子来。"卡珊德拉说道。"或许下次我将矛头刺进你的胸口时，你也会大笑出声？"

"别生气嘛，雇佣兵，你听我解释。"厄尔皮诺举起杯子，喝了口酒。而当他的视线模糊了的时候，他飞快地望向了柱廊。而他的目光迎上了一位正朝他望来的守卫，那名守卫很快便察觉到了屋内的情况。当那名身穿皮甲的壮汉偷偷摸摸从花园爬向柱廊，就像一匹猎豹默默靠近一头羚羊一样，慢慢朝卡珊德拉走去的时候，厄尔皮诺心道：好极了。"我想斯巴达之狼应该和你说起了你母亲的事情吧？也说了你的亲生父亲另有他人。"

卡珊德拉点了点头，却是离他越来越近，而她注视着他的目光也成了顺着鼻梁径直而下的俯视。

"那么就很简单了。"他开口道。"他们两人就是你接下来要刺杀的目标。"

她突然后退了一步。"你刚才说什么？"

"你听到我说的话了，雇佣兵。你已经证明了自己是一个弑亲者。怎么现在反而有了这许多顾忌？"

"我本来只是将你当作一条没有人性的恶犬，直到现在才意识到你比我所想的要低劣得多。"她吼道。"凭什么，凭什么我要照你说的去做？！"

"那你是要拒绝我的提案咯？"厄尔皮诺说着向前探了探身子，瞪大眼睛，仿佛在等待着她揭开谜底。

"想都别想。"卡珊德拉咬牙切齿地说道。

"那真是太可惜了，你对我来说，还挺有利用价值的呢。"厄尔皮诺说着向悄悄来到卡珊德拉背后的守卫点了点头。

而卡珊德拉却是瞬间下腰，引弓，上箭，松弦，一气呵成。身体前屈，看守还没来得及扑上去，弓箭便扎入了他的眼眶里。那个男人摇摇晃晃，一头栽进了未曾点燃的壁炉中，而当他倒下后，只有双腿还会时不时地抽搐一下。

厄尔皮诺则是从大理石半身像阿瑞斯的手中取出了青铜长矛，长矛携着破空声横向朝她扫去。但在他听到一声清亮的斩击声后，便看到自己的双手和手中的长矛被抛向空中，而卡珊德拉的断矛却在太阳的照耀下闪闪发光。他望向了被齐腕斩断手掌的双臂，切面平滑无比，从断口望去便是白骨、骨髓和血液……血流不止。他跪倒在地，痛号出声："你都做了些什么？"

卡珊德拉用手握住了他的两腮并将他按回了长椅上。"过不了多久，你就会因失血过多而死。我能救你性命，但你得乖乖回答我的问题。"

最初，厄尔皮诺只感觉到一双小臂中如同焚身般的剧痛，随后滚烫湿润的鲜血大量涌出……最后便是愈发刺骨的寒意。他虚弱地点了点头，于是她便松开了捂着他嘴唇的手掌。"你是个蠢货，卡珊德拉。拜我所赐，你才能活着离开凯法利尼亚岛。教会本是要取你性命的，但我却说你活着对我们更有用。"

卡珊德拉的面容因憎恶而拧作了一团问道："教会？什么……"

但厄尔皮诺就像是在与死亡的斗争中见到了胜利的曙光一般。她就这样被自己玩弄于股掌，厄尔皮诺用尽最后的力气嘲笑她。"去吧，去做斯巴达之狼曾经做过的事情……去向传谕者求教吧。"在他陷入冰冷黑暗的永恒长眠前，厄尔皮诺嘶哑着喉咙说道。

卡珊德拉跌跌撞撞地从他逐渐苍白的尸体旁走开，内心毫无波动。她心不在焉地从厄尔皮诺办公桌的一个抽屉里搜出了几个钱袋，并在一个木质箱子里找到了一件能卖出好价的丝绸长袍，以及一张看起来有些诡异，但也可能极为贵重的戏剧面具。她将两样东西塞进了自己的皮包中，伏低身子，打算在更多守卫赶来之前，逃离此地。随后她便看到了那个跪在室内水池边上的奴隶，那个奴隶也看向了她，面色因恐惧而变得惨白，显然是目睹了之前发生的一切。卡珊德拉扔给他一个钱袋。"快走吧，"她说道，"走得越远越好。"

随后她便听到那名奴隶和这座庄园里其他的可怜人朝着港口飞奔而去。而她，则是转向了内陆，朝着高山和由爬山的朝圣者们组成的人流走去。她跟着众人爬了没多久便觉得大腿生疼，连头都无法抬起，颈部像被太阳灼伤了一般，前方的诸多未知令她头脑昏沉。整个冬季，她和巴尔纳巴斯及他的手下们都是躲在岛屿上度过的，其间她在脑内反复演练过自己与厄尔皮诺对峙的情形。然而现在一切都结束了，除了几袋钱币以外她一无所获，或许还有一套用料极佳的衣袍，但那比起她想要的答案，仍旧显得分文不值。

她回头望了眼远处山脚下，那条恶犬的庄园。基拉镇的喧嚣已然淡去，街道与小巷组成的复杂网络如同一条画着格子条纹的走道，环绕着科林斯湾的绿色海水。而山上的空气却是干燥无比，尘土飞扬，灰尘仿佛黏在她的喉咙深处，还时刻刺激着她的双眼。她感觉自己就像个傻瓜，一路爬到德尔菲，去阿波罗神庙见那该死的传谕者，好像到了那里，自己就真的能得到想要的答案一般。但是除此之外，她别无他法，斯巴达之狼并没有告诉她母亲和生父的所在，她现在唯一的线索便是厄尔皮诺死前的玩笑话，以及那名女预言家即将说出的话语，料想也是一如既往的晦涩难懂。

伊卡洛斯尖啸着在上空盘旋，随后继续往更高处飞去。卡珊德拉抬头瞥了一眼伊卡洛斯，它便在空中绕了一圈后，迅速飞向了前方苍白的岩石和绿色的植被。山峰高耸入云，新鲜的空气大大改善了原本酷热难耐的环境。一座坐落在高山之上的绿色山谷出现在他们眼前，山谷的两侧均有溪水流过，还点缀着一株株松柏。

阿波罗神庙矗立在一处能够俯视山谷的高原上，好似一头在鹰巢中栖息的巨鹰。这便是那名传谕者所居住的地方，银灰色的多立克柱支撑着覆有红色瓦片的屋顶，椋鸟们则在涂有鲜亮颜色的梁柱上搭起了巢，不时地飞进飞出。这里，被很多人称作世界的中心，全希腊中立地带的核心。在这属于神明的圣地，斯巴达和雅典人不过都是几无差别的凡人罢了。

由朝圣者构成的巨型长队最终围着较小的庙宇和神龛，缓缓来到了入口处。靠在立柱背上的小贩们宛若涌上堤道的海浪一般举着手中的象牙雕牌及珠串项链。当商贩们围在她身边的时候，她没有理睬他们，只是望向了那古老的神庙，回想起忒格托斯山上发生的一切。这一切都是因为你的一句指令。她满怀敌意地比出了这样的口型，卡珊德拉想到正是因为这名传谕者，自己的弟弟才会被人杀死。你最好老老实实地回答我的问题，预言家，不然的话我会将我的断矛刺进你的心脏。

她愈加高涨的怒火在她撞到她前面的男子后迅速退去了。

"我很抱歉。"她低声说道，随后才意识到队伍已经停了下来。她看了眼前方通往高原的蜿蜒小道，发现自己走过的距离才不过是总路程的四分之一。难熬的一小时过去了，而他们只是往前迈了几步而已。

队伍中站在她前后的人们有的满腹怨言,有的发表各种阴谋论的猜忌。"这个地方变了。"其中一人抱怨道。"听说有些人莫名其妙就被赶走了。"另一个人也发起了牢骚。"到处都有卫兵把守,其中肯定有猫腻。"第三个人咒骂道。

然后卡珊德拉便听到了一个活泛且熟悉的声音从上方的平地上传了过来,似是在队伍的最前方。她向后仰了仰头,朝上方望去。"你去告诉他们,和他们说清楚!"巴尔纳巴斯尖声叫道。这位船长似乎在她去拜访厄尔皮诺的时候就已经过来了,好像还遇到了一位友人。那是一个和他差不多年纪的男子,身穿单袖及踝长袍,一头棕色的乱发被一根蓝色的带子绑到脑后,露出其饱经风霜的面容。他似乎被巴尔纳巴斯的提议吓到了。"你就不能小声点吗?"男人抱怨道。

"可你去过的地方比我更多更远,"巴尔纳巴斯固执地说道,"探索过爱奥尼亚的每个角落。你甚至见过一头凤凰,不是吗?"

"才不是呢。"另一名男子说着朝队伍里倾听的人们摆了摆手,否认了巴尔纳巴斯的话。"那不过是一只尾羽着了火的海鸥罢了。"

巴尔纳巴斯的脸垮了下来,随后爬到了一张石质长椅上,面向人群,伸出一根大拇指指向自己的胸口。说道:"我曾有一次见到了凤凰,我发誓。她就那样从一座被火焰焚烧的城市中立了起来,扫过我的头顶,然后……"

"在你脑袋的秃斑上拉了坨屎?"一个身材魁梧、声音响亮的朝圣者大笑出声。"接下来呢,你是不是还想说,你被斯芬克斯追袭过?抑或是有一头发情的米诺陶曾经向你求欢?"

巴尔纳巴斯一下子睁大了双眼,打了个响指,满脸兴奋,用手指向对方。"米诺陶,是的!我们曾在一组洞穴内找寻宝藏……"

而他兴致勃勃的说明很快就被众人打断了,那个嘲笑他的男人将双手各竖起一根手指，举在了脑袋边上，一边发出"哞哞"的叫声，周围的人瞬间都大笑了起来。巴尔纳巴斯的脸涨成了紫色，而他新结识的那位朋友为了避免他继续出丑，将他从长椅上拉了下来。

卡珊德拉全然不在意他人的咒骂与喊叫，从长蛇般的队列里向前挤去，最终来到了巴尔纳巴斯的身旁。而他离那宏伟的神庙的距离只剩下身前的几十位朝圣者了。

"雇佣兵。"他向卡珊德拉鞠了一躬，几束被汗水打湿的发辫黏在了他通红的脸上。"我还以为您是去拜访某人了。"

"去过了，人也见到了。"

"但我没想到会在我回到船上前见到您。因为当我问起您是否要和我一同来面见传谕者的时候，您只是说了……想要出去走走，并让我好自为之……之类的话。"

"事情有变，我必须得和那传谕者见上一面。"卡珊德拉说着伸出了一只手，伊卡洛斯便慢慢落下，立在了她小臂的护腕处。

"那您自然可以出现在这里。"巴尔纳巴斯说着挪到一边，为她让出了空间。"我想我这位朋友也不会反对吧？"

另一名男子挥了挥手，大方地和她打了招呼。

"这位是卡珊德拉。这位是希罗多德。"巴尔纳巴斯向两人相互介绍道。当希罗多德凝视着卡珊德拉的时候，巴尔纳巴斯尝试着向他说明对方的身份："你还记得吧，我和你说起的那位雇佣兵？"

"原来如此。"希罗多德回答道，语气中多了一分警惕。

"我是个居无定所的旅人，而希罗多德却是名史学家，"巴尔纳巴斯解释道，"他过去的经历令人咂舌。带动起义，对抗哈利卡纳索斯的暴君。他在定居雅典前，几乎走遍了这个世界上的所有角落。然而，不仅如此，他还抽出时间，将自己的冒险经历写了下来，并用九位缪斯女神的名字为其命名。"

"你可没和我说过，她是名斯巴达人。"希罗多德说道。

卡珊德拉闻言一挑眉。

"哦，我一眼就看出来了。"希罗多德脸上露出了些许笑意。"骄傲的站姿和那狂妄却坚毅的目光，你定然是名斯巴达人。"

当他打量自己的时候，卡珊德拉注意到在他的目光扫过自己半掩在斗篷下的断矛时，他睁大了眼睛，瞳孔微微收缩了一下，脸色苍白得好像方才见到了他自己的幽魂。她扯过自己的斗篷，遮住了断矛。"我是个无家可归的孩子。"她说完这句话后，便一言不发了。

"这位女士，我们的出身都不同。"他脸一沉，脸上那些岁月留下的痕迹便越发明显。"请不要以为我对斯巴达人有什么偏见。不论是拉科尼亚的战斗民族还是雅典人，他们都有值得赞扬和令人痛恨的地方。现在最令我不满的是两者间的差异和矛盾被他们发酵成了战争。原本协力抗击外敌，击退不计其数的波斯人的双方都令人敬仰，而如今却成了这样。"他将目光转向了神庙阴暗的门廊，巨大的正门前站着两名身穿黑色皮夹，手持黑色盾牌，戴有相同式样头盔的卫兵。"至少我们还有相同的目标。"他如此说道。

卡珊德拉眯起了眼睛，因为她怎么想都觉得那句话更像是一个问句。

在这时，舵手莱萨在山谷的平地上喊了起来。"船长，"他挥舞着双手叫道，"基拉港有麻烦啦，来人要向我们收取停泊的费用。您快回来看看吧。"

巴尔纳巴斯叹了口气："我都排了一天的队了，不是吧？"他整个人都变得有些沮丧，接着又叹了口气。卡珊德拉从厄尔皮诺的钱袋里抓了一把德拉克马，递给了他。"雇佣兵，您真是太慷慨了。"他满怀感激地微微低下头。"那我先回船上等您了。"他说着转过身，艰难地挤进人群，向山下走去。在巴尔纳巴斯离开的时候，卡珊德拉将伊卡洛斯放向了天空。这时，只剩她和年老的史学家还站在人群之中。

人群继续缓慢前行。"便是国王也会亲自到此处来请教这里的传谕者。而她的话语能够挑起战争，亦能换来和平。"希罗多德思忖片刻，随后问道："你今天来到这里，所求为何？"

"解脱。"卡珊德拉将一只手放在胸前，说道。

希罗多德听了，笑着点了点头。只是他的笑容显得有些哀伤。然后他说道："我求的却是……真相。然而我担心在得知真相后，我会后悔。"

"下一个。"其中一名卫兵吼道。

希罗多德微微向她鞠了一躬。"我的女士，我想还是您先进去比较好。"

卡珊德拉闻言，微微侧头，注意到他的目光再次落向了被她盖在列奥尼达斯断矛外的衣服上的褶皱处。卡珊德拉向前走去，而两名黑甲卫兵的眼珠也跟随着她的步伐转动起来。当她走进有些阴暗的殿内后，感觉空气中的香甜气味浓重得令人感到恶心。三脚架上放着又矮又宽的青铜烛台，没药及乳香交错的烟雾如同鬼魅般升腾起来。

当她来到神庙正中的内殿时，殿内一片漆黑。波塞冬、宙斯、命运三姐妹及阿波罗本人的大理石雕像被火台上可怖的光芒照亮，一个个正低头注视着她。而当她看到两座"雕像"的时候差点儿被吓到，后来才发现那是两名身穿暗色长袍的哨兵。但更令人不安的却是大殿中央，端坐在那张三脚凳上的身影。她披着一件白色长袍，身上挂着许多珠串。身体周围的大理石地板上放置着数个灼热的陶罐，她那被面纱遮住的头部时不时抖动一下，完全沉浸升腾缭绕的烟雾中。

卡珊德拉打量着传谕者，心中充满了仇恨。或许这里根本就没有什么所谓答案，但至少有可能让她获得解脱，因为那些愚蠢的卫兵们竟然没有收走她的武器。现在，这个心如蛇蝎的女人就要为她当年那句令卡珊德拉家破人亡的恶毒话语付出代价……当面前的女人转过身，卡珊德拉心中纷乱的思绪突然止住了。眼前的女人还很年轻，甚至比卡珊德拉都要小上几岁，并不是什么老虔婆，和大众印象中的传谕者形象大相径庭。倒不如说她更像是青少年模样的福柏。卡珊德拉的恨意迅速消退。看起来，那名在多年前下达了冷酷命令的传谕者早已死去。

"走进阿波罗的光芒中，便是阴影也会被其照亮。"女孩深深叹了口气，指向了一个灼热陶罐所发出的微光。"旅人，你想问些什么？"

"我……我想要知道关于过去的真相。或许还有我的将来。我想知道关于我父母的情况，还有他们现在在哪里？"

传谕者摇晃着的脑袋慢了下来。"是谁在向阿波罗索求这些信息？"

卡珊德拉注视着这位女预言家，意识到了这么做是多么愚蠢，这让她感到恶心，如今她既得不到答案，也无法享受复仇的快感。"我出生于斯巴达。他们将我和我的弟弟丢下了悬崖。现在的我身无长物，举目无亲。"

传谕者突然停了下来，不再摇头晃脑。她抬起双眸，看向了卡珊德拉的眼睛。突然间，她似乎变得有些不同了，好似被唤醒了一般。但当她的目光移向离他们最近的卫兵时，她又晃起了脑袋。"你会在……河对岸找到你的父母。"

卡珊德拉突然绷紧了神经，尽管她对这片地区并不熟悉，但她的脑中还是飞快地闪过各种信息。普莱斯特思河便在离此处不远的地方。她的父母就在那里吗？

"当你的生命走到尽头时，将你口袋中的钱币交给卡戎，引渡人会带你穿过冥河，于是你便能与你的家人在彼岸相聚了。"

希望崩塌的同时，卡珊德拉的心灵像是落入了绝望的深渊。屋内一片寂静，不一会就有几名卫兵不耐烦地走了过来。"你的时间到了。"其中一人低吼道。

"那我们就此别过。"卡珊德拉对着传谕者说道。

当卡珊德拉就要转身离开的时候，从神庙外传来的喊叫声在整幢建筑内回响，随后便是一声花瓶被打碎的声音。

"有人闹事！"一名卫兵的声音从神庙外传来。内殿中的两人对望了一眼后，冲了出去。

卡珊德拉本想跟着他们出去，却被一道声音阻止了。

"等等。"传谕者轻声唤道。

一瞬间，卡珊德拉都没能认出她的声音——虚弱、胆怯，和之前充满震撼力且富有戏剧性的声音截然不同。

"他们在寻找那个从山顶跌落的孩子。"传谕者轻声说道。

一瞬间，卡珊德拉觉得自己全身的力量都被抽走了，她走回了传谕者的身边，问道："你刚才说了什么？"

"教会在寻找那个坠崖的女孩。"

卡珊德拉的脑袋嗡的一声。她一把抓住传谕者的肩膀便晃动起来。"你说的是谁，他们在哪里？"然后她看到了女孩眼中的泪水，她意识到这里的情况非常不妙。于是她微微地松开了双手，说道："如果你愿意帮我的话，我可以救你出去。"

"没有人能救我。"传谕者哽咽着说道。而当噔噔作响的脚步声从卡珊德拉身后响起时，她的眼睛仿佛瞪成了两轮圆月。"他们要回来了，你该走了。"

"你，快退下。"卫兵中的一人咆哮道。

"教会在盖亚洞穴的集会将于今晚举行，"当卡珊德拉后退了半步，传谕者开口说道，"你或许能在那里找到你想要的答案。"

"我叫你退下！"一名卫兵抓住卡珊德拉的肩膀就将她往门外拖去，不过她并没有挣扎。另一个卫兵则是抓住了传谕者并将她拖进了神庙内侧的黑暗中。

当日光再次毫无保留地照射在她身上时，卡珊德拉瑟缩了一下。"今天传谕者不会再接见朝圣者了。"卫兵的吼声在她脑袋上方响起，随后便将她推到了门外。门外的朝圣者们怨声载道。当喧闹平息，卡珊德拉听到了一阵富有节奏感的惨呼，然后便看到了那个嘲笑过巴尔纳巴斯的大嗓门高个儿被一名卫兵按在了地上，而另一个一脚又一脚地踢着他的裆部，好像不知疲倦。这个可怜的家伙，面目狰狞，双眼和舌头好像要从脸上爆出来。

"将另一个睾丸踢爆就完事了。"将高个儿按在地上的卫兵邪恶地笑道。

"似乎是这个大傻个儿笨手笨脚地砸碎了一只仪式上要用的双耳杯。"希罗多德悄悄走近卡珊德拉，对她说。然后他拉起卡珊德拉向前走去。"啧啧！"他咂了咂嘴，眼中闪过一丝恶作剧得逞的光芒。

卡珊德拉闻言，将目光投向了地上那个打碎了双耳杯的男人，最终又看向了希罗多德。"他……不，是你……"

"没错没错，小声点儿。我偶尔说个谎也没什么啊，毕竟我不是波斯人。我只是想着，若我将那杯子打碎，或许能为你争取到一个和传谕者正常交流的机会。"

卡珊德拉注意到他将目光再次投向了她的断矛，于是她再一次用披风将其遮住。

"那里的祭司和守护者们可是出了名的爱管闲事，或是滥用职权，用吟诵等手段来干预朝圣者和传谕者的谈话。"希罗多德继续说道。

卡珊德拉皱起了眉头。"祭司？守护者？除了那些像甲虫一样漆黑的神庙卫兵，我没有见到其他人。"

希罗多德脸上的笑容消失了，问道："然后呢？"

"一开始传谕者只是没完没了地说着那些蠢笨的陈词滥调，对那些可能发生的事情含糊其词。但当卫兵们被外面的吵闹声引走后，她开始向我吐露一些听起来很重要的事情。"

"开始？"

"没等她说完，那些卫兵就回来了，还把她从凳子上拎了起来，像个奴隶似的将她拖进了神庙的休息室中。"

希罗多德脸色阴沉，看上去就像个七十岁的老翁。他开口道："那么传言恐怕是真的了。他们已经彻底掌控了传谕者。"

"他们？"卡珊德拉问道。

"我之前就和你说过，我来这里是要找出事情背后的真相。"他回答道。"现在我已经找到了，但是这个真相太过黑暗。你还不明白吗？整个希腊都是围绕着传谕者的预言转动的。斯巴达和他们在伯罗奔尼撒联盟中的数百同盟，雅典和他们在提洛联盟中的支持者，甚至是所有的中立城邦，他们都听从传谕者的命令。就算两方之间爆发战争，只要他们掌控了传谕者，他们就是最终的赢家。想象一下，当他们掌控了传谕者，他们会拥有多么可怕的影响力。"

"希罗多德，看在诸神的分儿上，你就告诉我他们到底是什么人吧。"

希罗多德环顾四周，在确定周围没有人后，他开口说道："宇宙教。"他的音量跟耳语没有多大差别。

卡珊德拉仿佛被一只冰冷且毫无生气的手扼住了脖子，一阵寒意自她的脊椎向上冲去。"教会。"

"他们就像影子一般。因为他们只在私下里见面，而且都会戴上面具，所以没有人知道成员们的真实身份。我只见过其中一人，那还是在一天深夜，他在戴上面具后就像是个恶魔……"当希罗多德看到卡珊德拉从皮包中拿出厄尔皮诺那张看起来极为邪恶的戏剧面具后，他惊讶地张大了嘴巴。面具上的鹰钩鼻看上去异常尖锐，皱起的眉毛透着怒意，紧闭的唇抿成了一个邪恶的微笑。"阿波罗显灵了！"他叫道，然后飞快地将那个面具塞回了卡珊德拉的包里，再次小心翼翼地打量四周。"那张面具，你是从哪里得来的？"

"我想，我已经见过教会的成员了，"卡珊德拉回答道，"传谕者说出的信息不过是只言片语。我得去见见剩下的那些教徒。"她的脑子飞速转动，然后她打了一个响指，说道："她说教会将于今晚，在盖亚洞穴内举行集会。希腊那么大，我怎么知道盖亚洞穴在哪儿？"

希罗多德用一只手臂钩住了卡珊德拉的手臂，然后带着她离开了神庙，从高原向山下走去。"盖亚洞穴就在这座神庙所在的山体之上，然而这座山就是个由天然洞穴组成的蜂窝，其中洞穴数量众多，且都如同迷宫一般。"

"那我就晚上再来。"卡珊德拉说着望向了那山壁上十多个黑漆漆的狭小洞穴。"我只希望你在我进去后，帮我放哨。"

希罗多德深深地叹了口气。"好吧，但你必须答应我一件事情——必须活着出来。我很喜欢你，无家的孩子，千万别让我为这个决定而感到后悔。"

第六章

蟋蟀在夜晚清凉的空气中歌唱。从山谷的丛林中，传出了熊罴的低吼，还有野猪觅食的声响。相对而言，谷底几乎算是一片荒芜之地了。成千上万的朝圣者都已散去，只有他们当中的极少数在这里扎下营帐，围在火堆旁轻声吟唱。而在神殿所在的山上，奴隶和侍从们正借着火炬的光芒，安静地做着洒扫庭院的活计。还有数十名身着黑甲的守卫，他们带着十二分警觉，正迈开步伐，在神殿里四处巡逻。

卡珊德拉攀上了一处小小的岩架，然后抛下一根绳子，投向了希罗多德所在的位置——这人之前还说自己的腰不好，没法跟她一起爬上去——而现在，他顺绳而上的动作十分麻利，与他之前的那套说辞完全不符。接着，他们转向旁边低处岩床上的洞口——里面也是一片漆黑。"这里肯定是一处入口。"卡珊德拉若有所思地说，一面转向希罗多德。"你觉得呢？"

我们的历史学家耸了耸肩，说道："别的我可不知道啊，我的佣兵，我只知道，下面肯定是个马蜂窝。"

卡珊德拉掂了掂手里的皮袋——里面装的是长袍和面具。如果下面的隧道确实通往盖亚之窟，那么她就得想办法隐藏自己的身份。因为卡珊德拉意识到，自己身上的弓、矛还有护腕都过于显眼了，于是她不情愿地卸下护腕和皮带，接着又从背上取下了弓和箭袋——没有装备随身的她，感觉自己如同赤身裸体一般。希罗多德不紧不慢地接过了弓，然而，当卡珊德拉将那柄矛递到他的手里时，他猛地倒吸了一口气，不肯去碰触那矛，然后又拿出自己的一个皮囊，让她将矛放在上面。

卡珊德拉对此未置一语。"如果天明过后，我还没有回来，你就离开这里，知道吗？还有，让巴尔纳巴斯也离开这里。另外，忘掉关于我的一切。"希罗多德点了点头，于是卡珊德拉弯下身去，准备进入隧道。

下面的空间十分狭窄，卡珊德拉尽可能低地弯下身子，然而即便如此，洞中悬垂的钟乳石还是刮到了她的后背。又往前走了一段路之后，眼前的通路已经变得和兔子洞一般狭小了，于是她只得伏下身来，继续匍匐前进。此时已经没有了回头的余地，空气也十分稀薄。一时间，她甚至想象到了希罗多德趁着她在黑暗的洞窟中摸索时，欢天喜地地奔回基拉城，打算卖掉她的矛的画面。接着，卡珊德拉身下的地面陡然下降，她也开始顺着大量的碎石向下滑落。最后，她发现自己落在了一道橙光的边缘之上，又听到了许多沉稳而自信的声音的低沉回声。在某处天然的石柱的另一侧，也有光影移动。卡珊德拉连忙把厄尔皮诺的绣花披风披在肩上，然后戴好了面具。紧接着，就有两个身影走过——这些人披着拖地的长袍，看上去就好像飘浮在空中一般。

"别磨蹭了,"其中一个人——这个人的面具看着与厄尔皮诺的尤其相似——一边说着,一边恶狠狠地盯着她,"圣物已经被请出来了,快点儿,不然你可就没机会去触碰它了。"

"无论如何我都不会错过这个机会的。"卡珊德拉的声音闷闷的,从上面的口部开孔中传了出来。

那两人从她身边飘然走过,在那里没完没了地说着关于雇佣大批人员和佣兵来应对日后工作之类的事情。卡珊德拉由着他们向前走了一会儿,接着跟了上去,随他们走过了一段石廊。当她从那些基岩中凿出的房间里穿过时,两边火炬上的火焰噼啪作响。其中一些房间中摆着一些床或者家具,但都是空无一人。接着,从前面的一段石廊中喷出了一股蒸汽,然后是一阵尖叫,那声音令她的胃紧紧绞成了一个结。卡珊德拉放缓脚步,可以肯定的是,她并不想知道到底发生了什么,也不想知道是什么让人发出了那样的叫声。然而,当她绕过那里的时候,还是没能忍住,去看了一眼。里面是一个面相凶蛮的教众,他粗重的呼吸正从面具后面漏出来,无袖长袍下的两肩隆起,双臂上也长着黑色的卷曲的绒毛。他那厚实的两手中的其中一只,正握着一根拨火棍,那棍子的一端悬在火盆上方,已经被烧得炽白。而在他面前的可怜人,正被绑在一个垂直的架子上,那人的头向前悬着,有液体从被遮住的脸上留下来,滴答作响。"我们雇你来,是为了杀掉雅典的菲狄亚斯,"那蒙面凶徒面露怒容,接着说道,"我们出价够高,然而,你居然搞砸了一切,而且为此几乎把自己交待在了那肮脏的雅典大牢里。行吧,要我说,你这蠢货还是待在那儿会好过一些。"他一面说着,一面拽着那被绑着的人的头发,然后猛地将他的脑袋往后一拉,露出了他那张已经被毁了大半的脸:那张脸的右侧早已血肉模糊,眼窝也只剩空洞。那凶徒举起了拨火棍,然后将烧得炽白的那一头捅向了被缚之人剩下的眼睛。那只眼睛耸动起来,扫视四周,好似要从那人的眼眶中跳出来一般,然而,它已经无路可逃了。随着一阵呲呲的响声,那里传出了一阵焦肉的恶臭,接着砰的一声,那只眼睛炸裂开来,白色和红色的液体四处飞溅,喷得房间里到处都是,而站在廊道里的卡珊德拉也被溅了一身。她用尽全力,才让自己没有被吓得不能动弹,或者干呕出来。接着,那蒙面凶徒转过身来,看到了她,接着喊将起来,那声音甚至盖过了屋中受刑之人的惨叫。那人喊道:"抱歉。我还要把这浑蛋的脑袋锯下来,然后我会派个奴隶来给你清理长袍。"

"很好,"卡珊德拉答道,"不过快点儿,那个'物件'已经被请出来了。"

卡珊德拉对自己镇定的反应十分满意,于是她接着在石廊道中曳步而行,直到走进一个宽阔的厅堂之中——这里的石质地面都是抛了光的,而且上面还蚀刻有各种符号。里面站着一些教众,他们所有人都戴着纹样邪恶的同款剧场面具,正醉心于交谈之中。她可没有打扰这群人的勇气,不过,在厅堂一头的石祭坛旁,有个人正独自跪在那里,那人的头发又黑又长,然而其中杂着一束明显的白发。她一步步接近那人,专注地盯着他。这时,卡珊德拉身后冒出了一个声音,吓得她差点儿灵魂出窍。

"别害羞,来和克莉西斯一起祈祷吧。"说话的是一个同样戴着面具的人,这人身材瘦高,看着像是一根豆荚。"她不介意有人在侧的。"

卡珊德拉点了点头表示感谢,然后学着那个被叫作克莉西斯的人的姿势,双手环在胸前,在她旁边对着祭坛跪拜鞠躬。

"啊,是啊,你也感觉到了吗?"那女教众的声音从面具后急促地传出。"我们所做的一切都会令神明愉悦。而我们也因此得到了强大的控制力。祈祷是一项传统。而传统便是控制力。大众会怀着他们的祈愿，向更强大的力量俯首……而我们便是这'更强大的力量'，这样的事情，难道不值得骄傲么？"

正在克莉西斯说话的空当儿，拷问室里又传来了锯子刺耳的声响，跟着是破胆之人的惨叫——再过不久，又传来了一声某些物什掉落在地的钝响。

"虽然我是个新人，可我的骄傲之情已经快要从我心里奔涌而出了。"卡珊德拉嘟哝道，她发现，如果想让这群人信任自己，唯一的方法就是模仿他们的行事方式，也就是说，要对拷问室里的恐怖场景视而不见。

"那么接下来我该对你进行教导了，孩子。'先知'是我们成就伟业的关键所在，"克莉西斯接着说道，"数十年来，她一直在为我们发声。"

这些话在卡珊德拉的心中回荡着，如同被击锤敲打的鸣钟一样。也就是说，命斯巴达人把我的弟弟从山上扔下去的指令，并不是由德尔菲的女先知本人……而是这群恶徒发出的。

"借着她的声音，我们已经获得了许多东西，"克莉西斯接着说道，"不久之后，我们就会将全希腊握在自己的手中——让两边互相征伐，而与此同时，我们会将双方都纳入自己的掌控之中。然而，即便是我们的先知，也无法匹敌于——"她顿了顿，然后颤抖起来，就好像被一只不可见的情人的手触碰一般。"那件物什。"

"圣物。"三个从旁经过，听到了这番话的蒙面人说道。

"圣物。"卡珊德拉虔诚地吟诵着。

"而我们当中的领衔人物马上就要来了，"另一个人说道，"他便是能够解封圣物力量——并借以知晓古今未来事体之人。"

"那种时刻想来会很不错呢。"卡珊德拉一面应着,一面站起身来,缓缓从房间中走过,想要从那七八个喋喋不休的声音里听出些端倪来。其中的两个人——一男一女,正吵得火热。而卡珊德拉也很快就知道了这两人的名字:席拉诺斯和蒂欧妮。

"别管那个母亲了,"蒂欧妮说着,伸出一只手在空中猛地一挥,"她已经老去,没什么用处了。"

"但是我马上就能把她逮到手了啊,"席拉诺斯对她的话不以为意,"我们必须把注意力集中在她的身上。"

席拉诺斯连人带面具转向了卡珊德拉。"你说说看,你是怎么想的?我们该去抓我们头人的母亲,还是姐妹呢?"

卡珊德拉的喉咙一下子变得如同沙子一样干燥。"我……"她哑着嗓子说道。

"呸,你们谁都不该抓,"又有一个人在卡珊德拉的背后出声,"这两个人都很难找。但是雅典的伯里克利就不一样了。那家伙整天带着羽饰盔到处晃悠,那就是一个活靶子。我们就把他的心挖出来,让雅典人和他们那种毫无章法的行事方式就此瘫痪——或者,在他们中间再安插一个更符合我们要求的领袖,也是可以的。"

这三个人就这么吵开了,卡珊德拉借机从他们的身边溜了出去。

卡珊德拉一路穿过了一处通往某个前厅的走廊。最里面墙壁的岩石上凿出了一个瑰丽又可怖的形象——一条带角的眼镜蛇,那蛇从地面腾起,血口大张,獠牙毕露,而两只小眼,则由两根发光的蜡烛代替。石像前站着一个蒙面男子。卡珊德拉慢慢移步近前,想要看看这人到底在做什么,接着便倒吸一口气——那男人举起了自己的双臂,然后用蛇的牙尖刺破了自己的手腕。那人的手腕立即鲜红一片,而流出来的血液落入了蛇口下的石槽中。男人高兴地仰起头,愉悦地喘息着。接着，他喜悦的神情瞬间消失无踪，转过头来，看着卡珊德拉。他面具后的眼睛——一只乌黑，一只迷离——在那里扫视着，确定着她的位置。"别让蛇牙干掉，继续吧，奉上你的祭品。"那人说着，向后退了几步，用绷带包扎那两个锯齿状的伤口。

"今天不行。"卡珊德拉坚定地说道。

"继续，还有，奉上你的谢意——我们要心存感激，我们必须奉上的供物，也不过只有血液而已。德谟斯可是会苛求我们割下自己的双手奉上的——我们越早抓到他余下的血脉，就能越早地从我们现在的头人，还有他那混沌粗陋的行事之道中解脱出来。"

卡珊德拉的沉默似乎引起了对方的怀疑。

"你最好不要想着通风报信。"那人说着，缓缓走近卡珊德拉。"如果他知道了这些事情，那么他的兽性就会完全显露出来。他就是个披着人皮的兵器，或者说，是一匹无法驯服的烈马，力量和混沌都汇集在了他的体内。他是教会所需要的一切，也是教会所要反对的一切。如果他知道我们要抓捕他的母亲……"他神秘兮兮地轻笑着，压低了自己的声音，接着说道："好了，简而言之，我可不想让我的噩梦化作现实。"

"我也不想。"卡珊德拉附和着，突然觉得这地下室开始变得寒冷。于是她从这处前厅离开，跟上了克莉西斯，席拉诺斯和蒂欧妮——这些人正向地下迷宫的更深处移动。无数的声音现在正在卡珊德拉的脑中鸣响：有关被科斯莫斯教掌控的地域，奉纳自己血液的男性，德尔菲的先知本人被他们握于股掌之中，等等。恍惚间，卡珊德拉走进了一处大厅之中，接着感觉到一阵直穿骨髓的嗡鸣在这里回荡着。这种感觉正是她每次触碰自己那柄古老——现在并不在身边的列奥尼达斯之矛时的体验。但是现在的这种感觉和前者有所不同——这种感觉更强烈，而且要强得多。

洞顶上有巨大的钟乳石悬垂而下,而中央部分则是一个由抛光过的石料构成的石环。环的中间有好几十个身披长袍、戴着面具的人影:那个负责拷问的凶蛮之徒也和他们一起慢慢地走了进去,那个叫作克莉西斯的和那双腕缠着绷带的男人也在其中。还有三个人跟在卡珊德拉后面急匆匆地赶了进去,在环内给自己找了个位置。接着,里面的每个人都用低沉的声音唱起了悠长又深邃的歌。当歌曲的间奏响起,有人回过头来看向卡珊德拉,她这才明白自己应该加入他们。于是她大步走向中央的空地,踏进了石环内,加入吟唱的行列。那连绵不断的吟唱声似乎填满了整个洞穴,卡珊德拉颤抖着,接着她注视着石环中央那红色大理石制成的基座,在那基座上面,有一个金色的小金字塔。

这便是"那件物什"了。

作为佣兵的卡珊德拉立刻就意识到这件东西价值不菲,并开始思考它能换来多少财富。而作为战士的卡珊德拉想要大步上前,跟这些蒙面的混球以命相搏——毕竟,这些人可是杀害她那襁褓中的弟弟的凶手,也是摧毁了她人生的罪魁祸首。她的双手在长袍下攥成了拳头,心里暗骂说服她留下武器的希罗多德。接着她就发现,引起震颤的并非吟唱的声音,而是金字塔本身。而且是金字塔向她传递着类似脉搏一样的震动。

教众中的其中一人踏步上前,毕恭毕敬地伸出手去,放在了那金字塔上,其他人都在窃窃私语。人群中传出了一声声夹杂着嫉妒和羡慕的叹息。有些人不耐烦地踱起了步,急于去触摸那件神物。卡珊德拉确信,里面肯定藏着蜡烛或者灯之类的东西。毕竟,这件物什一直在发出柔和的金光。"我看到了,"一个信徒吟诵一般地说着,"无形的锁链缠在每个男人和女人的脖颈和脚踝之上。混沌之光的消逝,思想的狭窄回廊,连接着纯粹的忠诚,纯粹的秩序。"

其余的人在一片赞美的掌声中站了起来。另外三人都近前来述说自己的所见。接着,克莉西斯对卡珊德拉耳语道:"这件神器只有在我们的头人和我们其中一人同时触摸它的时候才能发挥全部的效用——他会看到我们的所思所想,并允许我们去看得更远。不过,就算只是单单将自己的手放上去,也会有奇妙的事情发生。所以说,你一定要去试一下。"

卡珊德拉做了一次深呼吸,同时在心里默默地感谢面具的存在,接着踏进了石环的中心。她伸出手去,在那金字塔的尖顶上徘徊,心脏也狂跳不止,各种声音的嗡鸣使得她周身的空气颤动起来,虽说地下十分阴冷,但她的背后却满是汗水,然后……

咣!

洞窟后面的某扇门被猛地撞开了,上面的铰链、铁钉和螺钉四处飞散,门也被砸出了一个凹坑。一个雕塑般雄壮的高大身形一头冲进了厅堂之中,然后摇晃着蹲了下来,那架势就好似一头发狂的动物。来人的四肢肌肉发达,身穿一件缀着皮条流苏的白色胸甲,披着白色的披风。浓密的黑色卷发挽成了一个髻,垂在他的背后。他的脸上倒是没有面具,而他那张帅气的脸上满是怒意。这个人是个战士,而且英勇无比……难道他就是德谟斯?

"我们当中混进了一个细作,"他咆哮道,"我们的组织中一共有二十四个人,现在这里就有二十四个人——那么,既然我们之中的一个已经死在了基拉城里,为何仍旧有二十四个人站在这里?"

他举起了一颗被斩下的首级,然后一把扔在了地上。

卡珊德拉一直看着那颗滚动的头颅,直到它停下,恐惧从她的脚底升腾而起,整个人像是掉进了冰窖。这难道是厄尔皮诺的首级么?

但是她并没有砍掉厄尔皮诺的脑袋,那个畜生肯定是毁坏了他的尸体,为了证明叛徒的存在。

"是谁干的?"德谟斯怒不可遏,他的声音如同战鼓一般响亮。"摘下你们的面具!"

卡珊德拉心慌不已,恐惧在她心中蔓延。

"这不合规矩,德谟斯,我们是从来都不向同伴们透露真实身份的。"其中一名教众说道。

卡珊德拉内心的恐惧稍稍减轻了几分。接着,克莉西斯踏步上前,说道:"就让我们每个人和我们的头人一起把手放在圣物上,用传统的方式,来证明我们对教会的忠诚吧。德谟斯会看到他们的所见,也会洞察他们心中的秘密。"

德谟斯缓慢地走下台阶,走进了石环之中。"好极了。"他咆哮着,走到了金字塔边上,目光却还在上下打量着卡珊德拉。"你,上前来。触摸它,然后告诉我你看到了什么。你可不能说谎——因为我也能看到你所看到的一切。"他一面说着,一面将自己的手放到了金字塔的一个面上。

卡珊德拉盯着眼前的战士。他那褐色与金色混杂的瞳孔中,憎恨的火焰正熊熊燃烧。有那么一瞬,卡珊德拉从他的眼睛里看到了自己的末日。但是现在的她又能做些什么呢?于是她将手掌放到了圣物的侧面,却什么都没有发生。有那么一会儿,她甚至产生了一种强烈的冲动,想要去笑话这些傻瓜——然而接下来的事情令人瞠目结舌。

卡珊德拉昂起了头,接着白色的光芒在她的意识中闪烁。和那柄矛唤起过去回忆时的感觉不同,这种感觉是真实的。她能够感受到秋日的空气,也能辨出湿润的蕨菜气味,还能听到优罗塔斯森林中群鸟的啼鸣。

此时的她，就"身在"斯巴达。

午后斑驳的天空下，我穿过蕨丛，盯着前方那头壮硕的野猪，脑子里满是用这野兽做出的美味佳肴——还有旁人对我这个七岁孩子的赞赏和认同——年龄是我自己算的。我屈下膝盖，向后引矛，屏息间又将其举起，矛尖对准野猪的腹部。然而紧接着我犹豫了——我是该静候时机，还是直接出手，或者应该……

银光一闪，另一柄矛从我的头上掠过，一头扎进了土中，那野猪也因此受惊，尖叫着逃跑了。我跳起来，四下环视，想要找到那个神秘的投枪人。"谁在那里？"我喊道，"出来！"

母亲的身形出现在树丛中，她的怀里抱着襁褓中的阿利克西欧斯。

"迟疑只会将人……"母亲的声音传来。

"……送入坟墓。"我叹口气，说道。我发觉自己没有通过她的考验。

"我明白的，"我回答道，"如果父亲知道我还没有做好准备的话，肯定会很失望的。"

"你的身体还没有发育完全，而且你十分坚毅执着。但最重要的是，要懂得抓住最佳时机。"母亲在附近转了一圈，将阿利克西欧斯放在了一棵倒下的树上，然后将之前的矛从土里拔了出来。"你也许差不多到了用这个的时候了。"

我接过那柄矛，看到它发出暗淡的光芒，这令我十分惊讶——这真是一柄做工精良的武器。虽然矛柄被折断了，不过对于我现在的身高来说，这种长度再适合不过。

当我的手触及那叶状的锋刃时，便有一股奇异的震动——一种震颤传到了我的身上。"我……有一些感觉。"

"哦？"母亲微笑着回应了我。

我又多次触碰矛尖，而每一次都有奇怪的感觉传来。"这柄矛非同寻常。"

"当然，它上面附着一种传承已久的力量。那是英雄血脉的传承——那血脉也在你我的身体、在我们的家族之中传承着。而这血脉，在很久以前，属于列奥尼达斯王。"

"这……就是……列奥尼达斯王的矛？"我哑着嗓子应道。

母亲微微笑着，手轻抚着我的脸庞。"曾经的列奥尼达斯勇气卓绝，在温泉关也做出了伟大的牺牲。你继承了他的血脉，也继承了他所拥有的力量。我们都有着感知周遭发生的特定事件的能力。我们如狮子般敏锐，危险来袭时，我们应对自如。这是我们家族中人的天赋。然而，并不是所有人都能理解这一点。有些人知晓我们拥有如此强大的力量，打算为己所用。因此，他们会采取行动，试图从我们的手上将这种力量夺走。"

"我不会让他们得逞的。"我带着孩童那种乐天式的勇气回答道。

"我明白，"母亲说道，"你也是一名战士。"

我觉得，自己在对待这件物什的时候，必须要带着十二分小心——于是我谨慎地用皮革把它卷将起来，放进了自己的箭袋里。接着，天空中便传来了雷声，我也循着那声音向上看。

"暴风雨要来了。"母亲说着，将阿利克西欧斯抱了起来。

情况有些不对头：自从父亲和母亲秋天去德尔菲面见先知之后，我就一直有这样的感觉。母亲察觉到了我的不安，把阿利克西欧斯的襁褓递到了我怀中。我立刻平静了下来，吻了吻他的额头，注视他那褐金色的双瞳……

卡珊德拉大口喘着气，手也从金字塔上抬了起来。记忆中的画面开始在她的眼前消散，于是她将视线死死地锁在德谟斯身上。而此时的德谟斯也死死地盯着她,双眼睁得溜圆,仿佛明月一般。是的,不会有错……

阿利克西欧斯?卡珊德拉满脸惊讶,喃喃道。

德谟斯同样也是一副难以置信的表情,他的嘴唇轻微地嚅动着:卡珊德拉?卡珊德拉此时双腿麻木,却还是向后退了一步。

"如何?"一个教众喊道,"你看到了什么,德谟斯?我们能相信这个人吗?"

面对教众的追问,德谟斯却是一言不发。

"请回答我们的问题,德谟斯。"另一个人恳求道。

依旧没有回应。

不多时,另一个教众叹着气抢上前去,说道:"那就换我吧,我可没什么好藏着掖着的。"

他的举动似乎把德谟斯从恍惚中唤醒了。德谟斯吼了一声,抓住了那教众的后脑,把他那张脸连着面具一把摁在了金字塔的塔尖上。随着一声闷响,那人的面具登时破裂开来。霎时间血沫飞溅,那教众的躯体猛地一震,随后瘫倒在地。那通体金色的金字塔却依旧光鲜如初,毫发无损,然而那教众的脸却已经皱作一团,不成人样。有些站在旁边的教众开始哭号着后退。不过,还是有几个人疾步上前,质问道:"德谟斯,你在做什么?!"他们一面叫嚷着,一面围到了他身边。

卡珊德拉也退到了远处,然后一路跌跌撞撞地走到了厅堂的入口,接着转过身,像一头受了惊的雌鹿般飞跑而去。直到她回到进入这里的那个秘密通道之前,她都在恍惚中一路狂奔着。哪怕是终于潜入暗夜之中,逃到了外面的岩架上之后,卡珊德拉也依旧喘着粗气,弯下腰,踉跄着朝希罗多德走去。卡珊德拉只是盯着他那张皱巴巴的老脸,没有注意到他说了什么。

"到底发生了什么，孩子？"

卡珊德拉抬起头来，大睁着眼睛看着历史学家，说："他就在里面，他是他们的头人。""你说的是谁，孩子？"

"我的弟弟，阿利克西欧斯。"

艾德莱斯提亚号在暗夜的遮蔽下从基拉城出航。莱萨和其他几个船员放下了船帆，并在司掌方向的桨位上安排了人手。巴尔纳巴斯站在船头，一只脚踏在栏杆上，凝视着眼前的黑暗——那副架势，就好像对面站着的是他的宿敌。他会时不时转过头来，怀着感激之情看向船尾的卡珊德拉，想要征求这位站在自己为之奉上身家性命——也就是艾德莱斯提亚号上的人的下一步意见。然而，卡珊德拉却一言不发，只是在那里出神。她坐在小船舱的旁边，攥紧了那只曾放在金字塔上的手，两眼凝视着苍穹——她曾经以为的真相，现在都被抛在了一边，变成了无数的碎片。

希罗多德就坐在她旁边，正小心地从一个苹果上切下薄片来，然后把切下来的部分不紧不慢地往嘴里送。接着他又给了卡珊德拉一片，而卡珊德拉又一次拒绝了，于是老人把苹果片扔给了伊卡洛斯，而它却带着微微不屑的神情，对着那苹果片戳来戳去。

"那里有很多人，都戴着面具，"卡珊德拉平静地说，"先知是他们的喉舌，而神明借着她的口向人们发声，那个金字塔就是一切的根源。他们的手下有大批的间谍和战士，可以说，整个希腊——或者说一切，都在他们的掌控之中。"

"比我预想的要糟得多。"希罗多德喃喃答着，视线转向夜色，凝视良久。"如果伯里克利已经如你所说，陷入了危险境地，那么我们必须火速前往雅典。"

卡珊德拉的目光转向他，说道："我在那里听说了很多事情，但我为什么必须优先考虑他的安危呢？我的弟弟还活着，而那个教会把他变成了某种……可怕的东西。他们正派人要杀掉我的母亲，这艘船在我的名下，而伯里克利于我来说没有任何价值——他不过是又一个贪婪而残忍的将军罢了。"

"残忍？只能说你根本不了解他。"希罗多德的语气里带着责备。"他是被迫卷入这场战争的。"

卡珊德拉没好气地白了他一眼。"你是说这世上还有不喜欢打仗的将领？我看不太可能吧。"她一面说着，却又想起自己在萨米城中那些脏兮兮的酒馆里听到过的风声。"有些人说就是他打着和平的旗号挑起了这场战争，以求将希腊的强大海军聚集到一处，借此炫耀武力，坐享他们带来的荣耀。斯巴达那些根本不入流的战船根本无法对他们构成威胁。不过相对地，斯巴达的陆上重步兵在希腊境内，还是可以独当一面的。在羸弱不堪的雅典步兵面前，他们就是无敌的存在。那么，既然伯里克利一直因为海上的事情受到赞扬，谁又会去在乎这无休无止的战火呢？"

"也许是这样吧。或者说，他只是发觉战争无可避免，尽力引导事态向好的方向发展，从而对它们进行最优化的利用而已。"

希罗多德耸了耸肩。"你的话根本没说到点子上：雅典和它的国王都离我十万八千里，我为什么要关心他们的安危？"

希罗多德笑了起来，那笑声响亮而持久。"雅典没有国王。伯里克利是为人民服务的。而他的处境也十分不妙：许多人潜藏在雅典的暗处，迫不及待地想要取其位而代之。如果这个教会跟这些人也勾结在一起打算拉他下马，那么到头来这样一场高尚却令人担忧的战争，就有可能变成一场混乱不堪的血腥惨祸，把一切都卷将进去。"

卡珊德拉依旧盯着他——她还是没明白。

"好吧,"希罗多德接着说道,"你好好想想:如果你是从你的弟弟那里跑出来的,那么他们肯定是在搜捕你的母亲啰?"

卡珊德拉点了点头。

"那你要去哪儿找她?希腊这片土地可不小呢。"

"我猜你会给我一些建议。"卡珊德拉直截了当地说。

"我想说什么你是知道的,"希罗多德回答说,"雅典可是我们这个世界的枢纽所在,孩子。那里和闭关锁国、观念落后的斯巴达可不一样。雅典想要吸引的,是贸易者、商人,还有我这样的旅人。那里的主事人都是博闻广识的伟大人物。如果要寻得有关令堂下落的线索,那肯定要到——"

"雅典的街巷中去。"卡珊德拉大声接道,那声音十分响亮,就连船头的巴尔纳巴斯都能听到。

巴尔纳巴斯应声向她致意,然后亮开嗓门,向船员们下达了命令。艾德莱斯提亚号的风帆被风鼓起,嘎吱作响,船身也借着风势掉转过去,这一趟的航线与以往不同,他们要出海,绕着伯罗奔尼撒半岛进行一次长途航行,而最终的目的地,便是阿提卡。

希罗多德躺下,自顾自睡去了。而卡珊德拉却起身走到了船尾,看着三列桨船搅起的海水逐渐消失在尾流中。银色月光照耀下的海面,仿佛一整张绣着绵延山峰的巨毯,而无尽的苍穹,也好似一顶嵌着无数星辰的靛青华盖。卡珊德拉久久凝视着眼前的景色,好似它是永恒的。直到双目疲倦时,卡珊德拉眨了眨眼,然后看到水面上有一道看起来更大更高、样貌迥异的浪头——就好像有什么东西正在逆水而行。是另一艘船么?接着,她就听到远方有捕鲸人的歌声传来,她循声望去。等她的视线回到艾德莱斯提亚号的尾波上时,那艘魅影一般的船只已经不见了踪影。她摇了摇头,心想自己可能是太累了,以至于眼前出现了幻觉,甚至是幻听。

当卡珊德拉离开船尾的时候,希罗多德醒了过来,他坐起身,盯着卡珊德拉的弓和矛看——这两件武器都被立在了船舱里。

"你看我这柄矛的时候很是专注,好像它是个影子一样。"卡珊德拉笑道。

希罗多德抬起头来看着她,似乎并没有理解她的意思。"这是列奥尼达斯的矛。打从我在神殿的队列中看到你,我就知道你和我一样,是被吸引到那里去的。"

卡珊德拉在他对面找了个地方坐下,深深地叹了一口气,说:"我是列奥尼达斯的后裔,而有些人说,我让我的血统蒙羞。"就在这时,那教众的声音再一次出现在卡珊德拉的脑海中——我们越早把他的血亲都抓到手,就能越早地摆脱我们的头人,以及他那混乱又粗鲁的行事方式。接着,卡珊德拉将那柄矛握在手中,仔细端详着,继续说道:"这矛有时会和我说话,我本以为这样的物件世上不会再有第二件了……直到今晚之前。"

"你说的是之前告诉过我的,在盖亚之窟里见到的那个金色的物件么?"希罗多德说着,抬头仰望夜空,好像在确认周围是否有幽灵在监视着他们。

卡珊德拉点了点头。"那东西解开了我的心结,让我以一种从未体验过的方式回到了过去。一种强烈的感觉从我的心底生发而出。"她将矛放了下来,耸了耸肩。"那个金色的金字塔和我的矛到底有什么特别的地方呢?"

希罗多德的脸拉得老长,神色黯然。回道:"你说的这两样东西可都不是寻常之物啊,卡珊德拉……当然了,最不寻常的,是你这个人本身。"

"我不明白你的意思。"

希罗多德凝视着船首,招起手来,叫巴尔纳巴斯也到他跟前来。"很快,你就会明白的。"

苍穹之上浮云飘动,艾德莱斯提亚号行驶在海上,他们驶进了一处珊瑚丛生、群山林立的古老海道,岸边的诸多山峦都由黑色的岩石构成,密布着葱绿的树木。卡珊德拉看向高处,感到脊背上一阵刺痛——这里便是温泉关,是古代诸多英豪聚集的地方。

"这一趟临时添加的行程你可还满意,佣兵?"巴尔纳巴斯问道。

"你相信希罗多德,那么我也信。就这样继续赶路的话,我们很快就能到达雅典了。"卡珊德拉微笑着,然后跳上了岸边湿润的沙地。希罗多德则借着一部绳梯从船上爬了下来。

两人上岸后,便走上了一条直通群山的山道。"厄菲阿尔忒斯引着波斯人走上的就是这条路。"希罗多德眯起了水汽迷蒙的眼睛,喃喃道。接着,他带着卡珊德拉走到一处突出的岩石之上——从这里,他们能俯瞰下面的海湾。稍高些的山腰处,洞窟的开口中有少许硫黄蒸汽喷出。有些人说,这便是冥府之门,还有些人说,这是所谓灼热之门。"波斯人就是在这里败在了斯巴达人和他们同盟的手下。而这里,也是你伟大的先祖迎来终结的地方。"

他们继续前行,来到了一尊风化的狮子像面前,这座雕像已经被白黄相间的苔藓覆盖,狮子的外形也饱受海风的摧残,变得模糊起来。不过,刻在石质底座上的斯巴达之王的名字,依然清晰可见,"拿出你的矛,握在手里,让它对你说话。"希罗多德说道。卡珊德拉举起手中的断矛,用两手紧紧地握住。然而,什么都没有发生。"没戏的,这东西是否对我发声,完全是由它自己决定的,它不会听从任何人的——"

嗖！

箭矢如同冰雹般洒下，遮蔽了眼前的整片天空。在我身边，各种各样的事情正在发生着——正在进行投掷的重步兵们被箭矢射成了刺猬，开始惨叫起来。披着红色斗篷的战士们如同狼一般英勇，一面还冲着自己的友军叫喊，激励他们继续战斗，坚持下去。这些人实在是势单力薄，而暗色皮肤的士兵们却成群结队地从各个方向朝他们压了过来——他们从山道上涌下来，沿着海湾前进，组成了一道由柳条盾牌和锋利长矛武装起来的可移动的墙壁。斯巴达军的吹号人刚刚吹起了抵死鏖战的号角，就被一柄波斯长枪捅穿了。

"让不死军上前！"一声奇诡又急促的叫喊从波斯人的阵中传来。接着，他们的大队人马涌出来，对着剩下的守军剑矛并用，又砍又刺，夺去了他们的性命，并借此打开了这道通往希腊腹地的羊肠小道。最后，除了一群披着红斗篷的斯巴达人之外，守军全军覆没。在他们与敌军殊死搏斗的时候，我看见了那个人——他比我想象中的更年迈一些，满身伤痕，全身被鲜血浸透，他那疲惫不堪的双肩之上，承载的是一个国家的重量……而那柄矛——完好无损的矛，就握在他的手里。

"列奥尼达斯？"我喃喃道。

在战斗的最后时刻，这位英雄兼王者的视线穿过人群，锁定在我身上——是的，他在看着我。又一轮箭矢如雨点般飞降而来，他身中三箭，却依然不停地战斗，在一众不死军当中招架闪避，将他们打了回去——而他的矛就是在这时断作两截的。然后，另两支箭刺进了他的脖颈，他在原地单膝跪了下来，接着最后一支箭终于刺进了他的胸腔。此时的战场一片沉寂，斯巴达的王，列奥尼达斯也终于翻身躺倒，死去了。

卡珊德拉眨了眨眼，眼前平静、荒凉又崎岖的海岸线上并没有尸体,只有哀伤地冲她微笑的希罗多德。

她放下了矛,问道:"你为何要把我带到这里?"

希罗多德叹了口气,说:"你之前说到过耻辱,还说你不配继承你身上的血脉。然而这都是无稽之谈啊,卡珊德拉。你就是他的继承人——不管以前发生过什么。"他弯下腰,再次用那个皮囊包裹着断矛,并将它拾起,避免与矛直接接触,然后将包好的矛交还于她,继续说:"这柄矛和你在先知神庙地下看到的物什……都不是我等族类所造之物。"

"你是说它们是波斯人造出来的?"

希罗多德笑而不语。

"那是诸神所造?"卡珊德拉接着问道。

希罗多德止住了笑,说道:"这话不完全准确。这些物什是由一位先行者制造的。他的存在早于雅典,早于波斯,早于特洛伊之战,早于大洪水……甚至早于人类出现的时代。"

卡珊德拉瞪着他,一副不解的模样。

希罗多德示意她坐下。然后拿出一条面包来,掰成两半,将其中一半递给了她。"我没有把这些写进我编纂的史书里——不然人们就会认为我发了疯——而且已经有人这么认为了——但是我发现了许多东西,卡珊德拉,许多奇怪的东西。"希罗多德吃着面包,也没耽误讲话,视线却转向了那古老的海道。"某年夏天,我碰上了一个浪人。那人叫梅利顿,生得又矮又圆,而之前他一直无家可归,就窝在一艘小船上的桶里,跟着船在爱琴海上四处航行,也不知会去向何处。他倒是和我分享了他的冒险经历——他见过的事情有的比巴尔纳巴斯讲的故事还疯狂呢!这些故事中的大部分对我来说都无所谓,不过其中一段引起了我的注意——这段故事的内容和他讲的其他东西完全不同,因为他在讲这些事情的时候，眼中没有半点促狭之色，而且，语调也十分平静，其中还夹杂着一丝恐惧。"

卡珊德拉停止了咀嚼，朝着老人点点头，示意他继续说下去。

"他早年在锡拉岛的海岸上遭了海难——那是一座岛屿的外围部分，很久以前被火山炸开，与原先的岛屿分离。现在那座岛屿已经成了不毛之地——除了灰烬和朽物之外，那里什么都没有剩下。然而，他还是在那里靠着吃海贝和虫子之类的活了好几个月。然而有一天晚上，他被地下传来的一阵奇异的震动惊醒了。"

"火山爆发了？"

"不是的，我的佣兵，那座火山就和岛上的其他东西一样，已经失活很久了。他所见的事情比火山爆发要奇异得多。"希罗多德答着，目光却暗淡了下来。"随着大地的震动，他看到一道亮光自夜空中放射而出，光的源头在岛上某处黑色的高地之上。那种纯粹的金色光亮，绝不是火山的烈焰。于是他跟跟跄跄地穿过黑暗，向光源走去。等他走到那里的时候，已经是黎明时分，而他见到的，却只是一片黑色的平面岩壁而已。过了好一会儿，他才注意到上面的纹样。"

"纹样？"

"那些纹样就刻在黑色的岩石之中，用的是十分专业的蚀刻手法。上面刻的都是奇怪的符号和数列。我要他尽可能详细地向我描述这些东西，于是他就在土地上把它们画了出来。"希罗多德一面说着，一面用一根手指在土地上画出了各种几何图形。"这，"他点着泥土说道，"是毕达哥拉斯的智慧。"

卡珊德拉的后背一阵战栗。

"是的，"希罗多德点了点头——看来她已经明白这件事的重要性了，"哲学家，政治理论家，外加几何学家……是为希腊带来荣光的最伟大的人物之一，也是极少数对人类出现前的那个时代的事件有所了解的人物之一。"

"但是他们说，毕达哥拉斯的智慧已经失传了啊。"卡珊德拉说着，想起了自己在凯法利尼亚岛的酒馆里听过的一段有关这件事的醉鬼的言论：那些东西都跟着他进了坟墓啦，自那以后，已经过去了六十多年。

"我也以为这些东西已经失传了。"希罗多德对着那柄矛做了个手势。"岛上的那些刻印只是其中的残片而已。但是你知道，如果他传下的知识完整地重见天日，那意味着什么吗？如果今天的人们能够得到用于制造诸如你手中这柄矛，或者你在那个教会的洞窟里所见的物什的知识，那又会是怎样的光景呢？而如果我告诉你，那个教会也在搜寻毕达哥拉斯那些散佚的作品呢？"

卡珊德拉身上传来一阵恶寒。"诸神在上，可不能让这种事情发生。"

"列奥尼达斯也这么说过。虽说他只窥到了冰山一角，但是他依然明白，他必须和那些想要将古代知识据为己有，并用作武器的人进行斗争。你是他的后裔啊，卡珊德拉，而这也是你和你的家人必须得到拯救的缘由。在这场黑暗的游戏里，明白我们的世界危在旦夕的人，真是少之又少。"说罢，他便慢悠悠地走开，朝着艾德莱斯提亚号的方向去了，一面走着，一面示意正要跟上的卡珊德拉待在那里。"好好在那里待上一会儿，想想我刚才说的话。"

卡珊德拉在那里待了一个小时，她就坐在那尊狮子像的旁边，向下俯瞰着整个海湾，思量着到底有多少昔日的遗骨，就埋葬在那沙地之下。心不在焉地给伊卡洛斯喂了点儿面包的碎渣之后，她自己也吃了一点。当她开始回味希罗多德的话语时，她的心中升起了一股疑惑和不安的情感。可是……好你个历史学家,我想要的不过是一个答案,你却把它藏在一大堆问题里,然后把它们一股脑塞给了我。她一面想着,脸上露出疲惫的笑容。"该动身前往雅典,去寻找真正的答案了。"卡珊德拉叹了口气,站起身来。

嗖……砰!

卡珊德拉应声向后一跃,蹲下身来,紧盯着射进她脚边岩石里的箭矢。接着仔细地审视了一番身后的高地——那里空无一物。但随后出现在她视野里的,是一个如同神明一般,在高处的岩架上俯视着她的男人。

"德谟斯?"她低声说着,一面回忆起之前在船上时奇异的感觉——夜晚海面上起伏的波峰。她的直觉是对的:艾德莱斯提亚号被人跟踪了。

那人一言未发,只是从岩架的边缘转过身去,走开了。卡珊德拉盯着那高处的岩架,接着一头扑到了岩壁上,开始攀登。不多时,她已经爬到了半山腰,一点点缩短着与那岩架的距离。她犹豫了一会儿,还是跳了上去,在那里跪下来——德谟斯就在那里等着她,这时他转过身。"你一路跟着我到这里来的?"

"我记得你是谁,"他说道,"那时我还是个婴儿,但是我记得你抱过我。"

卡珊德拉心中那团熄灭许久的火焰迸出了火星,希望之火重新燃起,在那钢铁的牢笼中闪耀着。"而我也从没有忘记抱你时的感——"

"我的双亲在众人面前宣布,要将我扔下山崖。"他淡漠地打断了卡珊德拉的话。"不过,是你……你将我和那年迈的元老推下了山崖。我目睹了这一切,而那个金色的物件也将这一切示现在了我的眼前。"

"不,"卡珊德拉说道,"那时我是想要救你的,你必须相信我,阿利克西欧斯。我不知道你居然活——"

满脸怒意的阿利克西欧斯猛地转向卡珊德拉,海风挟着那乌黑的头发,拂过了他的脸庞。"阿利克西欧斯在那天晚上就死去了。德谟斯这个名字,是我*真正的*家庭赐予我的。"

卡珊德拉轻蔑地向后仰头,而她胸中闪烁的火光也逐渐熄灭。"我从你们那可恶的洞中密会里了解了一件事,那就是我们都在做同一件事情——寻找我们的母亲。"

德谟斯的头稍微侧了一侧。"如果你也在寻找她,那她一定也抛弃了你。"

"即便我们遭到了被抛弃的厄运,我们还是活下来了啊。我们可以让一切恢复如旧——只要我们找到了母亲。"

"她对我没什么意义。"

"你的那些教众可不这么想,"卡珊德拉淡然回答,"密里涅就是他们的下一个目标。"

德谟斯沉默了一会儿,说道:"教会需要我们,是因为我们是特别的存在。"接着,他急躁地说:"你现在明白了,对吧。"他回身指了指山下的狮子像。

"那么你愿意跟我一起去找她吗?"卡珊德拉说着,向后退了一步。

"不是你到我这来吗?"阿利克西欧斯反问道。

"我可不想加入你们的……教会。"卡珊德拉愤愤地回道。

一阵令人局促不安的沉默在两人中间蔓延开来。

"反正你也甩不掉他们。因为你也正朝着雅典进发,"他最后说道,"至少目前的路线表明了你有这个意向。好吧,教会的人已经在那里了。你帮我带个话,告诉伯里克利和他手下那帮信奉精英主义的浑蛋,他们就是我们的下一个目标。"

说完,他向后退去,进入了一个小小的洞穴,他的身影消失在了硫黄蒸汽之中。

"阿利克西欧斯?"她朝着德谟斯的背影叫道。

"别跟来,我的姐姐,"他的声音从洞里传了出来,"你还是感激我还留了……至少是暂时留了你一条命吧。"

第七章

　　比雷埃夫斯港的空气中，可以说是百臭杂陈：水手的汗味、粪便的恶臭、烤炉中面包和鲷鱼的香气，还有葡萄酒那醉人的酒香，都混在一处。这里的人可真够多的，卡珊德拉如是想。还有各种各样的声音：犬吠鸥鸣，商卖杂谈，这些声响从四面涌来。身着蓝白服饰的士兵列着整齐的队伍，在港湾中密布的战船上下来回穿梭，而满载谷物的大车用滑轮将车上的一袋袋粮食卸下，送到插着白旗的码头上。

　　卡珊德拉从艾德莱斯提亚号上下来，走上了比雷埃夫斯港的埠头。她的视线越过人群，投向了距离内陆两里之遥的那座世间闻名的都市——雅典。就好像被遍地的财宝迷住了眼，卡珊德拉根本无法移开视线。城中一片红瓦屋顶的海洋，而卫城就像一座大理石的岛屿，与其上壮丽到令人屏息的神庙和纪念碑一道，成了这海面之上鹤立鸡群的存在。而如此光景，于卡珊德拉来说自然是前所未见——毕竟，不论是在凯法利尼亚，还是在她的旅途中，这样的景色都是绝不会出现的,更遑论她原本所在的斯巴达了。

帕台农神庙闪耀着微光:神庙中银白色的石雕和光亮的漆面在日光的照射之下散发着令人目眩的光芒。那尊赤铜塑成的雅典娜像庄严而高傲,她手持长矛,有如哨兵般挺立,而她身上的光泽,可以说有如火焰一般炽烈。

从这里去往雅典城的路,可实在是古怪得很:这两里路上,一直都只有一条临海的步道,好似一条从市区中伸出的手臂,将下面最近处的海岸和那里的码头都紧紧地握在了手里。石匠和奴隶们蚁集于此,正将最后一批石块放在沿着步道两旁立起的两堵奇异的墙壁上,而他们手中的凿子,也随着手头的工作有节奏地敲打着。

"来吧,佣兵。"希罗多德一面沿着这条步道行进,一面招呼着卡珊德拉跟上他的脚步。

卡珊德拉回过头去,看到巴尔纳巴斯,莱萨和几个其他船上的船员打起了赌——看伊卡洛斯能不能抢下另一艘船的船长手上的戒指。伊卡洛斯也在那里跳着脚,一副志在必得,要为艾德莱斯提亚号的人赢下这赌局的模样。

卡珊德拉笑了笑,由着他们去了。于是两人沿着步道前行,路旁长长的墙壁为他们投下了一片宜人的阴凉。那里还有一个老乞丐,对着所有肯听他说话的人嘟哝道:"特洛伊,赫梯还有亚述人难道不该算是我们的前车之鉴么?宏伟的墙壁定会招来强大的破坏者啊。"

卡珊德拉这才注意到,这步道旁的墙壁到底有多粗陋——这墙根本是赶工而成,质量很是粗劣,用料也十分不堪,都是些铺路的石料,还有碎石跟梁柱残骸之类的东西。这摇摇欲坠的残破墙壁,与远处熠熠生辉的大理石和精致的墙垛形成了鲜明对比。

希罗多德发觉她也看出了这墙壁的不同。"这座所谓长墙——这名字是本地人起的——确实是够难看的,然而,作为一种权宜之计,倒是相当不错。"他解释道。"这些墙壁把擅长围城战的斯巴达人挡在了外面,并确保了船运谷物进入城市的路径。你肯定会觉得伯里克利这一招还挺高明的,对吧?没错,这样一来,斯巴达人就永远无法攻破雅典城,或者断掉粮道了。"

"你是说这是伯里克利想出来的策略么?"卡珊德拉若有所思地说,"这种做法有何荣耀可言呢?"

"'荣耀'?呵,真不愧是斯巴达人。"希罗多德笑道。

接着,他们来到了这段步道中的某处,这里的道路两旁被各种窝棚和帐篷构成的村落堵得严严实实,而这些村落里住着的,也尽是些灰头土脸、目光呆滞的人。不多时,他们就踏过那些还在睡梦中的人的身体,从拥作一团的帐篷中勉强挤出一条路来。"之前我可从来没见过有这么多人被塞在墙后啊。"卡珊德拉喃喃道。

"这些人就是所谓的'乡下人'了,"希罗多德轻声说道,"他们就是因为伯里克利的政策而受苦最多的人——毕竟,背井离乡,从原本居住的山谷和野地中迁出来,然后在这里像叫花子一样挤作一团,怎么看都是遭罪的事情。"

随着他们离雅典城区越来越近,这条步道也越发崎岖起来。接着,出现在他们面前的是漆色光鲜的诸多别墅,这些建筑坐落在数个围绕在卫城旁边的区划之中,形成众星拱月之势。接着是一处乱哄哄的市集区域,中央坐落着伊里涅和普娄托斯神的造像——这两位神明司掌着和平与财富,不过就目前的情况而言,这是不太可能实现的梦想。这处集市中也是摊位林立、牛只满地,有人叫卖着画有图案的鸵鸟蛋,香料,还有一个人把一块血淋淋的牛肝举得老高,像是拿着一件众人争抢的宝物一般。大小街巷间都是满身大汗的人,空气中因此弥漫着没有洗澡的人特有的汗臭，嘈杂的交谈声充斥着整个区域，而这些人的音调和语气听上去似乎马上就要吵起来了。然后，卡珊德拉注意到，在那堪称精致的城墙上，那高耸的城垛后放哨的，就是那些雅典重装步兵——这些士兵的面貌和她之前在迈加拉面对并击败的那些敌人十分相像。这些人一副不得闲的模样，在那里发号施令，一边还谈论着乡间发生的大事小情。是什么让他们如此担心？

卡珊德拉漫不经心地朝着市集的一头闲晃了过去。旁边的希罗多德却伸出手，将她牢牢拽住。"佣兵啊，别去那边。"他说着，一脸嫌弃地看向卡珊德拉之前要去的方向。市集的远端有一处景象惨淡阴暗的院落，从里面还传出了一声绝望的呻吟——那是一个绝望的囚徒发出的声音。"那里是监狱，或者说，是将要被世界忘却之人的去处。"

说这话时，希罗多德脸上的神情让卡珊德拉浑身战栗起来。不过不多时，他就把她带去了另一个方向，脸上也换上了一副明快的笑容。"不，朝这边走，往高处去，佣兵啊，我们到那座著名的普尼克斯山上去。"希罗多德领着她沿着白色的大理石阶梯一路向上，来到了卫城的高处。"要说为什么来这，那是因为这里会给我们想要的答案。"

这道阶梯上也是人头攒动，挤满了民众和卫兵，他们在那里争执着，自顾自地吵个不停。接着，吵闹的音量提了起来，让人觉得自己仿佛置身于嗡鸣的蜂群之中。然后，他们便来到了山顶的广场上。首先映入眼帘的，就是山顶那尊雅典娜铜像默默放散的光芒，卡珊德拉惊讶地注目着这尊硕大无朋的造像，连脖子都仰得抽了筋。而在帕台农神庙半明半暗的一处露天广场上，议会成员们正忙得不亦乐乎。这样的景象对于斯巴达出身的卡珊德拉来说，实在是太过陌生，或者说，太不斯巴达了：在这里，成千上万的华贵长袍包裹着成千上万人的躯壳，成千上万的秃头正在日光下闪耀。而这些躯壳的主人，正高举着手臂，大声将批判的言论甩向对方。除了……一个人，那个可怜的人正站在台座上。

"那就是我们要找的人了。"希罗多德说道。"他就是伯里克利，雅典方面的总帅。"

卡珊德拉抬起头看着那个人——那人穿着朴素的长袍，两鬓灰白，胡须修得很干净，鼻子倒是有些宽。看上去他和希罗多德的年纪差不多，但和我们的历史学家不一样的是，他举手投足之间都透着一股老当益壮的气质，至少，这副身板怎么看都没希罗多德老得快。

"我们还要让这个骗子骑在我们头上多久？"人群中声音最大的一个反对者嚷了起来——那人相比之下要年轻得多，一头红发，双瞳乌黑，蓄着山羊胡，就在台座的基底那里大步流星地走着。他每走一步，就把拳头捶进另一只手的手掌里。时不时地还要伸出手指来，指着伯里克利，对着他批判一番："就和之前在寇基莱恩的僵局中的表现一样，伯里克利这次依旧表现出了自己的那些'长处'：畏首畏尾，迟疑不前，一再妥协却无法得到让人满意的结果。看样子，他根本不会别的，只会专注于涨敌人的志气，灭自家人的威风。"

希罗多德接着指向了那个找茬的人，说道："那个像挨了开水烫的猪猡一样在伯里克利身边转悠的，就是克勒翁，是个煽风点火的家伙。这人整天说些人们想听的话，也不管说法实际与否。打从伯里克利从政以来，辩斗也好，兵斗也好，他都没少经历过。但是啊，像克勒翁这样的对手，他也是头一次见。"

克勒翁怒气腾腾地继续说："他把所有岛屿城邦所属的舰队都归到了自己的名下，还从他们那里敲诈白银，现在还把这些不义之财当成了自己的私产。他挂念城里的胜利女神雅典娜胜过挂念人民福祉，你们说，这种事情是不是只有国王才干得出来？"这个词几乎是从他的口中喷将出来——就好像这几个字本身都带着毒性一般。人们看来是认同了他的说法，开始激愤起来。克勒翁也在那里挥着手，好像要给这股无形的火焰再加一股风似的，这还不算，他自己也冲着人群点头，跟着他们一起大声叫嚷。

"我希望神庙方面能发挥自己的职能，以求安稳民心。"下面的声浪一停，伯里克利就从容地回应道。"我并没有在这里建造王宫的意图。而且，我不是也下令，从各个神殿和豪宅——以及我的居所中——搜罗黄金用作舰队的军资了吗？"

听到这些话之后，克勒翁却也只是讽刺地哼了一声，然后开始改换诘问的策略："我们的舰队？我们名下的这支强大无比的舰队可是个烧钱机器呢。然而，它带来的成果与投入相比，可实在是不够看——现在他们做到的，也无非只是在伯罗奔尼撒的沿岸地带打下了那么一丁点地盘对吧？而且在你'英明'的领导下，迎来了迈加拉的大败，你从来都不肯去进行荣耀的地面战——那才叫打仗。我们的农场还有祖上传下的旧居就这样化为乌有。这片土地生养了我们，而我们现在却只能眼睁睁地看她化作灰烬。"

"灰烬？"卡珊德拉听罢这些话，眉毛微微皱起。希罗多德注意到了她不悦的神色，于是抬起一只手来，放在她的肩膀上，引着她将视线投向别处，要她从卫城之上远眺，去看阿提卡乡间夏日薄雾之上的景色。在这难耐的酷暑之中，远处银白色的陡峭群山却占据了她视野的绝大部分。然而，在这本该是大片平坦宜耕的土地上，出现了可怕的景象。卡珊德拉的眼睛眨了又眨，生怕自己的所见只是幻象。然而，映入她眼帘的一切，都是真实无虚的——曾经遍布的人家和农庄，遍地的柠檬和橄榄种植园，如今都只剩下了新烧灰烬所留下的黑色痕迹，还有坍塌的大理石和砖块。其中还零星分布着斑驳的红色——就好像是血泊一般。接着,她定睛看去,才看到了那些红色到底是什么。

为大地染上红色的,就是那些披着红色斗篷的斯巴达人,他们扎下营寨,对城市周边的近陆通途进行了封锁。他们探看着,等待着,手中的长矛在太阳炽烈的光芒下闪闪发亮。这些人踏平了阿提卡的乡间地区,现在他们要做的,就是想办法越过雅典的城墙,将这座城市也纳入他们的版图之中。史坦托尔?卡珊德拉自言自语,心里想着他是不是也在城下的军队里,是不是正代替着拉科尼亚之狼领导斯巴达人,大举进攻雅典城。

"我并不乐见我们的乡间领土遭受敌人的蹂躏,"伯里克利大声回应,"但这是我们必须做出的牺牲。还不明白么?我们决不能和斯巴达人讲和,他们只会把这种做法当作穷途羔羊的乞怜之举。这样做只会助长他们的气焰。而且,我们现在可不能凭着一时冲动,贸然与他们开战——斯巴达人的方阵已经一次又一次地在地面战斗中彰显了无可匹敌的威力,不是么?摆在我们面前的,就是这样无可动摇的事实。而现在筑起的长壁才是真正能够保护我们的东西:只要我们坚壁清野,在墙后坚守不战,靠着诸多临海王国从北方海路运来的鱼类和谷物,我们大可高枕无忧,坐看斯巴达人用他们的拳头在我们的城墙上无力地捶打。长此以往,胜利的天平自然不会倾向他们一边。"

克勒翁喜形于色,连那张脸都好像因此拉宽了不少,每说一个词,手背就猛地拍向另一只手掌。他激动地叫道:"也不会,倾向,我们!"

人群中响起一阵附和之声。

伯里克利却不为所动,就像一尊雕像。他就那样站在那里,由着台下人发声。

"克勒翁说得没错,"有个人讥讽道,"我们的城市已经成了这副破落惨相,更何况,我根本不知道,这场天杀的战争到底什么时候才是个头。"

"说的是啊,"克勒翁附议道,"好几个月……好几个月……好几个月啊各位!我们伟大的第一公民,伯里克利大人都没有屈尊来参加我们的神圣的集会了。他这次现身,可是这几个月来头一遭呢。大人这样的做法,是不是代表着,他已经开始觉得,自己已经没有必要把你们的监管放在眼里了呢?"

克勒翁话音刚落,台下的骂声顿时高涨起来。

接着,克勒翁就自顾自登上台去——伯里克利并没有请他上台。他把自己那件宝蓝色长袍的一个松褶搭在胳膊上,在那里挥舞着,一面还在继续对伯里克利进行抨击,而他的另外一只手虽然空着,却还在空中猛劈,那副架势就好像一柄斧头一般。而一旁的伯里克利却没有作声,只是走下台来,由着他的政敌在上面大肆吵嚷。广场上的吵闹好像持续了一个世纪。接着,等到人们终于疲于争吵的时候,他们才将注意力转向了这次集会的下一个话题:一场放逐表决。"阿那克萨哥拉斯,伯里克利的友人之一,今日将面对你们的裁决,他的罪名是亵渎神明。"克勒翁指着人群中的一个老人说道。

厌憎的私语在人群中响起。

"他声称太阳不是阿波罗本尊……只是一个由炽热物质构成的球体!"

人群中的低语变成了刺耳的嘲讽。

阿那克萨哥拉斯鼓起勇气举起一只手在空中挥着,怒气冲冲地,仿佛正赶跑身旁的蜜蜂,接着,他冲着天上的太阳做了一个手势,就好像他想要提出的真理,于任何明眼人看来都是显而易见的。

接着,一个人走上前来,他手里拿着一个袋子。每一个与会者都向袋子里投下了一块花瓶的碎片,以此来进行投票。伯里克利在希罗多德带领卡珊德拉向他走来的时候，也把他的那一份陶片投了进去。当他们走近时，卡珊德拉发现，伯里克利刚才站在台上时，脸上那种雕像般肃穆的神情此时已经不复存在，他的脸上现在只剩下了疲倦和沮丧。

"老友？"希罗多德叫道。

伯里克利抬起头，脸色缓和了不少，那神情就好像一个人在连绵数日的阴雨之后，终于见到了太阳。他和希罗多德拥抱了一下。卡珊德拉发现，历史学家趁此时在他耳边低声说了些什么。伯里克利迟疑了一下，然后点点头表示感谢。当他们分开时，他发现了卡珊德拉的存在。"这位是？"

"卡珊德拉。她是自己人。"希罗多德说。"我从码头上打听到你今晚打算举行宴会。而她也正寻求着你那些侧近同僚的智慧。也许可以让她出席的，对吧？"

"不行啊，老友，既然你跟我说了那些，"伯里克利截下了他的话头，"那么这样一来，如果我把一个生人——还是个佣兵——请进自己的家门的话，那我可就太傻啦。"

希罗多德又倾身，在伯里克利耳边低语了几句。

伯里克利盯着卡珊德拉看了一会儿。看来，不论希罗多德说了什么，事态都已经向着有利于她的方向转变了。

"你可以出席今天的晚宴，"伯里克利说道，"但是，不能携带武器……当然了，我建议你带一样别的东西——你的智慧，这才是你到时候能用得上的武器。"

伯里克利家的宴会厅中林立着经过精心打磨的大理石立柱，上面缀着诸多火红色的饰带。翠绿色的藤蔓像帷幔一般从石柱和天花板上垂下，还有一盆盆紫色的九重葛和柠檬树环绕在各个角落。至于地面的光景，那就只能用"色彩缤纷"来形容了：地上是一整幅镶嵌画，画的是波塞冬从青色的海面上腾起，而他旁边还有一群散发银光的海洋生物，他们的身上都披着日落红、蜂蜜黄还有天青色的波斯丝毯。空气中弥漫着烤鱼和烤肉的香气，最浓郁的是葡萄酒香。

市民们站在那里，几人凑在一处，都投身于讨论和激烈的争辩当中。笑声和惊讶的吸气声像波浪一样飘过房间。男人倚在柱子旁，走到阳台上。

摇摇晃晃，尖声大笑，脸色因为酒精作用变得红润起来。七弦琴和琵琶合奏出甜美而活泼的旋律，声音在大厅的每一处环绕，而那些或者成双而走，或者结队而行，从一个房间传到另一个房间的喧闹和笑声，还有双耳杯坠落碎裂的脆响和响亮的欢呼声，都好像成了这旋律的和声。

在自己身后如此喧闹的时候，卡珊德拉本能地将手伸向本该是自己腰带的地方，然而本该放着那柄断矛的地方，现在空空如也，而她的手也只摸到了身上天蓝色的雅典长袍的布料——自己的佣兵皮甲和武器现在并不在身上，卡珊德拉暗骂了一句。

"你应该是宴会的主事人吧？"她恶狠狠地问道，"你是不是该管管他们，别让他们喝过头了？"希罗多德在她身边耸耸肩。"你这话在理论层面上没问题。然而实际上……这么干和揪着一只狂狼的耳朵，想要制住它的难度差不多。"

他把自己那个现在为止都没装过酒的杯子向卡珊德拉的方向倾斜了一些，让她看杯底画的那个浑身肿泡的丑陋生物。"这个图案的初衷是让人们喝酒的时候慢一些，免得自己先看见杯底的恶物——可以想见，那可不是什么好兆头。"

卡珊德拉凝视着四周。每个人似乎都很在意这个。

她看见一个人仰起杯子，一气将里面的东西喝了个干净，然后对着杯底的图案皱起眉了头。

"难道那是……一个奇大无比，颜色扎眼，还肿胀不堪的阳具吗？"希罗多德替卡珊德拉把话说了出来。"是的，普利亚波斯肯定会为此而骄傲的——看来这里这些高雅的从政人士还是要面子，既然倾着杯子痛饮会让里面的图案暴露出来，那么他们肯定会矜持一些，并且多加小心，不过……"

那喝酒的人把杯子放在了自己的会阴处，就好像那杯子里画着的阳具，是他本人的"所有物"一样，然后就蹦跶着跳起了舞，引得旁边的十几个人哄堂大笑。希罗多德见状，也收住了话头。

"这可不大对头吧，嗯？"希罗多德问道，"乡间民众正饱受兵燹之苦，城中的街巷里也满是难民，而在这里，那些理应领导这座城市脱离险境的人们，却在那里用酒精麻醉着自己的神经？不过，城外到底是怎样的光景，我想你也已经看到了，斯巴达人已经兵临城下，而我们就像狗一样被困在大雅典城的围墙后面，那么，在这样的末日光景之下，谁又有什么资格去约束别人的行为呢？"他哑声笑了笑，将头向后仰去。"我差点儿就情绪失控了——有些事情最好还是交给这方面的专家处理吧。"他冲着一些参与者做了个手势。

事实上，伯里克利举办这些聚会不是因为他喜欢热闹，而是为了保证有人能在关键时刻为他发声，而能够这么做的，都是能在政事上说得上话的人。同时，也并非所有出席宴会的人都贪图杯盏之欢。去吧，跟那些现在还没有喝醉或者发起酒疯的人谈一谈。他们都是伯里克利真正信任的人——

而这些人身上肩负着雅典的命运。他递给卡珊德拉两个双耳杯，一个里面盛着酒，而另一个里面是水。

"拿上这个,在你向任何人发问之前,先把他们的杯子斟满。如果谁要求先用大量的水把酒稀释一下,那你就找到值得去问的人了。"

希罗多德从卡珊德拉身边走开,和一群两鬓斑白的老人交谈起来,卡珊德拉突然感觉到别墅的墙壁正向她逼近。而这里的每个人看起来都像海鸥一样,看上去令人生畏。他们比较年长,一副经验老到的模样。跟他们比起来,她觉得自己就像个小女孩,整个人都和这里格格不入。自己居然想着利用这些傲慢的人获取信息,真是愚蠢。有人瞥了她几眼,等到她和那人四目相对,那人的视线却又转向了别处。

卡珊德拉深吸了一口气,走进面前这片陌生人的海洋之中。

他看着卡珊德拉到达这里,而雅典也被暮光笼罩在黑暗之中。那个烦人的历史学家像她的监护人一样,与她如影随形。在现在这个场景中,这样的转折是何等出奇和绝妙啊,他沉思着,抚着自己面具的轮廓。现在,他不必在肮脏的城市街道上追捕她。现在,他可以把她,还有那该死的历史学家一起解决掉——就在这里,在伯里克利的别墅里。他打了个响指,四个跟在他后面的影子应声而现,和他一起迅速进入了各自的位置。

她看到了一位胡须漆黑,鼻子扁平,身上毛发多到惊人的小伙子,正冲她咧嘴笑着。卡珊德拉转到别处,避开了他的视线,这次她又发现了另外一人,这个人的脸形活像一只老鹰——看上去就是一副学富五车的模样,而且这人的面相让人对他产生莫名的信任感——于是她直接向那人走去。"需要续酒么?"她问道。

那人盯着她,然后顺着墙轻轻地滑了下去,一屁股坐在地上,头也耷拉下去,从他鼻孔中涌出的呼噜都带着一股浓烈的酒气。

"画龙画虎难画骨啊。"有个声音在卡珊德拉身后说道。她应声转过身去,却什么也没看见,然后,她低下头,才看到刚才那个浑身毛茸茸，在那里咧嘴笑着的小矮人。

现在他已经悄然来到了她的跟前。他穿着一件大长袍——那是一种袒露左胸的旧式衣物——手里还拿着一根辅助行走的拐杖，卡珊德拉斜眼看着他。

他微笑着，挺直身子，把拐杖放在一边。"确实，我还没到要用这种东西的岁数呢，但我就喜欢操控人们的观念——臆测是无知的开端，这和在心灵上给自己披枷带锁没什么两样。打破它们，那么自会有一条美妙无比的道路向你敞开：从幻想开始，然后是信仰，超越理性之后，便能得到纯粹、美好的知识。难道知识不算是世间的一种真正的善吗？"

卡珊德拉茫然地看了他一眼。"阁下是？""她一面问着，一面拿出酒壶，将这个人的杯子斟满。而他也点了点头。

"随便找个人问问，然后他们会告诉你我叫苏格拉底，但是名字没有任何实际的意义。我们的行动才是决定我们到底是谁的根本要素，而每一种行动都有其乐趣和代价——这样说来，那么，你又是谁？你又用怎样的名字来称呼自己呢？"

她的眼睛眯眯成了一条缝。"卡珊——"

"卡珊德拉，"他抢过话头，"伯里克利和我说过，你今晚会来这里。"

卡珊德拉注意到希罗多德和苏格拉底在房间里交换了一个温暖而诚恳的眼神。

她的疑虑减轻了一点。"伯里克利在哪里？"

苏格拉底笑出了声，回答道："他很少参加自己举办的宴会。"

"我猜，他是因为朋友被放逐而沮丧吧。"投票的结果在黄昏前公布。可怜的阿那克萨哥拉斯被逐出了雅典，期限是十年。

"恰恰相反，"苏格拉底答道，"就为了这件事，他之前可快活得不得了呢，甚至都唱起歌来，那副模样，简直就像只云雀呢。"

卡珊德拉把酒壶转到了自己的杯子前，给自己斟了一杯，然后喝了一大口。这葡萄酒味道偏酸，酒劲也很冲。"我不明白。他为什么希望自己的朋友被放逐出城呢？"

"世间万事，没有多少是表里如一的，卡珊德拉。阿那克萨哥拉斯也是我的朋友。事实上，他就是我的导师——他就是将光明的种子播撒在这里的人，"他敲了一下自己太阳穴，呷了一口酒，继续说道，"但是当结果公布时，我也在低声向神明祈祷。我明白，你现在也是一头雾水。但是不妨问问自己：如果大家都身在毒蛇的窝巢之中，那么救助和庇护的行为在这种情况下又有什么用处呢？"他稍微侧了一下身，以便跟卡珊德拉凑得更近。"阿那克萨哥拉斯如果继续待在雅典，就会有危险，而且是致命的危险——现在身在这宅邸中的大部分人也是如此。"

他指向一个身穿黄色长袍的高个子，那人的袍子上遍布着白色的尘土。他正把装饰物堆在一张桌子上面，而堆起来的东西看上去就好像一座塔，他正对着围在那里的人们，热情地描述着他堆成的这个"建筑"的比例。"那边的那位就是菲迪亚斯，这个城市中首屈一指的雕塑家和建筑师，他也是城中那座巨型雅典娜铜像和现在尚未完成的神庙的创造者。然而，他现在也处于危险之中，我希望他会是下一个能从城市中找到办法全身而退的人。"

"你是说逃跑？是谁盯上了他们？"她小心翼翼地问道。

苏格拉底脸上那副戏谑的表情消失得无影无踪。"多了去了。我不是说过嘛，这座城市就是龙潭虎穴啊，卡珊德拉。"

卡珊德拉脸色苍白，眼中充满警觉。而苏格拉底也注意到了这一点,把手放在她的肩膀上,用力按了按,说道:"不过,这雅典城里还是有不少善类的,尤其是身在此处的人。你看看周围,哪怕是从那些酩酊大醉的家伙之中,你都可以找到几个堪称雅典翘楚的人物:修昔底德,他是个好兵,不过作为将领的他还要更加优秀一些……虽然他嫉妒希罗多德,而且还想着总有一天要写出和那老头子一样的史书,但他还是个优秀人物。"他指着一个头顶寸草不生、面色严峻的年轻男人,而他身旁的人,满身疤痕,一副军人做派。然后他指着在那里醉心于辩斗的三人组——"欧里庇得斯与索福克勒斯就在那里,这两人可是一对可爱的老山羊,他们是创作诗体悲剧的大师,还有亚里斯托芬,他喜欢在作品中插入一点喜剧元素,不过我敢打赌,如果对象是欧里庇得斯的话,他肯定还想插点儿什么别的东西。"

接着,一个脸庞瘦削,两边留着两绺黑发的秃顶从苏格拉底的身边摇摇晃晃地走了过去,一面还冲他挥着一只胳膊,这样的举动带着轻蔑的意味。

"给他倒点酒,然后继续走就是,"那个陌生人建议道,"免得那个胀气包又开始讲那些他整天挂在嘴边的陈词滥调——他说的东西无非是要告诉我们,夜晚是白天,而白天是夜晚,而我们就成了盲人——因为以我们的视角看不出这种事情来!"

"啊,这位是瑟拉西玛寇斯,我在思想领域的老对手。"苏格拉底用完全相反的语气回答说。

瑟拉西玛寇斯停下脚步凝视着苏格拉底。他握紧拳头,嘴唇动了动,就好像要说别跟他计较一样。

他瞥了一眼卡珊德拉:"如果你想寻求智慧,那最好去跟别人聊聊。"

"这话也颇有道理,"苏格拉底附和道,"这个房间里的聪明人可不少呢:索福克勒斯就很聪明,而欧里庇得斯还要更胜一筹……"

"但非要说的话，苏格拉底是这里最聪明的人！"近处的一个醉汉大声吼道。

瑟拉西玛寇斯的脸立时僵住了，他的视线就像烫红的烙铁一样直直地投向那个醉汉。

"行了，瑟拉西玛寇斯。或许现在你是最聪明的？是不是你终于在公义这个问题上悟出了什么？"

瑟拉西玛寇斯在苏格拉底身旁迈了一步，就好像要大步流星地走开一样……但他停了下来，就在那里微微颤抖，然后转过身去，面朝着醉汉的方向，像鳟鱼一样拱起身来。"又是这个话题？"

卡珊德拉又喝了一大口酒，借此掩住了自己的笑声。

苏格拉底向卡珊德拉解释道："我们讨论的是统治者的本质和司法方面的问题。"

"如果要进行这种讨论，那就没有比伯里克利的家更好的地方了，你说是不是？我不过是单纯地向我的朋友发问，而现在，我将重复这一举动：你是否同意，施行统治，也可视作一门艺术？"

瑟拉西玛寇斯对他的问题嗤之以鼻："啊，是，就和人间的无数苦难一样，是一种艺术，没什么好争的。"

"很好。"苏格拉底一时间没有做出任何的回应——不过这段时间足以让瑟拉西玛寇斯放松警惕——然后开始了还击。"然而，药物的存在是为了改善病人而非医生的身体状况。木工技艺是用来改善建筑，而非建筑工人的。那么，统治的艺术难道不是为了治于人者，而不是治人者的福祉而存在的吗？"

瑟拉西玛寇斯盯着苏格拉底。"什么？不！你是把我的话当耳旁风了吗？"

苏格拉底用温和的微笑回敬了这个男人的怒火。

卡珊德拉又猛灌了一口酒。"公义只有服务于自由才是好的。"她适时开口，话语中带着一点自信，也许还有一点儿……醉意。

"然而，公义不是我们必须遵守的一套规则吗？"苏格拉底又向两人反诘道。"根据这个词本身的定义，它不是自由的对立面吗？"

瑟拉西玛寇斯首先回应了这个问题。"不，因为没有规则，就会出现无政府状态，到时就只有拥有力量的人才能拥有自由了。"

"那你们说，这和我们当下存身的世界又有何区别呢？"

"肯定是没有的啊！"瑟拉西玛寇斯带着怒气回道。

"等等……你到底想表达什么？"卡珊德拉感觉自己的脑筋拧成了一个个的死结——她现在倒是明白瑟拉西玛寇斯沮丧的缘由了。

"我从来都没有想要表达任何东西……"苏格拉底又说了起来。

"是啊，他从来都没想过要表达什么，只是在探索你的想法。"

瑟拉西玛寇斯的手指绞着那两绺头发，自觉没趣，吐出一句似骂非骂的话，然后飞快地转过身，大步流星地逃开了。

苏格拉底像个孩子一样笑出了声，说道："对不住啊。我实在是忍不住要取笑他。他居然会寻求答案，而不是问题。"

"那我也一样，"卡珊德拉坚定地回答道，"我在寻找一个从斯巴达出逃的女人。"

苏格拉底瞥了一眼附近墙上一面抛光的铜镜，卡珊德拉的视线也被吸引了过去。

她凝视着自己的倒影。"她就在那儿啊。"苏格拉底咧嘴笑了笑。

"眼力不错。但我正寻找的是另一个女人。一个二十年前出逃的人。"

"你知道上个月有多少生人来过雅典境内么？更遑论二十年前了。"

卡珊德拉叹了口气，说道："不，我都不知道她是否真的来过这里。"

苏格拉底摇摇头，咬着自己的下唇，在思考着什么。"如果她走陆路北上的话，那么她肯定会取道阿尔戈里斯。"

卡珊德拉的心沉了下去。她甚至不知道她母亲是否是步行离开的。"阿尔戈里斯可大着呢。"

"是啊，"苏格拉底附和道，"但那里也是山峰连绵，到处都盘踞着强盗。有一条荒弃已久的道路——少有旅行者从那里经过——这条路途经埃皮扎夫罗斯和阿斯克勒庇俄斯的圣所。那里的神官因为流浪者和有需要的人提供庇护而闻名世间。"

"神官？考虑到这个女人的经历，我怀疑他们不会轻易放过她。"

"啊，"苏格拉底低声说道，"但那里还有另外一个人。我的朋友，希波克拉底医生，他在那里接受过训练。他不是神官，但是他对细节，还有人的面孔过目不忘。有一次瑟拉西玛寇斯都被他搞得几乎泪流满面，因为他很轻易地就能飞快调动自己的记忆来反诘别人的论点。如果要找一个北上而来的斯巴达人。尤其是个独行的女人的话，那没有人会比他记得更清楚了。"

卡珊德拉轻轻地点了点头。"那么我这就去找希波克拉底。"她感激地回答道。但是她还是有些担心——线索实在是太过模糊了。苏格拉底找了个借口离开，说自己要上厕所……

然而他只是为了再跑到刚刚松了口气的瑟拉西玛寇斯面前，接着用自己的问题为难他而已。

卡珊德拉又独自一人穿过人群。那个鹰脸人的脸上现在满是他自己吐出的秽物，而另两个人正直接捧着双耳杯牛饮。她在苏格拉底之前指给她的三人组身旁停下了脚步：欧里庇得斯和索福克勒斯是一对诗人和情人，然后就是亚里斯托芬——一个机智滑稽的人——就像斧子一样立在另两个腼腆的人中间，说个没完，而一旁的听众们则以各式各样的笑态作为回应。

"你一定看过我模仿克勒翁吧?我称之为'橙色的猿猴'。告诉我,你有何感想?"当亚里斯托芬在那里换着脚蹦跶,哼哼唧唧地手舞足蹈时,附近的人都哄堂大笑起来。接着,所有人都沉默了下来,看向欧里庇得斯——只有他还没有做出决断。

相反,他只是在那里盯着自己那双穿着凉鞋的脚。

亚里斯托芬在欧里庇得斯的肩膀上拍了一下。"有句话讲得好啊,叫'真人不露相',老欧里庇得斯也喜欢这么讲,你说是不是啊,欧里庇得斯?"欧里庇得斯张开了嘴,却什么也没说,只是羞涩地点了点头。

亚里斯托芬兴高采烈地发表了对自己的戏剧作品的热烈评论,而索福克勒斯却转过身来,躲在他身后,试图与他的情人用目光交流。不过,亚里斯托芬看来是盯上了欧里庇得斯,非要把他拴在自己旁边不可。

"这三个人真是你侬我侬啊。"卡珊德拉身后传出一个轻柔的声音。

卡珊德拉猛地转过身来。

一个目光锐利的女孩盯着她,她咬着嘴唇,小脸也皱了起来,那张面孔上写着满满的内疚,还有一丝不服。

"福柏?"福柏伸出双臂,搂住卡珊德拉的腰。"我可想死你啦,"她哭着钻进了卡珊德拉的袍子里。"你走之后,马可斯确实在好好地照顾我,但后来他发现了那颗眼睛,坚持要我把它借给他,这样他就可以用那些钱重新投资,而且还许诺到时候返一倍的利给我。"福柏说完,叹了口气。

"福柏,你不会真的……"

"他把一切都搞砸了。"

卡珊德拉咬紧牙关，恨恨地说："意料之中。"

"连着好几天，马可斯都是一副心神不宁的模样。到头来让他恢复正常的，是一个更加可怕的新商业构想。他打算从艾诺斯山北边的庄园里偷一群牛回来。这计划可真是荒唐得紧，他还让我伪装起来，扮成一头牛呢。"她摇摇头。

"不管怎么说，你离开已经一年了，我下定决心，一定要来找你。我偷偷藏到了一艘给比雷埃夫斯港供应木材的船里，离开了凯法利尼亚。我现在在阿斯帕西娅，也就是伯里克利夫人工作。我现在是一个女仆，没有错。不过，至少我用不着打扮成牛的模样了。我就知道你终归会来到这里的。就和旁人所说的一样，所有人最终都会来到雅典。今晚，当我看见你的时候，我……"她一时陷入了沉默，眼中充满泪水。卡珊德拉紧紧地抱着她，吻着她的额头，享受着她头发散发出的那熟悉的气味，一面还要尽力抑压下自己心中不断升腾起的情感。

"你为什么——为什么你不回凯法利尼亚，"福柏说，"哪怕是让我知道你平安无事也好。"

"因为我所面对的宿命已经不同往昔，它已经变成了一头生着犄角、触手和利爪的恶兽。"卡珊德拉叹道，"我母亲还在世呢，福柏。"

福柏的眼睛变得像月亮一样。"她还活着？可是你告诉过我——"

卡珊德拉把一根手指放在自己嘴唇上。福柏是少数知道一切内情的人之一。"我

我所告诉你的，只是我曾经以为的实情而已。然而我错了，她还活着。至于她人在何处，我还没有头绪。这也是我来到这里的缘由。今晚出席的人之中，也许有人会知道她的下落。"

"阿斯帕西娅会帮助你的，"她说着，自信地挺起了腰，"这里的每个人都知道一些事情，但是她几乎什么都知道。她的头脑非常灵活，

而且和伯里克利一样精明。不过也有人说，要论头脑，她比伯里克利还要更胜一筹。"

"她在哪儿？"卡珊德拉问出口时才发现，这里并没有其他女性在场。

"哦，她就在这儿，"福柏狡黠地笑了。

修昔底德和他带来的士兵们手里挥着空杯把福柏叫了过去。福柏翻了个白眼，然后匆忙地朝他们跑过去。

卡珊德拉走到房间的角落里，靠在一道落锁的门上，她想要整理一下思路，好决定下一步的行动。从门后传来了低沉的说话声。她竖起耳朵。卡珊德拉听到的每个模糊的词汇都像一枚落在她荷包里的闪亮硬币。什么都行，她尽力去听，哪怕是最细枝末节的线索也好。

"大力点，再大力点。嗯！……嗯！"然后便是一声快乐的尖叫，跟着是吸吮的声音还有进进出出的声响。接着是一声愉悦的喘息还有许多人随之协同而出的欢声。应着门里的声音，卡珊德拉也不再压抑自己，本能地摇动起自己的身子来，仿佛这道木门本身就是这放浪密会的一部分。而这道门也因她的力道开始吱嘎作响起来。

里面传出了脚步声，然后门敞开了。一个满头金发的身形站在那里，那人的脸庞轮廓分明，一副青春容貌，他就那么得意地站在那里。这人肤色苍白，眼瞳湛蓝，全身一丝不挂，只有脖子上绑着一条皮绳，腰间倒是还缠有一条半透明的丝巾。他就这么自豪地站在这里。卡珊德拉意识到了这一点，然后，她把头歪向一边，又抬头看了看：他身后的房间被几盏油灯照亮，甜腻的烟雾升腾起来，嵌进地面的浴池里蒸汽缭绕，赤裸胴体散发出热气。床上、沙发上、地面上，甚至还有桌子底下，都是滚作一团的男女。到处都是湿漉漉的臀部和跳动着的胸脯——满眼都是不重样的姿态，愉悦的呻吟和缠结一处的肢体。

"啊，有新人加入吗？"金发男人咧嘴笑了笑。

"也许吧。"她说，眼里看到人堆中出现了一个豁口。

"我是阿尔西比亚狄斯，伯里克利的侄子。"他鞠了一躬，然后执起她的手，吻了一下，而他的眼睛正贪婪地扫视着她的身体曲线。

"我在找一个女人。"卡珊德拉说。

阿尔西比亚狄斯笑了笑，伸出一只手，向一位稍年长的丰腴女士示意。

她独自坐在沉地的浴缸旁边。那女人对卡珊德拉投来了饱含情欲的目光，舌头也在她那完美的牙齿上舔舐着，而她两腿分开，乌黑的头发盘绕在肩上。

卡珊德拉扬起眉毛。"不，我不是这个意思。"

"你是要找个男人作伴吗？"他一边说着，腰上的丝巾也随之耸动起来。

"这得看那个人能告诉我什么了。"

"我可以给你讲你想听的一切。来，来。"他招手要她进去。

卡珊德拉放下了手里的双耳杯，走进屋里。"我要找一个女人，她叫——"

阿尔西比亚狄斯突然伸出一只手按在她的身前，就像一道栅栏一样横在那里，让她收了声，只听咔嗒一声，那道门被阿尔西比亚狄斯飞快地关上了。他的另一只手此时却仍然在卡珊德拉的身前，顺着她胸脯的轮廓摸了上去。卡珊德拉握紧一只拳头，心中升起一股想要打爆他下巴的冲动——就像自己对史坦托尔营里那个投机钻营的家伙所做的一样……不过，卡珊德拉突然意识到，自己的机会来了。

她松开拳头，朝阿尔西比亚狄斯走去，双唇贴上了他的嘴唇。

两人接吻的时候，那人轻笑起来，他的嘴唇又热又湿，舌头也伸进了她的口中。还用自己那双肌肉结实的手臂把她抱在怀里，卡珊德拉感觉到，他正把她引到一个屋中少有的空沙发上。不过，她还是伸出手去放在他宽阔的胸膛上，制住了他的行动，然后向后抽身——她知道，大鱼已经上钩了。"我在寻找一个很久以前从斯巴达逃离的女人。"她说道。

阿基比亚斯呜咽着，俨然一副饥渴难耐的模样，他还想要接着吻下去，眼睛也还半闭着。然而当他意识到，如果他不回答，那这场云雨就不会继续的时候，便摇了摇头，就好像要驱散雾霾般盘桓的欲望似的。

"逃离斯巴达？没有人能从斯巴达逃出来的。而且你说她是一个人跑出来的？"阿尔西比亚狄斯吐了一口气。"但是，假定她做到了，那么，如果她没有男伴陪同来到雅典，她会被抓起来的。底比斯也好，波耶提亚也好，其余的地方也好，都是这样的。如果她足够聪明，她会去一个女人可以自由且自主生活的地方。"卡珊德拉紧盯着他，示意他继续说下去。

"科林西亚。"阿尔西比亚狄斯说道。"寺庙的交际花们才是那座城市的重心。是的，她们跟男人上床，为的是他们的奉金和礼品，不过理由只有一个：这是众神的旨意。她们势力强大，无拘无束……"他的眼神暗淡下来，嘴唇因为一些放荡的回忆发起抖来，接着说道："而且想象力也很丰富。"

卡珊德拉在他眼前轻轻晃了几下手指，让他回神。

他摇了摇头。"你该去找安舒莎，她在科林西亚的地位和伯里克利在雅典的地位基本没什么两样。"他叹了口气，回头朝门口瞥了一眼。"现在倒是还能这么说，只是现在而已。"

门外传来低沉的说话声。语气听上去十分不安。这声音好像是……希罗多德?

卡珊德拉从阿尔西比亚狄斯身边走开,一边还故意在他腰间的披巾上摩挲起来,一边说道:"谢谢你,阿尔西比亚狄斯。也许下次我们见面的时候,我也可以给你露两手。"

阿尔西比亚狄斯叹了口气,又上下打量了她一番。他这才意识到,自己是决然驯服不了这匹烈马的。

"如果你出去的时候看到了苏格拉底,那就让他到这里来,好吗?我已经盯上他好久好久了,然而他一直用自己的口舌功夫逃脱我的掌控——活像一只涂了油的猫。"

卡珊德拉从那个风流场中逃出来,溜回了宴会厅。希罗多德并不在那里。卡珊德拉环顾四周,然后就看到了他。那人的长相和旁人并没有什么不同。单看外表:如果在穿着简单的袍子和凉鞋的人中间,他的衣品倒还是不错的。

他就在那里和修昔底德的同僚们低声交谈。从他们的对话中,卡珊德拉听到了他的名字:那人名叫赫尔米波斯。他留着修成方形的胡须,头上稀薄油腻的黑发披在脑后,却没有秃处。要不是看到了他那只带着翳子的眼睛,还有手腕上的印记——那些锯齿状,粉红色的新愈伤疤的话,卡珊德拉也许不会注意到他。

她的脑海中登时闪出了自己上次参加的教会集会时的景象——比起这里,那里的水要深得多——还有那个戴面具的浑球,那个家伙在那尊蛇像上割开了自己的肌肤,并奉上了自己的鲜血。

不要让蛇牙变干,继续,献上你的祭品……

她一时拿不定主意,就那么站在那里看着那人。他知道她在这儿吗?他来这里是为了对伯里克利下手吗?福柏,福柏现在又怎样了呢?卡珊德拉的思绪乱作一团,她的心脏骤然间像一匹脱走的马儿一样狂跳起来。她退到房间的角落里，从桌上拿起一个双耳杯，给自己斟了满满一杯酒。就让他们看着我喝不掺水的纯酒，然后在一边大惊失色好了。卡珊德拉暗自想到，我正需要他们做出这样的反应。她刚把杯子举到唇边，一只手却抓住了她的手肘。

"假装去喝就行了，别真咽下去。"一个温柔却有力的声音说道。"赫尔米波斯在酒里掺了毒药。要是你喝了它，立刻就会不省人事。之后会有两种结果等着你。要么你会从此长眠——这还算好的——另外一种可能就是，你会被关在某个黑漆漆的洞穴里，身上披枷带锁，任凭赫尔米波斯和他的同伙摆布。"

卡珊德拉闻言一震，但她还是照做了：她只是在那里"呷"着酒，并没有喝下去。赫尔米波斯死死地盯着她，那种眼神就像缓慢而稳定的心跳一般。当他看到她"喝下了"那杯酒之后，他的胡须间上显出的酒窝又深了不少，脸上露出了满意的表情。

卡珊德拉走到一根光亮的红色大理石柱后面，直接藏进了柱廊的阴影当中。

在这里，她可以避开房间中人的视线，接着，便转身面向那声音的所在——那里站着一个穿着紫色袍子，胸口戴着金色饰品的女人。她比卡珊德拉年纪大些，不过也是个美人。乌黑浓密的秀发从她的头顶垂下，脸上搽了粉，涂了油彩。虽然她那涂成了赭石色的嘴唇上挂着微笑，卡珊德拉却发现，她们现在正非常严肃地对峙着。是的，毫无幽默可言。她的眼睛——漆黑如墨的深井一般的眼睛——正窥探着卡珊德拉的内心深处。

"阿斯帕西娅？"她低声说。

阿斯帕西娅轻轻地点了点头。"福柏跟我说，你可能需要我的帮助。好了，现在你明白了吧？赫尔米波斯在这里，可见，他还有别的同伙在这里。他很快就会发觉,自己下的毒药并没有起效接下来,他们肯定会拿出种种作为后备对策的极端手段来对付你。你得离开这座别墅,离开雅典。现在就走。"她的话语既轻柔又优雅,同时却也像铁匠的凿子击在石头上一样沉重。

"但我是来找这里的人问话的。我在寻找我母亲的下落,然而我只收集了一些零碎的线索:到阿尔戈里斯的神庙里去问一位治疗师,还有去科林西亚找神殿的交际花。也许明天我就会离开,但今晚我必须跟……"然而,卡珊德拉立刻闭上了嘴,她发觉在一处灯火不明的廊道之中——一有一对影子已经各自就位,像是坟墓的封门一样,封死了那里的去路。

"你要是今晚丢掉了性命,那么你的使命也就到头了。"阿斯帕西娅说着,一面抓住她的胳膊。"立刻带着身上的东西离开,尽全力挖出一切可能的线索,等风头过了再回来。"

她又朝着廊道的另一边望去,只见另外两个影子也已经就位。

"跟我来。"阿斯帕西娅低声说,迅速把她引进一个小前厅,然后把门关了起来。她走到墙边,拨动了一下旁边的杠杆。那堵墙立时滑到了一边,一道覆盖着蛛网的石质廊道就这样出现在她们的面前,一路延伸到了卫城的基岩当中。"这条路通向下城区。我安排了一个人在那儿等着你,他会带你安全地返回比雷埃夫斯港。"

"但是希罗多德——"

"已经和我的人在一起行动了。"

"福柏呢?"

"她在这里是不会有事的。"阿斯帕西娅厉声说着,一面把她推到了隧道里。"现在回到你的船上去,然后出海去吧。快去!"

第八章

一群戴面具的人围成了一圈,在那里窃窃私语。中间的一盏孤灯将他们的影子投射在了石室的岩壁上:这些影子在灯光的作用下都变得硕大无朋,扭曲且不成人形。"德谟斯已经达成了他的目的。他很强大,这没错,但是他也在试图摆脱我们的控制,就和一头被捆住的公牛一样。他现在人在哪里?自从他砸烂了其中一个教会成员的脸,离开盖亚之窟后,就再也没人见过他。"

"他比他杀死的那个更有价值。"另一个人截断了话头。"只要我们呼唤他,他自会回到我们的跟前。"

山洞里回荡起了脚步声,每个人都应声抬起头来。他们的面具上都刻着恐怖的微笑,而在这面具之后,每一个信徒都确实绽开了笑脸:来人是个年老的信使,他进来,单膝跪地,喘着粗气。

"成功了吗?"一个信徒低声问道,"既然这消息是你从雅典得来的,那么德谟斯的姐姐到底是加入了我们的行列……还是已经丢了性命?"

信使抬起头来,瞪大了他那双布满岁月痕迹的眼睛,揭晓了答案。

"她逃走了,"老人粗声答道,"她乘船逃离了雅典。赫尔米波斯和你们之中负责拦截的另外四个人调了两艘雅典的船去追她。可是……"老人停顿了一下,咽了一口唾沫,继续说:"德谟斯的姐姐的船就像鲨鱼一样凶猛,一条船被它腰斩,而另一条则化作一片火海。"

之前发话的教众盯着老信使看了一会儿。然后,所有人又转身围成一圈,看向了其中那个空着的位置。"也就是说,她这次又把我们中的五个人送入了冥府?"他努力寻找合适的措辞,免得有失尊重。

信使点了点头。"那两条船上所有的人都死了。"

教众走上前去,他一面点头,一面用手摸着自己的面具。"你做得很好,老家伙。"说着,他用一只手握住了信使的下颌。"你确实滴水不漏地完成了你的任务——我是不是可以这么说:到目前为止,你都没有对你的主子说漏过嘴?"

老人骄傲地点了点头。

"干得不错。"

他轻轻地把另一只手放在老人的后脑勺上,向右一把扭了过去,然后又往那边多拧了几分。那老信使的头登时动弹不得只能发出尖叫:"你……你这是干什么?"那教众的双手变得煞白,开始疯狂地颤抖起来。老信使冲着蒙面人的手又是抓又是挠,教众竟不为所动,只听咔嚓一声,那老人的脑袋就被猛地扭到了他的背后。那教众往后退了几步。只见那老人的头就那么无力地转回了正面,以一种令人感到不适的角度耷拉着——寸断的椎骨的碎片从皮下突出来,那场面令人心惊。那个教众回到众人的圈子当中的同时,那信使也一头栽到了地上。

"抓捕德谟斯姐姐的事情一拖再拖,那么她现在到底在哪里啊?"

阿尔戈里斯的腹地在酷暑中闪烁着光芒。当地人但凡是个有脑子的，都会把自己关在屋里，或者是待在家中的阴凉处，又或者去树下乘凉。然而，有些人哪怕顶着如此热度，也不会放弃到达宽阔海湾的机会，尤其是"他"，就更是如此。有一个瘦削的秃顶男人——他的脑袋前面倒是还留着一绺从头顶垂下的棕发——穿行在湾区那些数以百计，或坐或躺的人们中间：那些人不过是些平凡的乡下人，他们的脑袋要么靠在岩石上，要么枕在自己的袍子上，他们就在那里哭泣，呻吟。其中还有斯巴达和雅典的士兵们，他们死死地捂着身上那些可怖的伤口，全然不顾有敌人在侧。还有抱着沉默婴儿的母亲们，就在那里祈祷，哀号。他撩起身上紫袍的下摆，放下了手中的柳条筐，然后蹲到了一个年轻人身边——应该是个木匠的学徒，看着那人手上的伤口和老茧，他如此猜测。却只见那年轻人凝视着天空，他脸色苍白，眼神涣散。双唇缓缓地开闭，不停地颤抖着。脸上也满是赤红的疮痕。

"我母亲和我的狗正在凯亚岛等着我回去。他们说你会治好我的。"年轻人轻声说道。"到阿尔戈里斯和埃皮扎夫罗斯附近的海湾去——他们是这么说的，伟大的希波克拉底就在那里。他能治愈一切病痛——甚至可以起死回生。"

希波克拉底的脸上露出了苦笑。这个小伙子的病情十分复杂。

"一路上，我梦到的只有一件事——那就是回到她们身边，再次将我的母亲揽在怀里，再一次去亲吻我的狗，让他舔我的脸。"

希波克拉底的泪水模糊了视线。这个小伙子已然病入膏肓，再也无法活着回到家乡了。

摆在他面前的，是一段冗长又可怖的旅程，而在终点等着他的，不是家人，是冥河上的船夫的魔爪。"来，小伙子。"希波克拉底抚摸着男孩的头发，把一个小瓶放在嘴唇上。"这就是能治愈你的疾病的良药。"

小伙子颤抖着努力抬起了自己的头，高兴地把那瓶药喝了下去。希波克拉底待在他旁边，抚摸着男孩的头，低声说着安慰的话语，说着回家的旅程，说着他的母亲和他的猎犬。几个小时过去了，天仙子制成的药物终于麻醉了男孩的身体，减轻了他的痛苦，然而终究不能治愈他的病痛。最后，小伙子的眼睛带着满满的温情——就这么永远地合上了。

希波克拉底站起身来，只觉得自己身上的担子又加上了一个人的重量。几十个围在他旁边的人都伸出手来，呻吟着以求吸引他的注意力。许多人都有着和那孩子一样的症状。然而他也意识到，其中能够得救的人少之又少。但至少，我得尝试去治好他们啊。他在心中怒吼着，又仰头望向天空。就让我找到一种治愈他们的方法吧。天上的众神却没有回应。

希波克拉底转向旁边一个皮肤松弛、瘦骨嶙峋的女人，朝着她走了过去。此时，一对夫妇拦在了他身前，像一道大门一样挡在了那里。他立刻就明白了一点——这两个人并不是病人——他们既不是饱受战争摧残的士兵，也不是身染异疾的乡下人。从他们的眼中看不到希望，只有冷酷的恶意像珠宝一样在他们的瞳孔中闪闪发亮。其中一人留着一头齐肩长的头发，刘海用青铜环箍住，他笑了笑——然而从他的眼中却看不到丝毫喜悦的情绪。

"希波克拉底，"他咂了咂嘴，"在内陆的圣所里找不到你，这还真是出乎我们的意料啊。所有的治疗师不是都该在那里进行修行吗？"

"治疗师们应该到有病人的地方去，为他们进行治疗。"希波克拉底平静地回答道。

这两人交换了一下眼神。他知道他们说的是哪里，然后也明白了来人是何等身份——甚至在他看到内陆山腰上出现的那个身影之前——一个满头黑发间夹杂着一条白色的女人——她身在一处神庙附近，脸上的神情如同寒冬一般冷漠。

"你为什么不跟我们一起走呢，希波克拉底。"第二个人说道，这个人的脑袋活像一颗走了形的萝卜。而从他脸上严峻的表情看来——很明显，这个人并不是在向他发问，这是赤裸裸的威胁。

他们带着希波克拉底离开了海湾和内陆地区，朝山上走去。这条路穿过了一处地势低洼的山谷，四周杨树环绕，一路上，遍地的蕨类植物还有真菌的霉味以及群蛙的鸣声包围着他们。希波克拉底这才意识到，目光短浅的自己是多么愚蠢：他把伯里克利的警告当成了耳旁风，执意孤身一人回到了这里。至少找个人护送你啊！——苏格拉底也这样哀求过他。问题在于，哪怕是一小队高调现身的希腊重装士兵也会在这里播下战争的火苗——阿尔戈里斯是一个两面三刀，经年四处树敌的城邦，它一直大剌剌地骑在斯巴达疆域的肩膀上，离作为雅典领域的萨罗尼克海湾也没有多远。

他看到了那两人长袍下露出的面具，还有剑刃的轮廓。哪怕雇个打手都行，修昔底德也这么劝过他。然而他并没有这么做，之前的他还没"糊涂"到干出这种事来。

"我会落得何等下场？"希波克拉底的声音里带着战栗和恐惧，他对自己这样的反应恼怒不已。

"要看克莉西斯怎么说了。"那萝卜头回答道。

长发人接过了话头："山上有个蜂窝，她就在那里等着我们。你见没见过被愤怒的蜂群蜇死的人啊？"

希波克拉底双手紧紧攥成了拳，试图驱散心中的恐惧：痛苦不过是暂时的，死了便一了百了。除此无它。除非……他看向自己手中的篮子，里面还有一瓶毒芹汁，剂量足够他自我了断。然而，当他拿起瓶子，破开蜡封，送到自己嘴边的时候，他的精神终于还是崩溃了……

然而就在此时，一团暗红色的东西遮住了他的视野。

希波克拉底惊叫一声，踉跄着向后退去，手中的瓶子和篮子也落在了地上。他拂去了眼前的秽物之后，才发现自己的脸上和衣服上已经被这些东西沾了个遍。他看着身旁那长发人摇曳无定的尸体，这才发觉他的脖颈上只剩下一个血淋淋的断面，头颅已经不知所踪。那萝卜头也像猫一样压低了身形，四处张望着，直到他看到了树丛中出现的身形，听到了投石器挥动的啸声之后，便飞快地闪到一旁，躲避袭来的下一颗飞石。

那萝卜头低吼一声，举起一只手臂——上面绑着一面小小的铜盾。"敢这样对我们，我要你偿命！"他冲着树丛吼道。

对面不为所动，又一颗飞石朝着那萝卜头打来，然而这人身手迅捷，只见他改换了一下手臂的角度，那飞石就被盾牌挡了下来。"反正你的石头马上就会用完，而且我也不会离开这里！"

卡珊德拉现出了身形，那姿态就如同一头潜随的母狮一般，她遍身穿着老旧的皮甲，背上背着一张弓，一只手里拿着已然松弛的投石器——现在被抛下了——然后换了一柄形制古怪的半长矛，一副要与那萝卜头一较高下的气势。

卡珊德拉把那人上下打量的一番，然后发现，这个人在加入教会之前，应该就已经是一名武者了——他身体的柔韧度也和他丑陋的样貌一样夸张。只见他虚晃几招，因为卡珊德拉的反应笑出了声。"原来是你啊？"他低声说道，"好吧，我这次本来是为了抓个医师，不过现在看来，又有一条大鱼要上钩了。"

"你这话和赫尔米波斯的有点儿像嘛？不过，他现在已经跟着自己那条一分为二的船去见波塞冬了，临沉下去之前他叫得可惨着呢。"

"赫尔米波斯就是个呆瓜，跟一头慢吞吞的大象没什么两样，而我——我可是一只蝎子。"他厉声说着，一面压低身形，像一柄长矛般飞快地朝着卡珊德拉刺过来。卡珊德拉在千钧一发之际看穿了他的意图，于是她一只脚踩在巨石上，借此发力，一下子从冲来的萝卜头那走形的脑袋上方跳了过去，然后猛地向下一扑，让列奥尼达斯之矛直接劈开了他的脑袋，然后深深穿进了他的脑骨中。黑色的血液和粉红色的物质混成了一道浓稠液体，从那开了瓢的脑袋里喷出，萝卜头吐出了最后一口气，跟着倒了下去，躺在了山谷的地面之上。

卡珊德拉一个侧翻，回到了地面上。她一个箭步上去，来到尸体跟前，然后看到了那萝卜头已经被彻底毁坏的脑袋，这才确信他已经死去。接着，她就感觉到了，背后的蕨丛被压断的声音，她应声飞快地回过身去，然后发现在那里的不是别人，正是医师希波克拉底。他跟跟跄跄地跑了起来，打算从她跟前逃开。

"站住！是苏格拉底派我来的。"卡珊德拉在他身后叫道。

希波克拉底放慢了脚步，转过身来。"苏格拉底？你说是我的朋友要你来的？"他开口问道。眼睛却大睁着，朝着上方和她的身后望去。

卡珊德拉也四处张望：伊卡洛斯在谷地上面的山坡上，正迅速向下俯冲。它的目标是一个头发中杂着一道白的女人，伊卡洛斯接着便向那女人展开了攻击，而那女人挡下了一击，然后开始逃跑。

"克莉西斯？"

"你认识她？"希波克拉底警惕地问。

卡珊德拉想起了盖亚之窟和那些戴着面具祈祷的人，上唇抽搐了一下。

"我只知道她非死不可。她逃到哪里去了？"

希波克拉底举起双手，想让卡珊德拉这匹脱缰之马平静下来。"我会告诉你的，但我们应该先谈谈。跟我来。"

他们回到了海湾区域，两人和伤患们待在一起：卡珊德拉负责洗净士兵们腿部和肩膀上的伤口，然后给他们打上绷带。而希波克拉底则在处理那些相对没那么"直观"的疾病。

卡珊德拉来到一个与福柏年龄相仿的女孩跟前，她的腿上有一处被动物咬伤的伤口，伤口已经感染。她绑好了那女孩的绷带，然后握住女孩的胳膊，捏了捏她的脸颊。那女孩咯咯地笑了起来。卡珊德拉对她报以同样微笑的瞬间想起了在雅典孤身一人的福柏，心中一阵刺痛。随之而来的还有棘刺一般的忧虑，和心底的星点火花。然而，她还是敛去了脸上的微笑，再次将这些情绪压了下去——这些情绪对于背负着使命的卡珊德拉来说是致命的弱点——于是，她转向下一个病人：那人形容憔悴，呻吟不断，苦痛缠身，已然精疲力竭。他身上没有需要清理的伤口。也没有需要上夹板的断骨。卡珊德拉握着那人的手，听着他无力的话语——这人之前是一名箭匠，他在对卡珊德拉讲述自己以前的生活。过了一会儿，他便陷入了浅眠。

"希腊境内出现了一些奇怪的东西。"希波克拉底轻抚着那人的额头，低声说道。

"教会。"卡珊德拉回答。

希波克拉底干笑了几声。"不仅如此。我从未见过这种病状。它似乎是从某些小地方——也就是满是尸体的聚落中传播出来的。然后，这种病症就被传到了各个港口，甚至还有乡间的开阔地带中。"

"如果有治疗方法的话，那你一定会找到的。"卡珊德拉坚定地说。

"因为，我可是伟大的希波克拉底啊。"他叹道。

他们在午后的阳光下稍作休息，两人坐在一处小丘上，俯瞰着海滩上那片满目疮痍的景象，成群的病患就像一条条离了水的濒死的鱼。海风拂过他们的皮肤，希波克拉底将一条面包掰成了两半，然后把其中一半，还有一份肥羊肉和一个煮鸡蛋递给了卡珊德拉。卡珊德拉迅速地吞咽，接着想起自己在去往雅典的旅途中，把一样最基本的需求抛在了脑后——那就是进食——每次吃东西的时候，她都是找些残羹剩饭草草果腹。想到这些，她拿出一部分羊肉，扔给了伊卡洛斯。接着，两人各自吃了一个苹果，然后用清凉的溪水把入口的饭食送了下去。然后，希波克拉底伸出了一根手指，指向了岸边一个小小的船影——艾德莱斯提亚号已经在这里下锚了。

"啊，我看到你的船了。我的朋友希罗多德在船上吗？"

"他可不乐意待在船上，"卡珊德拉说道，"我家的船长巴尔纳巴斯和他有点儿不对付，尤其是和希罗多德在一起的时候，他可是一点就着。他求着我带他上岸，但我还是不敢冒这个险——毕竟，我也不知道自己在这里能找到什么。"

"你不是来杀克莉西斯的，对吧？"他说，他的眼睛似乎想从卡珊德拉的目光中找到些什么。

"我并不是为此而来，但是我不会留下她的性命。"卡珊德拉说。"我到这里来，是为了问你一件事：我在找一个人。"

希波克拉底扬起唇角。"我记得你母亲的事情。"他说道。

一阵战栗掠过卡珊德拉的肌肤。"你……你怎么知道的？"

他举起手中的苹果核。"有其母必有其子。当你在树丛里现身的时候，我在你身上看到了她的影子。"

"也就是说，她确实来过这里？"

希波克拉底的目光落到了他的脚边。"那时我太年轻了——我当时根本无计可施。于是我让她从我这里离开。然而，她那决绝的神情依然留在我的脑海中。它从未从我的记忆中离去——永远不会。密里涅就是被女性的皮囊包裹着的一团火！"

"你知道她去哪儿了吗？"

希波克拉底又叹了一口气，说道："我不知道，但是我知道有个人也许会有线索。"他伸出一根手指，指向自己背后的内陆地带。"我指的是阿斯克勒庇俄斯的圣地——我过去曾经在那里修习过医术——然而那里已经不复往昔。他们和我在观念上产生了……分歧，就这么说好了。他们觉得只要把病人弄到他们的神庙和图书馆里坐下，就可以治愈病痛——这样的行为也许有助于修身养性，但是在一个人的胳膊断掉的时候，这种做法可就没什么用了。"他摇了摇头，就好像要躲开一记猛烈的重击一样。"到那里去，和一个叫多洛普斯的神官谈一谈——他就住在图书馆的旁边。跟他说是希波克拉底叫你来的。他和他的先祖负责记录下那里收治的每一个病人。既然密里涅去过那里，那么她的名字肯定也在那些记录的石碑之中——不仅仅是名字，还有病状以及之后的去向应该都有记录才是……"

卡珊德拉听着希波克拉底告诉她，要去哪儿找多洛普斯，同时却也感觉到了在自己心底燃烧的那股微弱的火焰，不过，仅仅是想起了自己的母亲，就让这股火焰重新获得了活力。她将这火焰继续藏在心底。卡珊德拉伸出手去，按在了希波克拉底的肩头，然后站了起来。"谢谢。"

"去吧，愿你健康常伴，卡珊德拉。"希波克拉底一面目送着她往内陆走去，一面喊道。"还有，要小心，光芒已然开始黯淡，另外——"

"在阿尔戈里斯乡间乱晃，可是会有危险的。"卡珊德拉接道。

"差不多，但是我还有件事没告诉你——那个多洛普斯，是克莉西斯的儿子。"

夜幕降临，此时的卡珊德拉正在林中穿行，各种动物的声音充斥着她的耳鼓：蟋蟀，猫头鹰，远处还有一头孤狼。她还在这里发现了一头狮子的踪迹，跟着，就听到了它雄厚低沉的吼声——它就在林中不远的地方。为了让自己一直处在那声音的下风，直到走到森林的尽头，她一直小心地选择着自己的进路。

卡珊德拉扒开一处蕨丛，在那里观望着这处饱经风霜的宏伟圣地：即便在夜幕笼罩下，这里的景致也依旧令人赞叹。三座矮丘像哨兵一样拱卫在圣地周围，一座山的顶上坐落着阿波罗的神庙，另外一处山顶就是大名鼎鼎的阿斯克勒庇俄斯本人的出生地，而在这些山头中间的平地上散布着的，就是许多大理石筑成的房舍，这些房屋之间都连有宽阔的林荫大道，还有诸多宁静无声的园圃。以及一处形制复杂的宏伟长廊，许多驼着背的老神官在其中来往穿梭。另外还有一处体育馆，一座小小的神庙，图书馆，然后就是圣所本身——也是病人们聚集的地方，那厅堂被火炬的光照得通亮，而病人们就躺卧在这光芒之下。山腰上还有一处剧场，以及几处陈设简单的神官宿舍。有人在低声吟唱着神秘的祷词，这声音从一处神庙中传出，在夜晚的空气中回荡着。

卡珊德拉静悄悄地从蕨丛中摸了出来，走到了空地当中，然后径直往图书馆附近的神官宿舍走去。多洛普斯见她走进来的时候，惊得几乎要从自己的椅子上跌下来。虽说卡珊德拉还是挺想让他叫出声来，可惜事情并没有朝着卡珊德拉希望的方向发展，多洛普斯的视线一直牢牢锁在卡珊德拉的身上。多洛普斯面色灰暗，脸上满是倦意，头发也没有梳理，有些甚至都打了结。卡珊德拉在屋里四下环视，发现墙上有一些奇怪的文字，上面还有些痕迹被草草抹去了。那里写着的，都是一模一样的文字：为什么，母亲？为什么？让他们活下去！问题是——这里却没有克莉西斯的踪迹,她到底在哪儿呢?

卡珊德拉就这样坐在了多洛普斯的对面,她感到浑身不自在。然后卡珊德拉跟他讲明了两件事:她为何而来,以及是谁让自己来找他的。听罢这些话,尤其是听到了希波克拉底的名字之后,多洛普斯才放松了警惕。

"我在寻找一个叫作密里涅的女人,请你帮助我。"卡珊德拉再一次说。多洛普斯的喉咙凸起,那样子就好像吞下了一颗梅核。然而,过了一会儿,他站起身来,拿起一把火炬,什么都没有说,只是示意她跟上,然后径自走进了夜色当中。他们来到了长廊附近的一处露天区域,这里有许多石板,它们要么被高高地摞了起来,要么就像步兵一样,整齐有序地排列在那里。多洛普斯冲着其中一块石板做了个手势,卡珊德拉皱起了眉,吓得愣在了那里。这些石板到底是什么呢?是墓碑么?多洛普斯依旧一言不发,只是将手中的火炬递了过来,做了个手势,要她蹲下。于是她照做了,然后将火炬举到了石板前——眼前的石板并非墓碑,就和希波克拉底所说的一样,是某位病患的病。于是,她开始扫视上面的铭文。

独眼人迪奥多利斯于春日来此,夜中,寝于圣所,而灵修下降,覆空眶以仙膏,翌晨,则失眼复得,迪奥多利斯不复独眼矣!

卡珊德拉扬了扬眉毛,好像在忍着笑——显然,她是不相信上面的这些话的。接着是下一块,上面刻着:

哀哉!赫尔迈厄尼之提孙双眼失明,而不得见一物……神庙所饲獒犬舔其官能,赐其欢愉,而终得复见物也。

"官能？"卡珊德拉默默想着，那狗到底舔的是什么东西。

他们一块块石板看下去，看到了不少稀奇古怪的事情：有人将水蛭整个吞下，以求它们能吃掉自己体内的病源；有人被狼咬伤，治愈他的却是蝮蛇的毒牙；阿斯克勒庇俄斯发明了独特的治疗浮肿的方法——割下病患的脑袋，放出其中的积液，然后再把它安回脖子上。对着这些荒唐的记录一路看下来，卡珊德拉感觉自己的眼睛发干，有些疲倦。到了最后，她发现，东方已经露出了些许亮光——自己已经看了这么久了吗？她站起身来，却发现附近的石板上，有一个词从她的视线中一闪而过，而就是这一眼，让一切都发生了改变。

斯巴达。

卡珊德拉跪在地上，将这块石板上下端详了个遍。然而，上面的大部分内容都被匆匆刮去了。

斯巴达的……携幼子前来。寻求……诸神垂怜。

卡珊德拉站起身来。"谁把这块石板上的铭文抹去了？"

就跟卡珊德拉第一次踏进他家里时一样，多洛普斯的脸此刻又惊得煞白。

卡珊德拉又累又气，自己的耐性也终于到了极限。"看在诸神的分儿上，你能不能就直接告诉我呢？为了来到这里，我穿越了整个希腊，最后等着我的，就只有这么一块被刮的半毁的石板？算我求你，告诉我！"

多洛普斯的嘴唇张开了，跟着，卡珊德拉屏住了呼吸……终于明白了他为何一直一言不发——原本应该是舌头的地方，现在只剩下了参差粗糙的残肉——根据灼痕的新鲜程度来看，这应该是最近的事情。"抱歉，我……我没有察觉这件事。那个，我需要别的东西，这些模棱两可的信息远远不够，求你了，帮帮我。"

多洛普斯就这么盯着她，眼中浸满了泪水，然后将视线抬起，看向了她的身后。

卡珊德拉的心脏剧烈地跳动了起来。她转过身去，却什么都没有看见。远处也只有阿斯克勒庇俄斯谷底的南陲而已。接着，就在那里的远处……她看到了。黑暗中的丛林之间，透出了一线亮光。

"答案就在那里？"她问道。

多洛普斯只是哀伤地点了点头。

卡珊德拉从他旁边转身疾步飞奔而去。伊卡洛斯也从长廊的顶上急冲而下，就这样跟随着她。她一头冲进了树丛之中，眼睛一眨不眨地钻进灌木丛中，生怕那奇异的道标从她的视线中消失。最后，她终于见到了那光亮的整体：一处被忘却的小小祭坛——这里祀奉的，是阿波罗·马列塔。圣坛上面覆有一个红瓦筑成的锥顶，四面环有爬满地衣和苔藓的柱子，其中一些已经崩塌。而圣坛之中，又传出了微弱的婴儿哭声。卡珊德拉困惑不已，于是悄悄摸到了神庙的入口处，门廊两旁分列着橙色的烛焰，卡珊德拉直接感受到了它们发散的热度。在神殿的中央，有个女人正蹲在那里，她背朝着卡珊德拉，面前是一道老旧的帷幕，还有一处古旧的神坛。地面上散落着花瓣。有那么一瞬间，卡珊德拉心中的火焰再次升腾起来，将她的四肢百骸都浸在了里面。也许会是那样吧，会是的吧？"母……母亲？"她哑声叫道。

那女人站起身来，转向她。"这话并不全对啊。"克莉西斯脸上带着鲨鱼一样的微笑。她的声音从那一口牙齿中传出。她的手中还有一柄匕首，那柄凶器现在就悬在婴儿的胸口上。

卡珊德拉的心顿时凉透了。

"虽说，如果你想要的话，我确实可以成为你的母亲。我的亲生儿子多洛普斯就是个傻瓜，如果没错的话，就是他向你泄的密吧？"

卡珊德拉一言不发。

"你的亲生母亲确实来过这里——我想，现在的你，应该也已经搞清楚这一点了。"克莉西斯继续说道。

"这个孩子，"卡珊德拉快要喘不过气，她看着克莉西斯、匕首和孩子，目光越发黯淡了，"你对他们做了什么？你做了什么？"

"孩子活了下来，这你是知道的。"克莉西斯脸上挂着柔和的笑，又朝卡珊德拉的方向迈了一步。"德谟斯现在是我的孩子了——不过有一点，那就是我们中间的某些人还在对他动物般的行为方式表示不满。"

"那我的母亲呢？"

克莉西斯的笑容又深邃了几分。"我还记得，那天晚上，她送来了我的孩子——那个小东西真是可怜呢，还在雨里哭着。啊，要是我早知道密里涅有两个孩子……不过，既然你都来了，那么，一家人看来算是聚齐了。"

卡珊德拉低下头，死死地盯着她，架势就像一头准备冲锋的公牛。"我的，母亲，在，哪儿？"

"我放她走了啊。毕竟她已经举目无亲——至少那个时候是——我可没能把小阿利克西欧斯救回来呢。"

"可是你说过……可……你对她撒了谎？你对她说阿利克西欧斯已经死了？"

"喏，她可是把孩子交托给我照顾了呢。阿利克西欧斯可是个出众的孩子。那帮斯巴达人想要他的命。救了他然后把他养大的，不是别人，是我。我还让他从最优秀的老师那里学习了有关艺术和战争的学问。他可是我的孩子——就和赫拉给我带来的孩子们一样。"

卡珊德拉感觉，自己身上的血管里流淌的，不是热血，而是寒冰。

"你到底是什么人?"

克莉西斯把那个婴儿放在了神坛上的蜡烛旁边,然后又朝着卡珊德拉的方向走了一步。"你知道我是什么人。你也知道我们这群人是做什么的。那么,为了让一切圆满,你要做的就是和德谟斯一样,加入我们的行列。好了,卡珊德拉……"她倾身,带着湿热的呼吸,朝着卡珊德拉耳语。"你愿意让我做你的母亲么?"

卡珊德拉满心恐惧,全身都在颤抖。她一把将克莉西斯推了回去。克莉西斯手臂乱挥了几下,然后就挥起手中的匕首,直接朝卡珊德拉刺去。然而,当卡珊德拉拔出自己的断矛准备迎战的时候,克莉西斯的眼睛却睁得老大,整个人也向后退去。她一面吼着,一面用一条胳膊扫过祭坛,蜡烛和婴儿都落了下来,那孩子摔到地上,哭喊起来。只听"嗖"的一声,帷幔,还有地上的花瓣和干蕨都一并沸腾起来。克莉西斯一面狂笑着,一面从后面的出口撤到了远处。"你不会来抓我的,卡珊德拉,要不然,那个孩子就会死在烈焰中。你总不会眼睁睁看着又一个小生灵就因为你那糟糕的决断,在这里丢掉性命吧?会,还是不会呢?"

卡珊德拉就那么站在那里,进退两难。然而,只消一闪念的工夫,她就判明了是非——克莉西斯虽然是个女魔头,但是杀她的事情可以先放一放。她一头冲进火焰之中,一把抄起婴儿,用自己的坎肩裹住,然后从后门踉跄着逃了出去。烟熏得她浑身发黑,眼睛刺痛,卡珊德拉就那么跪在那里,不住地咳嗽干呕,还吐出了不少口水。这时她才意识到,克莉西斯应该已经跑远了。然而当她抬起头,整个人却僵住了——克莉西斯就在她面前一步之遥的地方,背对着她站在那里。

然而下一刻,克莉西斯却直接仰面倒地,一柄伐木斧劈开了她的脸。

多洛普斯一声不响地走到他母亲的尸体跟前，把那柄斧子利落地拽了下来。他的嘴唇嚅动着，无声地向克莉西斯传达了最后一句话：抱歉了，母亲……但现在你已经死了，那些年幼的生灵终于可以活下去。

说罢，他用自己空着的另一只手从卡珊德拉的怀中接过孩子，然后一声不响地走回了森林中，朝着阿斯克勒庇俄斯的圣所走去。

第九章

蒙面人在石厅中大步流星地徘徊，他的长袍也被带起的风鼓起，不住地飘动。他走到石环中央，然后将上面的罩子一把扯了下来——所有的目光顿时集中在上面——那件衣服被扯得稀烂，上面还留着干涸的血液那暗棕色的残迹。

"我们在林子里发现了克莉西斯的尸体。她身上大部分的肉都被狼群咬掉了，所以我们无法判明死因。不过，还有两个人也驻守在那里。"他指着教会成员中的两个新出现的空位。"是被长矛和投石器干掉的。"

"德谟斯的姐姐。"许多人在底下窃窃私语。

"我们应该派手里的一支无声军出去，到阿尔戈里斯去追捕她。也许她确实迅捷过人，膂力超群，但是以一人之力终究无法抵挡千军万马。"

"她已经不在阿尔戈里斯了，"站在中央的人愤怒地说，"她的船是还停在那里,但是她走的是陆路,而且一个随从都没带。"

"那她到底——"

那人抬起一根手指,示意众人安静,然后走向地面上一处镶着希腊全土地图的部分,用他软皮鞋的鞋尖从阿尔戈里斯开始画线,那条线一路向北延伸,穿过了诸多乡村,又引向迈加拉狭长的边境地带,最后停在了代表沿岸地带的黑色地砖上,那下面标着一个词。

科林西亚。

某个教众从唇间挤出了一声干笑。不多时,又有两个人跟着笑了起来,接着,所有人都陷入了狂喜之中。然而其中一人——那人的体格如同公牛一般,他粗重的呼吸就更像了——他走到了中央,站定,然后伸出双臂,一副无比光荣的模样。"她的旅程在那里就会结束——我差不多该回到自己的家乡去了。"

卡珊德拉大步流星地走在科林西亚的街巷之间,然而她觉得,自己肺部的负担却重了许多。整座城市都被笼罩在神庙中冒出的烟尘之下,加上路旁那些漆色俗气,且高得离谱的杂院和庄园,这里的景象就更让人喘不过气来。卡珊德拉听说过这座城市:科林西亚是一座和斯巴达结盟的城市,这里历来都是一派繁华景象,而且财力雄厚。然而,今日所见,与她之前所闻大相径庭——这里的街巷十分冷清。

市场上并没有传言中的繁华,只有空荡的摊位,无人管顾的车辆和大堆这里的名产——也就是罐子和花瓶——有些是裸坯,有些上面用黑橙两种颜色画上了神明和古代英雄的图样。酒馆也是门可罗雀,只有大堆空荡的椅子静静地等待着客人的到来。四下一片萧条,没有市民,没有商人,也没有嬉闹的孩童,更没有种种奢华淫逸的糜烂景象和招揽皮肉生意的女子——这本是这座城邦扬名的缘由之一——也就是窄巷内的花柳行径。而去往阿芙洛狄忒神庙的台阶上也是空荡一片。时不时地，卡珊德拉会听到窗板开闭的唧唧声，或者是突如其来的叹息。她左右环视，目光却迎上了那些面色苍白，极力想要避开他人视线的人。人们确实还在这里，只不过，都躲了起来。他们心怀恐惧，就好像在躲避一场即将来临的风暴——是在忧惧战争么？卡珊德拉在心里打了个问号。然而战火还没有蔓延到这里——科林西亚可是持有极为强大的海上力量，斯巴达能够在海上和雅典海军相抗，全仰赖这个城邦帮助。不过，目前为止，这座城市那高耸却邋遢的城墙还是毫发未缺。接着，卡珊德拉的目光又对上了一位酒馆主，那人的眼睛立时变得和月亮一般，他连忙把自己藏在了一个桶后面。只可惜，他本人要比他的屏障宽了不止三倍。于是，卡珊德拉踩着脚走到那桶前面，然后在上面踢了一脚。"出来！"卡珊德拉如此地命令道。

那个肉墩墩的酒馆老板站起身来，装出一副刚看到她的样子，一面还用一块布擦起了桶子的顶部。"哦，贵安。是要喝酒呢，还是吃点儿什么？"

"安舒莎。"卡珊德拉说道。

那人缩了一下，又开始盯着自己的脚，好像在盘算着要再藏起自己的身形。

卡珊德拉没有多话，直接俯身越过了那个桶子，一把抓住了那人的衣领，把他拽到了自己眼前。这人通身弥漫着洋葱的臭味，皮肤上到处都是油汪汪的黑色坑洼。"我走了一天一夜，从阿尔戈里斯来到这里——安舒莎，也就是交际花们的头人，到底在哪儿？"

就在这时，伊卡洛斯从酒馆敞开的前门猛地扑了进来，它尖啸一声，让自己停在了一处柜台上，然后在那里踱来踱去，还不时踢两下上面的空杯子。

那人又呜咽了一声，终于做出了回答。"那些人已经全都离开了。

她们已经抛却了至高神庙，她们不愿冒着风险继续待在这里。"卡珊德拉皱起了眉，那些交际花可是备受尊敬。毕竟她们可是神庙挂名的女主人，是受神明护佑的存在，这些人的教育程度甚高，生活条件大多数时候也十分优越。除非城中再无旁人，不然她们是绝不可能被赶出城去的。

"她们去哪儿了？"卡珊德拉抓着领子的力道又重了几分。

"她们在佩里涅之泉。"那人从嗓子眼里挤出了这样的回答，说着还抬起手指向了南面。

"为什么这么做？"

"因为他……他今天要回到城里来。"

"谁？"

"那个巨头——我们叫他'掮客'，以前在安舒莎治下的街道现在都归他管了。安舒莎有时也可以说是心黑手狠，但要比狠辣的话，没人能比得过……他。许多人已经见识过他的怒火了——他拿走了我存在这里的所有银币，接着他还会来取走我的脑袋——肯定是这样的，一定是的。"

卡珊德拉横了酒馆老板一眼。我才不管这个凶徒姓甚名谁，我必须找到安舒莎。

卡珊德拉放开那人，然后打了个响指，叫伊卡洛斯过来。伊卡洛斯来之前又蹬掉了一只杯子，然后恶狠狠地朝着那酒馆老板探过头去。那人直接缩成了一团，抱头痛哭，直到伊卡洛斯蹦下柜台，径自飞走之前，他一直都是这副模样。

在朦胧的灯光下，卡珊德拉一路穿过了城门，她发觉，警卫室通道里的卫兵正死死地盯着她——可能这只是光线的恶作剧？她对这些毫不在意。于是，卡珊德拉将目光转向了内陆，大概四里开外的地方，有几处高耸扬尘的崖壁，在它们跟前，还有许多突出的壮观岩丘。如果那酒馆老板的方向感有哪怕一丁点儿可信度的话，那么，历史悠久的佩里涅之泉应该就坐落在那里。一人一鹰就这么从平原上走过，秋日的初风掠过了大地，从平原上遍地的陶土坑里扬起了尘土，沾了汗流浃背的卡珊德拉一身。

卡珊德拉终于来到了岩壁下，然后直接沿着盘山的小径向上攀登，这段路上时不时就会有一些扰人的事情发生，搞得她头痛不已。有一处岩壁极为陡峭，如果掉下去必死无疑，高空的疾风猛地朝她吹来，好像要把她从那些只容指尖探入的凹槽上刮下去。到了山顶之后，卡珊德拉向那里的平地满怀感激地伸出了手臂，然后开始发力向上爬去——然而摆在她面前的，还有其他东西——一柄精心打磨的长剑，还有它近在眼前的剑锋。

"如果敢再擅自上前一步，我就划开你的喉咙，然后顺着豁口把你劈成两半。"上面那个冷着脸的女人如是说。卡珊德拉发觉，自己的两边也响起了弓弦张开的声音，接着便看见，另外两个女性正用手中的武器对准她。箭也已在弦上。

卡珊德拉慢慢地向上登去，两手举起，手心朝上，示意自己的手中并没有武器。那女人的头朝着右边微微侧了一下。卡珊德拉就那么被剑锋引着，沿着山顶平地的边缘朝着那个方向走了过去。伊卡洛斯尖啸一声，打算扑下来，却被自己主人投来的视线制止了。她放眼望去，只见这山顶上还生有几棵柏树和枞树，其余的地方几乎寸草不生。然后，她的目光停在了中央部分附近那座涂有金漆的低矮古老建筑物上。石方和女像柱在那里圈出了一个小小的方形封闭空间。妇女们在那些柱子下的荫凉中修补衣服，加工木材，绕着柱子在那里捉迷藏取乐。然而，当她们看到卡珊德拉的时候，许多人要么愣在那里，要么向后退去——这样的反应和科林西亚人并无二致。她看见一个小女孩蹲在一只猫旁边,抚摸着它的肚子。那女孩身上披着肮脏的披肩,头发也是乱蓬蓬一片……那一瞬间,卡珊德拉简直要脱口叫一声福柏。然而,当那女孩转过身来,看见她之后,就直接跑开了。卡珊德拉心中生出了恐惧,生怕福柏再一次动了脱逃的念头,而她的心房上的斯巴达枷锁也因此震颤起来。她把指甲刺入手掌,想要消除心头的无力感。

那个女人领着卡珊德拉走进了那幢金色的建筑。风被隔绝在了外面,刚刚踏进去时还是一片黑暗,等她进入内部,里面却是别有洞天:中央放着一个光滑的雪白大理石盆,里面装满了一种奇妙的青色液体,那液体是从池底一个天然的小泉眼中冒出来的。有些人说,这古老的泉水是由与它同名的创造者的泪水形成的,另一些人则声称,它是在伯伽索斯的马蹄落地时创造出来的。四面的墙上画着有关奥德修斯旅程的壁画。而有些女人也正忙着重新粉刷上面剥落的部分。

引路的女人让卡珊德拉停在了泉池的边上。"挺漂亮的,对吧?不过啊,最近接了他的活儿跑到这儿来的雇佣兵到头来都被溺死在这个池子里了。"

"他?你是说掮客吗?"

"别装傻。"她一面说着,把剑顶在了卡珊德拉的背上。

"我不认识,也不想认识掮客。我是来找安舒莎的。"

"我就是安舒莎。"

卡珊德拉立时觉得口中发干。"我……我在找我的母亲。"她一面说着,一面试图转过身,想要和安舒莎面对面交谈。然而那柄剑又在她身上戳了一下,卡珊德拉无奈,只好继续面对着泉池的方向。

"谁派你来的?"安舒莎厉声问道。

"是阿尔西比亚狄斯。"

剑上的力道轻了一些。"他现在都能憋着不调情，跟人讲正事儿了？有点儿意思。"

"我母亲很久以前就从斯巴达逃走了。她出逃的时候用的名字应该是密里涅。"

"密里涅？"卡珊德拉感觉到，抵在她背上的剑锋已经没了踪影。她大着胆子转过身，想要面对方才还压着她的人。却看到安舒莎那张刚才还紧绷着的脸已经换上了一副柔和的神色，她的眼睛里流露出一丝慈爱。

"她来过这里，对吧？"

"是啊，"安舒莎平静地答道，"她很快又离开了这里。"

转眼间情势突变，她手中的剑锋又提到了身前。"全蒙她的教导，才有了今天的我：经受过千锤百炼之后，现在的我已经是个不屈不挠的女人——或者说女商人好一些。现在的我已经不吃别人打的感情牌了。总之，要我猜，你想知道的是她的去向吧？"

卡珊德拉点了点头。

"那你就必须为我做点什么。"她顺着围墙的开口，朝着远处的一片朦胧的污点看过去，不过，还是可以依稀辨认出科林西亚的轮廓。"根据传闻，这个'捐客'不久就会返回这个城市和他的港口仓库。你要做的，就是把我的家乡从他的魔爪中解救出来——换句话说，就是要你去干掉捐客。"

卡珊德拉和她一起凝视着那座遥远的城市。"为了找到我的母亲，我什么都肯做——但是，你得告诉我，这个捐客到底是何方神圣？"

"他是个嗜血的恶魔。体格像公牛一样健壮，不过比起公牛来，应该还是他更强壮些。"

安舒莎说着，她的脸也因为厌恶而皱成一团。距离她最近的女人听到这些话之后，便立刻躲到了一旁。"我们这已经有三个姑娘遭了他的毒手，还有两个——罗珊娜和艾琳娜——被他们绑了去。你知道他们会对抓去的人做些什么吗？他会用炽热的拨火棍把他们的血肉一块块烫下来。只有一位交际花逃过了他的追捕。"她看向池边。一个年轻的女人正垂着头坐在那里。卡珊德拉也只能依稀分辨出她身上的疤痕，还有那两个已然空无一物的眼窝。

卡珊德拉的思绪又回到了盖亚之窟中——回忆起那个易怒的畜生，他用滚烫的拨火棍烧掉了一个可怜虫的眼睛。然后她意识到，自己已经确切地知道了掮客的身份。"要么是我杀了他，要么是我为此丢掉性命。"

艾琳娜伸出一只手来，紧握着罗珊娜的手。当那沉重的脚步声慢慢接近，两个人的手紧紧地握在了一起。她们盯着坐在对面的那个瘦骨嶙峋的人。他和她们也是同样的面貌，也是满身脏污，遍体鳞伤。那脚步声伴随着沉重的呼吸缓缓接近她们。声音越来越大……然后，一切都突然归于寂静。只听咔嗒一声，牢房的门伴着吱呀声被打开。这两个女孩抱在一起，紧紧地闭上眼睛，想让她们这最后几分钟共处的时光尽可能有意义些，然后就在那里等待着掮客那肉乎乎的手把其中一人拉走。

然而，最后发出尖叫的反而是那个男人。她们眨了眨眼睛，环顾四周，看到他前面的那个家伙已经倒在了地上，被如此光景吓了一跳之后，只见掮客油腻的手抓住了他的脚踝，像个玩具一样把那人拖在后面。"该烧人了。"那高大的凶徒一面咕哝着，一面把自己的最新一个受害者拖进了码头仓库的主厅里。

只听咔嚓一声，牢门又关了起来。

"牢里已经没有其他人了。"罗珊娜说。她四下环顾肮脏的牢房，望着其他人坐过的地方——后来他们就一个接一个地被这样拖了出去。"下一次，就该轮到我们中的一个了。我们再也没法活着见到安舒莎了。"

当牢房的门被再次打开时，她们两人都吓得发起抖来，目不转睛地望着门口，却只见一根芦苇被巧妙地插在了门闩上——这样这道门就锁不上了——然后就那么朝着地面悬在那里。两人就那么直勾勾地盯着廊道里的那个身穿皮甲、背负武器的女人。她快步跑到她们跟前，然后蹲了下来，对她们说："走，朝大门去，记得别闹出动静来。想个办法尽快逃到山上的泉水那里。"

"你能给我们带路么？"

"不行，"那女人答道，"我还有事要做。"

仓库中心的房间伸手不见五指，因热度而扭曲的空气中弥散着橙色火花的浓烟散发出的恶臭。掮客拨了拨坩埚，然后从里面拿起了一根铁棒，棒头已经烧得滚烫，而他就在那里看着滴落的熔铁，一副陶醉的模样。那个瘦骨嶙峋的人被绑在了桌子上，当铁棒在他脸上移动时，他抽搐着，尖叫着。接着，一滴熔铁滴落在这个人的脸颊上，滴入了他的肌肉里，嘶嘶作响，然后深深地烧进了他的头颅之中。他的尖叫声令人不忍入耳。掮客不为所动，只是一把抓起他的脑袋："闭嘴，你这条狗——你号得我头疼。"

"求你了，求你了。别再滴了，我什么都愿意做，我会——"

"你会告诉我，那个安舒莎和她手下的姑娘们到底躲到了那些破山里的什么地方，对吧？"掮客接过他的话头。

一阵沉默从黑暗中掠过。

那被锁住的人开始抽泣。"我不能。只有这件事我是断然不能做的，这座城市里也不会有这样的人。背叛她就是背叛阿芙洛狄忒，那可是对诸神的大不——"

掮客没有理会他，只是像举起棍棒一样举起了手中的拨火棍，于是那人的声音直接变成了尖叫……接着，掮客就把那铁棒猛地挥了下去，打烂了那个人的镣铐之后，又扔到了地板上。那一刻，那人自由了。他就那么盯着掮客，一副难以置信的表情。

然后，掮客抓住桌子的一头，向另一边倾斜。

"不……不……不！"

卡珊德拉正沿着一堆谷物袋的顶端爬着，而此时下面的恐怖景象就这么被她收在眼底。这时，那个汗涔涔的大块头把桌子朝着坩埚倾了过去。那瘦骨嶙峋的男人像一只猫一样在那光滑的地面上乱抓起来，然后滑进了坩埚里的熔铁之中，接着传出的，就是他临死前的一声刺耳的惨叫。那大块头目不转睛地看着这一切，那张满是悦色的脸被熔流的光映得通亮。他在教会的集会上戴着面具，这样的行为于他的同僚，可以说是一种仁慈。卡珊德拉心想，原因很简单，假若没有面具，他就跟一头食人魔没两样了：下巴老大，没有门牙，厚厚的下唇和黑色的胡须上沾满了唾沫。突然，他把头转向了麻袋堆这边。卡珊德拉猛然吃了一惊，在被发现之前，卡珊德拉从其中的一个小缝里钻了下去，藏进了一个又深又暗的角落中。前面的袋子中间有一个豁口，透过它可以看到坩埚周围的情况。她看着掮客转过身去，又给坩埚点上了火，她就这么盯着他的背后，准备找个机会从那豁口上跳过去——好能在他的肩胛骨之间利落地来上一下。她握着长矛的手紧了紧。而站在粮袋前，挡在她和掮客中间的暴徒一共有十二人，他们手中都拿着钉锤和棍棒。*这些人是可以解决掉的*，她告诉自己。别傻了。不多时，她得出了这样的结论。

"乐子都不长久啊。下一个我该烧谁呢，嗯？找个婊子来吗？"捐客咆哮着，盯着他那群喽啰中的一个。"没准下一个就要从你们里面挑呢！"

那人发出一声尖叫，手指向了他的一个同伙，而被指的那人吓得目瞪口呆。捐客却抓起另一个人，把他拖到坩埚前，一把按趴在地上，却在最后一刻停了手，放开了他。"哈！"他开过了"玩笑"之后，如此咆哮起来。

卡珊德拉就在那里注视着他们，看着捐客向他们交代第二天的安排：一部分人去敲诈勒索，用武力威胁那些欠了保护费的人……另一队探子要到山里去，寻找神殿交际花的首领安舒莎。他没完没了地絮叨了几个小时，卡珊德拉觉得，自己的眼皮已经开始发沉。她从昨晚开始就没睡过觉，就这么连夜赶到了科林西亚。现在她感到是四肢酸痛，饥肠辘辘。为了提神她把指甲嵌进了手掌。记忆中母亲的声音响起：犹豫只会将你推入坟墓！你必须采取行动，不然就只会越来越软弱。不管面前有没有十二个卫兵，现在不做的话，就永远没有机会了。

卡珊德拉蜷起身子，做好了冲刺的准备。她扭动了几次臀部，然后将视线锁在了捐客的背上。他就是她的目标。杀了他，其他人就会，或者至少可能立时作鸟兽散。她咬紧牙关，将疑虑从脑中清了出去，然后绷紧神经，准备从麻袋堆里跳出去……

……然后一段冰冷的锋刃就顶在了她的腰间。

卡珊德拉倒吸了一口冷气。

"别傻了。要是真让你得了手，我们就都死定了。"一个男人在后面低声说道。

卡珊德拉转过头，发现一个年轻的黑皮肤男子也躲在这里，而且就在她的身后。这人英俊极了，脸上蓄着胡须，还留着长发。然后，她就注意到了他身上的红色斗篷，这说明他并不是掮客的人。

"嘿，我是斯巴达的人，和你一样，也是掮客的敌人。"他像是读到了她的心思一般，低声说道。

"你到底是什么人？"

"布拉西达斯。"他低声说。

她在旅行中无意间从旁人有关战争的谈话中听到了这个名字。"你就是那个斯巴达军的教头兼军官？"

"现在这会儿把我当间谍就行。这段时间以来科林西亚一直没有派使节来到斯巴达，于是元老们派我到这里来，作为他们的耳目行动，搞清楚到底发生了什么。我发现——那个浑账大块头把这座城市当成了他自己的所有物。安舒莎是个诡计多端的贱种，但是这个掮客造成的麻烦比以往任何时候她搞出的事情都多。到现在为止，我都还没能把这一切的来龙去脉告诉元老们呢。"

"那你为什么不这么做呢？"卡珊德拉低声问道，俨然一副怒斥下人的元老做派。

他皱了皱眉头，语气中带着愤怒："因为我在这些袋子里已经躲了六天了。"他压制着自己的声音，让它尽量不要超过耳语的音量。"我正等着能独立抓住那个浑球的机会。现在是我最接近成功的一次，然后你就突然冒出来——一切就这么被搞砸了。"

卡珊德拉注意到他身上有一股淡淡的蘑菇味。"你说你在这里躲了六天了？"

"我在袋子堆里留了个地方。地面上有一个洞，我一直把它当作厕所，我还带了一包咸肉和几瓶水，以求能够保持自己的强力。"

"是够强力的。"她一面应着，一面又闻了闻周边的空气。

布拉西达斯没有回答。相反，他盯上了她的列奥尼达斯之矛，看来是刚刚注意到它的存在。"听你的口音，我猜你来自我的家乡，但现在我才知道，你确实是斯巴达人……而且还不是普通的斯巴达人。"他一面说着，一面收起了抵在卡珊德拉背上的剑。

"我已经不是斯巴达人了，再也不是了。"她低声回答。

布拉西达斯发出一阵喉音，表达自己的不悦。"你怎么能这么说？你知道有多少人对你的家人们心怀敬畏吗？"他指着长矛问道。

"这都是过去时了。"卡珊德拉说。"我的家庭像我的长矛一样，已经支离破碎，流落在希腊各处了。"布拉西达斯捏着他的下唇，陷入了沉思，然后摇了摇头，他脸上的愁苦又加深了几分。"他们说的有关那个晚上……在忒格托斯山上发生的事情，我一个字都不信。"

"那么，也就是说，你相信的，是背负着这致命血脉的我啰？"

"没错。"他犹豫了一下，然后挺直身子。

"那我们就合作好了。等他的卫兵散开再动手——干掉这个怪物。"他们默默等待着。几个小时过去了，掮客终于让他的卫兵都各自散开，只剩下三个人还跟在他身边。然后，他拿出了一张计划表，开始仔细研究他们第二天尝试进入山里的方法。"越过那处峭壁，从一头跃到另外一头，你们同意吗？"他向最近处的那个人问道。

"是的，主人，"卫兵答道。

"你同意吗？"他向下一个人问道。

"我们会找到安舒莎和那些所谓圣婊子的。他们会为你卖命，不然就把她们烧成灰。"

"同意吗？"他又问第三个人。

"同意。"

接着，掮客抬头朝着粮袋中间看去。

"同意吗？"

一片寂静。

卡珊德拉感到胃里一阵剧痛。

"我问你呢,布拉西达斯。你赞成我的计划吗?"

卡珊德拉感觉到一股冰一般的寒意从她的身上掠过。她和布拉西达斯对视了一眼,然后,掩护着他们的麻袋被扯掉了,而捐客手下的另外九个人也正朝他们所在的方向咧嘴笑着,他们都已经张弓搭箭,瞄准了两人。

"好,好,好啊,"捐客看见了躲在那里的卡珊德拉和布拉西达斯,然后粗声说道,"看来我还能多得一倍的奖赏呢。"

捐客用的脚镣都很重,而且结实到足够锁住一头熊。捐客把它们拧得很紧,把卡珊德拉的最后一根自由的肢体拉紧,然后就像固定之前那个可怜人一样,把她牢牢地固定在了桌子上。桌子旁边坩埚散发的热度灼伤了她的皮肤。

捐客的卫兵就在不远处,他们用长矛制住了跪在地上的布拉西达斯,他的手也被绑住了。

"你真以为我不知道你在里面吗,布拉西达斯?"捐客笑出了声,用手指指着现在已经被掀开的麻袋堆。"我能闻到你的味道,还能听到你的声音。但是,为什么我没有早点儿杀了你呢?啊,是的,我喜欢让我的猎物带着希望死得更难看一些。你看。今晚我就要把你的脚踝绑住,然后把你吊起来,头还要浸到熔铁池里。众神可鉴,我都等不及要听到你向我求饶的声音啦。"他一面说着,一面拍打着嘴唇,还笑出了声。

接着,他又转向卡珊德拉,从坩埚里拿起一根拨火棍来,朝她咧嘴一笑。"我可不会让你像他那样死得痛快——我一早就知道你会跑到这里来。我本想着还得自己去抓你,看来是用不着啦——你直接闯进了我的老窝。我要烫死你，剥下你的皮，直到你叫出声来为止——我不会让你向我求饶，而是要你发誓效忠于我，还有我的团队。"

"去你的。"卡珊德拉冷冷地说。

掮客的脸一下子拉了下来，他把那烧得通红的拨火棍按到了她的大腿上。随之而来的就是无以名状的疼痛。极度的痛苦折磨着她的心神。她听到一声尖叫，却几乎没有意识到，那是她自己的声音。当她开始抽搐，她听到脚镣发出响亮的银铛声，也闻到了自己的肌肤被灼烧的可怕臭味，还有口中弥漫的腥甜味——舌头被咬得太用力，已经渗出血来。

当掮客把棍子压在她身上时，仓库在她的眼中又一次摇晃起来，这一次拨火棍被贴在了她的身侧。她感觉到，黑暗正在一点点吞噬她的意识，仿佛是要拯救她，但她摇了摇头，让自己保持清醒：她心知如果自己失去了知觉，下一次醒来时，她就会被送到教会的老巢去，或者永远也不会醒来了。她一面挣扎着，一面还看到掮客从盛着熔铁的坩埚里拔出了一个刚加热好的尖头，然后把它带到她的脸上。热气在一掌之遥的地方就刺痛了她的脸颊和鼻子。当掮客把锐利的白色尖头抬到离她眼球一指之遥的地方，她便感觉到她的眼睛表面开始干枯，一种刺眼的疼痛穿透了她的头骨。"听着……好好听着，你会听到啪的一声！"掮客欣喜地叫了起来。

就在此时，卡珊德拉看到了一些东西：在白茫茫的热浪中，她看见有什么在掮客这一众人后面移动着。艾琳娜和罗珊娜——两人都带着满身的疤痕和泪迹，爬到了这里。只见两人像豹子一样一跃而起，朝其他人发动了攻击，一个从后面捅穿了卫兵的身体，另一个用棍子打破了卫兵的脑袋。在其余的人反应过来之前，她们又击倒了十二人中的两人，显然，这些时间足以让布拉西达斯自救了。只见斯巴达人从长矛的包围网中跳起来，一面跑着，一面顺手割断了手腕上的绳子，他抓起一柄长矛，顺势撕开了持矛人的喉咙，又将另一个人踢到一旁。

令人眩晕的白光从卡珊德拉的眼前退去——掮客从卡珊德拉的跟前转过身去，开始应对身边的威胁，于是热气消散了。虽然她依旧是半盲状态，但她还是听到了打斗的声音，还有掮客的吼叫，然后就是锁链被剪掉的闷响。"快起来！"布拉西达斯一面吼着，一面拉着她的胳膊，把她从桌上拽了下来，又把夺回的半截矛塞到了她的手里。她一下子明白过来：罗珊娜和艾琳娜并没有听她的话，从这里逃出去。相反，她们那饱受苦难的灵魂燃烧了起来，驱策着她们与这些恶棍搏斗。掮客身边还剩下六名卫兵。卡珊德拉跳过去，用长矛从一名卫兵的身侧刺了进去——那人方才还被一位姑娘牵制住了——然后转过身来，利落地将另一名警卫的小腿砍成了两截。

"快走，"卡珊德拉指向仓库的大门，向姑娘们喊道，"回到安舒莎那里去。"

姑娘们泪流满面，点了点头，匆匆离去。她们离去时，口中还说着感激的话语。

布拉西达斯又杀掉了两个卫兵，然后和卡珊德拉背靠着背，与剩下的四个凶徒，还有首恶"掮客"对峙。

"我的剑断了。"布拉西达斯喘着气说道。

"你们只有一件武器，我们可有五个人。"掮客咆哮道。"我把话撂在这儿，接下来有你好受的。"他用手指朝剩下的四个人比画了一下。"干掉他们。"

四人应声向前冲去，罗珊娜——正奔向大门，奔向自由——猛地拽起了一根绳子。一堆谷物立刻就从上面的筒仓里坠下来，而迎面而来的两个卫兵就这么消失在了倾泻而下的粮食之中。此时还剩下两个喽啰，卡珊德拉挡下了其中一人的攻击，将她的长矛刺进了他的腹部，然后转身面向最后一个，那人扔下了他的武器，逃走了。

  布拉西达斯和卡珊德拉现在转向了掮客。那畜生就站在那里，活像一头随时准备冲锋的公牛，他手中拿着一支长矛，眼中凶光毕露。卡珊德拉朝布拉西达斯看了一眼，然后举起一只手来——上面还留着一只带着铁链的镣铐。布拉西达斯立刻明白了，抓住了上面断开的链条。掮客朝他们冲过来，而他们也一起朝他冲过去。然而，还没等他动手，两人就跳了起来，用绷紧的铁链勒住了他的脖子，用力拖着掮客庞大的身躯向后退去——掮客跌跌撞撞地后退，两步、三步、四步，直到脚后跟撞到了满是熔铁的坩埚底部。被束缚的他发出一声叫喊，在漫到地上的熔铁中手舞足蹈，每跳一步，就叫一声，最后，那声音变成了动物般的呻吟。那声音伴随着肉体的焦味和头发燃烧的恶臭，一直持续到了天明。坩埚里的熔铁和不成人形的肉块像一个溺水的人一样，浮上来两次，最后终于没了声响。

  市民们醒来之后，便看到一片黑压压的烟雾弥漫在科林西亚上空。他们几个月来第一次从家里走出来，心里是既紧张又害怕，当他们听到传言时，更是如坠云雾之中：码头边的仓库昨晚被烧毁了。这还不算，那天所有的人都被召集到了剧院中去。自从掮客执掌大权以来，会场就一直关闭着。慢慢地，人们终于相信此时重新发布的召集令是真的。到了中午，剧院中已是人满为患，附近的屋顶和高处的街道上还有更多的人站在那里，正向舞台这边探看。卡珊德拉站在群众中间，她已经精疲力竭，她的腹胁和大腿上裹着白色的亚麻绷带，下面烧焦的肌肉上涂着一种用于冷却的油膏。仓库被点燃后，布拉西达斯就离开了——他回到斯巴达，把这件事的来龙去脉向两位国王做了报告。不过，临去之前他曾恳求她做一件事：把掮客的骨头扔进水里。让一切在这里画上句号吧。

她干巴巴地笑了笑。我挺喜欢你的,布拉西达斯,但是过于勇敢对于人来说是个弱点。你不知道摛客和他背后的教会有多恐怖。

就在这时,一位演说家大步走上舞台,告诉大家,这座城市又一次自由了。台下一片混乱,许多人对此表示怀疑,四处寻找证据,想要搞清这是不是什么精心设计的诡计,是不是那个畜生用来清除异己的阴谋。

卡珊德拉在那里等待着,等待着,等待着……然后……

嗖,咣!

数千人被惊得齐齐倒吸了一口凉气,然后是一片寂静。所有人都盯着从舞台的悬架上掉下来的那个人和金属的奇怪混合体。它摇晃了好一会儿,然后放慢了速度,最终停了下来。

于是,舞台下变成了一片欢乐的海洋,人们哭泣着,祈祷着,表达着对他们未知的救世主的感激。卡珊德拉却丝毫没有感到骄傲。而且,她还注意到,有一个身影正在人群中向她的方向移动。

"你母亲从这里乘着塞壬之歌号出海去了,"安舒莎说,"那艘船被漆得活像一团燃烧的火焰,而它的目的地,正是席克勒底。"

第十章

那个戴面具的人把一根铁拨火棍扔了下来——那根长物已经冷却,而且变了形。"掮客被干掉了。"暗室里的所有人都在盯着那根铁棒看。

"他是我们这群人里最强的。"有人说道。

"如果说肉体力量的话,也许确实如此,但是要说智谋的话,那就另当别论了。"另一个人说。

"我们是不是忘了,我们当中还有一个比掮客更凶猛,而且头脑也很敏锐的人了?"

"不过,德谟斯并不能算是我们真正的伙伴,对吧?"

"他的行动难以捉摸,就像一只狂暴的猎犬,在那里乱吠乱咬。"

"这话没错,"挑起话头的教众说道,"不过,也正因为如此,这次便是我们利用他取得尽可能大的成果……或者找人取代于他的机会。他的姐姐似乎在科林西亚找到了些线索。然后她就花了整个冬天在塞克拉迪斯群岛的海域上航行,在那里徒劳地寻找着她的母亲。那里有无数的岛屿,无数的城镇,城邦同盟,海盗。现在为止,她仍然不知道密里涅的下落……或者说,我们把她困住了。就在这时,她回到了雅典,跑回伯里克利和他的附庸那里,去听取他们的意见了。"

"雅典?"另一个人问道,而其他人都陷入了沉默。

"是的。"第一个发话的人说道。"那么,你觉不觉得,现在正是给这座著名的古老城市的卫兵换岗的时候啊?"

"时机已到。"其他人齐声说道。

"所以,让我们派德谟斯去改变雅典的命运吧。正好,他还可以去跟自己的姐姐打个照面。她没法打败他——事实上没人能做到这件事情。她要么加入我们的行列,成为他的替代品,要么就在那里丢掉性命……"

整个冬天,艾德莱斯提亚号在席克勒底群岛的水域中进行搜索,而雪花则一直伴着他们,无声地在爱琴海上空倾泻。夜晚,他们就在荒凉的海湾里打着哆嗦,到了白天,他们就会去向岛上的居民打探。然而,没人知道密里涅——或者是任何出逃在外的海盗的下落。冬天早已过去,现在正是盛夏时节,他们早已离开了席克勒底,正在前往雅典的路上,船员们醒来之后,只见海面上被大雾翳住,心中都吃了一惊——这雾气好似一层又湿又热的裹布,就那么包围住了他们。卡珊德拉倚在栏杆旁,眼睛眯成了一条缝,从疾驰的船舷上探出身子,凝视着灰色的天空。

"别看太久了,佣兵。"巴尔纳巴斯建议道。"有一次,我盯着雾看,生怕撞上礁石。那次我连着熬了三天三夜。根本不敢合眼。当时,我就看到了那些东西:它们就附在我害怕撞上的岩石上。但是——唉,它们实在是太漂亮了……还唱起歌来——那声音就像蜂蜜一样甜美。我差点儿失去理智,把船驶向那些该死的礁石……就只为听它们那甜美的歌声,在那里饱饮它们的目光……"他一边说着,一边望着天空,眼中充满了泪水。

就在这时,莱萨刚好从他们旁边走过。"哈,我还记得这事儿呢。那会儿你都睡着了,我们还循着你指的方向航行,到头来我们差点儿就撞到了礁石上!"

巴尔纳巴斯怒气冲冲地瞪了他一眼,但此时莱萨已经爬上了桅杆。

卡珊德拉笑了笑,然后转过身去,视线又回到了雾中。不多时,那灰色的大幕拉开,出现在他们眼前的,便是阿提卡的乡间地带。卡珊德拉凝视着眼前的景象:和以前一样,原本是庄园和农场的地方都被夷为平地,只留下遍地的灰烬还有倾翻的石块……然而,那些猩红色的营地也无处可寻了。

"斯巴达人的围攻已经结束了。"希罗多德低声说道。

"暂时结束而已。"卡珊德拉沉思着,她知道史坦托尔不会轻易收手。

不多时,莱萨在大雾笼罩的桅杆上的某个地方喊了起来。巴尔纳巴斯把他的信号转告给了其他的船员,艾德莱斯提亚号在那里晃了晃,然后停住了。

卡珊德拉担心,他们可能被巴尔纳巴斯说的那种说不好是真是假的海魔盯上了,不过,等到那流离的清凉雾气散去之后,出现在他们面前的,是比雷埃夫斯港的石塔和码头。卡珊德拉、巴尔纳巴斯和希罗多德凝视着码头。即便是从他们的距离看过去也是一片荒凉:那里没有了忙碌的商人和急忙赶路的奴隶,也有各种嘈杂的声音,除了远处传来的那带着哀意的钟声之外,四下都是一片死寂。马车都胡乱地停在那里,好像被匆忙抛弃了一样。还有些车辆已经翻到了一边,里面的东西都洒了出来,有一部分已经被抢走了。接着袭来的便是一股异味——一股腐败的恶臭扑面而来。

"诸神啊!"巴尔纳巴斯咕哝着,然后找了块破布,捂住了自己的口鼻。

"这里发生了什么事?"卡珊德拉当先从舷板上走下来,环视着港口。然而在那飘荡的雾气中没有半个人影。她抬头看了看海港的城壁。却只见上面的几个哨兵也穿着破烂的衣服。

"进城去吧,"一个人朝她嚷着,一面指着长墙边厢里的长廊。"不要碰任何东西,也不要碰任何人。"

卡珊德拉慢悠悠地往前走。福柏?她突然很担心福柏,想知道她现在怎么样,有没有受伤。禁锢着她的心的樊笼开始颤抖,火焰也升腾而起。"待在船上。"她过身去,冲从栏杆上望着她的巴尔纳巴斯喊道,而伊卡洛斯也没有飞起,只是坐在他的旁边。

希罗多德从她身边走过。"我在那条船上已经待得够久了,我会跟你一起走。另外……有些事情看来非常不对头。"

"我们找伯里克利和阿斯帕西娅谈一下,然后就离开。"当他们穿过灰蒙蒙的薄雾,沿着长廊出发时,她回应道。在浓雾中,她觉得自己可以看到前面道路两旁的巨大形体的虚幻轮廓。难民的棚屋,她觉得应该是这样的东西。从那个方向传来了奇怪的声音:听起来像是苍蝇的嗡嗡声和悲恸的颂唱声,还有哭声的组合。"他们之中肯定有人知道我该去席克勒底群岛的哪一处寻找我的母亲。如果我要把这些岛屿找个遍的话,要花很多年。我不能让巴尔纳巴斯和他的船员跟着我去——"

卡珊德拉沉默了,停下了脚步,希罗多德也停在那里。前方,雾气的大幕终于被拉了开来:她所看到的路旁的轮廓并不是简陋的棚屋。那些摇摇欲坠的"避难所"不见了。出现在那里的,是堆得密密层层的尸体，在雾中目力所及之处，尽是如此景象。这里有数以百计……不，数以千计的尸体。有些是士兵，但大多数是普通人和动物，儿童，老人，母亲，狗和马。他们灰色的脸庞一片呆滞，眼睛要么已经干枯皱缩，要么就被乌鸦啄了去；下颌悬垂，皮肤破裂，有些地方已经腐烂，或者布满了颜色刺眼的脓疮；肢体和头发上滴下的脓液和血，还有渗出的排泄物接二连三地流下来。他们走得越远，这些尸堆就变得越高，活像城墙一般——而且几乎堆得和长墙一样高——就么排列在视线所及的那条路上。苍蝇的嗡鸣震耳欲聋。食腐的老鹰在最上面的尸体上大快朵颐，在那里撕扯着那臭气熏天的腐肉。

"斯巴达人打进长墙了？"希罗多德哑着嗓子问道。

"不。"卡珊德拉看到一些死人身上的脓疮之后，反应过来。"情况比那还要惨得多——是瘟疫。希波克拉底预见到了这一点。"

他们小心翼翼地沿着这条路前进，提防每一只旁逸斜出的腐手或者烂腿。

"疾病，是的，你说得有道理。"希罗多德悲伤地答道。"斯巴达人无法击破伯里克利建造的坚固城墙。反而是这种瘟疫在这道墙的内部蔓延开了——这是太多人在过小的空间里挤了过长时间的结果。斯巴达人已经走了，但真正的敌人现在却在街上横行。"

他们来到市区，发现了更多样貌瘆人的尸体——市集的每一个角落里都堆满了死人。还有脸上蒙着布，慢悠悠地拖着自己的身躯走来的男男女女——他们的到来为这里的死人堆带来了新的尸体。这里的臭气太浓，现在卡珊德拉不得不把斗篷扯过来，捂住自己的口鼻，希罗多德也这么做了。

一个驼背的女人把一个年轻女孩的尸体扔到堆里，然后抽泣着，拖着步子走开了。

福柏！卡珊德拉心里倒抽一口凉气，一时间把那具尸体错认成她那亲爱的小姑娘。

"死了多少人？"希罗多德指着这里的尸堆，向那驼背的女士哑声问道。

"现在啊，我们每三个人中间，就有一个人躺在这些白骨堆上。我是家里剩下的最后一个……我感觉到，自己体内的热度也在上升。我拜托我的邻居，假若我也就这么去了，就把我也扔在这尸堆上，但他自己也已经虚弱不堪，精神恍惚。我们的军队因这种疾病而瘫痪，到现在，连雇佣兵和同盟城邦的军队都不肯到这里集合——这场瘟疫不会放过任何人的。"她说着，叹了口气。

一群市民从附近匆匆走过，从市集广场上直直穿了过去。

"遇到麻烦了吗？"卡珊德拉向那个女人问道。

"麻烦无处不在——克勒翁想把这场瘟疫当作自己的跳板，让自己成为卫城山的新主人。当他的人民在他身边失去生命的时候，他却只顾着召集民兵，还撒钱开路，给自己买来了公民阶级士兵的忠诚。"

一提到卫城，卡珊德拉和希罗多德的视线就转向了一道细细的灰色光束——那道微弱的光只勉强穿过了雾气——原本光鲜无匹的帕台农神庙和那尊高大的雅典娜的铜像是雅典娜胜利神庙背后参差不齐、尚未完工的墙壁。更糟糕的是，他们也看到了成群苍蝇和秃鹫在更多的尸体堆上方盘旋着。他们希望这位妇女一切安泰，然后他们爬上了那段从岩石中切割而出的楼梯，来到了卫城的高地之上，靠近伯里克利别墅的位置。

"没有警卫？"卡珊德拉自言自语。

"除了在港口和少数在城墙上巡逻的人外，我没有看到任何武装人员。"希罗多德说。

还是找不到福柏，卡珊德拉此时忧心忡忡。

他们从流离的雾气中穿过，一路摸到了别墅里。这里一切都已经面目全非：四下了无生气，空气中弥漫着用炉子化开的甜蜡散发出的腻人香味，而弥漫全城的死臭就被掩盖在这气味之下。他们的脚步声在宴会厅中回荡着，接着，两人爬上了二楼。最后才听到了生者的低语——声音是从一间卧室里传来的。

"长墙本应为我们带来……救赎。"那虚弱的声音低语道。

卡珊德拉看到了那个说话的人——不，说他是床上的一堆憔悴不堪的枯骨都不为过。薄雾从阳台开着的百叶窗里翻卷而入，在微弱的光线下，她看到那人只剩下一束薄薄的稀松头发，胡须也邋遢不堪。卡珊德拉心中疑惑：苏格拉底为什么和这么个陌生人坐在一起？为什么阿斯帕西娅会坐在这个病人身旁，还那么亲切地抚摸着他的头呢？

卡珊德拉突然想到了什么，刹那间，好像一道雷向她劈了下来。

"伯里克利？"卡珊德拉叫出了声。

阿斯帕西娅打了个激灵。苏格拉底也喊了起来。伯里克利的眼睛——从他那憔悴的脸上凸出的眼睛——也翻了几下来表示对她和希罗多德的欢迎。"啊……佣兵，还有希罗多德。"他低声说道。"很遗憾让你看到我这副德行。我一直是进退维谷……饱受病痛的折磨。人民……投下选票，把我推上了希腊的最高位，要我去领导他们。我的宣言也简单明了：我清楚地告诉了人们，为了争得他们所有人的利益，为了去爱我的祖国，还有，为了保持清正廉洁，我都要做些什么——我也确实这样做了，然而那些主和派的人越发地厌恶我。克勒翁和他的主战派也和我不对付。而现在的我，只是个空躺在这里……支离破碎、百无一用的躯壳罢了。"他的身体因剧烈的咳嗽抽搐起来。阿斯帕西娅找来一块布头，捂在他的嘴唇上。当她把布拿走时，上面已经染上了红色。"伯里克利继续说道："真相已在街上堆积成山：雅典娜抛弃了我和雅典。我失败了。"

"你错了，老朋友，"苏格拉底平静地说，"如果一个人因拯救他所爱的东西染上了疾患，那么，这到底是失败的象征，还是用来证明他的爱之力的试炼呢？""等到这卑鄙的瘟疫夺去我的生命时，我会怀念我们曾经畅谈过的一切。"伯里克利说着，拍了拍苏格拉底的手。

阿斯帕西娅站起来，准备离开房间。当她走出去的时候，和卡珊德拉交换了眼神。卡珊德拉明白她的意思，于是跟着她走到了屋外，来到了走廊里。现在走廊上只有她们两个人。

"告诉我，福柏没有染上这种病。"卡珊德拉脱口而出。阿斯帕西娅把一只手放在她的肩膀上，安抚她。"福柏现在很好。她正在别墅的院子里玩呢。"

卡珊德拉只觉如释重负的感觉像一股清凉的疾风一般，从她身上飞掠而过。"很好。"她回答的时候，却也依旧是一副波澜不惊的佣兵做派。

"你找到希波克拉底了吗？"阿斯帕西娅问道。

她点点头。

"他说过治愈这种疾病的方法吗？"

卡珊德拉没有回答，然而沉默已经足以表达一切。她以为会看到阿斯帕西娅眼中的泪水，但是阿斯帕西娅却依旧一副冷淡的模样，站在那里死死地盯着她。有些人会用最奇怪的方式来抑压悲痛的情感。卡珊德拉想到。

"你母亲呢？你找到她了吗？"

这个问题让卡珊德拉吃了一惊，有一件事卡珊德拉一直无法确定：那就是，在这种情况下，如果她提出自己的个人问题，这个问题是否会受到重视。但她意识到，这样的话题转换也许也是对方所乐见的。

"没有。我去阿尔戈里斯的旅途上只和一个教会里的婊子干了一仗。别的什么都没干。在科林西亚也是——但至少在那里，我找到了一条确凿的线索。我的母亲似乎是乘坐一艘名为'塞壬之歌'的船从那里启航的——一艘漆着火焰纹样的船，而这艘船的目的地是席克勒底。"

阿斯帕西娅的眼睛眯了起来。"席克勒底群岛？！"一艘船哪怕在那里的海面上航行几年之久，都还能找到新的岛屿啊。"是的，这就是为什么我按照你的要求回到这里的原因。我猜，你应该能给我提供一些指引吧？"

阿斯帕西娅的头慢慢地晃了晃。"我怕是没什么可以告诉你的了。但是有一个住在普尼克斯山坡上的女人倒是曾经在那片地方航行过。那个女人叫西尼亚。她可能认识你所说的那艘船。我会和她谈谈的。"卡珊德拉点头表示感谢。

伯里克利贤名远扬，不过从这番交谈中明显能看出来，阿斯帕西娅和他一样聪慧机变。也许还要更胜一筹？卡珊德拉默默地想。

轻柔的脚步声响起，一个奴隶拿着一盆热气蒸腾的水和一堆布走近，他向阿斯帕西娅微微鞠了一躬，然后进入了卧房。希罗多德和苏格拉底迅速找借口走出了房间。

"洗澡时间？"卡珊德拉猜到了。

"是的。我会帮他洗澡。这是我能为他做的为数不多的事情之一。你应该去休息。我们的大多数帮工都已经死了，所以这座别墅已经是一片破败，无人打理的状态，不过，你们也别客气，请自己去储藏间里弄点酒和面包来吃吧。我今晚会准备一顿正餐。你会跟我们一起用餐的，对吧？"

卡珊德拉点了点头。阿斯帕西娅走进卧室，门被关了起来，卡珊德拉只能在别墅里四处闲晃。她在楼上发现了一间空房间，然后走了进去，倒在里面一张带着靠垫的长凳上，把头靠在上面。卡珊德拉躺了好一阵，她回忆起了过去两年发生的一切。然后她听到了从外面传来的甜美的笑声。她跑到卧房的阳台上，朝外面的雾气望去。她的目光在下面无人照料的花园里逡巡着。接着她看到了福柏，她正在那里跑着，穿过了一圈树篱。

"福柏！"

女孩停了下来，抬头看着卡珊德拉，脸上满是兴奋。"卡珊？"

"等一下，"她喊道，"在那儿别动！"

卡珊德拉转过身，迅速穿过卧房和楼梯，然后跑到了花园里。她在福柏面前稳住身形，开始结巴起来："我……我……"她心里有一堆表达爱意的蜜语想要大声地喊出来，然而很久以前，斯巴达的牢笼上那些早已闭合的铁条把它们都锁死在了里面。然而当福柏上前，跃入她的怀抱时，她再也忍不住了。两个人都笑了起来，卡珊德拉站起来，举起小丫头，高兴地晃来晃去。

"是卡拉保护了我。"卡珊德拉重复说着之前的事情，顺手把玩具木雕从她的包里拿了出来。

"你是不是不再需要她了……你的旅程结束了吗？" 福柏满怀希望地问道。

卡珊德拉慈爱地抚着她的头发。"我的旅程还没有结束。"然后她就看见，福柏的脸皱了起来。"现在说这些还早。我们一起玩吧！"

福柏的眼睛登时亮了起来。

她们在花园里捉起了迷藏，福柏躲到了雾中，躲到了树篱后面，卡珊德拉口中学着狮吼在后面追赶，两人的笑声在荒凉的卫城上空回荡。到了晚上，她们聚集在伯里克利的卧房里，吃了一顿面包、橄榄和烤鲤鱼组成的正餐，屋里还有苏格拉底、希罗多德和阿斯帕西娅，他们给卧床的伯里克利喂了一碗淡淡的汤。在烛光下，希罗多德讲述了他和卡珊德拉旅途中的故事，福柏依偎在她身边，不想放过每一个细节。卡珊德拉吻了吻福柏的头，然后躺下来，睡在奴隶区的一张床上。

"明天，我们可以再玩一次吗？"福柏说，她的声音被埋在了枕头里。"当你在阿尔戈里斯与一支绵羊部队打仗的时候，我们就可以行动了。"卡珊德拉微笑着回应——希罗多德加入了一些奇妙的细节，好哄这孩子开心。现在她已经敛去了笑容，凝视着黑暗。阿斯帕西娅已经安排好了，上午她会和她的朋友西尼亚谈一谈。如果走运的话，她想要的答案应该很快就会揭晓了。"明天我就得走了。但在启航前我们可以有时间找点乐子。""好。"她说着，抱紧了福柏。

"我爱你，卡珊。"福柏低声说，两个人依偎在一起。在黑暗中，卡珊德拉的嘴唇嚅动起来，做出了自己的回答，声音却被压在了喉咙里面。

第二天早上她们醒来后，雾变得更浓了。吃完一顿清淡的酸奶和蜂蜜搭配的早餐后，福柏走进了花园，而卡珊德拉又和其他人坐在伯里克利的床旁。他谈到了未完成的事，他的朋友们试图安慰他，让他不要太过担心。但伯里克利态度坚决。"有件事我必须做：带我去还未完工的神庙，可以吗？也许我可以和雅典娜谈一谈，请她指点我。""我担心你撑不住啊。"阿斯帕西娅急忙回道。

"雅典娜会赐予我力量的。"

希罗多德和苏格拉底扶着伯里克利站了起来。现在的他，俨然是一具会动的骷髅，他的睡衣像风帆一样挂他身上，他的软拖鞋看上去出奇地大。他们执着伯里克利的手把他从卧房里领了出来。阿斯帕西娅穿上斗篷,与卡珊德拉的眼睛对视。"我要去和西尼亚谈谈。在这里等我。如果有答案,我会找到的。"

卡珊德拉独自一人坐着,叹了口气。她感觉到眼前的雾和病入膏肓的伯里克利像铅块一样压在她的心口上,卡珊德拉感到自己如坠深渊。但是,就像昨天一样,她听到了外面轻快的脚步声,咯咯的笑声,还有树篱的沙沙声和福柏的喊声:"这次你永远找不到我了,卡珊。"

那声音十分清脆,足以剪断那些铅坠上的绳子。卡珊德拉想起了自己许下的再玩一次捉迷藏的承诺,心中的火焰又燃烧起来。她站起来,飞奔下楼,不紧不慢地跑到外面,走进雾蒙蒙的花园。她冲进树篱迷宫,俯下身,发出低沉的狮子叫声,昨天这声音惹得福柏笑个不停。但是这次她怎么没有笑出声?"她一定藏得很好,"卡珊德拉心想。她蹑手蹑脚地向前走去,抓住一根长长的树枝摇了起来。平常这种时候,福柏早就笑出声,然后从她藏身的地方跑出来。但是……这次回应卡珊德拉的只有虚无。

卡珊德拉看见前面有什么东西——雾在翻滚。接着她看到了一个身影。一个高大的身影。

"福柏?"她叫了起来,挺直身子,朝它走过去。但当卡珊德拉走近时,这个身影又消失在雾中。然后她停了下来,盯着面前地上的小小尸体。那里有好多血……都是从福柏胸口的致命伤中流出来的。女孩的眼睛呆呆地盯着她,朝她伸出一只手。卡珊德拉跪下来,只觉得自己的灵魂已经被撕成两半,心上的囚笼也开始扭曲,破碎,而笼中那名叫"爱"的东西变得灰暗腐败,接着便转化为无尽的悲伤。

"不,不,不……不……不!"

她从福柏身边走过,双手环抱住福柏的身体,仿佛不顾一切地想要去爱抚她,但她更害怕的是,触摸她的身体会使这个可怕的幻象成为现实。"到底是谁下的手?"她终于哭了出来,然后紧握住福柏的手。她两颊上带着温度的泪水给了她一种陌生的体验:毕竟她从小到大一次都没哭过。

那高大的身影又出现在了距离卡珊德拉几步之遥的薄雾中。卡珊德拉抬起头,只见一名教众赫赫然站在那里,带着那咧嘴而笑的面罩,就这么盯着她。他手中拿着一把斧头,上面满是福柏的血。还有两个蒙面的混账从树篱后面站起来,各自守住了那人的一侧。

"你还欠我一笔债呢,佣兵。"中央的人尖声说道。

"你杀了我们的许多同伴,所以你必须为你的所作所为付出代价——要么献出你的力量……要么就献上你的人头。"

他们迈着自信的步子朝她走去,他们认为这次志在必得。卡珊德拉盯着他们,眼泪都干涸了。她站起来,带着怒火奔向他们。她举起一只手,她的护腕里的小刀射入了最左边的面具人的眼窝里。被射中的人抖了一下,然后倒下了。她跳过去,踢掉了杀死福柏的人手里的斧头,然后把列奥尼达斯之矛刺进他的锁骨,又把它深深地戳了下去。他痉挛起来,跪在了地上,然后吐出了黑血。卡珊德拉接着转过身,用自己的护腕挡下了第三支矛的攻击,然后反手一刺将她的矛从下巴戳了进去,那人的脑浆从上面的开口中喷溅而出。她把手上的矛拔了下来,把尸体踢到树篱里,然后又一次单膝跪地,回到了福柏身旁。她气喘吁吁地抬起福柏的遗体,抱着它。又在荷包里摸索着,把卡拉拿了出来,塞到了福柏那还有温度的手掌里,然后让那小小的手指拢在了它的周围。"对不起,我没保护好你。"她弯下腰去吻女孩的额头,然后舔了舔自己干涩的嘴唇,克服了心中万难,说出了她很久以前就发誓不再说出的字句。

"是的……我爱你。"

一声叫喊破雾而出,将她的声音盖了过去。那声音从卫城高处传来,只有被他杀的人临死之前才会发出这样的声音。卡珊德拉集中精神,调动自己敏锐的五感。然后,她把福柏放在地上,用斗篷盖住了她的遗体,站起身来。

"伯里克利在神庙里!"一个贪婪暗哑的声音——这是杀手特有的声音——如此说道。"这里还有其他教众?"随之而来的便是靴子触地的闷响。卡珊德拉的心瞬间凉了个透。她低着头穿过卫城,看到一个卫兵侧身躺在那里,他已经被开了膛,还在那里抽搐着。地上还有一个卫兵,一根绳子紧紧地缠绕在他那满是瘀青的脖子上。她来到未完工的雅典娜胜利神庙前,从还没建好的灰泥后墙和木质脚手衔架之间穿过,然后卡珊德拉探身看向里面:三处已经完工的蓝漆墙壁和毕剥作响的火盆的雾气升腾起来,遮住了视线。苏格拉底,希罗多德,还有阿斯帕西娅都站在跪着的伯里克利周围。这位雅典的领导人凝视着褪去金装的女神雕像——黄金都被拿去充当战资了。两名身材魁梧的卫兵站在庙宇门口。卡珊德拉松了一口气。

"佣兵?"苏格拉底发现了她,开口问道。

所有的人都转过身来,看向卡珊德拉。她翻过一堵未完工的墙,走了进去。"还有杀手逍遥法外。福柏被谋杀了,而且——"

从正门方向传来两声痛苦的喘息。现在所有人的视线都转向了那里。两名放哨的卫兵抽搐起来——他们被长矛刺中,而且凶手的手法十分利落,他避开了肋骨,猛地向后一抽。这两个人就吐出了最后一口气,丢掉了性命。

接着,德谟斯跨过他们的尸体,走进了神庙。他通身都闪着白色和金色的光芒,脸庞因恶意而扭曲,手中旋着的一对长矛不多时也被扔在了地上，只听唰的一声——那是金属和皮革摩擦的声响——德谟斯拔出了自己的短剑。他大步走到伯里克利跟前，剑刃横扫过去，把苏格拉底、希罗多德和阿斯帕西娅都逼退到一旁。几个面具人在德谟斯身后站成一排，挥舞着手中的长矛。德谟斯蹲在地上，用一只有力的手臂扼住了伯里克利的脖子。他抬头望着希罗多德、苏格拉底、阿斯帕西娅，最后是卡珊德拉的眼睛。"我要毁掉你创造的一切。"他在伯里克利耳边低声说。然后就把刀刃横在雅典将军的脖子上。

"阿利克西欧斯，不。"卡珊德拉低呼，又向前逼近了一步。德谟斯不为所动，只见他胳膊轻轻一抽，霎时间血光四溅，伯里克利的长袍也染成了一片血红。他本就血色黯淡的身体一转眼就变成了灰色。德谟斯放下尸体，站了起来，他那白金相间的盔甲上布满了鲜血。

希罗多德和苏格拉底惊恐地尖叫起来。而阿斯帕西娅却目不转睛地看着这一切，脸上满是难以置信的神色。

"现在，我的姐姐，我必须像上次见面时那样对待你了。"德谟斯说。"从那以后你一直很忙。但现在，也是时候给你放个长假了。"

他向卡珊德拉扑过去。他的速度太快，她只得迅速向后仰倒，躲开了他的攻击。接着卡珊德拉又迅速站了起来，躲开了他挥剑使出的一记扫击。

"走，快走！"她对苏格拉底、阿斯帕西娅和希罗多德大喊，自己挡在了他们和德谟斯以及那些教众中间。当他们穿过神庙那堵未完工的墙面上的缝隙时，她和德谟斯就在那里开始了拉锯战。

"这么多年过去了，姐姐，你还是这么弱，"正当卡珊德拉准备把列奥尼达斯之矛从皮带中抽出来时，阿利克西欧斯如此咆哮道，"这里就是你的葬身之地。"

他的剑向她的肩头和后背砍去，剑锋划开了她的皮肤，撕裂了她的三头肌，身体的一侧喷出了温热的鲜血。她叫出了声，踉跄着向后走去，然后终于举起了手中的断矛。

"你赢不了的。"德谟斯啐了一口，又冲她攻了过来。

他用力挥剑，一招接着一招，如同骤雨一般，卡珊德拉除了防守，毫无还手之力。当她发现他小腿的破绽之后，便乘隙刺了出去——小腿的贯通伤足够让他倒地了。但是，就在此时，德谟斯的剑锋就像毒蛇的信子一般向下游走，挡住了她的攻击，接着那柄剑直直地贯穿上来，准备劈开她的头颅。鲜血从她的眼前掠过，带来了一阵刺痛。卡珊德拉失血过多，有些体力不支。

卡珊德拉心知德谟斯说得没错。她确实赢不了。她从那堵尚未完工的墙里退了出去，德谟斯也大步上前，追上她，然后她挥动断矛，用浑身的力气向脚手架的一处承重木桩上砸了过去。随着一声脆响，还有随后而至的倒塌声，整个平台和柱子坍塌了，大块的石头滚下。灰色的尘土四处飞散，比雾气还要厚重。卡珊德拉转身逃跑，听到了身后德谟斯的怒吼。他用尽全力向前冲刺，从一堵高耸的墙壁上跳到了一处市场建筑的屋顶上，然后跳下来，落到了满是尸堆的市集之中，卡珊德拉沿着通往比雷埃夫斯的街道一路狂奔，最后终于爬上了艾德莱斯提亚号，希罗多德帮着她登上了甲板，而阿斯帕西娅也在那里。

"出海吧。"她向巴尔纳巴斯恳求道。"快！"

船在桨的推动下驶离了码头。当它离开的时候，卡珊德拉看到雾中有一个奇怪的豁口，从那里她可以清楚地看到普尼克斯山上的情况。一队人马正迈上大理石台阶，这群人通身都是银白色。即使从这个距离，众人也能看到他们领袖的模样，他那火红色的头发乍看上去好似一根火把。

"新的政权已经占领了雅典吗？"莱萨喘着气，眯着眼睛向远处望去。

"克勒翁,"希罗多德眼见着那支银白的军队在卫城四处扩散开,抱怨道,"谁抓住伯里克利丧命的空当都好,怎么就偏让这个红眼猴遇上了呢?"

卡珊德拉的脑中闪过了之前发生的一切。然后她在码头上发现了一个孤零零的人影。"那是苏格拉底么?"她朝巴尔纳巴斯走去。"我们必须掉头回去。"

"继续按照你的航线前进吧,佣兵,"苏格拉底站在港口处高声回答道,"现在的雅典比以往任何时候都更需要我。我会让小福柏入土为安的……而且,我会尽我所能,避免克勒翁的统治对雅典造成损害。"

卡珊德拉盯着他看了一会儿。"你还得答应我一件事:给我活下去!"

他举起一只手告别。"生命又是什么呢,不过一种幻象罢了!"在雾气和距离隐没了他的身影之前,他如是答道。

卡珊德拉在船舷旁站了好一阵,凝视着天边。过了一会儿,她才意识到,阿斯帕西娅也在做同样的事情,她盯着自己过去的家园渐渐淡去的轮廓。却没有流泪,她身上散发的,只有冰冷肃穆的怒意。她心中抑压悲伤的牢笼显然十分坚固。她一边朝着阿斯帕西娅走去,一边在心里组织安慰的话语。然而,阿斯帕西娅却先开了腔,她没有转过身来,也没有看卡珊德拉。

"我找到了你想要的答案——现在我可以告诉你,你的母亲到底在什么地方了。"

第十一章

卡珊德拉坐在伊卡洛斯身边，躺在艾德莱斯提亚号那高高的横桅上，她的皮肤被阳光晒得发亮，嘴唇也干裂开了。船上的绳子和木料嘎吱作响，似乎在呻吟，风吹起了她蓬松的头发。自他们从雅典逃出，已经过去了一年——这一年来，他们过着如同猎物一般的生活，艾德莱斯提亚号像野兔一样到处奔逃，而教会的船只就如狼一般穷追不舍。几个月来，他们一直在穷追猛赶，将艾德莱斯提亚号赶向偏远的水域，现在，他们已经沿着塞萨利安海岸行进了许久，就快要到达遥远的赫列斯庞特一带。

直到冬天来临，教会的人才意识到，他们永远无法追上巴尔纳巴斯的船。自打那时起，他们就开始玩起了陷阱或者伏击之类的阴招——他们动了两次手，一次是在艾德莱斯提亚号靠岸补给淡水的时候，还有一次在斯柯佩洛斯附近的一条狭窄的海峡里。这两次行动最终都以失败告终。等到第二年春天的时候，已经有七艘教会名下的船只,还有八个蒙面教众被艾德莱斯提亚号送进了海底。现在已是盛夏时节,他们似乎终于甩掉了追兵。于是,他们又向南驶去,进入了更熟悉的水域。也就是塞克拉迪斯群岛……

接着,卡珊德拉一行来到了纳克斯岛。

她仔细地观察着这座岛屿:这座岛简直就是一座阳光普照、银岩充盈的天堂,一颗镶嵌在宝蓝色光亮海面上的宝石。阿斯帕西娅言之凿凿:密里涅从科林西亚出发之后来到了这里。于是卡珊德拉去了每一个可能有星点希望找到人的地方。然而,一路上等待她的,是无数的谎言,还有无数可怖的意外……而当他们的船靠岸时,另一个可怕的"惊喜"就这么出现在了他们眼前。

船只——叫它战舰可能更恰当一些——几十艘挂着绿色风帆的战舰缓缓地在近海地带航行,一副警戒的架势。卡珊德拉从横桅上小心翼翼地走到了桅杆旁边,然后急匆匆地顺着它爬了下去。

"又是封锁?"莱萨边对跟着他走到船头的卡珊德拉问道,"这些船是从帕洛斯岛来的。"他一面说着,一面朝西边不远处的一座小岛点了点头。帕洛斯与纳克斯的景观形成了鲜明的对比,它上面的大部分树木都被砍了个干净,光秃秃的小山上到处是采石场和巨大的白色凿孔,看上去就像泰坦巨兽的咬痕一般。

"帕洛斯为什么要封锁纳克斯呢?"另一个船员问道。"纳克斯和帕洛斯是都是德利安联盟的成员,他们是同盟,应该都受到雅典的庇护才对。"

希罗多德叹了口气,说道:"大理石贸易造成这两个心高气傲的岛屿之间的巨大嫌隙。看到那些采石场了吗?这里的大理石很有名。菲迪亚斯曾经下令,要用这里供给的材料制作献给雅典卫城的贡品。但是,当一座岛屿坐吃山空,而且山真的被挖空的时候——"他指着帕洛斯那些荒凉山丘上的许多雪白的矿坑，然后向旁边明显富饶许多的纳克斯点了点头——"然后他们就把嫉妒的目光转向了邻近的岛屿。"

"好了，"巴尔纳巴斯咆哮道，"我带着一船人和教会的浑球捉迷藏，然后把你带到了这里，可不是让你在这么一条该死的封锁线面前打退堂鼓的。"他和莱萨跟近处的船员使了个眼色。

卡珊德拉看着他们飞身跃入自己的位置，接着，船帆揭起，桨也伸进了水面，司桨人们唱起了船歌——正是她在去往迈加拉附近时听到的曲调。

"哦——哦——哦哦哦……"他用低沉的声音哼着调子，沿着船的一侧来回踱步，一面还激情满满地用拳头抵着他的另一只手掌，口中的唾沫飞溅。

艾德莱斯提亚号以惊人的速度飞驰起来，向着最近处的帕里安船只直挺挺地冲了过去，而激起的浪花打在卡珊德拉身上。"抓住点儿什么。"她朝阿斯帕西娅和希罗多德喊道。

两人照做了，他们的手指节握得发白，眼睛也大睁着。然后……
什么都没有发生。

他们冲向的那艘船从他们的航路上让了出去，而后面的那艘船也停了下来，在他们巡航的船环上留下了一个大大的豁口。

卡珊德拉看见，在停下船只的栏杆旁站着一名男子，他披着白色的斗篷，满头金发，脸上满是肥肉。当船驶过时，他冲她笑了笑——这明显不是在欢迎她们。

"他挺明白的嘛。"巴尔纳巴斯骄傲地笑了起来，艾德莱斯提亚号放慢了速度，朝岸边走去。

卡珊德拉一脸狐疑，她盯着那人看了一会儿。当他们走近海岸时，她扫视了一下沙滩。沿海岸线望去，她发现两艘封锁线上的船正朝着岸边驶去。被如此光景牵动视线的她，就那么看着帕洛斯岛士兵们跳出来，登上了海湾。他们像蚂蚁一样成群结队地走过一座未完工的海湾神庙的大理石门廊，向坐落在岩岬上的一座古老的石质堡垒奔去。希罗多德、巴尔纳巴斯、莱萨和其他人都和她一道，看到了他们对纳西岛的要地发起了进攻。突然，岸头的胡桃树林开始颤抖。从帕洛斯来的入侵者们愣了一下，然后回头看了看树林……接着，一群纳西安骑兵就从林子里一起拥出来。他们稳稳地坐在马鞍上，戴着炼棕色的皮革头盔和胸甲，手里拿着长矛，发出了慑人的战吼。他们只有大约二十人，帕洛斯军有近一百人，但他们还是向敌人发起了进攻。纳西安军的骑兵头领动作敏捷，身形雄壮，他高举起手中的长矛，像是在给后面的士兵做出榜样。那人的装备也和旁人不同：头上戴着皮盔，还戴着一副防护用的面罩。这位骑手躲开一支帕里安让人抛出的长矛，然后投出一杆标枪，刺进了投矛者的脖颈。过了一会儿，纳西安骑兵就结成了纺锤阵，一头扎进了帕洛斯入侵者的阵型之中。人们在战场上尖叫，倒下，而卡珊德拉和所有看客也已经心知肚明：骑兵们的反击将会获得胜利。

当他们到达浅海地带时，海水却变成了奇妙的苍绿色，一弧橙色、金色、深蓝色和粉红色相间的珊瑚礁点缀在海床之上，此时船下的景色可谓是五彩斑斓。船体在白色的沙滩上搁浅，然后停下来。卡珊德拉注视着内陆茂密的树木丛生的山丘。"菲尼克斯邸。"阿斯帕西娅指着海角上的一处聚落说道。"去吧，找到她。"巴尔纳巴斯说着，揽住了卡珊德拉的肩膀，两眼之中满是泪水。

"他说得对，佣兵，你吃了这么多苦，才走到了这一步，"希罗多德附和道，"不要再浪费时间了。"

于是，卡珊德拉行动起来，就像在为马可斯做隐秘的工作时一样，穿过茂密的桑树和杜松树丛，一路畅行无阻，来到了内陆的山丘之上。其间，她听到了马蹄声，便躲进了灌木丛中，看着一群从海湾的战斗中归来的骑兵从沙滩上飞驰而过，他们的棕色盔甲上带着半干血迹的光泽——看来他们确实获得了胜利。当她到达菲尼克斯别庄附近时，便发现了一座没有围墙的城镇，而那座别庄就是这里的中心。事实上，这座"城镇"几乎可以说是森林的一部分——从房屋周边的树木和裸露的岩层，到建在一处狭窄峡谷上，将聚落各部分连接起来的索桥，还有一条流入山下的天蓝色湖泊。在灿烂的阳光之下，女人们搬运着盛有羊奶的大瓮，而男人们则小心翼翼地从蜂窝里将蜂巢的碎片取出，孩子们和狗牧放着绵羊、山羊和牛。卡珊德拉把一根棍子扔进附近的树林里，引开了别墅门口的两个守卫，然后溜进了这座古老而宏伟的别墅中。很快，她就发现自己爬到了楼上宽阔的走廊上。就在那时，她听到了那些声音。

"执政官，帕洛斯人击溃了我们的舰队，抢走了我们的生意，干掉了我们的使者，还掳走了纳瓦乔斯·埃涅阿斯。我们快被将死了。"一个男人的声音说道。卡珊德拉把头靠在门上，朝里面那间富丽而宽敞的会议厅里望去，房间里铺着光亮的深色木地板和年岁久远的地毯。一面墙上排列着打开的百叶窗，闷热的空气和阳光穿过窗子，洒在了房间之中。大厅中央有一张宽大的桌子，上面钉着一张描绘了群岛和附近水域的皮质地图。屋里还站着两名军官，他们都穿着和滩头归来的二十人一样的染血棕色骑兵盔甲。在卡珊德拉的视线之外，他们两个人都摘下头盔，对着房间另一边的人讲话。这两个人都太年轻了——其中一个，与其说他是个成年人，不如说更像个少年。

"尽管如此，今天我们还是把他们赶走了，执政官，"两个人中年纪较大的一个补充道，"在您英明的领导下。更何况船夫之指上的堡垒也还在我们的手里——虽说帕里安人在海上形成了包围圈，但是他们在我们的海岸上并没有立足点。从你第一次来到这里的海岸上，赶走那暴君的那一天起，你就一直是我们的领袖，也是我们的保护伞。"他的声音中满是自豪还有尊敬，说着，他用拳头抵着胸膛向那执政官行了礼。

"不要灰心，"那执政官答道，"我们总会有办法突破包围，重获自由。"那声音就像金琴奏出音符一样，激起了卡珊德拉心中的回忆。她开始战栗起来。当那执政官跟那两个军官一样顶盔掼甲，手上架起带了格栅护面的头盔走入她的视野时，卡珊德拉便扒在门廊的拐角上，屏息凝神，眼睛一眨不眨，更不敢挪开。

母亲？她无声地念道。毫无疑问，这次她终于找对了人：她的黑发中掺着银丝，头上戴着一顶缠结而成的冠冕，眼角挂着皱纹，身上的盔甲也已经伤痕累累。她就僵在那里，看着密里涅把两名军官的注意力转移到地图上，给了他们明确的指示，告诉他们岛上的士兵将被部署在何处，哪些登陆地点需要监视，需要收集哪些资源用于建造新的船只、武器和盔甲。

不多时，密里涅便让这两名军官退了下去。当他们大步走出房间时，卡珊德拉躲进了阴影之中，然后又回到了转角的后面。只见密里涅独自一人走到阳台上，一顶条纹凉棚挡住了洒下的阳光。没错，现在正是时候——卡珊德拉轻声走进房间，走到她身后的阳台门口。这时，一块地板却发出了吱呀声，暴露了她的位置。密里涅像个战士一样朝她扑过来。

时隔二十三年，两人终于再次四目相对。

密里涅久久盯着卡珊德拉，一副难以置信的神情，然后她的目光落在卡珊德拉的腰间……看到了那柄列奥尼达斯之矛。

"这……怎么可能？"密里涅低声说着，一面放下了她的头盔。

卡珊德拉沉醉在面前人的目光中。"母亲。"她轻声答道。

两人的手握到了一起，就像两只戴上了手套的手，就那么定在那里。仿佛自己触碰的是一件荣光的不朽之物。卡珊德拉心中波涛汹涌。这是自她抱起福柏的尸体之后，第一次去拥抱别人，第一次如此心神激荡——因为那天，她的心几乎因悲伤而破裂。

"怎么可能？怎么可能呢？"密里涅哑声道，"二十多年来的每一个夜晚，当我闭上眼睛，你坠下山崖的情景就一次又一次地浮现在我眼前。"

两人分开了一指的距离，都是泪流满面。"我有很多话要对你说啊，母亲。那天晚上——"

密里涅用手指按住了她的嘴唇。"先不要说话。在那之前，我只想再一次感受你在我怀里的感觉。"她抽泣着应道，抱着卡珊德拉的手紧了紧。

不多时，她们坐在一起，卡珊德拉开始告诉密里涅自己经历的一切：忒格托斯山的那夜，凯法利尼亚，自己亲爱的福柏，迈加拉的任务，还有和尼科拉欧斯的对峙……以及从那以后与教会的秘密斗争。

"他们一直在扰乱我们的生活，母亲。不是先知——而是科斯莫斯教会，下了那种荒唐的命令，把当时年幼的阿利克西欧斯扔下山崖。"

密里涅那强硬、毫不畏惧的表情让卡珊德拉明白了一件事：在她看来，这没什么稀奇。就在那时，她突然意识到，自己下意识地避开了一些事——就是那些最难令人启齿的事情。

"在阿尔戈里斯，我发现了一个黑暗的秘密，"说这话时她的身体绷了起来，"我知道你去了那班治疗师的圣所。"

"我确实带着阿利克西欧斯去了那里。"密里涅平静地说。"然而，他没有死在山上。"

卡珊德拉悲伤地笑了。"这我知道。那晚我听到你从埋骨坑那边走来的脚步声。当我听到噪声时，以为是准备了结我性命的人，于是我逃走了。要是我鼓起勇气，再等一会儿就好了。"

密里涅将两臂环在胸前，两手紧握着她的前臂。"你历经千辛万苦，最终来到了我的面前——你真的一身是胆，卡珊德拉。如果，如果阿斯克勒庇俄斯圣所的治疗师设法救下了阿利克西欧斯的性命，那么他也可能会会跟你一样——"

"母亲。"她闭上双眼，泪流满面。"阿利克西欧斯还活着。"

一片寂静。

"母亲？"她说着，睁开了眼睛，看见密里涅盯着她，一副魔怔了的样子。

"我从阴影中走了出来，过上了新的生活……这些年来，你们两个一直是我的心病。而现在你却告诉我，阿利克西欧斯也还活着？"

卡珊德拉伤心地点点头。

"他在哪儿？"她问道，然后突然收住了话尾，仿佛道出了一个不该吐露的秘密一般。她的脸变得又更苍白了几分，开始战栗起来。"他们……得到了他，对吧？"

卡珊德拉面对着密里涅，两人双手紧握。"教会利用他作为他们的头领。他们叫他德谟斯。"

"德谟斯？他们以恐惧之神的名字给我儿子起名？"密里涅的目光扫过阳台的每一个角落。

"母亲，如果是你把他养大的话，他绝不会是现在这副模样。教会里的那个贱人，克莉西斯，荼毒了他的思想，在德谟斯成长过程中向他灌输的都是仇恨与愤怒。"

"她会付出代价的。"密里涅缓缓地答道。

"她已经得到了报应——面门上吃了一斧,当场毙命。"

"好极了。"密里涅咬着牙回道,她的脸也因恨意而扭曲,她的上唇扬起,神情好像一只赶跑了敌人的猎犬……然后,她垂下身子,一声深切的哭泣从她的喉间涌出。"但是我的孩子……"

卡珊德拉引着她回到屋内,把事情的来龙去脉细细讲给她听。

几个月过去了。卡珊德拉和密里涅一直是同食同寝,像情侣一样形影不离。卡珊德拉觉得,自己把阿利克西欧斯的事讲给母亲听,是在折磨她的良心,但她忍不住想和她一起享受这段宝贵的时光。她了解到了纳克索斯岛当下的困境,并在自己力所能及的方面都给出了建议。巴尔纳巴斯、希罗多德和船员们来到这个村庄,在这绿树成荫的人间仙境里住得十分惬意。巴尔纳巴斯甚至对当地的一位妇女——菲娜——产生了好感,让她在他的背上文身,给他的头发编辫子。莱萨和他最亲近的船员们每天都在海岸上捕鱼,他们在海边捕鲷鱼,然后在及膝深的浅滩上冲着帕里安的封锁船团做着下流的手势,一面还咆哮着,冲着敌船舞弄着他们的阳具。希罗多德全神贯注于他的作品中,他记录下了这座奇妙岛屿的动植物,记录了当地的民间故事,并画出了古老遗迹的草图。伊卡洛斯终日在林间翱翔,在茂密的丛林中大饱口福。阿斯帕西娅总算是恢复了精神,却也花了很多时间独处。卡珊德拉经常来看她,不过也只是为了确认她一切安好而已。她沉默寡言,但从不露出忧伤之色。她似乎总是在沉思,两眼明亮,心神也沉浸在某种深邃的冥思中。

有一天,卡珊德拉和密里涅又坐在阳台上,她们身上穿着柔软的亚麻长袍,俯视着绿树成荫的小山和闪闪发亮的海水,阳光照射在她们赤裸的腿上,凉棚遮住住了她们的脸庞。

两个人都久久不语,这样的沉默中充斥着幸福的气息,只可惜,这样温馨的气氛没有持续多久。

"我们必须找到他，把他救出来。"密里涅说。

卡珊德拉转向她的母亲。"不管阿利克西欧斯变成什么样，"她母亲继续说，"我们都必须设法把他救出来。"事实上，卡珊德拉知道这一刻终将来临，母女俩一直对这个话题避而不谈，然而逃避不是长久之计。她深深地吸了一口气，准备再次做回一名雇佣兵。

"但是……"密里涅凝视着海面，"可恶，我们现在没有办法离开这座岛。"卡珊德拉看向帕里安人的封锁圈，他们的船只就像一群鲨鱼，在周围静静地巡游。"我们进来的时候，并没有费什么力气。"

密里涅瞪大眼睛，说："卡珊德拉，他们把你放了进来，但是却没放任何人出去过。这就是我今天来这里的原因，希望我手下最好的水手们能证明，我的想法并不正确。"

卡珊德拉的视线紧跟着密里涅伸出的手，她指着一艘样貌光鲜的船只，它从石塔楼出发向船夫所指的方向驶去。这艘船的船体上印有黄色、橙色和深红色相间的火焰。"那就是塞壬之歌号。"卡珊德拉明白了，她在纳克索斯港看到的，就是这艘奇妙的船。船上站着的，是一群身穿棕色盔甲的纳克斯人。"你派了手下最强的船只去对付他们？"

"无论如何，我派出去的肯定是最强的船——我手下其他的舰队都已经被击败了。"

那船鼓起风帆，驶向了帕里安人的封锁圈。密里涅抓住阳台的边缘，观望着，指甲在石料上划出了声。那条船看准了时机，抓住了两艘船之间的缝隙，然后猛冲过去……然后，最近处的两艘帕里安三列桨船像是嗅到了血腥味的野兽，猛地掉转船头，齐齐地朝着塞壬之歌号冲来，一艘船把船尾撞了个对穿，另一艘向上面的船员们放箭。纳西安人的船绕着船尾打起了旋，海水也泛着泡往里灌。船员们和木料的碎片在海难的现场四散开来，而帕里安弓箭手们也轻松地将它们各个击破。远处的尖叫声渐渐弱了下去，海面上终于归于寂静。

密里涅一下子倒了下去。"又有五十名优秀的士兵丢掉了性命。这样的损失我是承受不起的。现在，岛上剩下的兵力，也不过一百名矛兵而已。"

卡珊德拉眼睁睁地看着帕里安人捆住一个试图反抗的纳西安人，她看见，那个穿白斗篷的人就在那艘载着弓手的船上，然后意识到他就是他们靠岸那天冲着她笑的家伙。他似乎在指挥他的船员，因为他们脱光了纳西安幸存者的衣服，然后用刀子砍他。那人尖叫着，苍白的身体上留下了一道道红色的印痕。然后，他们用绳子绑住他的脚踝，把他扔回了海里。封锁船继续默默地前行，那个被绳子绑着的人被拖到了弓手舰的后面，在水中留下了一条红色的尾迹。过了一会儿，鱼鳍便破开水面，鲨鱼把那人撕成了碎片，他的尖叫声随着鲨鱼的撕咬变得越发刺耳。

"船上的那个浑蛋——他是什么人？"卡珊德拉问道。

"帕洛斯的执政官。"密里涅冷冷地回答，"席拉诺斯。"

"席拉诺斯？"听到这个名字，卡珊德拉的脑子里嗡的一声，像被木桩撞过的钟。她想起盖亚之窟里那场可怖的集会，那个有同样名字的蒙面人的话在她的脑海中回响：我差点儿就抓住了那个母亲，我一定要盯着她。

密里涅点了点头。

"母亲，席拉诺斯是教会的成员。"她抓住密里涅的肩膀。"你不明白吗，这场封锁与大理石或金钱无关。是为了你，教会在追捕你。"她目不转睛地望着大海，气喘吁吁地说。"我们必须离开这座岛屿。"

"你刚刚看到了，最后一个尝试这么做的人是什么下场。"密里涅说。"我们唯一的希望就是埃涅阿斯,我的司令官。他提出了一种理论,认为封锁船团的行动模式中可能有漏洞。"

"那就叫他来。"卡珊德拉说。"几个月前,在你来到这里之前,他在海上失踪了。"

"他在哪里失踪的?"

"在一次侦察航行中,那次的目的是测试他关于封锁缺陷的理论。他的船驶向帕洛斯之声——就是岛屿之间的那处窄峡。"

"没有人发现船骸,或者他的尸体么?"

"什么都没有。"

卡珊德拉站起身来。"如果他是我们唯一的希望,那我们就必须找到他。"

"佣兵,我觉得我们这么干,实在是有点自跌身价啊。"巴尔纳巴斯划着船,一面抱怨着,他的脸和手臂上已经满是汗水,他的上衣后面也被汗水浸出了一个黑圈。

"如果你还有空抱怨,那你肯定没有尽全力。"卡珊德拉也气喘吁吁地划着另一只桨。她回头看了一眼划艇的航向。就像他们在岛上西南角的山上看到的那样,海边的盐沼外,有一艘船悬着帆,孤零零地停在那里。密里涅的一个手下证实,那就是埃涅阿斯的船。

当他们靠近时,四周环绕的碧绿海水便闪着异样的光芒翻涌起来。

卡珊德拉放下了手中的桨,她站起身,然后把手托在口边,冲着眼前的船只喊了起来。"司令官埃涅阿斯!"

船上没有任何声音,无人应答。

"把船划近点儿。"她催促巴尔纳巴斯。

"司令官!"卡珊德拉再次喊道。

只听一声尖啸,伊卡洛斯从天上俯冲下来,急速拍了几下翅膀,然后停在了船的护栏上。

它耸了耸肩,证实了卡珊德拉的怀疑:这是一艘被抛弃的船。她爬上了船,发现自己的猜想确实无误:船上没有打斗的痕迹,没有血迹,船上的东西都摆放得井井有条,木材上也没有擦伤的痕迹。这里只剩下一艘被遗忘的船只,静静地在纳西安海岸和帕里安封锁圈之间的水域中漂流。船上还有几袋谷物,一瓶瓶醋和油,一堆箭,一堆工具,所有的东西全都整齐地堆放在一起。

卡珊德拉回到了划艇上。"那么,埃涅阿斯为什么要把他的船带到这里来呢?母亲说他是个大胆的人。"卡珊德拉沉思着,扫视了一番纳西安的海岸,然后向海峡远端的帕里安岛上的悬崖望去。"也许他离敌岛太近了?"

"也许你是对的,佣兵。"巴尔纳巴斯说着,向前探着身子,望着那里的峭壁。"那边是不是有什么东西?"

她眯起眼睛,然后看到了对面岛上有金属的闪光,而且还在移动。是盔甲,还是武器?她把一只手环在耳朵旁边,然后听到了一个男人微弱的求救声。那人衣衫褴褛,一副绝望的样子。

"在我们待在纳克斯的时候,"巴尔纳巴斯阴沉地说道,"我听过一些令人毛骨悚然的故事,说的是关于帕里安人如何处死俘虏……"

埃涅阿斯咳嗽着,咳出一口灰尘,却只换来又一铲朝他那晒得起泡的脸上扑来的浮土。他扭动着那几个月来因营养不良而虚弱不堪的四肢,却没有得到任何回应——他已经被埋在地里,土已经埋到了他的脖子。"银币,我可以给你银币。"他哑声道。那两个帕里安人笑了起来,嘲笑他的愚蠢。死到临头居然还妄想用金钱换取自由。

"你死得越早,"一个人说,"纳克斯就亡得越快,然后我们就会抓住你们那婊子首领。席拉诺斯接下来就可以为所欲为啦……我们为什么要用这一切来换你这点小小的甜头呢？"

第二个人用铲子在埃涅阿斯的脖子上拍了几下，压实了那里的浮土。接着，他打开了一个瓶子，把里面的东西倒在埃涅阿斯的头上。当黏稠的蜂蜜粘在他的头发上，在他的脸上滚下厚厚的条纹时，埃涅阿斯战栗起来。

"嗯。"卫兵满意地嘟哝了一声。第二个卫兵随后走到附近一根坚硬的土柱前，踢了一脚。埃涅阿斯盯着柱子看了一会儿，然后看到从大群闪闪发光的黑蚂蚁从蚁冢里倾巢而出。它们着急又愤怒，在地上转来转去。两个卫兵跳到一块岩石上，咯咯地笑着，在那里看着蚂蚁涌向埃涅阿斯，他头上的蜂蜜散发出醉人的香气。他尖叫着，而且无法控制自己的声音，也无法闭上嘴，因为那些蚂蚁已经冲向他，爬上他的脸，他的嘴，他的耳朵，爬过他因恐惧而圆睁的眼球，他的鼻子，爬过他的头发。它们咬下的每一口都像火焰般滚烫。诸神啊，不，这样的死法也太可怕了……

啪！

突然，埃涅阿斯身上那狂暴的咬噬感消失了。一股醋味钻进了他的鼻腔，一只破碎的醋罐掠过他的视线，里面的液体赶走了蚂蚁，就像浪头把胆小的游泳者从浅滩上赶走一样。他眼见那个步履轻盈的女人大步走到他面前，对上了那两个卫兵。其中一人冲向她，却一头栽倒在地，下巴也被她那奇怪的长矛撕裂。第二个人被一记阴毒的攻击击中了头部侧面，然后晕倒了。

当密里涅走过菲尼克斯的花园时，她接受了纳西安村民们的崇敬之辞。夏日茉莉花、百里香和柠檬的香味与闷热的空气混在一处，她的人民一边聊天，一边享受她为这次盛宴提供的食物、水果和葡萄酒。在如此黑暗的时代中，她所能做的，就是分散他们的注意力，让他们忘掉这珍宝般的岛屿，实际上是席拉诺斯……是教会的监牢的事实。

"卡珊德拉说得没错。"阿斯帕西娅走到她身边小声说道。她是一个典型的雅典美人：光洁的牙齿随着微笑露出，让人移不开视线。"教会是为你而来的。你在这里多待一天，就多一天处于危险之中——你的人民也是如此。"

"我昨晚祈祷了。"密里涅说。"多年来我第一次祈祷，要众神显灵把我，还有卡珊德拉一道从这个地方带走。"

"不。"阿斯帕西娅低声说。"你还不明白吗？这样教会才好下手呢，因为这样一来，他们就不需要分散精力了。"她伸出一只胳膊挽住了密里涅，把她拉得更近了些——看上去就像两个老朋友沉浸在共同的美好回忆中。"你必须和我一起走。"

密里涅皱着眉头，说："我孤身一人过了二十三年，以为自己的女儿已经死了。我不能，也不会再和她分开。"喷泉周围传来了一阵阵杯盏交错的叮当声和悠扬的笑声，当她经过时，皮匠和他的家人举起了手中的酒杯向她致意。"执政官！"他们齐声赞道。密里涅心知，自己眼前都是一群乐观，忠实，善良的人。内疚之情在她心中留下了一道道痕迹。"离开这里只是个不切实际的想法。这些人需要我。我决不能抛弃他们。这些年来，他们一直是我的家人。"

有人倒吸了一口气，接着就是杯子掉落的声音，众人循声向别墅花园的小门望去。

密里涅和阿斯帕西娅也循声望去。只见两个身着棕甲的卫兵丢下长矛，分头上前，把脚步虚浮的三人扶了进来。密里涅挣开了阿斯帕西娅的胳膊，冲到他们跟前。

"出了什么事？怎么搞成这样的？"当卡珊德拉和巴尔纳巴斯把他放在一座阿波罗雕像旁边的大理石长凳上时，她哭了起来，双手捧着可怜的埃涅阿斯红肿的脸庞。

"我试过了……探索帕里安岛……悬崖……"他气喘吁吁地说着,这时有帮手过来,开始用湿布和药膏擦拭他已经发炎的伤口。"他们打我,不给我东西吃,折磨了我好几个月。今天我本就要死了——到时候,我头上的肉就会被蚂蚁啃个精光。她杀了一个折磨我的人,不过还有第二个……"

卡珊德拉把手放在大腿上,带着狡黠的神色向西边的岛屿和帕洛斯海峡望去。"蚂蚁如果没吃到东西,是不会走的。"

密里涅高兴地环住她的肩膀,感到无比自豪。但是卡珊德拉的眼里充满了不安。"女儿?"

卡珊德拉把她拉到一边,递给她一个卷轴。"我在其中一个卫兵身上发现了这个。"

密里涅皱起眉头,展开卷轴。当她看到那个奇怪的密码时,眼睛睁得大大的。上面写的根本不是希腊语。她的心头蒙上了一片乌云,她意识到她以前曾经见过这个。"教会的密码。"她说。"你是对的。"

卡珊德拉说:"这一点我从没有怀疑过。但是当我把第二个卫兵按倒在地的时候,我问他席拉诺斯是从谁那里接到这样的命令的。他说这卷轴来自其中一位国王。"

"我不明白你的意思。国王?哪个国王?"

卡珊德拉抬起眼睛,迎上了她的目光。"斯巴达双王的其中一个。"

密里涅的目光暗淡了下来。"之前,他们把元老们都掌握在自己的控制之下。现在,他们干脆掌控了其中一位国王。但是……是哪个国王呢?"

卡珊德拉心不在焉地摇摇头。"我几乎不记得阿希达穆斯国王的模样了。那天晚上之后,波萨尼亚斯王执掌政权——对我来说,这不过是个名字。警卫当然也是不明就里。我觉得,当蚂蚁啃食他的脑袋的时候,他也许会招供,但他说,所有的教众都不愿透露姓名。叛王在他们中间有个代号:'赤眼狮'。"

密里涅收起卷轴,两半破损的红色蜡封又合成一块。在那蜡质的盘面上,印有狮头的图案。"哪怕抛开我们在斯巴达遭遇的一切,我们也不能让这个该死的国王继续留在他的王位上。"密里涅牙关紧咬,浑身颤抖。然后,她把手举到空中,朝海岸的方向走去。"但是我们无法离开这座岛屿。"

"执政官。"埃涅阿斯说着,向他们走了过来。他的脸上已经被裹成了一片白。"卡珊德拉把情况都告诉我了。听我说,你不应该绝望,因为就在我被捕后,我对帕里安封锁模式漏洞的猜想得到了证实——确实有一条出路,不过机会很是渺茫,但如果我们把握得当的话……"

在场的皮匠,伐木工,卫兵还有牧人,以及他们的家人,都聚集在这里。密里涅的目光对上了众人的视线。最后,忧郁地笑了起来。"这不重要。我不会离开这个岛的。"

"密里涅?"阿斯帕西娅倒吸一口凉气。

"母亲?"卡珊德拉也问道,"空荡之地在召唤。你听不到吗?是时候回斯巴达了。"

密里涅挺直身子,扬起下巴。"我不会临阵脱逃,把我的人民丢在席拉诺斯的魔爪下。如果我们逃跑了,总有一天会被他发现的。到时候受苦的是这些民众啊。"

卡珊德拉瞥了一眼埃涅阿斯,又朝密里涅摇了摇头。"告诉她。"

"告诉我什么?"

埃涅阿斯勉强挤出一丝笑容。"还记得我用一支箭射中两只鹬鸟的事情吗,执政官大人?"

第十二章

席拉诺斯紧紧抓着船栏的边缘,高兴地睁大了眼睛。"诸神在上,他们都来了。"他兴奋地叫道。一艘从纳西岛海岸驶来的快船向他的船只疾驰而来。那艘船正是艾德莱斯提亚号——就是几个月前他们放进纳西安水域,上面载着德谟斯姐姐的那艘。他目不转睛地望着来船的甲板,确信他能再一次看到她——他也确实看到了,卡珊德拉正坐在栏杆上,手上握着一根缆绳。还有一个人,那人是……"她的母亲也在!"席拉诺斯见到了船上的人,倒吸了一口气。如果能把她们都抓起来,等到教会下一次聚会的时候,押着她们在众人面前现身——那该是怎样的壮举啊。

"他们正在加速,马上就要撞上了。"一名船员恐惧地说。

"等他们靠近。"席拉诺斯回答,同时也看到,艾德莱斯提亚号确实正朝他们的舷侧飞驰而来,那铜质的船角在阳光下散发出光芒。"然后向前后的友船发出信号,就这么放它过来,把这艘破船包围起来,撞个粉碎。"

"遵命，执政官。"船员应道。

"德谟斯的姐姐和母亲马上就要披枷带锁啦。"席拉诺斯兴奋地对着附近的一个船员说道。"至于其他幸存者，就拿绳子把他们和铅块捆在一起，扔进水里，绳子要长一些，好让他们在几乎能够到水面的地方扑腾一阵——这样他们就可以用手抓到空气，但是嘴巴却呼吸不到。啊，看着一个人淹死可是件美事。看他们溺死在希望的边缘，那就更妙了……对一个溺水的人来说，在接近死亡时心跳所花的时间，一定会让他觉得有一辈子那么长！"

在他身后，手下的水手和士兵们陷入一片混乱。"怎么了？"他转过身来，怒气冲冲地朝他们吼道。然而，在他们回答之前，他就看到了——前后的两艘船都到哪里去了？他的船后的水域已是空荡一片。船尾现在正在那处满是峭壁的岬角后面。而前方却什么也没有——领头的船已经驶过了那里多山的海岸线，不见了踪影。现在，他的船已经落了单。当他想到他的封锁船环时，信心就像是被浪头打垮的湿沙一样，崩溃了。接着，他的视线落在了纳西安海岸线的某处，才终于明白过来。

"盲区……"他哑声道。

接着，席拉诺斯抬头看去，只见纳西安人的船以惊人的速度斩开了波涛，像斧头一样劈开了旗舰的舷侧。他看到了那艘船上水手们包含怒意的目光，还有那个在阳光下容光焕发的老船长，德谟斯的姐姐坐在栏杆上，就那么直直地盯着他。哦……哦……哦哦！水手们狂热的号子打在他的耳鼓之上，号子的节奏越来越快。

海水奔涌咆哮，浪头上泡沫翻涌。

"准备迎击！"一个船员的吼声越过了浪涛声。

然而，这对于席拉诺斯而言已经没什么用了。艾德莱斯提亚号的冲角一头顶进了旗舰的木料之中，撞穿了甲板的栏杆。当甲板在他脚下裂开时，席拉诺斯哀号起来。当他一头扑到艾德莱斯提亚号的铜质冲角上之后，他的身体疯狂地战栗起来，他的腹部顶到了冲角锋利的边缘，身子瘫在了那里。突然间，席拉诺斯感到自己的身体失重了。不多时，他跳入冰冷的、咆哮着的海水中。在黑暗的海水和那暴风般的泡沫中，他踢着腿，想要浮出水面。奇怪的是，他的动作并没有起效。然后，他才注意到，有道道红烟从下面升起。他低头望去，看到那一堆破烂的皮肤和肠子像章鱼的爪子般游弋着——他的下半身已经消失了。片刻的困惑之后，他才发现了自己身体的另一半——那部分肉体就在不远处：它慢慢地向海床的方向漂去，上面的腿还在抽搐。海面上，是两艘船的巨大阴影，艾德莱斯提亚号向着开阔的海面驶去，船尾散落着帕洛斯旗舰的残骸。

席拉诺斯突然感觉到，有什么东西正猛拽着他的皮肤和肠子，于是他又往下看，只见一群鱼在那里，正撕扯咀嚼着它们血淋淋的新食物。一切麻木的感觉突然消失了，一阵炽烈而火辣的疼痛从他余下的半身中涌出。他意识到自己是对的：对于溺水的人来说，最后几次心跳的时间，确实就像一辈子那么长。

戴面具的人们沉默了一阵，默默地数着周围人群中的空位。暗室的门砰的一声打开了，另一个蒙面教众冲了进来。他急促的脚步声和耸动的肩膀表明情况不妙。

"她逃走了。那个该死的婊子又逃走了，那个母亲也是。"

"那席拉诺斯呢？"

"席拉诺斯的尸体现在就躺在海底呢！"

他们惊慌失措地低语起来，接着，一个人大吼出声，打断了他们。

"她现在正往哪里去?"

"龙潭虎穴——"信使说道,"斯巴达。"

众人的失意变成了一股蜂起的狂热。"那么我们应该通知那头赤眼狮子才是。"

艾德莱斯提亚号在秋日的寒风中破浪前行,劈开的波峰在海面上泛起了阵阵泡沫。莱萨用一根套腰索把自己悬在船头,正从木料中拔出席拉诺斯船只的残片,并凿掉了冲角前留下的那些晒干的残渣——留下它们的,是之前死在这块冲角下的敌人。

卡珊德拉和密里涅站在船尾的阴影之中。她感到了母亲的不安。"席拉诺斯死了,帕里安的包围圈将会崩溃。最主要的是,阿斯帕西娅又聪明又强大。她会尽忠职守,替你照顾纳西安人的。"

密里涅缓慢地点头,她回应的方式表明,自己并不想谈这件事。阿斯帕西娅是一名从克勒翁治下逃离雅典的难民,而她自愿接替了密里涅的位置,出任纳克斯的执政官。"卡珊德拉,我会一直为纳克斯人而担忧,但我现在想的并不是他们,而是即将出现在我们面前的东西。"她的目光在黑暗而又广阔的陆地轮廓上扫视着:那里是从拉科尼亚海岸伸出的三个岩岬中的第一个。"从地图上看,我们现在看到的是拉科尼亚。但我的心看到的,是一片亡灵横行的土地。"

卡珊德拉全身都在战栗。她突然想起,自己还有一件事没有和母亲说:尼科拉欧斯所说的真相。

"在我们着陆之前,有件事情我必须弄清楚。"她说。

密里涅整个人僵在了那里。

"我到底是谁?我以为是我父亲的那个人不过是我的监护人。"

密里涅的下唇颤抖着。她试着开口说话,却又抽泣起来。

卡珊德拉抓住了她,紧紧地抱着她,又吻了吻她的头。"我的问题问完了，但你现在不必回答我。等你觉得是时候了，再告诉我也不迟。"

密里涅点了点头，在卡珊德拉的怀里一动不动。

就在此时，一阵脚步声传来，给这一刻画上了句点。

"海岸线上戒备森严。"巴尔纳巴斯绕着船缘走来走去，寻找着最好的观察位置。"看到山上的塔楼和号火了吗？我们不能靠近它们中的任何一个，如果他们没向我们放箭，那也只是意味着那班红斗篷很快就会冲到我们跟前来——就像他们在迈加拉和那些雅典人打仗时那样。"

"你是说我们不能靠岸吗？"卡珊德拉问道。

巴尔纳巴斯眨了眨眼。"艾德莱斯提亚号没有什么做不得的事情。"

当天晚些时候，他们绕过了三个锯齿岬角中的第二个。一股狂风呼啸而起，把这片海域搅得如同一口盛满沸水的大锅。希罗多德在栏杆前待了一个下午，每一次，大浪冲向船头时，他都在祈祷众神庇佑。接着，他们来到一片黑色的峭壁前，它们闪闪发光，通体湿润，无比陡峭。上面的天空也是青红相间。岸边的浪潮冲向岩石，发出令人恐惧的声音，而激起的海水则带着泡沫，向高空飞去。这里没有斯巴达人的瞭望塔——倒也可以理解，因为一般来说，是不会有船想在这里靠岸的。然而在这里，巴尔纳巴斯下令向"岸边"靠拢。

"你是要我们在这个黑暗国度里最阴暗的地方靠岸吗？"卡珊德拉在呼啸的狂风中喊道。

船员们尽力操控船桨，而莱萨正掌着变向用的短桨，巴尔纳巴斯拉着缆绳，听到她的话，笑了起来。"别着急——你就瞧好吧。"

艾德莱斯提亚号向那堵黑墙的方向驶去。希罗多德哀号起来，声音相当尖利。卡珊德拉和密里涅都退到甲板上，担心自己会在悬崖上被撕成碎片……直到那堵黑色的岩壁好似突然开始崩塌。

呼啸的狂风突然停息，艾德莱斯提亚号没了风力，就那么晃荡着，松开的缆绳也软了下来，本来摇晃不已的船身沉入了平静的水流中。这时，他才看到：那黑墙上有一道若有似无的裂缝，只比船身稍微宽了一点。前方是一处椭圆形的入口，宽幅不过一箭，而四周环绕的，便是黑色的高地。

"没几个人知道这处海湾的存在。"巴尔纳巴斯说，他的目光黯淡下去，低语道。他抬头望着上面风云翻卷的天空，举起双手，慢慢地把它们分开，一脸崇敬的神情。"我喜欢叫它'神之眼'。"

卡珊德拉、密里涅和希罗多德都打量起这个地方。

莱萨漫不经心地走过去，卷起一根松垮的缆绳。"我叫它克罗诺斯的腚眼儿。"

巴尔纳巴斯气喘吁吁，叫他的船员准备靠岸。他们在一条长长的黑色岩石上下了船，这里是一处天然的码头。当夜幕降临时，他们在一处凸岩下生起火来，大风在高处肆虐，海水在海湾入口处拍打着，水声哗然，连续不断。

卡珊德拉嚼着一大块面包，时不时把面包在一个盛着纳西安蜂蜜的罐子里蘸上一下。巴尔纳巴斯和希罗多德醉心于辩论，而她无意间听到了其中的一些内容。

"假货！"希罗多德嘲笑道。

巴尔纳巴斯觉得自己受到了侮辱，气喘吁吁地回应道："这才不是假货！看！"他把徽章举到火堆前，把它从脖子上解了下来，一把塞到希罗多德的鼻子底下。"这可是毕达哥拉斯真正智慧的残片！"

卡珊德拉现在正在认真地听他们讲话，一面又回忆起她在塞莫皮拉的狮子像旁与希罗多德的对话，以及关于这个亡佚的传说和毕达哥拉斯失却的知识。

"你是在纳克斯弄到它的?"希罗多德问道。

"嗯啊。"

"那个贩子收了你多少钱?如果要买别人的单纯之心的话,他们都打算开什么价啊?"

巴尔纳巴斯向后仰着身子,虔诚地低声回应。"我没花钱啊,"他说,"是菲娜给我的。"

"啊,你在纳西安岛上的情人。"希罗多德笑道。"嗯啊。这是我们短暂爱情的象征。这玩意儿以前是她丈夫梅利顿的东西,后来他失踪了。"

卡珊德拉的耳朵竖了起来,这个名字勾起了她在塞莫皮拉时的回忆:某个夏天,我遇到了一个四处漂泊的人。一个名叫梅利顿的矮个子,圆滚滚的小人儿,他每天都窝在一艘小船的桶子里,跟着船在爱琴海上……他年轻时曾在锡拉岛的海岸上遭了海难……

希罗多德坐直身子,皱着眉头,他把那块东西抓在手里,仔细地看了看。卡珊德拉现在瞥见了这枚徽章:那是一块黑色的岩石碎片,上面刻有一个奇怪的符号。希罗多德停下了手头的研究,抬起头与卡珊德拉四目相对。从他的目光中,卡珊德拉读到了千百个疑问,而在她的心头,同样冒出了千百个疑问。

"我们要在这儿待多久?"一个船员的问题打破了僵局。

卡珊德拉转向那个人,尽她所能回忆这里和她的家乡之间的地势差异。小时候,她曾与尼科拉欧斯一起从*斯巴达*来到海岸地带,学习如何在波涛汹涌的大海中游泳。那次旅行,虽然只花了一天左右的时间,但是于她来说,是非同寻常的。

"我们明天出发,不过我和我的母亲会单独行动。"

希罗多德、巴尔纳巴斯和其他船员抬起头来，一副不解的样子。

"至少让我们其中的一部分人护送你们吧。"巴尔纳巴斯恳求道。

"不，必须是母亲和我，不能有别人。我们可能会离开一阵子。"他们已经习惯了她的做派，知道坚持是没有意义的。

"那么，你走的时候，我们必须把船藏起来。"巴尔纳巴斯应着，向上望去。"虽然这个海湾很隐蔽，但斯巴达人还是会不时派步兵沿着峭壁巡逻。如果他们往下看，然后看到了一条船，那他们就会把我们都宰了。"

"那么，你要怎么藏起一条这样的大船呢？"希罗多德笑着问。

巴尔纳巴斯扬了扬眉毛，然后朝莱萨点点头。舵手和另两个人便站起来，开始了自己的工作。他们放下桅杆，把所有松开的固定装置系了起来。接着，一名男子将一根铁桩放在船上，莱萨拿起一把大锤子，把它系在铁桩的末端。木材发出声巨响，声音传遍了整个海湾。随着噪声逐渐减弱，一阵急促的咕嘟声传入了他们的耳鼓。

"诸神哪！"希罗多德倒吸一口凉气，看着艾德莱斯提亚号平静地滑到了水面下，面包从他嘴里掉了下来，除了船栏外，一切都被淹没了。和莱萨一起的两个人轮流带着绳子潜入海湾之中。渐渐地，船只完全淡出了人们的视野，沉入了漆黑的水中。

"他们把岩石绑在了船上，这样一来船就会被拖拽到海湾的底部。她的木质部分会留在那里。没有人会从上面看到她。只要我们远离他人的视线，没有人知道我们在这里。当我们再次需要她的时候，只要切断绳子，封好船身就行。"

希罗多德已经拿出了他的蜡版，飞快地刻画起来，想要记录下这种奇特而有趣的方式。莱萨和他的两个同伴回到炉边，坐下来用毛巾把自己擦干。接着，他们打开了一瓶葡萄酒，很快，船员们聊起了过去荒诞的历险故事，脸颊也变得温暖红润。

卡珊德拉用一只胳膊搂着密里涅，两人坐在那里，在自己那群衣着褴褛的手下面前喝着酒。一股寒风钻进海湾，抚上她的脖子，于是卡珊德拉抬头仰望，只见岩石间露出了一环黑暗的夜空，狂风刮过，云朵从上面滚滚而过，她就看着这样的光景，想着未来的日子。

他们从一家梅森尼亚马厩买了两匹红色的阉马，当他提出疑问时，她们直接多加了一倍的钱，堵住了他的嘴。天上阴云一扫而空，现在已是晴天，她们就在那碧蓝无瑕的冬日天空下，用毛毯裹住自己，将清冽的空气和凛冽的东风挡在外面，在遍地岩石的山上行进着。

过了一段时间，山丘从她们的视野中淡去，她们看到了前方巨大的裂谷：空旷之地——被东部帕农山脉环绕的一片平坦的长形地带……忒格托斯山脉在它的西面。卡珊德拉感觉到自己突然烦躁起来，像是患了什么疾病。她凝视着忒格托斯隐约现出的高地，听到了那个悲惨的夜晚的尖叫声和诅咒。伊卡洛斯，在高耸的天空中发出一声尖叫，一切似乎都指向了远处的山峰。直到密里涅把手放在她的大腿上，那些可怕的记忆才从她脑中散去。

卡珊德拉的目光落在山脊之间的平原上，山脊上有许多小河和无数的支流，而这些水流最终都会汇入欧罗塔斯河，在那里汇成一条银色的动脉。在茂密的森林和摇摇欲倾的小麦织成的绿金色帐幕里，遍布着木屋和砖房构成的小小村落。五个最大的聚落簇拥在中心平原的周围，而这片土地的名物——蓝纹大理石——正闪耀着光芒。

斯巴达，她喃喃道。

卡珊德拉和密里涅度过了一段美好的骑行时光，然而她们俩都感觉到，自己的腹部都绷紧了。毕竟，她们离自己的故居——自己的过去，越来越近了。近乡情怯，谁都难免会有些踌躇。午后时分，她们进入了欧罗塔斯森林，来到了橄榄树和橡树的树冠连绵而成的阴凉华盖之下。金色的树枝在她们周围沙沙作响，窃窃低语着，风儿将她们归来的消息传向四处。飘落的树叶随着她们身后的轻风沙沙作响，打着旋儿落下来。前方的每一处荫凉后似乎都藏着窥探的视线。然而等到她们走上前去，却发现那里空荡一片，没有人，也没有动物。

直到她们听到一匹狼低沉而令人恐惧的号叫，还有孩子们惊慌失措的尖叫。

卡珊德拉一只手拦在密里涅的胸前，两人停在那里。她的目光变得像刀一样锐利，透过前面阴暗的森林看过去。有动静，孩子，三个年轻人，都剃着光头，他们裸着上身，披着肮脏的红色斗篷。他们又是跳又是滚，勉强避开了最大的那匹灰狼向他们咬来的大口。显然，他们不是那野兽的对手。那狼猛地甩了甩头，把其中两个人打飞到一旁，然后朝第三个人猛扑过去，直接扼住了他的喉咙。

卡珊德拉只觉得自己的行动不受控制，从马鞍上滑了下来，她也听见了密里涅叫她住手的声音。"卡珊德拉，你在干什么？我们在斯巴达，这里可是进行斯巴达式教育的校场。"但她还是冲了过去，走到空地的边缘才停下来。那匹狼像摆弄玩具一样拨弄着爪下的男孩。他的脸色灰暗，与卡珊德拉四目相对……

她冲进空地，舞着列奥尼达斯之矛，一头扎向那匹狼的身侧。那受了伤的畜生吓得叫了起来，把爪下的男孩扔在那里，转身跑开了。她单膝跪下，抱着那马上就会死去的孩子——他的脖子显然已经断掉了。

"母亲？"那男孩哑声问道，瞳孔也扩大了几分。

"我不是你的母亲。"卡珊德拉平静地说。

"告诉她……她应该为我骄傲。我直面那匹狼。我一点也没有害怕。"

卡珊德拉明白——男孩的意思,她再明白不过了。

"我好冷啊。"男孩呜咽着说。

她提起自己斗篷的一角,裹在了他身上。那孩子急促地吐出了自己的最后几口气,接着,他的眼睛失去了光芒。于是卡珊德拉把他放了下来。

就在这时,传来了一个新的声音。"你在这儿干什么呢,陌生人?"

她转过身去,只见那里站着一个穿红斗篷的成年斯巴达人,他蓄着胡须,头发扎成了一绳,一股一股的。他的目光就像铜棍一般刚硬。

"我路过这里。看见孩子们遇到了麻烦,想要帮忙而已。"

"她撒谎!"另外两个男孩中的一个兴高采烈地尖叫着,"她分明就是要杀死那只狼,抢夺这分荣耀。"

"你干扰了斯巴达人的训练,然后撒了谎?"那个成年的斯巴达人怒斥道,"这分荣耀应该是属于这死去的男孩的。"他低声招呼那两个幸存下来的孩子过去。其中一个收拾起了尸体,一面还和另一个孩子齐声咕哝着:"永远不要让自己的同伴曝尸野外。"

男孩们拖着脚从那个人身边走了过去,分别之前,这人给卡珊德拉下了通牒。"从哪儿来的,你就给我回哪儿去——不然你很快就会明白,斯巴达人的无情……"

她穿过树林,回到了密里涅身边。密里涅愤怒地瞪着她,在这目光之下,卡珊德拉觉得自己仿佛又成了个七岁的孩子。"你不应该插手的。这些森林是用来锻炼这些孩子,使他们变成合格的斯巴达男人的地方,你应该明白的。"

"如果这些孩子最后喂了狼,那对斯巴达又有什么好处?"她厉声回道。

"如果弱到连一匹狼都杀不掉,那他们对斯巴达才是真的没用呢!"密里涅愤怒地尖声回应。

她们在尴尬的沉默中又骑行了一个小时。最后,密里涅终于开口。"就是这里了。"她的叹息中带着歉意。"空气、气味、颜色,一切的一切。当初这里还是我的家园的时候,我感受到了被压迫的感觉,那些作为斯巴达人必须遵守的铁律压迫着我。"

"不过你说得没错,我不应该想着去救那个孩子的。"卡珊德拉反驳道。

"为什么?你是什么?"密里涅发出了一声疲倦的叹息。"你是斯巴达人、希腊人,还是流浪者呢?"

"现在的我?不过是个无家之人而已。"卡珊德拉接过话头,迎上了密里涅的目光。"我的体内流着斯巴达的血,这是我永远无法改变的。但我身体的其余部分呢?如果我去否定自己的爱、同情和悲伤,那我又是谁呢?"

密里涅勉强挤出一个悲伤的微笑。"我们俩思考的方式相近,我们都是背井离乡的斯巴达人,"她顿了顿,继续说道,"然后以截然不同的面貌,又回到了这里。"

两人继续前进。走得越远,深林植被越稀薄。皮塔纳——斯巴达的五个主要聚落之一,出现在她们的眼前。这里同时是卡珊德拉的出生地。就像所有斯巴达城镇一样,它没有围墙。斯巴达人便是斯巴达的城墙,他们的矛尖所在,便是这个国度的边疆。尼科拉欧斯的这句老话又浮上她的心头。

她们从树林里走出来,走上了一条两边有旗帜装饰的宽阔道路,旁边是白墙红瓦的房屋和工房。木料燃烧的烟雾升腾而起,香味与斯巴达黑肉汤的铜臭味混在一处,铁匠锤的叮叮声与村庄中心的一座小神庙里飘来的神官低沉的吟唱相遇，似乎是在为这吟唱打着节拍。卡珊德拉辨认出了眼前的一切：她经常玩耍的井边的熏肉架，门上带着铜条的军械库，还有那个门廊上面带着一尊飞马雕像的酒馆，一切几乎都还是过去的模样。

她们继续骑行，直直盯着前方，将所有的情绪还有内心的记忆和情感统统掩藏起来。黑劳士奴隶们四处往来穿梭，他们弯着腰，身上背着货物，带着标示他们卑下地位的狗皮帽。而披着红色斗篷的斯巴达人坐在长长的低矮营房附近，在那里打磨着他们的长矛。他们之中的每一个人都随身携带武器。

一位妇女坐在她家的门廊上，在那里磨着谷物，她披着一条从脖子到脚踝的黑色披肩……除了一侧从脚下一路开到大腿的狭缝之外，这人通身都被罩在了里面。一个男孩——看长相是她的儿子——悄悄地走到她身后，他伸出手去，从她身边的桌子上掏出一小袋面粉。当他慢慢地走开时，脸上绽出了笑容，他的母亲立刻站起来，转过身，手磨、谷物还有麦粒顿时四散飞溅，母亲抓住他的喉咙，把自己的儿子举起来，反手朝他的脸打去。卡珊德拉听到了那孩子鼻子被打破的声音，那母亲接着把男孩摔在了地上。"你这个笨手笨脚的傻瓜！你这个呆子！连一袋面粉都偷不走。你永远都无法得到足够的力量和技艺！"

在这个孩子挨骂时，另一个男孩——卡珊德拉发觉，那是他的弟弟——偷了两个散落的面粉袋，然后逃开，不见了踪影。几个看热闹的斯巴达人在那里鼓掌拍腿，笑着发出了赞许的低语。

两人走到了一个岔路口。右边便是斯巴达的大理石工业的中心——坐落在一处低矮山丘上的没有围墙的要塞，五个全斯巴达最古老的聚落就簇拥在那里，那里也是国王们居住的地方……那个叛徒——"赤眼狮子"也在那里。但这两个人的目光却都转向左边，看向了皮塔纳郊外，她们被遗忘的破落故居就在那里。两人一声不响，引着她们的马向那条路走去，她们在铁门前停了下来，很久以前，这道门就被铁链锁住了。卡珊德拉记得，那本来应该是个再平常不过的夜晚：自己与父亲、母亲还有阿利克西欧斯就围坐在这座房子里的火炉旁。伊卡洛斯虽然从来没有在这所房子居住过，但它似乎感觉到了卡珊德拉的悲伤，它哀号一声，越过大门，向房屋的门口飞去。

"按照法律规定，这里也应该是我们的财产，"密里涅说，"一旦我们为斯巴达消灭了那个披着国王皮囊的蛀虫，这里就会回到我们的名下。"

"这个庄园现在已经归史坦托尔了。"他们身后的一个声音说。

卡珊德拉转过身去，看到了一位高大魁梧的斯巴达人。那一瞬间，她在思考，自己是不是该进入备战状态。然后，她看到了那一头光亮的齐颈黑发衬托下的沉思的表情。

"布拉西达斯？"她低声问道。

密里涅把一只手挡在卡珊德拉胸前，打算朝他走过去。

"不，母亲，布拉西达斯是自己人。他帮我干掉了掮客。"

布拉西达斯的眉头皱了起来。"嗯，我觉得还是说'你帮我杀了他'会好一些——嗯，管他呢。"他朝着这处久无人迹的庄园点了点头。"国家为史坦托尔留下了这个庄园。他一直在外打仗，自从'狼'失踪以后，这里就一直无人照管，直到今天。"

密里涅和卡珊德拉努力压下想打退堂鼓的心思，也没有对视。

"不过啊，我知道你们俩是什么人。我明白，这里是史坦托尔的财产，但也是你们的。问题是，你需要取信的人并不是我。"他朝着低矮的大理石城塞瞥了一眼。

"总之，我们是来觐见国王的。"卡珊德拉说道。

布拉西达斯思考了好一会儿,想要搞清她到底是什么意思,随后鞠了一躬。"那么,也许我可以做你们的引见人。毕竟,时过境迁,你们离开斯巴达也有些年头了……"

斯巴达城的城塞区域与雅典卫城完全不同。这里的土丘不过一层楼高,山坡也十分平缓,上面铺好了路,其他部分种满了青草和柏树。他们经过一处开放的体育馆,浑身赤裸的男人们在跑道上赛跑。女人们站在一旁,咒骂着落到最后的人,还在他们经过的时候冲他们吐口水。当一个人跟跄着摔倒在地之后,一个女人咒骂起来,掀翻了木质的屏障,撕开了她的长袍,然后猛地疾冲下来。当她追上了那些男人时,她的脸皱成了一团,被追上的人满脸羞愧,想要跑得再快些。围观的人愉悦地呼喊,为那个下场参赛的女跑者加油助威,她保持着现下的节奏,向着领先者发起了冲击。而在另一边,男人们正站在那,让黑劳士给他们的身体涂油,而两个身上闪闪发亮的人已经摔起跤来,扭打成团。他们经过一家剧院,灰白的石阶上到处都是斯巴达人,他们欢呼着,在那里击拳拍掌,为一名表演卡德莫斯传奇的演员喝彩。这名男子在场上闪展腾挪,在三个穿着花哨行头、扮作底比斯巨龙的黑劳士旁显耀着自己的卓绝武艺。而从另一个方向的小丘上,传来了一只绵羊痛苦的呻吟,在那里,一只羊在美神维纳斯的祭坛上咽下了最后一口气,然后一位满身鲜血的神官便将这小兽闪亮的心脏举向天空,一面还吟诵着古老的祷文。

当他们来到中央山丘的底部,有两名剃了光头的年轻男子从她们身边经过,他们用脏兮兮的棍子抽打着一个黑劳士,那人已经倒在了地上,一副惨相。卡珊德拉感到自己的胃部一阵痉挛。她意识到,这两个人都是受炼内卫:他们都是在试练中坚持下来的人,这些人不允许留头发或者胡须,而且被授权去恐吓奴隶和下层阶级,好让他们永远处于恐惧之中。

"敢不敢正眼看我啊,你这条狗?"其中一人冲着黑劳士几乎被打烂的脸大吼起来。其他黑劳士就站在附近,在那里低着头,什么也没有做。当被殴打的奴隶失去知觉时,施暴者大步走向旁边的一个黑劳士,理所当然地伸出一只手,却都没有正眼看他。那奴隶毫不犹豫地递给他一条毛巾,于是,斯巴达人擦了擦他的手,然后把毛巾扔到了黑劳士的脚边。虽说卡珊德拉在这里经受的各种可怕事情都是教会一手策划的,但斯巴达本身也是一头残忍而无情的野兽,它的牙爪上也都已经浸透了鲜红的颜色,这一点是从未改变的。

两人登上土丘的时候经过了一处用石方筑成的古老祭坛。卡珊德拉几乎无视了它的存在,直到她感觉到列奥尼达斯之矛传来的低语,并且她的眼前又出现了温泉关的幻象。当她看着那座古墓时,一股激动之情油然而生,她无声地念出了门楣上刻下的那个传奇的名字:列奥尼达斯。

"他一直与我们同行。"密里涅鼓励着她。"他的血脉是优良、真实、刚强的存在。"

两人把坟墓抛在了身后,接着便看到了山顶:中心是一处长方形的皇家厅堂,顶部被赤瓦覆盖,用浅蓝色的多里克柱作为支撑。高高的门口立着战神宙斯的雕像,凝视着逐渐靠近的两人。宽阔的大门外响起了一阵低沉嘈杂的声音。两个卫兵站在门口。他们通身都是装饰性——或者说,尽斯巴达装饰之能事——的仪仗盔甲。戴着高度抛光的科林西亚风格头盔和塑了形的皮革胸铠,肩上挂着铜质的甲板和鲜红的斗篷。两个人都手握工艺精良的长矛——矛头的形制与列奥尼达斯的长矛无异——并且他们拿的不是绘有斯巴达三角的盾牌,而是朴素的黑盾。这群人就是所谓斯巴达近卫兵。她记得——这几百名士兵都是被严格挑选出来的皇家卫队,而这些人是不会为一般人让路的。卡珊德拉看到,这些士兵锐利的目光正从他们的头盔的窥孔中向她们射来,当两人走近时,她们注意到卫兵的身体微微动了动,做好了盘问来人的准备。

布拉西达斯走到他们面前,伸出一只手向他们敬礼。"向您致敬。我带了自己的朋友来,她们想要觐见国王,向国王询问信息。"

"布拉西达斯将军!"他们抬起手来,齐声回礼,也没有多问,痛快地让出了一条路来。

"将军?"门打开时,卡珊德拉低声问道,"你现在执掌着斯巴达五圣军中的一支?"

"这世上的忙人可不止你一个啊,佣兵。"他回答道,嘴唇扬起了一个毫不做作的弧度。

门打开了,那本来低抑的斗争之声像巨龙的咆哮一样扑面而来。

数以百计的人们互相诘问着,推搡着,朝空中挥着拳,唾沫横飞。中间有两人打成了一团,两人手中都拿着长矛,身子在地面上翻滚。他们走进去的时候,卡珊德拉以为自己被带到了一家凯法利尼亚岛上的酒馆里。但后来,她把地上的那两个人看了个真切:其中一个比较年轻,相貌比较和善,而另一个人就是比较年长的老人了。那人满头白发,双眼布满血丝、目光中怒意蒸腾……难不成是阿希达穆斯王?!

就在这时,两人分了开来,阿希达穆斯跳起来,将长矛挥过头顶,熟练地把枪尖送到了那尚未起身的年轻人的喉咙前。"你服不服啊,波萨尼亚斯?"他咬牙切齿地咆哮着。

波萨尼亚斯的胸口上下起伏,同样一副恶狠狠的神情,咆哮着,像一只愤怒的獒犬,然后嘲弄地挥了挥手。"嗯。"

阿希达穆斯放下了矛,人群欢呼起来,而两位国王也都换了一副表情。阿希达穆斯高兴地笑出了声,波萨尼亚斯拉住他伸出的手,站了起来,在那里咧嘴笑着。"阿希达穆斯的提议通过了。"他接着说道。"我们会派一批迈锡尼兵去支援波耶提亚的战事。"

卡珊德拉眨了眨眼睛,以确定她自己所见非虚——她小时候从未踏足过这里,但她听到过不少传闻。她甚至在伯里克利的大议会上听到一个醉酒的雅典人在嘲笑斯巴达人原始的投票手段。那头老山羊嘲笑他们说,谁得到的喝彩最响亮,他们就同意谁的提案。他要是看到了当下的情形就会明白:他们根本不在乎什么喝彩,谁能把别人打趴下,谁的提案就能通过,就这么简单。

这时,兴奋的观众们就像从岸头退回的海潮一般散去,各自在大厅里的一排排长凳上坐了下来。卡珊德拉看到了其中最大的群体:元老议会——由二十八个已然驼背秃顶的老人组成,不过,据说他们都是富有智慧的贤者。当两位国王在大厅另一头他们专属的王座上落座时,众元老把他们的拐杖在地上叩了一叩,以表达对国王的敬意。她还认出了一小群人:那五个人穿着灰色的长袍,站在王座后的基石上,他们没有做出任何敬拜的姿态。这些人便是监察元老。卡珊德拉注视着他们,一时间心如铁石。她想起了那个生得活像秃鹫的长老——当年就是他把阿利克西欧斯扔下了山崖,当然,最后他也跟着跌了下去……不过,当她看到五张三四十岁的男人的脸时,她的恨意算是平抚了些许。这五人中并没有人参与那晚的事。而且,恶人也不是监察元老团——而是教会,她提醒自己,恶人始终都是教会,他们无孔不入,不论怎样坚固的壁垒,只要有些许的破绽,他们就会渗透其中。是的,监察元老们没有理由去敬拜国王,不过他们存在的目的,本就是为了对统治者进行约束。斯巴达就是一条双头狗,不过牵着它链子的主人，可有五个脑袋呢！

"布拉西达斯，"波萨尼亚斯伸出双臂问候他，一面沉声问道，"你今天给我们带来了什么？"

布拉西达斯领着卡珊德拉和密里涅来到了王座低矮的基座之下。当他开始介绍她们时，卡珊德拉注意到，波萨尼亚斯的态度一直都很热情，但阿希达穆斯却直接回到了他的王座上，他的头发垂到了肩上，脸上浮现出一种怀疑和鄙视的神情来，那对布满血丝的眼睛在卡珊德拉和密里涅身上来回打量，就像一个屠夫在审视一块肉。

"……她们是来申请领回荒弃的祖传地产的。"

"她们是什么人？"波萨尼亚斯饶有兴趣地问道，"她们继承的是谁人的血脉，要申领的是哪处地产？"

就在这时，阿希达穆斯那双布满血丝的眼中精光一闪，他终于认出了密里涅。"你——"他咆哮着站起来，王座的腿在石头上摩擦着。接着，他的目光转向了卡珊德拉，他看出了两人的相似之处。所有的事情正像拼图一样，连在一起。"还有你！"

他咆哮着，抓起他的长矛，朝她们冲了过来。波萨尼亚斯斯迅速做出了反应，阻止了他的行动。

"不管是我还是主神宙斯，都会将你们刺死。"阿希达穆斯咆哮道。

"我有点搞不明白状况——你为何如此激愤呢？"波萨尼亚斯抱怨道。

"因为他们是列奥尼达斯的后代……那个耻辱的血统。"

波萨尼亚斯的脸色瞬间变得苍白。他盯着卡珊德拉和密里涅。"你指的是那许多年前，在忒格托斯山上发生的灾难么？"

卡珊德拉一言不发。她眼中泛起的泪水已经足够作为回答了。

"而她们居然还有胆回到这里，"阿希达穆斯接过了话头，"我以为你们俩都已经死了，要是事情真的成了那样才好呢。"

波萨尼亚斯来到了一副恶相的国王和两个女人中间。"然而，这两人现在却恭顺地出现在我们面前。布拉西达斯是她们的保人，对吧？"

布拉西达斯点了点头。

"卡珊德拉在这几年的战争中凭着自己的意志为斯巴达立下了不少功勋。她帮我把科林西亚从占领那座城市的强盗手中解救了出来。"

波萨尼亚斯转向了阿希达穆斯。"而且她们是我们最著名的先王的后裔。也许我们不应该这么快下决定……你说对吗？"

波萨尼亚斯与年长的国王进行了进一步的辩论，他态度谨慎，礼数也十分周到。不多时，虽然阿希达穆斯的视线还在死死地锁在卡珊德拉和密里涅的肩膀上。但是，这位上了年纪的君主终于向后退了一步，又一次回到了王座上。

"如果你想要回你的财产，"他咕哝道，"那就为我做些事情，好洗刷过去的耻辱，同时向我证明你的价值。"

卡珊德拉就那么等在那里，看着阿希达穆斯眼中的火焰升腾而起，他展开笑容，露出口中泛黄的牙齿。

"等到明年春天的时候，我要你向北进发，去支援波耶提亚的战事，以此维护斯巴达的领土。"

旁观的元老们倒吸了一口凉气——这无疑表明了这项任务的难度。

波萨尼亚斯把协约书的银缕抓在手中。"这样的交易还挺公平的，嗯？还有啊，你在这里过冬，等待春天的时候，我会安排居所给你。"他拍了拍手。一个黑劳士拿着蜡板向他匆匆走去。他低声对奴隶说了几句，奴隶把他的话刻在了上面，然后波萨尼亚斯把戒指戳进了蜡里，为契约下了印证。

印戒！那一瞬间，卡珊德拉的呼吸停止了，当她和密里涅盯着戒指的时候，她的感觉越发敏锐起来。那戒指上面有一个标志……一弯新月。不是狮子印吗？她心想。那么叛徒一定是……

她的目光转向阿希达穆斯，阿希达穆斯继续瞪着她，双眼被头巾遮着。卡珊德拉低头看向他那双布满老茧的手，那双手交叉着，将印戒拢在了里面。

"那个地方不大，但我想，你应该会住得很舒服。"波萨尼亚斯继续说着，把那块蜡板封了起来。"在这几个天寒地冻的月份，你也可以去帮我们的冠军忒斯提克勒斯为即将到来的奥运会做准备。他需要尽可能多的人作为陪练。"

"那么，列奥尼达斯的后裔啊，"阿希达穆斯笑着说，"你接受我的任务么？"他张开双手，卡珊德拉目不转睛地看着他手上的另一枚显露出来的印戒，心中怦怦直跳……然后她看到了上面的纹案……一只翱翔的鹰。什么？怎么会呢？

"有什么不对劲的吗？"阿希达穆斯笑了起来。

卡珊德拉一生中从未如此笃定过任何事情。但在这里，现在，她心中十分确信，阿希达穆斯就是背叛了斯巴达的国王——而把她派去波耶提亚，只为了让她去送死而已。如果他在那里设下了陷阱，那倒也正好，他与教会的瓜葛也许会在那里暴露在光天化日之下。

她感觉到了元老们，监察元老们和近卫兵们的视线集中在她的身上，等待着她做出回答。

"我会照办的。"

第十三章

"给我回来!"忒斯提克勒斯吼道,"给我涂油!"

卡珊德拉拿起斗篷,然后向上一扬,裹住了自己赤裸的身体。"你还是自己涂吧。你喝醉了……而且状态也很糟。"她迈着步子从体育馆中离开,那任性的冠军在尘土中打着滚,这是两人的第三次摔跤对练。忒斯提克勒斯就是个白痴,但卡珊德拉对他还是有好感的——可能是因为他是个很不斯巴达的斯巴达人吧,他喜欢的东西是幽默,恶作剧……还有酒。

这是一个漫长的冬天,无数雄壮的斯巴达诗歌、游艺、赛会,还有各种技艺装点了许多醉意蒸腾的夜晚。她甚至说服波萨尼亚斯允许巴尔纳巴斯、希罗多德和船员们从他们下锚的阴森海湾来到这里,现在,他们都成了年轻国王的客人。城塞的厅堂上还留着一层薄薄的霜,然而,第一茬雪花莲已经在神庙周遭的草地上抽了芽,鸟儿也开始在柏树上歌唱起来。春天马上就要到来。明天,她就将启程前往北方——重新做回一个雇佣兵——然后去往遥远的波耶提亚，去扭转战局。在这个冬天里，卡珊德拉只搞清了一件事，那就是过去斯巴达人和雅典人的军队是如何在这片土地上安营扎寨，就这样过了许多年。她感觉，自己应承了阿希达穆斯的要求，实在是蠢得可以。不过，卡珊德拉也有花了一冬天的时间都没找到的东西——那就是能揭露老国王恶行的证据。她是一条潜藏在这国家中的蛇——毫无疑问。然而，她不能指控他，也不能直接和他刀兵相向，除非她有证据证明，这老王确实就是科斯莫斯教会的一员。

她经过了自家那依旧深锁的庄园，然后在波萨尼亚斯给他们的那栋两间房的小房子前停了下来。她洗过澡，坐在门廊里，喝了一大口浆果汁。她的目光从皮塔纳——列奥尼达斯的石冢上扫过。卡珊德拉意识到，已经快到中午了。于是，她疲倦地叹了口气，站起身来，走了过去。

"母亲，你为什么要叫我来这里？"她心不在焉地叹了口气，不知道为什么密里涅要她中午来列奥尼达斯家见面。布拉西达斯和密里涅也将于明天离开斯巴达。他们计划在春天和夏天出发，去往邻近的阿卡迪亚，母亲发现的证据表明，拉戈斯，也就是阿卡迪亚的执政官，也是教会的一员。如果这个猜想得到证实，那么他"一定"背叛了斯巴达的王权。

她走进那古老的墓室，只见密里涅跪在一盏烛台前，在烛台的前方，是一尊形容庄严、造型朴素的列奥尼达斯王雕像，成像的列奥尼达斯戴着独件式的头盔，手持长矛与盾牌。接着卡珊德拉便跪在了她的母亲旁边。

"列奥尼达斯是斯巴达最后一个真正的英雄。"密里涅说。"如果没有他这样的英雄，我们都会被波斯人戴上枷锁。"

"这与我和我的北方之旅有什么关系——这本是一场希腊人互相残杀的内战啊？"

"你知道列奥尼达斯为什么要去温泉关吗？"

"因为他很强大，也很英勇，我就不行啦。"卡珊德拉打断了母亲的话。

"拿出你的矛来。"密里涅平静地说道。

卡珊德拉眯起了眼睛，心生疑虑，不过还是照办了。"上一次有人叫我这么做还是希罗多德——"

密里涅把长矛朝雕像移去，然后，一道闪电劈了下来，穿过了卡珊德拉的身体。

我在国王的厅堂里——但这里似乎有些不同：那古老的王座看上去更明亮，磨损也少些……而且，这里空无一人。

"斯巴达不会参战的。先知已经说过了。"一个瘦骨嶙峋的人在王座后叫嚷起来。我意识到，那人应该是一位监察元老。而其他四人也和他意见一致。他们中的一些人或戴着，或抓着那些肮脏的面具。跪在他们中间的是一个形容枯槁的老妇，她在那里咕哝着、摇晃着。我认出了那件半透明的长袍，还有上面缀着的种种饰品。先知！他们让先知像一条狗一样伏在他们的脚边！

接着，王座下的一个孤独的身影做出了回应。他转过身来，面向我，露出了自己的脸。

"你们满口都是先知先知！呵！这先知只是你们的传声筒罢了！她做你们的傀儡已经太久，现在是剪断那些绳子的时候了。"

"得了吧，列奥尼达斯，英雄的时代已经结束了。你觉得你的血让你与众不同，是吧？如果我们切开你的血管，它也会像其他的鲜血一样流出来，洒到这地面上，然后从裂缝中流走，从此消失无踪——所以说，你不过是一介凡人罢了。"

我这才明白，自己身在何处，这又是何时的光景。

列奥尼达斯举起他的长矛，指着刚才发话的监察元老。"凡人，是吗？那么就从那里走下来，面对我，如果你想证实你的说法，那么，请！"

先知停止了低语，抬起她那颗饱经岁月洗礼的头颅。她把一只手温柔地放在列奥尼达斯的矛头上，把它按了下去。"狮子的后裔啊，你为何要违抗世间的必然呢？薛西斯会让我们团结在一处。他会为这混乱的世界带来秩序。"

这些话听得我汗毛倒竖：为什么先知和监察元老会要求斯巴达国王和他的军队温顺地站在王中之王——波斯之主薛西斯，和他的庞大的军队那一边？

监察元老的脸上露出了愉快的笑容。"看到了吗？违抗先知，那么你为之奋斗的一切都会毁灭。"

列奥尼达斯盯着他们看了一阵，然后转身便走。"准备开拔。"他一面用雷霆般的声音命令着，一面大步流星地从王座旁走开。"如果薛西斯想要得到斯巴达，他就得先踏过我的尸体。"

他的身影像幽灵一样穿过我的身体，然后一片白光闪过，幻象就此结束。

卡珊德拉发现，自己仍旧跪在密里涅旁边。"你看到了吧？"母亲说。"列奥尼达斯投身战争，是为了把斯巴达从波斯……还有教会的魔爪中解救出来。"

"那时他们的手就伸到了斯巴达，而且即便如此，他们也还是在这个国家扎下了根？"

"没错。"密里涅应道。"这一次回到斯巴达，我了解到了很多。而我了解的一切，都是可怕的事情。但现在你必须向北进发，卡珊德拉。不要去想阿希达穆斯，也不要去想你的过去。你现在的任务很简单，就是活下去……然后找到我们需要的证据——把这个邪恶的寄生虫，还有他植下的黑暗根系从祖国的土地上连根拔起。"

孤独的马蹄声使卡珊德拉陷入了对过去朦胧的遐想之中——近几年来，她卷入的战争风暴，以及旧时代的风波，仍像锈迹斑斑的钩子一样，牢牢地扎在她心里。突然，她听到群马奔跑的声音，于是她抬起头来，然后吓了一跳。波耶提亚山杳无人烟——剩下的只有灰色的山体和绿色的灌丛，在初夏的酷热中闪闪发光。越向前行进，她周围的山谷也越来越高，她意识到，那些虚幻的骑手并不存在，都是她自己的坐骑的回声。*我就快到了*，卡珊德拉意识到了这一点，于是望着前面那条通向高山的小路，钴蓝色的天空下，是一片壮丽的银色奇景。卡珊德拉看到伊卡洛斯在空中滑翔，作为她的前锋，于是她笑了笑。它并没有发出任何声音——这倒是个好兆头。她从马鞍袋里摸出一个苹果，心不在焉地啃着那冰凉甜美的果肉。她放慢了速度，往马背前滑去，然后把苹果核喂给了马儿。就在那时，发生了一件奇怪的事。马蹄的回响以一种奇怪的方式慢了下来——仿佛她身后的回声已经延迟了太久。她的背上满是汗水，她的心中充斥着不安的感觉。她从马鞍上回过身去，看向自己的来路。但是现在，随着马匹的沉默，除了蝉疯狂的嗡鸣、溪流欢闹的水声和松林里啄木鸟空洞的敲击声之外，再没有别的声音。卡珊德拉不自觉地带上了自信的冷笑，继续踏上旅途。一直以来，那马蹄声的回响……怎么听都觉得不对劲。在剩下的路程中，她一直把一只手藏在斗篷里，握紧了那柄断矛。

然而，那虚幻的回响从来没有形成过任何真正的威胁，到了傍晚，她看到了前方那座炽热的山峰：赫利孔山。她在高原上发现了一圈长矛，圈外是披着红斗篷的哨兵。圈内是白色的帐篷。她把她的手从她的矛上拿开，放在了那皮卷之上，然后吹了个口哨，让自己的马朝着营地入口处的上坡小跑过去。

两个分列在大门两旁的斯巴达人看见了她，于是舞起他们的长矛，举起了盾牌，眼中杀意升腾。而卡珊德拉取出卷轴，像是一件武器一般挥舞起来。他们看到上面的标记之后，也没多说什么，直接放她进了营地。她从马上下来，便把自己的座驾拴在一个马槽附近，然后继续步行。当她穿过帐篷里的营房时，她仔细地观察着周遭的每一个细节，用自己的眼角余光将一切尽收眼底。我只需要一点点最细微的线索就够了，阿希达穆斯。所有人都会知道你是教会中的一员，而你作为斯巴达国王的虚假统治将会结束。教会也肯定会因此瓦解。最后，她来到了指挥所——一顶白色的帐篷前，这里比其他帐篷略大一点，两边通透，这样许多黑劳士和士兵们就可以带着消息和点心在其中穿梭，成为这片忙乱景象中的一分子。她看见，斯巴达人的司令官正站在一张桌子跟前，那人肩膀宽阔，弯着腰，一遍又一遍扫视着地图。周围的其他人叫嚷着，提出各种互相矛盾的提议，有那么一会儿，她甚至对那个头领产生了一丝同情……然后他便抬头看了过来。

"史坦托尔？"卡珊德拉停下了脚步。

史坦托尔的脸色顿时一片煞白，他的两颊泛着红光，收紧的嘴唇好似锋刃一般。他从桌子旁离开，把离他最近的顾问推开，大步向她走来。

"我怎么也没想到他们派了你来骑在我……"

咣！

他的拳头抵在了卡珊德拉的嘴巴上，一道白色的火花登时从她的脑中闪过。过了一会儿，她意识到自己正仰面朝天，脑中也是天旋地转。"该死!"她呻吟着,然后看见冲她动手的人还坐在她身上,他一脸怒相,执剑在手。旁边已经围了一群人,卡珊德拉的晕眩感立刻消失了,她翻过身,抽出卷轴,挥舞起来。"我是来帮你的,你个白痴!"

"在迈加拉的事情之后?在你做下那些好事之后?你这个夺人性命的婊子!"

聚集在一起的斯巴达人愤怒地低语。史坦托尔到底跟他们说了多少事情?

她把卷轴高高举起,好让众人都能看见。"阿希达穆斯王派我来帮你保护这个行省。"

嗡鸣的低语微弱了几分,所有人的目光都集中在那卷敕令上。史坦托尔胸口剧烈地起伏着,他猛地把剑收回鞘里,然后转身向营地的北边走去。"阿希达穆斯就是这么信任我的?"他回过头来叫道,"把他的信心寄托在一个天杀的雇佣兵身上?"

卡珊德拉摸了摸她的下巴——她的嘴唇发软,骨头都发疼,她小心翼翼地跟着她那同父异母的兄长。然后在他身后停了下来,看向北面的景色:一片阳光普照的金色平原,中央是科帕斯湖,绿绦般的科菲索斯河为其源源不断地注入着新的水源。天空的云彩投下的阴影在下面的土地上翻卷着。

史坦托尔的耳朵竖起,他觉察到卡珊德拉正在靠近。"诸神是在用你的存在惩罚我。"

"如果我是来惩罚你的话,你早就死了。"她说,她的耐心正在一点一点被消磨掉。

"阿希达穆斯派你——一个叛徒到这里来,是要干什么?"

"做你显然做不到的事。"她厉声应着,下巴上的疼痛仍旧让她感到眩晕。

史坦托尔猛地转过头来。"你不知道，是吗？四年来，这里战争不断。你以为自己曾经在迈加拉跟我们一起打过仗，你就什么都不怕了是吧？"

疼痛达到了顶峰，然后逐渐开始缓解。卡珊德拉压制住自己的怒气。"从那次战斗开始，我就被卷入各种冲突，史坦托尔。我可不想把时间浪费在跟你打嘴仗上，毕竟我们还有工作要做。我希望能在这里找到雇佣兵和同盟军。还有，我不知道斯巴达的主力在这里。为什么会这样？为什么波耶提亚成了这个光景？"

史坦托尔的头微微垂了下去——就像在地图桌前一样。"我们曾经把雅典收入囊中。"他说着，举起一只手，猛抓了一把空气，然后挥舞着拳头，又让它落了下来。"然后克勒翁就夺了权。这人的国策是偏向军事扩张的。他曾尝试过进行许多次愚蠢的地面进攻，其中一些确实取得了成果：当我们试图返回阿提卡时，他把我们的部队打了回去。现在我们是进退维谷——盟友的领土和死战不退的敌人一起，将我们死死围住。雅典的军队和他们的高原人盟友也结了盟，要把我们从这个地区一点点地驱逐出去。如果他们成功了，到时就会是一场灾难。"

"我将用尽一切手段，阻止这种事情发生。"卡珊德拉平静地说道。

史坦托尔一动不动，只是远眺着这片土地。"你现在还活着站在这里的唯一理由，就是那份敕令了。你不是斯巴达的盟友。你只是一柄武器。"

"在迈加拉的那晚发生了许多你根本不知道的事情。"她挑起了话头。

他猛地伸出一只手来，要她收声。"我已经理清了头绪，我知道你的身世，你个兜售武力的浑球。你是'狼'曾经丢失的女儿……你顶着佣兵的名义来到这里，实际上干的一直是杀手的活。"

卡珊德拉正要开口，打算试着解开这个误会。""你不明——"

唰拉。史坦托尔又把剑从鞘里拔出了四分之一。"我还有话要讲。"于是，卡珊德拉只能按下话头。

过了一会儿，史坦托尔继续说起来。"我们在这里只有一个大队而已。就和当时在迈加拉的时候一样。神启显出的征兆隐晦不明，所以元老们扣下了其他四个军团。所以，如果要在这些土地上为斯巴达争取胜利，就要仰赖她的盟友——底比斯。"他转向东方，那里有一座灰白墙壁的城市，在平原上那起伏不定的热气中，仍然清晰可见。"南边的海湾对面是科林西亚，他们已经集结了一支带着庞大兵力的舰队，准备在这里登陆支援我们。"

她看到了底比斯城，然后视线越过那金色的平原，观察了一下从那里到这里的最短路线。但她的目光落在了从南方伸出的银线之上。寇帕提斯湖的海岸面向他们所站的赫利孔山脉的东麓。起初卡珊德拉以为它是一条河流，后来她才看清，那里是正在修建中的工程，还有人——

在那里的，是雅典的军人。

"好极了，"史坦托尔嘲讽道，"你也看到了。那条防线就像一堵墙，把我们和我们的底比斯盟友隔开了——而他们是唯一能为我们提供骑兵支援的势力。帕贡达斯和他的骑兵们无法与我们会合——那班闪着光的雅典钢铁部队掌控着平原地带，他们的存在活像一道扼人脖颈的绳子。这群人补给充足，每天还有源源不断的援军。有些人说，雅典军队就像一个脓包一样，越涨越大，克勒翁才不关心近来捉襟见肘的国家财政呢——所以啊，比起采取他前任那种懦夫式的防御策略，他还是宁愿劳神去平抚民众的不安情绪。"

卡珊德拉的眼睛转移到雅典封锁线的远端，在那里它与寇帕提斯湖的南岸相接。她的目光从湖上掠过，然后投向了它的北端。有没有迂回的路线呢？

"那边都是无法通行的崎岖高地。"史坦托尔先发制人，把她还没出口的提议打了回去。"没人比底比斯的骑兵更了解这片土地，他们不会浪费他们的战马，绕过那条凶险的路，来与我们会合，免得他们一半的人都摔断肢体，无法战斗。"他在离雅典线最近的一侧，在地面上指出了一些奇怪的X形，这些都是离赫利孔山最近的地方。卡珊德拉眯起眼来看了好一阵，才明白那些到底是什么——二十四个斯巴达人被剥了个精光，又摊开了四肢绑到了柱子上，就那么在阳光下暴晒着。"诸神啊，我们也曾经试过对那道防线发起冲击，而这就是我们尝试的结果。"

"那么科林西亚的援军和它所携带的庞大兵力将是扭转局势的关键。"卡珊德拉沉思着。"当他们登陆之后，就可以在那条防线的南端发起进攻。这样的行动可以分散雅典人的精力，让你手下的分队有足够的时间在侧翼发起强袭，而帕贡达斯和他的骑兵们就可以从另一边包抄过来，把雅典人反包在里面。"

"眼力不错。"史坦托尔耸了耸肩，干笑了两声。"然而，波耶提亚是以什么闻名的呢？她的平原地带，还有森林……还有少到叫人骂娘的登陆场。科林西亚舰队要靠岸的话，只有两个好地方可挑。"

卡珊德拉闭上眼睛。"而且它们都在雅典人的掌控之下，对吧？科林西亚舰队根本无处落脚。"

"好了，佣兵，你现在明白这里的情况有多棘手了。你的自信还剩几分？"

卡珊德拉花了好几晚的时间沿着赫利孔山周边移动，她向南北两侧移动，在那里查探搜索，直到到达了目力难及的地方为止。最后，她终于明白自己需要做些什么，于是回到了史坦托尔的指挥帐篷。

"你就是个出卖力气的，又能做到什么我的队伍做不来的事情呢？"史坦托尔从凳子上站起，然后喝了一大口掺水的葡萄酒。

"派十二个人给我。"

史坦托尔瞪着她，似笑非笑，神情冰冷。"诸神为证，我什么都不会给你的。"

"你需要胜利。斯巴达需要胜利。"

史坦托尔脸上的笑容皱成了一团，他紧咬牙关，大步从她身边走开。然后回到了他放着地图的桌前。"我答应在夏天之前，给科林西亚舰队点起导航的灯塔。如果他们没有看到这样的信号，就必须返回自己的城市。但是，除非我们清理了其中一个着陆地点，否则我们是不能点燃灯塔的。"

"派人给我，我来搞定这些。"

史坦托尔转过身来，脸上的愤怒又变成了笑容。他打了个响指，向她身后的人做了几个手势。接着，她便听到身后传来了脚步声。

"主人？"一个身材瘦长的黑劳士哑声应道。他的脸被浓密的黑发和狗皮帽遮了起来。

"这个佣兵有一个计划要实行。"史坦托尔说道。

卡珊德拉张开了嘴，正要反驳。

"而你要帮助他完成这个计划。"史坦托尔抢在卡珊德拉开口前说完了自己的命令。

卡珊德拉的上唇抽动起来。"好吧，"她冲着两人甩了一句，转身走开了，"照我刚才说的做，做好准备，黎明就出发。"

她和那个黑劳士一直向着南方移动，当夜幕降临时，两人停了下来——不是为了睡觉，而是为了进食，并且稍作休息。他们吃着穿在树枝上烧烤的野兔，而伊卡洛斯在骨头上挑拣着肉渣。那内向又胆小的黑劳士说，自己名叫利多斯，今年三十岁。卡珊德拉问起了有关他家人的事情，想要安抚他的情绪。但他只是说出了他们的名字，其他的什么都没说。他有一个习惯：只要紧张起来，他就会时不时地把头发绾到自己的一只耳朵后面，当他这么做的时候，卡珊德拉注意到这人一侧的脸颊瘪了下去——看来是在过去的某个时候被打坏了。这还不算，他双腿的后侧也满是伤疤。

"那班受炼内卫对你可够残酷的。"她一面说着，心里想起了那些年轻的斯巴达人——那些人的工作就是对黑劳士进行拷打。卡珊德拉感觉，一股怜悯之情从自己的心底升了上来，而对这个在如此残虐的事体基础上建立起来的祖国，她生出了厌恶之情。

利多斯一步一挪地向前走着，一副不舒服的模样，他舔着自己的嘴唇，不肯直视她的眼睛。"不是受炼内卫干的。"

"那是谁？""阿希达穆斯王的暴脾气是众所周知的，而我们这些黑劳士就是他的出气筒。他有一次用带刺的鞭子打我们，只因某天晚上，我们在他和一群陌生的客人谈话的时候搅扰了他们。多年以来，他一直在责打我——我的肋骨，我的腿，我的鼻子，都是他打坏的。"

"那你的脸颊呢？"

他尴尬地笑了笑。"不，这个是波萨尼亚斯王打的。他相比之下就没那么残忍了，而且那次也是我活该。有天晚上，我正给他倒酒，却把酒洒出去了。我试着用自己的袍子下摆把酒擦干净——我确实做到了——却惹出了更大的乱子——我的手上也沾葡萄酒，然后我还把手放在了他写的文件的边缘，然后他便起身打了我一拳。至少他没继续打下去。如果是阿希达穆斯，恐怕我早被打成肉泥了。"

利多斯压低了自己的声音，好像害怕在这空旷无人的乡间，会有教会的眼线把他们的对话听去一般。"你说阿希达穆斯....有一天晚上接待了一些奇怪的客人？"

利多斯皱起了眉头。"那些人都是从远方来的，至少在我看来，他们确实都是陌生的存在。不过，哪怕是斯巴达人对我们来说都是陌生人——当然，我无意冒犯。"

卡珊德拉摇摇头，表示自己并没有这么想。"这些客人有没有什么奇怪的行头……比如面具什么的？"

利多斯看来是一头雾水。"面具？不，他们穿着官员和商人的袍子。"

她想要换个角度提问，却没有找到合适的问法。一只猫头鹰叫了起来，打断了她的思绪。她这才想起，他们的时间还是很紧张的。于是两人继续向南，发现了一处满是蕨丛的平原，前方的海岸线上还有一豆火光。

"科西亚村。"卡珊德拉低声说道。"两个港口村落之一。"

利多斯连忙点点头。

"那么你还记得我跟你说过的吗？"她补充说。

利多斯又点了点头。

她叹了口气，想着这是不是一个错误，一个足以致命的错误。"走。"她最后说道。

利多斯系好了他的皮包，冲进了俯瞰科西亚村的黑色山丘。

卡珊德拉爬过蕨丛，向那个港村摸了过去，此时伊卡洛斯也落在了她的肩上。是夜天气湿热，天空万里无云——月亮和星星就像火把一样，将一切的存在暴露在它们惨白色的光芒之下。她一边走，一边弯腰抓起土来，把她的脸和胳膊涂成了黑色。蟾蜍在那里呱呱地叫着，狐狸和田鼠从野地里飞奔而过。她在离科西亚村一箭之遥的地方停了下来。数以百计的雅典人分列在码头的木墙两旁，其余的两支队伍，每支队伍有五百人的兵力，卡珊德拉估出了数字——他们在村庄的街道上和周围安营扎寨。她明白了史坦托尔的言外之意——如果他贸然带着自己手下的五百人进攻这处防守严密的要地，而且最后大败而归的话，那么波耶提亚就会落入雅典人的手中。而战局也有可能因此逆转。她听到酒馆里传出了下流的喊声，看到弓箭手们在屋顶上默默地巡逻，注视着海面，欣赏着那些从这处温和的小湾两旁伸入海中的崎岖岬角。而在村中，有一座建筑比其他建筑都要显眼——一座新落成的木塔，一支弓箭小队的队长在上面大步走着，他赤裸的胸膛和白色的披肩在月光下闪闪发亮。在远处，她甚至看到了科林西亚舰队被火把映出的黑暗轮廓。他们在茫茫大海上无计可施，只得束手等待着。雅典人在海岸线上做了充足的戒备，所以舰队不可能登陆，如果要强行上岸的话，他们在最初阶段的登陆中就会丧失大部分的军力。

卡珊德拉又一次向城的中心望去，再一次望向弓箭手所在的平台，然后又回望身后黑暗的小山。她确信利多斯现在正在高地上夺命狂奔，想要趁机出逃。但是现在想到这个也来不及了。她叹了口气。

卡珊德拉耸了耸伊卡洛斯落脚的肩头，让它飞了起来，然后自己偷偷地钻过了蕨丛，向聚落的外围探去。面向陆地的雅典卫兵人数不多，而且她发现，其中一个人还已经进入了梦乡。这样她就有机会潜入了。她跳过一道低矮的篱笆，爬过一个私人小院，然后透过半高的墙头望去，看到村子里那条铺了石子的主干路，还有那座高耸的瞭望塔。她等着两个雅典步兵从自己眼前走过，然后跳了起来，纵身一跃，滚进了一堆干草，在另两个步兵发现她之前及时地掩藏了自己的行迹。她听到那些人的说话声，随着他们的接近逐渐清晰，等他们过去，那音量也随之低了下去。她从稻草堆里爬了出来，来到了弓手塔的底部。

一股松脂的臭味弥漫在这里的空气中。接着，她便看到了塔底周遭放着的大堆陶罐——这意味着，任何敢接近的科林西亚船只，最后都会葬身火海。那里还有一个奇怪的装置：一根中空的铁质横梁，长度与桅杆相似，一端是风箱，另一端是用铁链悬着的坩埚。这是某种战争机器么？一时间，她心中有了一个新的计划……

不过，这个计划只有在她做完了自己该做的事情之后才能施行。她把注意力从那个奇怪的装置上移开，然后抬头看了看。木料上都很光滑，但她看到塔上到处都是可供攀爬的缺口和绑索，一找到自己可以攀爬的路径，她就开始向上进发。她的手指因受力而疼痛，她的小腿因在绳子和木头上摩擦而发烫。在快要接近塔顶的时候，她听到了弓箭小队队长缓慢而谨慎的脚步声，以及另一个人沉重的呼吸声。当他们开始交谈时，她停了下来。"科林西亚人将在这个月末打道回府。斯巴达人也会被迫回到他们的农场，然后底比斯就会陷落，"队长若有所思地说，"我们的行动会扭转战局。"他继续说道："而我们的贡献定不会被人遗忘。"

"但是，涅塞阿队长。你所做的事情……"那人喘着气说，"你在这里做下的那些灭门的案子……"

"那不过是征服行动的战利品而已。"涅塞阿不屑一顾地说。"如果这件事儿被捅出去，那你肯定会受到责备。然后你——"

卡珊德拉跃上了平台。两个人直接转过身来，面向她。"不用想那么多啦，"她说，"这件事已经到此为止了。"她甩出一只手，护腕上的小刀飞出，直接命中了那个口吃的人的脖颈，手中的列奥尼达斯之矛也飞快地向前刺去，直接刺进了涅塞阿队长的胸膛。两人一声未发，直接倒在了那里。她等了一会儿，确定下面没有人注意到上面的情况，然后打定主意，开始进行下一步的计划。

她没有转向海面,而是看向了村庄的陆地部分,她凝视着黑色的小山,用手捂住嘴,发出了三声鸟儿一样响亮的尖叫声。

然后……四下并没有任何回应。只有酒馆中酒杯的碰撞声和隆隆的笑声不曾间断。她凝视着群山。你这个傻瓜,她在心里暗骂自己。

现在她看见几个人从码头上栅栏旁转过身来,他们转过视线,朝弓手塔瞥了过来。

"我说涅塞阿啊,没有异状,对吧?"其中一个人叫道。

卡珊德拉立时僵在那里。"啊,没什么,"她用她最大的努力去模仿那个死去队长的声音。

然后,她惊恐地看到,血从涅塞阿的身体里渗出,从平台边缘流了下去。

"血?"一个路过的卫兵在下面嘟囔着。"情况不对。快上塔去。"有人跌跌撞撞地从近处的酒馆里走了过来。原本热情的答声消失了,塔下人问话的口气变得强硬起来。

"涅塞阿,上面发生了什么事?"她听到了靴子的刮擦声,还有人向上爬时木塔摇晃的感觉。伊卡洛斯从夜色中猛扑过来,向攀爬的人冲了过去,但它还是无法阻止他们向上爬。

然后,夜色便随着那斯巴达战号奏响的萦绕不绝的音色颤抖了起来。哀怨的吼声从黑暗的小山中倾泻而下,淹没了蕨丛,溢满了科西亚的街道。

攀爬者发出的刮擦声和靴子的响动停了下来,下面似乎有好几百人,他们从帐篷、宿舍和小酒馆里蜂拥而出。"斯巴达人来了!"他们吼道,"整好队形,拿上你们的盾牌,面向陆地!"

卡珊德拉看着这两个旅团跌跌撞撞地排出了阵型,然后一点点在蕨丛中摸索着,让自己面朝山丘,好应对即将到来的那些魅影般的军队。谢谢你，利多斯。她盯着岸上的防御工事，现在大部分人都已经离开了他们的岗位——只有几十名弓箭手还守在码头的栅栏旁。而且，他们中没有一个人的旁边有火盆或者盛着焦油的罐子。她注视着上面的油罐和那噼啪作响的火盆，然后向海上的科林西亚舰队望去。"我希望你们现在还醒着。"她心里想着，接着一脚踢翻了油罐。那些黏稠发臭的液体登时洒满了塔顶。随后她来到了火盆前……你们要的信号来了。

她一脚踢翻了火盆，从平台上跳下来，火焰从她身后升起，发出一阵呼啸之声。她向草堆俯冲而下，眼前的景象却让她大吃一惊。

在北边数里的某个地方——从这里并不能注意到远处的港村里发生的一切——史坦托尔的斯巴达分队在赫利孔山脚下结成了阵型。他走到他们面前，凝视着眼前晨光熹微的波耶提亚平原，又朝着雅典人建起的那条极长的防线望去。

"我们不应该放弃山上的营地。"一名斯巴达军官提议道。

史坦托尔现在正饱受头痛的折磨——这一夜他就没好好睡过，他咬着嘴唇，把自己最初的反应压了下去。"然而，我们现在已经在这里了。"

他再次仔细观察，试图从雅典工事和集结的雅典军队中找到弱点。当黎明暴露出了已经从山上下来的斯巴达人的行迹时，希腊士兵中的一些人怒吼起来：这边有五百人，对面可有五千人左右。如果这是佣兵跟他开的最后一个玩笑呢，难道她本就打算引着他和他的分队进入这样一个无法立足的区域吗？

在黎明时做好准备，她带着那个黑劳士出发之前向他如此恳求过。一时间，他对自己的顽固感到十分后悔，居然只派了一个奴隶跟着她。"大家快看，"旁边的斯巴达人叫道，"雅典人行动了，看啊！"

史坦托尔也看到了这一切：雅典人排起了长长的战线，个个怒气冲冲，仿佛正准备朝这里进发，把他那孤立无援的军团碾个粉碎。羞辱和耻辱正等待着他们。他的心也随之一沉。

"将军！"另一个斯巴达人大叫，"快瞧！"

史坦托尔的视线转向雅典防线的南端。在那里，他看到了一些奇异而空灵的东西。仿佛神明把这块土地像抓一块地毯一样抓了起来，然后用力摇晃，然后慢慢向北激起了一片巨大的涟漪。灰尘升腾起来。雅典防线南端的军队阵脚大乱，他们转向南边，应对科林西亚的军队——他们已经登陆，正在向前行进。

"她做到了！"史坦托尔咆哮着，喊声中带着喜悦和嫉妒，"斯巴达人，进——攻！"

在科林西亚的红色旗帜下，卡珊德拉与同盟军的将领们、阿利斯提乌斯，还有他的高阶卫队一同行进着。科林西亚人的军队像一柄巨镰般，向雅典防线的南端扫去。

"猛攻他们的侧翼，逼他们收缩防线。"阿利斯提乌斯咆哮着。而一名鼓手也大声击出了一阵急促的鼓点。

卡珊德拉在头盔上敲了几下，让它从额头上滑落，盖住自己的脸庞。她紧紧地握着列奥尼达斯之矛，及时与禁军一起登上了最近的土垒。一位雅典司令官起身朝她指了过来，毫无疑问，就和迈加拉的那班混账一样，他这是在嘲讽她。然而，他还没来得及说出一个字，列奥尼达斯之矛就刺穿了他的面门，把他的脑袋连头盔和头骨一起搅得粉碎。数十名雅典步兵倒在了势如破竹、踏着满地尸首的科林西亚人面前。卡珊德拉向西望去，只见从热气中冒出一股红色的浪潮，他们从赫利孔山脉的缓坡朝这边涌来。

"斯巴达人给我从西方进军，现在，快给底比斯人发信号。"卡珊德拉喊道。

急速的歌声中响起了号角声还有口哨声,随着史坦托尔手下的第一批士兵突入了乱作一团的雅典防线西侧,那无休无止的战吼也越发响亮起来,然后——只见从东边——一支庞大的银色底比斯骑兵队伍在衣甲华丽的帕贡达斯的带领下,瞬间涌入了他们的视野。底比斯人结成了巨大的楔形阵,宽边的铜铁头盔掩住了他们的面庞,手中的巨大长矛瞄准了雅典防线那混沌一片的东侧部分。

"嘿!嘿!嘿!"一阵带着颤音的战吼升腾而起,同时将他们的马匹在完美的时机组成了适当的阵型,然后猛然加速,开始全力冲锋。他们像雷雨一样猛地冲进雅典军的中心,楔形阵的尖锋随着接连而起的兵击之声命中目标。战场上血流成河。撕裂的四肢飞向空中,头颅在尘土中旋转弹跳,尖叫声也几乎要撕裂苍穹。卡珊德拉击退了第一批试图夺回土垒的雅典人,当更多人向她冲来时,她举起盾牌,准备迎战。她看到,雅典军那条庞大的战线,现在已经活像一条被狗咬住了尾巴和七寸的蛇,被牢牢地牵制住了……然而,突袭的时间已经过去,雅典军的人数却仍然超过盟军军力的总和。

一名科林西亚卫兵用自己的长矛刺穿了一个雅典人的胸膛,同时击穿了他的肺部。敌人倒下了,但更多的敌人拥上了土垒。"保护好将军们!"卫兵尖叫起来。他们和卡珊德拉聚集在阿利斯提乌斯周围,盾牌连成了一片。雅典人用林立的长矛向他们攻来,然后洒下了一场箭雨。卡珊德拉刺穿了一个人的内脏,打碎了另一个人的膝盖,但当她被不断增加的敌军包围时,整个世界都暗下来了。箭落在她的头盔上,受伤的科林西亚人默默地在她的周围倒下,血淋淋的叹息在她周围响起。保护国王的圈子变得越来越小……

"把那个装置送上来。"她尖叫着,不知道是否有人会在这可怕的兵戈之声中听到她的喊话。"送上来!"

一个身材巨大的雅典人劈开了她旁边科林西亚人的头,然后把将军的私人保镖捅了个对穿。卡珊德拉跳到他跟前,放下她那柄步兵的制式长矛,然后抽出了列奥尼达斯之矛。雅典巨人向她猛扑过去。她挡下了他的攻击,却感觉自己全身都在颤抖,这人的攻击确实是力道十足。又有两个人从四面包抄上来。她已经没有足够的时间做出反应。

然后……一声响亮的咆哮在战场上炸开。

一股巨力突然划破空气猛拍在她的面前。卡珊德拉尖叫起来,酷热刺痛了她的皮肤,灼伤了她的眼睛。这种气味——烧焦的肉和烧焦的头发的臭味。就像太阳来到了地面之上,在平原上蔓延着。雅典人与她搏斗时,后面升起了一道橙色火墙。最后面的那个倒下了,尖叫着,他的脊背在发光。在他身后,又有数百人像人肉火把一样在那里扑腾着。附近几乎所有人都扔下武器和盾牌,想要从火焰中逃离。卡珊德拉面前的巨人,被两个人制住了,现在他的喉咙被科林西亚人的长矛刺穿了。卡珊德拉喘着气,看到一股刺鼻的黑烟蜿蜒地掠过大地。她看到了一辆马车后面的巨大铁质铜管,还有三个科林西亚人在一端用皮箱操作。随着风箱的每一次张紧,从管道的另一端喷出大量的空气,为悬挂在那里的一个篮中的树脂燃料提供新的火源,点燃雅典人的队伍。这是她的建议,把设备从港口运到这里。她安慰自己,这样的行动是为了更大的利益。

雅典人在太阳完全升起之前就已经四散奔逃了。那班骑兵追在他们后面,刺向他们中最勇猛的人。科林西亚的弓箭手们也在追赶,在撤退处射出箭雨。这一天,他们胜利了。

卡珊德拉把她的断矛刺进了土里。伊卡洛斯俯冲下来,想要在她的肩上歇脚。少数尚存的科林西亚禁军护送着他们的将军逃离了最惨烈的屠杀。"你为我的军队所做的一切，还有你过去为我的城市所做过的事情，我都不会忘记的，佣兵。"他对卡珊德拉说道。

过了一阵，胜利的高歌在波耶提亚平原上回荡，伴随着苍蝇的嗡嗡声和乌鸦的啼鸣声。她意识到，那些死者和焦尸的臭味只怕会跟着她一辈子。但至少，这场战役结束了。她把列奥尼达斯之矛系在腰带上，踉跄着走下土垒，身上满是烟、污垢和干掉的血液。这时，她看到了最可悲的景象：黑劳士利多斯——让这一切成为可能的人，正战战兢兢地等着她，手里还拿着一碗水和一瓶油——他主动等在这里，却是为了给她清洗身体。于是，她向他走了过去。

"你今天做得够多了。诸神怜见，我敢说，你们为赢得自由已经做得够多了。"

他站在那里发着抖。"我……不敢想象自己能赢得这样的权利。"他说，焦急地把头发塞在耳朵后面。

卡珊德拉按了按他的肩膀。"利多斯，我敢保证，你在这场战役中的功劳不会被人忘记的。"

卡珊德拉转过身，望向战场，破碎的雅典防线上，已经出现了许多小小的胜利纪念碑。

她听到许多斯巴达人齐声欢呼。随着"吼吼吼"的吼声，她看见穿红斗篷的士兵们出现在面前，举起长矛向他们的司令官敬礼。她也看见了史坦托尔——他满脸是血，但是旁人看来，这副样子更像是戴着象征胜利的冠冕。他大步流星地朝卡珊德拉走来。

"兵带得不错。胜利属于斯巴达。胜利属于你。"卡珊德拉看着史坦托尔走近，对他说道。

但他还是保持着那坚定的步伐，径直朝她走来。"现在，阿希达穆斯国王胜利了，我终于可以对付我真正的敌人了……"她看见，他的长矛像一只缓缓起身的眼镜蛇，在空中游走。卡珊德拉纵身一跃，躲过了这一击。

"你疯了吗？"

"我的心神从没有如此澄明过。"在伊卡洛斯试图攻击他时，他咕哝着，向空中猛击。"你会为你在迈加拉偷走的东西付出生命的代价。"

"事情不一定非要这样解决啊，"当他向她发起进攻的时候，她咕哝着，躲过了他的一拳。

"不，没有。如果你没有参战的话，情况就大不相同了。你搅乱了战局。杀了我父亲，你这个该死的凶手。"

"我只做了我必须做的事情而已。"她咆哮着，把列奥尼达斯之矛握在手中。"那么我也一样。"史坦托尔怒气冲冲地说。他的身体紧绷得像一头即将扑食的狮子……然后他放松下来，向后退了一步，再退一步，脸拉了下来，眼睛盯着卡珊德拉身后。

卡珊德拉转过身来，看到一道身影穿过受伤的人群和滚滚浓烟。他穿着一件朴素的棕色长袍，看上去既不像斯巴达人，也不像雅典人，更不像一个普通的希腊人。

"她可没什么债要偿啊，史坦托尔。"尼科拉欧斯温和地说。

卡珊德拉从他身边经过时，她感到一阵战栗。他冲她点点头，一副了然情状。卡珊德拉这才明白过来：她在波耶提亚的时候，一直都被跟踪着——"狼"注视着她的每一步行动。

"父亲？我……我以为你死了？"史坦托尔沉声问道。

"我在战争中失踪了一段时间。"他回答说。"当卡珊德拉在迈加拉和我对质时，我知道我不能用这种方式领导人们……我背上的耻辱。我也知道你已经准备好接替我的工作了。我也不想不辞而别，但我知道，如果我那天晚上来找你，我根本无法放心地离开。"

"她在悬崖上杀了你——本该是这样的。"史坦托尔结结巴巴地说。

"她本是可以这么做的。也有人可能会说她应该这么做。但她没有。她只是接过我的头盔，拿着它回去换赏钱，把我扔在那里，独自流泪，仅此而已。她的话，就像阿波罗的光一样，比任何刀刃都切得更深。我这一生行走在这片土地上，鬼门关也算是走过了千次万次。最后，我对我的过去妥协了。然后才回到你身边：近两年来，我一直在观察你和你的军队。我已尽我所能转移敌方间谍的注意力，并给你们留下最佳路线的线索。"

卡珊德拉把她的长矛插回腰间。她与史坦托尔四目相对，感觉不到一丝正义。

"但事实是，你并不十分需要我的帮助。我的儿子将成为比以前的我更伟大的将军。"尼科拉欧斯说着，走近了史坦托尔。

作为回应，史坦托尔对着他父亲敬了一个轻快而有男子气概的礼。

卡珊德拉想，一位将军死而复生，他的儿子却只是冷冰冰地用士兵的礼节向他致敬——斯巴达人的这身钢铁外壳可真是冰冷又沉重啊。

但随后尼科拉欧斯伸出双臂。

史坦托尔的脸垂了下去。他的长矛从手中滑落下来，整个人落入尼科拉欧斯的怀抱。

两人在那里拥抱了许久，战士们在一旁看着。

卡珊德拉感到，自己的心中满溢着一种温柔的悲伤。火焰在那钢铁的盔甲深处闪烁，她意识到，这是我一直想要的。这就是爱啊。父亲与女儿之间，母亲，兄弟之间的爱啊。现在，史坦托尔，它是你的了。享受它在你手中的每一刻吧。

不多时，史坦托尔发出了一种好似脖颈被扼住的抽泣声，泪水顺着他的脸颊流了下来。他立刻睁开一只眼睛，怒视着周围的一切，把眼泪全都抹掉。坚称那不过是被烟刺痛了眼睛。

卡珊德拉的上唇抽搐了一下，露出一丝苦笑。随后，她转身离开了战场，伊卡洛斯就在她的身侧滑翔。

第十四章

夏末秋初的时候,她离开了斯巴达,尼科拉欧斯临别时的话语一直萦绕在她耳边:多加小心。我曾经警告过你,要小心草丛中潜藏的蛇,但比这还要糟糕得多。邪恶的东西笼罩在空旷之地上。当我还在军队中,还投身于战火之中时,我没有看到它,但现在作为旁观者,我看得一清二楚——就像观看一个葡萄的黑影。

卡珊德拉明白他的意思。即使对一个不完全了解科斯莫斯教会的人来说,斯巴达的空气中也弥漫着某种寒意——一种大难临头的预感。她把斗篷拉得更紧了些,继续骑行。她向尼科拉欧斯解释说,密里涅仍然像他希望的那样生活,她现在回到了自己的祖国。听到这句话,他沉默了一会儿,然后平静地说:也许有一天我可以再次和她坐在一起,一起分面包来吃,再喝点酒。他悲伤的眼神表明,这样的事情不过是幻想而已,是不可能实现的。

她沿着欧罗塔河的西岸骑行,经过利库古斯神庙和巴比伦大桥。

在前面的树林的分岔处，她看到了他们：她的新家庭在等着迎接她。密里涅就站在那里，旁边还有巴尔纳巴斯、布拉西达斯，还有希罗多德。看来她雇来先行报信的信使给他们带去了消息。希罗多德和布拉西达斯像骄傲的叔叔一样微笑着。巴尔纳巴斯哭得像只老母鸡一样。

尼科拉欧斯和史坦托尔团聚的回忆在她的脑海中闪过，她从马背上滑落到密里涅的怀里，贪婪地享受着母亲身上那温暖的花香，感受着巴尔纳巴斯紧紧地熊抱着她们两人的触感。过了一会儿，卡珊和密里涅都恢复了高傲的姿态，仿佛突然意识到她们周围的居民全都是斯巴达人。

那天晚上，巴尔纳巴斯在皮塔纳村小房子的角落里打着呼噜进入了梦乡，布拉西达斯坐在门口磨着他的长矛。而希罗多德则忙着画一幅伊卡洛斯的素描——我们的老鹰落在门口的屋檐上。密里涅和卡珊德拉在欧罗塔河里游了一阵，然后做了一件她们从前就经常做的事情——坐在壁炉周围，用刚洗过的毛毯包着身体，然后喝下一杯杯热乎乎的黑肉汤。卡珊德拉告诉母亲关于波耶提亚和尼科拉欧斯再次现身一事的始末。

"我从没告诉过你我宽恕了他。因为我不知道你会不会原谅我。"

密里涅把更多的汤舀进了她们两个的杯子里，然后两人分食了第二个面包。

"你曾经告诉过我你心中的火焰，卡珊。"她平静地说。"我叫你把它藏起来，保守秘密。"

"我错了，"她轻声说，"我们是斯巴达人……但我们也不仅仅是斯巴达人。"密里涅说着，紧握住卡珊德拉的手。卡珊德拉笑了一下，又喝了一口热汤，那味道浓郁而温暖。"不过，我出门去寻找的并不是尼科拉欧斯。有关于那个教会中的国王——'赤眼狮子'的事情，我现在也还是没有头绪，没有任何线索，哪怕一点儿风声，都没有听到。"她凝视着火焰，低声说着。"我明天就去向国王复命，详细陈述我在波耶提亚所做的努力。我本打算在那一刻揭露阿希达穆斯……但是把自己的狐狸尾巴藏得很好。"

"我也没有找到任何东西，"密里涅说，"阿卡迪亚是一片陌生的土地，我很高兴有布拉西达斯的陪伴。他和我不止一次共同举矛对敌，甚至一起对那里的执政官兵刃相向。"

卡珊德拉看到了她母亲手上最近留下的伤疤。

"是的，正如我所担心的，拉戈斯是其中之一。"她放下汤杯，好像突然没了胃口。

"他带着一群蒙面人。布拉西达斯和他精心挑选的卫兵狮子一样英勇，与他们在阵前拼杀。最后，我用矛头把他钉在宫殿的地板上。他认为自己是无敌的：就好像他那可怜的教会会闯进来拯救他一样。然后，我告诉了他我是谁，我的女儿是谁。于是他的自信如石入大海，重重沉了下去。教会曾有四十二个成员，"她捏着卡珊德拉的膝盖说，"现在只剩下六个了，这都是你的功劳。"

"但是这六个人中有一个坐在斯巴达的王位上。"卡珊德拉平淡地回应。

"我想让他承认叛国国王的身份。"密里涅叹了口气。"在我把他弄过去之前，他哭着对我求饶。但他什么也没供出来。我也只找到了另一份手稿。"她耸耸肩，从毯子下面拽出了一卷破烂的卷轴。"还是从赤眼狮子那里得来的。"

卡珊德拉把它举到火光前，盯着那和帕里安手稿上同样的狮头印。她把手稿展开，扫视一遍教会的暗号——依旧是一个字也看不懂，就像来自帕洛斯的手稿一样。更糟糕的是，这份文件也被弄脏了——文本的一部分糊了一片，而这团污渍是……卡珊德拉意识到自己的呼吸停滞了。她听不到自己的肉汤杯掉到地板上的声音，听不到巴尔纳巴斯惊醒过来的动静，也看不到布拉西达斯放下了他手头磨着的长矛，甚至感觉不到母亲在摇晃着她的肩膀。"卡珊德拉，发生什么事了？你怎么了？"

元老们连迭不休的争吵声和两个斯巴达人的喊叫和抱怨在国王的大厅中回荡着，所有的一切都是为了一件案子：一个人声称忒格托斯缓坡上的橄榄园是他的所有物，而另一个人则坚称这是他与生俱来的固有财产。这两人尖叫着，吵得面红耳赤，而只有当那个声称那是自己的固有财产的人赢得了口头表决的时候，这件事才被认为得到了解决。这两个人被禁卫军的先锋队引着从门口离开了。现在，所有的目光都集中在下一批前来觐见、等待裁定的三人身上。

卡珊德拉走上前去，然后看到了两位国王和五位监察元老。

"啊，"阿希达穆斯咕哝道，"我听说波耶提亚已经安全了——不过看这样子，你没死在战场上嘛。"

大厅中回荡着元老们的干笑声。

卡珊德拉盯着他那蓬乱的毛发和胡须，还有那双遍布血丝的眼睛，以及一脸凶相。

"你得到了斯巴达的感激。"他终于轻声说道。

"还有你的财产。"波萨尼亚斯国王飞快地补充道。"我会把铁链取下来，把这处宅邸打扫干净，好让你回归故地。"

两个禁卫兵做出了要把卡珊德拉从房间里带出的姿态，但她没有动弹。

"还有别的事情吗？"阿希达穆斯愤愤地问道。

"我的家人被背叛了。"卡珊德拉说。元老们又倒吸了一口凉气。

"斯巴达被背叛了。我们是来揭发叛徒的。"

阿希达穆斯盯着她看了一会儿。"哦，真的吗？这个叛徒是谁？他们的罪行是什么？"他大笑起来，摇摇晃晃地回到他的王位上，这个话题也勾起了元老们的兴趣。

"在帕洛斯岛，我发现证据表明斯巴达的两位国王中有一位没有站在国家一边，也没有站在神的一边……而是和一个名为科斯莫斯的教会勾结在一处。他的代号'赤眼狮子'。"大厅里一片寂静，即使是一根羽毛落在地上，也会像战鼓的鼓点一样响亮。

阿希达穆斯的眼皮微微下垂，他的目光看上去有些迷蒙。

"这样满怀恶意的指控，只会让列奥尼达斯的后代蒙羞。"他咆哮道。"如果你还想保住自己的脑袋，那你最好拿出证据来。"

她把从圣徒身上找到的卷轴扔给他。阿希达穆斯脸色苍白，充血的眼睛更红了。"确实是教会的标志。不过，这证明不了什么。"

"空口无凭，如果单凭一张嘴，这个指控完全站不住脚。"密里涅附议道，走到她女儿身边。"但是后来我去了阿卡迪亚。在那里，我让另一个叛徒确认了，在斯巴达王位上有一个教会的成员，并获得了另一个有着同样带着狮头封印的卷轴。"她举起了阿卡迪亚的文件，摇了摇。

阿希达穆斯气得发抖。"你瞎了吗？"他举起了他那只肥胖的手，上面的鹰纹反射了一道光线，他指向波萨尼亚斯的手和新月纹。"王座上可没有什么'赤眼狮子'！"他恶狠狠地叫着，举起一根手指，让禁卫兵站在两人身后，准备刺穿她们，只要阿希达穆斯的手指落下，一切都完了。"你第一次来这里的时候，我就该这么做的。"

"等等！等等！"卡珊德拉叫了起来，把从阿卡迪亚找到的手稿扔给了阿希达穆斯。"看看这第二份信件。"他抓住了它，犹豫着要不要下命令……然后展开卷轴。

"看见那个手形的奇怪污渍了吗?"卡珊德拉说,"在波耶提亚,我得到了一个黑劳士的帮助,他弄洒了葡萄酒,而这酒渍就沾到了皮面上。他的手就在上面留下了那个印记。"

阿希达穆斯血红的眼睛盯着卷轴的黑斑。他脸上仅剩的血色顿时消失了。

"……而这一切,就发生在波萨尼亚斯王写下这份信件的时候。"所有的目光都投向了年轻的国王。

"给我看看你的副印。"阿希达穆斯用低沉的声调说道。

"这是什么胡话?"波萨尼亚斯笑道,"杀了她们,然后一切就都结束了。"

阿希达穆斯怒视着和他平起平坐的君主,然后从他的王位上蹒跚而下,抓住波萨尼亚斯的衣领,像玩具一样把他举起来。他抓住波萨尼亚斯脖子上的银链,扯断之后,又把它从年轻国王长袍的褶皱下拉出来,然后把它举起来。

国王大厅里的每一个人都目瞪口呆地盯着链上悬着的狮头印戒。

"你?"阿希达穆斯咆哮着。

"一直都是他,陛下。"卡珊德拉平静地说。隐藏在理性的伪装下,在日光下掩藏自己的真面目,就像他在黑暗的大厅里和他的同类相会时一样。

随着长凳的摩擦声和靴履飒沓的声响,元老们都站起身来。他们一声不响地向这两位国王走去。阿希达穆斯把波萨尼亚斯击倒在地。年轻的国王向长老们转过身来,然后背对着那些挡住了所有出口的监察元老。

"你们不明白。她在撒谎!"他说着,转过身去,看到他周围的那一圈满是仇恨的面孔。

"证据确凿啊。"一位老人轻轻地说着,一面解下他腰间的棍棒。

"诸神护佑,国家铁律:斯巴达的国王不能受到伤害。"波萨尼亚斯气息不匀,用尽力气喊出了声,而他周围的包围圈却越收越紧。

"哦,诸神会明白的。"其中一位监察元老说道,他两手间拉着一根细绳。阿希达穆斯正在包围圈的后面,他已经转向了卡珊德拉、密里涅和布拉西达斯三人那一边。

"这件事就让我们自己解决吧。过去的事情已经解决了。叛徒将不再是斯巴达的症结。"

卡珊德拉从大厅走出来时,心中升起了对波萨尼亚斯的一丝怜悯——尽管如此——当他们走出去的时候,听到了最令人毛骨悚然的尖叫,就在希普彼斯关上门之前,阴森的轰鸣声从里面传了出来。

一直以来,卡珊德拉都非常确信阿希达穆斯就是那个人。她意识到,波萨尼亚斯在帮助他们这件事上表现出的这种非斯巴达式的渴望应该就是一种警告。记忆的迷雾中,苏格拉底的谑言浮现了。

有些事情并不像它表面看上去那样,卡珊德拉。

第十五章

卡珊德拉坐在艾德莱斯提亚号的船头上，看着波涛和海豚在爱琴海波光粼粼的水面上腾跃，伊卡洛斯也随着船一起在空中前行。自从斯巴达摆脱了那个背叛者后，她便开始仔细地回忆起在那之前过去的秋冬夏三季的时光。

在那秋高气爽，还有白雪皑皑的季节里，她都在体育馆里和忒斯提克勒斯一起锻炼，他们顶着猛烈的暴风雪，在跑道上一圈圈地奔跑着。巴尔纳巴斯和莱萨也尽己所能，为他建造了一个陡峭的雪堆，让他上下往返练习奔跑。但有一天，忒斯提克勒斯却突然没了踪影，所有人都找不到他。当他们听到了从山丘上传来的带着醉意的模糊歌声时，他们知道他在哪里。众人循声从雪里挖过去，在一个像是雪洞的地方找到了他——这人还真的挖出了一个洞。他喝得不省人事，像抱着一个婴儿一样抱起一只葡萄酒囊。

卡珊德拉向巴尔纳巴斯解释道："为了教导年轻的斯巴达人永远不

要喝纯酒,他们强迫黑劳士喝得烂醉如泥,让他们丑态百出。"当他们把忒斯提克勒斯拖到外面无声的落雪中时,卡珊德拉说道:"很明显,忒斯提克勒斯错过了这一课。"

忒斯提克勒斯一清醒过来,莱萨就主动请缨,来当他练习摔跤的对手。泰斯提克勒这才露了几手真本事,他又是跳又是踢,把我们的舵手举起,然后一下子摔到地上。莱萨又站了起来,头晕目眩,两人角起力来,举起拳头,又摆好了架势。

希罗多德在一旁观望着,热情地颂唱起来:

怒挟难捺兮,现身阵前。

短兵相接兮,拒敌于面。

斯赞至雅兮,国生于谷。

荣光不朽兮,文辞以传。

忒斯提克勒斯的头向他甩了过来,他那蓬松的头发颤抖着。"嗯?"

"这是一首诗,"希罗多德叹了口气回答,"著名的斯巴达诗歌。"

莱萨抡圆了拳头,冲着分神的忒斯提克勒斯的下巴结结实实地来了一记。他像一块石头落了地,重重地倒了下去,然后又醒来,想要一杯纯酒,用来麻痹他头部的疼痛感。于是,所有人又都叹息起来。

他们在庄园的壁炉间里度过寒冷的夜晚,母女俩谈论着过去,以及这奇怪的平静。这段时间没有爆发新的战争,也没有德谟斯的消息。也许,这正是因为即将到来的夏季奥运会,还有全希腊人民在奥运会期间宣誓服从的休战协议。卡珊德拉的感觉和当初在忒格托斯山上——和阿利克西欧斯落下之前的那一瞬一样。一种奇异的、泡沫般的安适感……但她知道，这样的感觉必定不是长久的。

春天一到，便有消息传来，一大群黑劳士杀死了他们的主人，从斯巴达出逃，向西去了。一位信使带来消息说，他们就在离海岸不远的斯法克特利亚避难。更糟糕的是，他们偷走了国家的武器和粮食。奴隶们这种无法无天的逃亡行为是对斯巴达国体的一种侮辱，必定会带来严重的后果。就像将一根线从长袍的下摆上拽下来，并且不断拉扯造成的后果一样严重。所以必须阻止他们，以免整件衣服最后被撕开。在一次怒意满盈的集会中，监察元老们宣布，他们将派布拉西达斯率领一整支军团——不久之后他们就会成为斯巴达的英雄——去追踪并抓捕逃亡者。

当斯巴达军团开始着手处理这一问题时，艾德莱斯提亚号已经起航，他们的行动没有引起任何人的注意，他们带着忒斯提克勒斯绕着伯罗奔尼撒半岛航行，向埃利斯驶去，好参加即将开始的奥林匹克赛会。希罗多德记录下了这次与冠军同行的航程中的点点滴滴，而巴尔纳巴斯就像个男孩一样，对伟大的忒斯提克勒斯肯定会赢下的许多比赛感到兴奋不已。而到头来，他却只在私下里落得个"全希腊最伟大的白痴"的称号。这件事发生在离赛会举办地只剩一天路程的时候，当时这位醉酒的运动员醒来时，一定要他们在着陆前给他涂油。莱萨和巴尔纳巴斯突然碰上了棘手的事情，要爬到桅杆的高处去处理，而希罗多德已经躲到船舱里，把自己锁在了里面。于是忒斯提克勒斯转向了卡珊德拉，然后咧着嘴笑了起来。

"你要给我涂油吗？"

"你自己来吧。"

"但是，有些地方我够不到。"

"来吧！"他笑了起来，张开双臂……然后一瘸一拐地走向卡珊德拉。

卡珊德拉巧妙避开了他之前走过的路线,但是她万万没有想到,事情居然会离谱到那个分儿上——那个傻瓜被一盘缆绳绊倒,摔到了船外。接着,一股巨浪和一道水柱便从船的边缘腾起,所有人的视线都集中在那里。

巴尔纳巴斯把那盘缆绳提在手里,准备把它扔给我们的冠军。

"忒斯提克勒斯?"他向船尾叫道。

没人应声。

"忒斯提克勒斯?"他望着前方,又喊了一次。

还是没人应声。

一个黑色的鳍尖从船边的水面下冒出来,然后又沉了下去。大家都目不转睛地盯着,吓得目瞪口呆,海水静静地绽放着红色的花朵。几个气泡升起,然后忒斯提克勒斯肮脏的腰布便浮上了水面。

巴尔纳巴斯为他的英雄心碎不已,他跪在地上,双手伸向波涛。"忒斯提克勒斯——"他哑着声,在那里哭了许久。

在那之后,夏季奥运会便乱作一团:几天来,斯巴达向官员们解释说,斯巴达已经没有选手可以出赛——然后他们的冷嘲热讽和幸灾乐祸的态度让卡珊德拉打定主意,要代替忒斯提克勒斯出场参加比赛。在比赛中,她击败了所有的对手,并获得了象征优胜的橄榄枝桂冠。

在赛跑的时候,她跑得像只鹿一样快,跟最后获胜的阿尔西比亚狄斯相比,也只落后了极短的距离——不过,比赛过后这家伙还是急着要用他"平常"的方式和她一起庆祝自己的胜利,这就是后话了。在掷铁饼的时候,她也表现出色,打破了以前斯巴达人的记录,只有一个体格如同熊一般强健的岛民投出了高于她的成绩。

"哈……哈!"打斗的叫喊声把她从对赛会的回忆中拉了出来,回到了当下。

她从船的栏杆上转过身来,看到巴尔纳巴斯模仿着自己在搏击赛中取胜的样子,他向空中挥舞着拳头。而希罗多德站在一堆粮食袋上,兴奋地讲述着。然后,卡珊德拉抓住他的腰,一把把他摔了出去。巴尔纳巴斯每走一步,伊卡洛斯就像一个兴奋的旁观者一样,在桅杆上尖啸起来。

卡珊德拉把自己的桂冠送给了船长,自从他们离开埃利斯后,他就日夜戴着它。她想知道,在斯巴达有没有人会像他一样感激她。斯巴达。这一次,她想到了自己的祖国,心中却没有了汹涌翻腾的仇恨。她沿着海岸线往前看,特立尼萨港进入了自己的视野。在斯巴达海岸线附近平静的水面上,人们从小船上跳下,潜入海中,然后带着一大捧紫色的贝壳浮出水面,而他们的身上沾满了那甲壳动物著名的紫色染料。她目不转睛地看着这片土地,她的心在为她的母亲,为她的家而痛苦。

当卡珊德拉看到码头上的密里涅时,她的情绪十分激动。但是当他们走近她,看到她脸上的表情时,她感觉到了心中狂喜的泡沫像一只被抛出的陶罐一样破裂开来。"怎么了?"她说,从船上跌跌撞撞地上了码头。在两人周围,士兵们急促地叫喊着,愤怒与不安的情绪弥漫在空气中。密里涅花了些时间集中精神,泪水在她眼眶里打转。"布拉西达斯和他的人到达了斯法克特利亚,却发现武装黑劳士并不是最大的威胁。雅典军团已经在那里等候多时了。"

"陷阱?"

"看来是这样的。但是,布拉西达斯在他们收网之前就挫败了他们的诡计。整个夏天,他和他的部下一直在努力保住这个岛屿:船只吱呀作响,在狭窄的海湾上盘旋,在岛上和皮洛斯海岸线上进行的小规模战斗,接连不断的休战期和谈判每次都会变成怒气蒸腾的对峙,然后战斗便会重新上演。这个岛上已经血流漂橹。布拉西达斯被困在那里,但是他手下的纯种斯巴达人军团不会轻易被打败。然而,有传言称,克勒翁从雅典派了增援部队,好摧毁斯巴达军队,并将岛屿纳入自己的领土。卡珊德拉……"

卡珊德拉在母亲的眼里看到了一些东西,她知道母亲要说些什么。"德谟斯正和援军一起,从海路朝这里来。"

密里涅点了点头,把头埋在卡珊德拉的胸前。她们这样互相拥抱了一会儿,太阳落下山去,宣告着平和时光的终结。她听到了士兵们疯狂的呼唤。他们派出采染料的小船去寻找为数不多的斯巴达军舰,想要他们回到这个码头上来。监察元老们拒绝再送一批珍贵的本土兵团来支援布拉西达斯,不然本土的防御力量就会被削弱。不过,作为替代,他们还是从帖该亚那里呼叫了援军——这一千人可能就是困在岛上的斯巴达军团的救星。

密里涅抬起头,摇晃着卡珊德拉的身体。"我知道你在想什么。我知道自己没有办法阻止你。如果德谟斯从水路支援雅典,那这就意味着,教会就想让雅典赢得胜利,让他在斯法克特利亚屠杀斯巴达人。我们不能让这种事情发生。去吧,做你必须做的事。我只有一个要求:把我的儿子带回来。"

斯巴达人在战争中是不会耍诡计的,希腊的军人过去也不会。但这场大战已经扭曲了古老的交战规则:方阵与方阵不再进行正面交锋,让手中的钢铁奏响荣耀的旋律。在这新时代的战争中,攻城战的策略也变得诡谲了许多——比如在城墙下挖掘隧道,对策就是将计就计,直接把那些隧道弄塌,把挖掘的人直接闷死在里面——还有各种伟大的发明,比如巨型火焰喷射器,比如欺骗,比如谎言,比如绝望。誓言失去了意义，变成了欺骗的工具。全希腊都变成了红眼野兽的温床。在各个海岛上，也是如此。

斯巴达人、黑劳士和雅典人已经僵硬的尸体歪七扭八地横在地上，无人掩埋。布拉西达斯手下雄狮一样的斯巴达军团的力量日复一日地被削弱，但他们从未战败。而雅典的战船每个月都会满载着生力军涌上滩头。直到夏季的最后几天，布拉西达斯和他的部下被逼进该岛狭小的北部半岛的时候，斯巴达的第一批援军——十艘满载着帖该亚兵员的三列桨战船——才到达这里。艾德莱斯提亚号向他们的船头驶去。

他们到的时候天已经黑了，一股闷热的恶臭的风从岛上吹来。卡珊德拉蹲在船头，伊卡洛斯在她的肩膀上，在茂密的小岛上搜索着。卡珊德拉发现，那道长长的山脊散发着奇怪的光芒。"为什么这个岛上有光亮？那里明明没有村庄，只有一座古老的斯巴达堡垒。"

巴尔纳巴斯的脸拉得老长。"唉，佣兵，我担心雅典人从他们在波耶提亚的失败中学到了很多东西。"

卡珊德拉眨了眨眼睛，她把眼睛擦干，现在看到了：那光芒实际上是炽烈的火焰。松树和橄榄树枝烧得噼啪作响，燃起了橙色的火焰。他们离得越近，看得就越清楚：火焰像凤凰的羽毛划过夜空。无尽的流矢呼啸着，发出嘶嘶声，无数枚箭雨一般地从小岛的北岸射出，落在内陆的小岛上——落下来的是一枚枚火箭。那里也有喷吐着火焰的管子，巨大的橙色云团从那里升腾而起。

"这里简直就是冥府之门啊。"巴尔纳巴斯低声说。

她听到了斯巴达战号那遥远而凄凉的曲调，她听出了这首曲子——这是决死的战吼，就跟她在温泉关的幻象里听到的一样。

"我们必须抓紧时间。"卡珊德拉催促船员们。

"我们不能直接接近，"巴尔纳巴斯说，"海岸上挤满了克勒翁的人。但我们可以稍微靠近一些。抓紧了，佣兵。"

当他大步流星地走开时，卡珊德拉抓住一根绳子，做好了准备。艾德莱斯提亚号靠近该岛的中部然后向北而去，顺着海岸线的方向一路飞驰——铤而走险，靠近浅滩。在这个雅典控制范围内的沿海地区，他们找到了一处悬垂的崖壁作为屏障。战船飞快地穿过一个天然的岩石拱门，然后悬崖便退向两边，雅典人在这处海湾上的军力便暴露无遗：几百名弓箭手和大约五百名方队兵就驻扎在这里。只有一小部分雅典军队分布在北部海岸。

当雅典人注意到她的存在时，艾德莱斯提亚号冲上了石板湾，其余的九艘船也在周围着陆。"跟我拿下滩头！"卡珊德拉咆哮着跳上海湾。

雅典的旅团长发现了敌人，于是跳起来，冲他的部下吼叫，他们把火箭射向支援船队。一堆炽热的飞镖瞬间迸射而出。卡珊德拉一面前进，一面抛出了她的盾牌，帖该亚人在她旁边。她知道，他们的确勇敢而忠诚，但他们缺少了一些东西——他们不是斯巴达人。当她和史坦托尔的人并肩作战时，她能感受到那股一往无前的气势，但在这里，卡珊德拉没有这样的感觉。她的任务就是激励他们。

箭啪的一声落在他们周围。一个帖该亚人从上面滑落下来，手颤颤巍巍地抓着刺穿喉咙的箭矢。一个人跑了，他整个人都燃烧了起来，一口气跑回了浅滩。她旁边的那个人的眼睛挨了一记，眼睛滴着血的样子像一袋落下来的、湿透了的沙子。

"举起矛来！"她咆哮着。此时，一支箭从她的头盔旁呼啸而过。

"走吧，时间到了。"她感觉到，帖该亚人从她坚定而有力的命令中获得了勇气。他们和她一起快速地前进。雅典人曾一度坚守阵地。然后她发现了一个小小的突破口。过了一会儿，弓箭手们都消失在了树林里，因为他们知道他们敌不过卡珊德拉和新登陆的敌军。现在只有五百名雅典步兵挡在帖该亚人的面前。"前进！"旅团长叫喊起来。

不多时，双方的距离便被极大地拉近了，两支部队交缠在一处，长矛和盾牌相撞发出的金属撞击声，与来自内陆和海岸沿线的嘈杂声混在一处。卡珊德拉把她的长矛刺进一个人的肩膀，将他刺倒后把枪拔了出来，然后用它把另一个人的盾牌推开。"干掉他！"她对身边的帖该亚人尖叫，而那人的枪正好及时地刺进了那雅典步兵的腹部。敌人成群结队地倒下，卡珊德拉感到他们的尸体在她的脚下被碾得粉碎，而她则带领着他们，把雅典人赶回树林里。又过了一段时间，雅典人惊慌失措，乱作一团，半数以上的士兵都已经死去，剩下的人逃之夭夭。当通往燃烧着的树林的道路出现时，通往冥界的大门似乎在他们眼前敞开。她对着众人喊叫着，催促他们穿过乱七八糟的灌木丛和坑坑洼洼的土地上山。她看到剪影在火热的混乱中跳跃，在树林中旋转，火花像雨点一样飞溅。斯巴达人像狼一样战斗，有些人的头发被烧焦，有些人的皮肤被灼伤。一个人的半张脸上已经满是水泡和熔流倾落的烧伤创面，却依旧死战不懈。向内陆推进的雅典人像豺狼一样包围了他们——数量的差距已经无可逆转。但是当卡珊德拉看到布拉西达斯的时候——他就在山上，她就知道自己决不能放弃。这位斯巴达将军扭动脚后跟，从一名雅典战士的身旁跑过，然后用他的长矛灵巧地一挥，就把长矛猛地刺进了第三个人的肚子。

"佣兵！"布拉西达斯喊道。他认出了她，他的脸被血染得发黑，笑容中透着野性，双目圆睁。

"守住你的位置。"她对他大喊起来。"我们将为你扫清一条通往岸上的道——"

当火焰像帷幔一样分开的时候。在布拉西达斯身后，一个身影低着头走了过来。有那么一瞬，她以为那是阿瑞斯的化身……然后这个身影抬起了头。

德谟斯？

"布拉西达斯，身后！"她嘶喊着，催动全身力量向前冲刺。

布拉西达斯那富有野性、充满自信的样貌随着他向后转身的动作消失在她的视野之中。德谟斯的长矛像闪电一般刺过来，布拉西达斯的盾牌在巨大的冲击力下被刺穿了。德谟斯接着熟练地把枪一旋，又刺了下来。布拉西达斯挥起矛想要格挡这一击，但他还是太慢了。她看见，在滚滚的烟雾中，那两个身形正颤抖着……然后布拉西达斯便倒向了一边。他的尸体从坡上滑下，穿过了一片燃烧的石楠花丛。

卡珊德拉勉强稳住身形，她的脚边就是布拉西达斯——刚才他还站在她的跟前，德谟斯仰起头左右环视，就像一个食肉动物盯着陌生的猎物一般。他那金白相间的盔甲上覆着黑色的烟雾和流动的鲜血，那张脸被火焰映着，像一个恶魔。他的眼中闪过一丝疯狂，然后朝卡珊德拉猛扑了过来。

卡珊德拉举起盾牌挡住了朝她扑来的人。他的剑咬得很深，打破了青铜盾牌的表面，下面的木材也凹陷下去。她把毁坏的盾牌扔在地上。然后德谟斯又冲着她举矛刺来。她挡下了这一击，又刺回去。火花在他们一击又一击的对抗间飞溅而出，直到两人筋疲力尽为止。卡珊德拉用列奥尼达斯之矛的矛尖挡下了德谟斯的又一击。两人腾挪闪躲，移转身形，竭力想要占上风。在他们周围，古树呻吟着，大雨倾盆而下，烟雾弥漫。当她把德谟斯的矛尖微微拨到一边时，她发觉德谟斯有些吃力了。但突然好像火上浇油一般，他发出了一声野兽一样的咆哮，奋力反击，于是她的矛便被弹到一边。卡珊德拉翻身避开了后续的攻击，然后站起身，向后退去。

"你到这里来找死吗?"德谟斯啐了一口,大步走向她,长矛也做好了攻击的准备。

卡珊德拉觉得她的脚跟碰到了小丘的边缘,停住了。

"别让我赢得这么容易。"他咆哮道。"至少要打一场再说。"

"我是来带你回家的。"她又看见了,他脸上一闪而过的犹豫。

"没错。母亲想让你回家……去斯巴达。"

卡珊德拉看到他的眼中泛起了薄雾,好像陷入了遥远的回忆中。但薄雾消退了,他的嘴唇扭曲形成一个嘲讽的笑容。"你不明白。"他说,他用手戳了戳她身边还在冒烟的泥土,手扫过还在燃烧着的树。"我以战为生,以战为业。我活着只为了取敌人的头颅。这是我的家……你的坟墓。"

她看见他的身体绷紧了,朝她扑了过来。卡珊德拉感到自己的膝盖在发软。她躲开了他的攻击,然后一枪刺中了他的太阳穴。他惊呆了,踉跄着从她身边退开,倒了下去。

卡珊德拉向前迈了一步,单膝跪地,抱着他。她把手放在他的胸口,她感受到了他的脉搏就在她掌下激烈地跳动着。"现在,我要带你回家。回到母——"

头顶上传来一道可怕的声音,打断了她的话。卡珊德拉抬头,正好看到一棵巨大的松树,在熊熊火焰中怒吼着,像刽子手手中的斧头一样向她和德谟斯压来。

霎时间一片漆黑。

第十六章

卡珊德拉好像陷入了永恒的黑暗。而让她醒来的,却是一根迎面而来的鞭子——上面还带着刺。

"起来,婊子!如果你还有力气睡梦中自言自语,那说明你还能走路,下手还是不够狠啊。"

卡珊德拉头痛欲裂,喉咙发干,感觉自己好像一整年都没喝水了。她觉得自己好像正在被从担架一类的东西上抬起来,但是她还是睁不开眼睛。一股强烈的恶心感从她的腹中升起,她一心想着再次躺下,但她手腕上已经被绑上了绳子,然后那绳子还被收紧,拖着她在茫然中蹒跚而行。她现在睁开了一只眼睛,看到了令人目眩的日光:这里看着像是阿提卡的乡间——但是四下寒气凛冽,而树冠也已经染上了金黄色。一长列雅典士兵与一辆马车还有一群骡子一起向前行进了数里。她的手腕被绑得死死的。卡珊德拉还注意到,许多斯巴达人的囚犯也被绑在一起。他们衣衫褴褛,身上带着厚厚的伤疤和烧灼的伤痕,头发又脏又乱。

"没错，婊子，你们打输了。"没牙的雅典监奴人笑出了声。

她一看他，他就用鞭子抽她的背。卡珊德拉只听耳朵里的一声鸣响，她感到自己的嘴巴大张着，发出了一声无声的惨叫。卡珊德拉单膝跪地，监奴人抓住她的头发并把她拉起来，说道："如果你再跌下去，我就砍断你的腿，把你扔在这里喂狼。"

卡珊德拉看到了她身边的一个帖该亚人，那人跟她一样被绑了起来。他低声说："我们差一点就救出了那些被围困的人。如果我们早一点到的话，我们还是有可能成功。但那晚，我们都中了圈套。那些没有被俘的人都被活活烧死。对斯巴达来说，这是一场可耻的失败，它会传遍希腊。在那些从前人们谈都不敢谈斯巴达人的地方，现在则会遍布对他们的揶揄和嘲笑。"他发出了一声带着倦意的漫长的叹息。"最糟糕的是，为了救我们，斯巴达主动与雅典言和。"他指了指前方大批的囚犯队伍。

"谈和？"卡珊德拉低声说，"那我们为什么向北走，远离斯巴达呢？"

"因为雅典否决了这项提议。他们说克勒翁把人们煽动起来，他让人民相信，现在是充分发挥优势的时候，也是把伯里克利的防御策略彻底撇净，然后把斯巴达像虫子一样踩在他们脚下的时候。"

卡珊德拉闭上了眼睛。想到了教会，还有他们期望中的结果——雅典的胜利。他们又把战争……把世界牢牢地握在了手里。"你和你的手下战得不错。"她对那帖该亚人说道。"你们的功绩会被人铭记。"

"记忆可没法喂饱我的妻子和三个女儿啊。"他平静地回答。

于是他们在沉默中继续前进。卡珊德拉不时听到一只鹰传来的熟悉的叫声，她知道伊卡洛斯在跟着她，在那里监视着她的动静。离远些吧，老朋友，她想。这里可是是非之地。

在一个月的行军中，雅典军队和奴隶们无人管束。他们踏上了斯巴达盟军的领土，然后回到了阿提卡，在秋日的寒霜中一路跋涉，来到了雅典地界的大门前，街上到处都是飞舞的花瓣，以及欢呼的人群。现在她明白了一件事，那就是在斯法克特利亚的这次战败到底有着多么深远的影响。

街道上到处都是斯巴达式的盾牌，它们就像是战利品一般，被堆在了那里。这些盾牌属于那些在斯法克特利亚牺牲或者被俘的战士——在囚犯们到达之前，这些盾牌就被运到了这里。这样的事情对于空旷之地出身的战士们，可以说是侮辱。不用说，那里也有帖该亚人的盾牌，那人发现了这一点，他在绝望中叹了口气。"永远的耻辱。"他低声说道。

当他们穿过城市的街道时，鞭子的脆响也一路伴着他们。卡珊德拉发现，那些死于瘟疫的尸体早已被清理一空，而那些原本堆着尸体的地方，现在都聚集着成群的活人。腐烂的蔬菜还有雨点般的唾沫，以及如洪流般涌来的嘲笑和诅咒，都落在这些俘虏的身上。当他们穿过市集的时候，一个女人从她的房子里跑出来，朝着卡珊德拉和她附近的俘虏们泼了一桶仍然带着温度的秽物。

在市集的入口处——这里也是长墙通向海岸和比雷埃夫斯港的地方，希腊海军的船员们正在那里等待着，一群帖该亚囚徒已经被送到了那里。"他们会带我们去那些殖民地，"那帖该亚人说道，"让我们在炎热的田地里，像狗一样工作，脚踝上还要拴着链子。或者是在银矿里最黑暗的矿坑中过活——被送到那里的人没过几年就会瞎掉，然后大多数人就会选择给自己一个痛快。"

她看着那帖该亚人和其他五十名囚犯被拖走，像驴子一样被驱着朝港口走去。慢慢地,他们已经带走了几百名囚徒。然后,监奴人走近剩余的一群斯巴达人,冲她摇着一根肮脏的手指。"你……我可给你准备了个好下场呢。到时候你的日子可是会一天比一天惨呢。"那人兴奋地说道。

然而此时,一只手却按在了她的肩膀上。"住手!将纯种斯巴达人关在这里。免得斯巴达人攻击这里。把他们送到磨小麦的磨坊里,让他们在那里干活干到手指长瘤就好。不过这个人?叫她到我这来。"

"是,将军。"奴隶贩子应道,然后后退,向那人鞠了一躬。

卡珊德拉以为希望降临了……直到她转过身。

克勒翁在对她笑,他的红头发向后梳起来,胡子也刮得整整齐齐。他的脸因恶意而扭曲,在他的斗篷下看见了一个轮廓。那是面具的轮廓。"你也是他们中的一员?"

"他们之中最黑暗的。"他低声说。

两对警卫的手抓住了她的肩膀,一把锋利的刀片扎进了她的背部。他们故意避开了港口,向另一边驶去。他们到达了目的地。卡珊德拉凝视着这座阴暗破旧的监狱。

灵魂被遗忘的地方,希罗多德在回忆中低语。

"不,"卡珊德拉无力地挣扎着。"不!"

在牢里度过了几个月。卡珊德拉可以看到阳光透过矩形的窗子照射在地板上,以极其缓慢的速度在旗子上挪动。她会透过牢房的铁栏门,盯着地上的干草看几个小时。每隔一段时间,门外就会刮起一阵微风,吹动着麦秆,还有一些其他东西。

对现在的卡珊德拉来说,活着是一种折磨。冬天,集会的喧嚣逐渐消失,然后随着时间的推移,春夏季节来临,气温逐渐升高。闷热的日子一天天过去,什么都没发生。只有一个木质的舱口被打开,一只肮脏的手把一碗稀麦片粥和一杯淡盐水放在走廊的地板上,离她的牢门足够近。

克勒翁把她扔到这里时什么都没说,当然,他也不需要解释。卡珊德拉听到了门锁被打开的声音,还有锁链移动的响声。她明白了,她会被留下来,作为教会新的成员和拥护者。他们掌控着整个世界。但是教会还剩下什么?现在不就剩下克勒翁和其他几个人了吗?她和密里涅在过去几年里杀死了多少戴面具的浑蛋,她已经记不清了,但她在盖亚之窟里见过的那四十二个人几乎全部被杀了。

每当夜深人静的时候,那些浑蛋就会出现在她梦里。她梦见那些戴着面具的脸,站在她肮脏的干草床周围,盯着她看,邪恶的微笑定格在脸上。白天,她试着不去想那些噩梦。她跳到天花板的隔窗上,抓住铁条,爬上去,再跳下来,一遍又一遍地重复,瞥见云朵在高空翻腾。多亏了这个,她的肩膀、背部和手臂都变得越来越结实。她渴望奔跑——她想在乡间小路上飞奔,感受风吹过脸颊的感觉,闻着夏天草地的清香……除了夏日里人满为患的集市的臭味。

当卡珊德拉半夜醒来,听到一个新来的犯人被拖到隔壁的牢房时,她看到了希望的曙光。虽然两人中间隔着一堵石墙,她看不到隔壁的人,但她细细品味每一个字的发音,仿佛每个音节都是一件宝物。

"告诉我你在哪里找到的。在哪里?"隔壁的一个狱卒怒吼着,在他说完这句话时,卡珊德拉听到了一声闷响。似乎那狱卒反手给了新来的犯人一拳。牙齿掉落在地上的声音之后是一阵低沉的呜咽。"我……我不知道。我的船遭遇了海难,所以我迷路了。如果我知道,我为什么要瞒着你呢?"

"好吧,我们会每天打你一顿,直到你想起来为止。"另一个狱卒笑着说。

当警卫离开时，卡珊德拉对那家伙低声说："你是谁？"

"拜托，别和我说话。如果他们听到的话，我会挨打的。"

"为什么？"

"因为他们喜欢。他们想要逼我说出一个秘密，我不能泄露的秘密。"

"他们不会听见我们说话的。晚上，他们都会待在市集尽头的小酒馆附近。"

一阵沉默之后，那人开口说道："我……我找到了他们想要的东西。"

"他们？你是说教会？"

他似乎是个沉默寡言的人。"是的，那些戴着面具的人。"他哑着嗓子说。"雅典卫兵奉他们的命令行事。"

"你为什么不告诉他们他们想知道的东西呢？"

"因为如果他们得到那尊雕塑，世界会毁灭的。"他话锋一转。"我说得太多了。"

他整晚都沉默着。日子一天天过去，那人每天都被狱卒殴打。狱卒离开后，她试着安慰他，但他一直在自言自语，有时甚至在高声吟诵着什么。

第二天，卡珊德拉听到警卫又在殴打他。"赶快把这个秘密说出来，你这条狗。"他们讥笑着把他的手指一根接着一根都打断了。卡珊德拉的膝盖贴紧胸口，闭上眼，希望这一切尽快结束。当他们离开时，其中一个狱卒对那人说："明天就轮到你的脚趾了。"

隔壁那人呜咽着，低声说："亲爱的菲娜，我祈祷你一切都好，德米特保佑纳克斯的土地，让你不再挨饿，愿阿里阿德涅保佑葡萄藤……亲爱的菲娜，我多么想念你的抚摸……可爱的菲娜，距离我们上次见面已经过去了很多年，但是……"

卡珊德拉的眼睛睁大了，好像看到了曙光。"你妻子是纳克斯的菲娜？"她说着，回想起了巴尔纳巴斯在岛上的短暂爱情。

一阵沉默。

"你是梅利顿，那个海员。"

接着又是一阵短暂的沉默。"卫兵告诉你的，是吗？他们付钱让你来套我的话吗？"

"你和希罗多德谈过一次，"她继续说，"跟他讲过你在锡拉岛上遇难的事。在那里的雕刻中，有失落的文明，那是毕达哥……"

"嘘！"他发出嘶嘶声，"好吧，我们可以谈谈，但答应我你不要大声说出他的名字，不然咱们两个人都会死。"

那天晚上，他们谈了很多，梅利顿讲述了塞拉的故事，颂扬希罗多德，历史学家对教会发现失落智慧这件事的恐惧也因此加深了。夜晚，在他们入睡之后，她的朋友被带走。狱卒们在黑暗中进入隔壁的牢房。她听见了梅利顿的哭声，听见他们打他的声音，接着听到靴子踩碎他脑袋的声音，脑浆溅得满地都是，最后，当他们把他破碎的尸体拖到外面时，卡珊德拉听到了他的双腿被拖在地上的声音。

卡珊德拉再一次过上了与世隔绝的生活。

随着时间的流逝，冬去春来，四季轮转。卡珊德拉又开始梦到那些戴面具的人。不过与之前不同的是，现在就算醒着的时候，那些戴面具的人影也在她眼前挥之不去。还有德谟斯。当她重复数千次仰卧起坐、跳跃、蹲下和平衡练习时，他们会站在她的视线边缘，凝视着她。她常常想象自己手里拿着列奥尼达斯的长矛，然后转过身，用想象中的武器驱散这些幽灵。这成了她的一种习惯，当卡珊德拉看到他们时，她开始大笑，当她使他们消失时，她高兴得尖叫起来。

一天早晨,她醒来时听到了抓挠的声音,她猜是一只老鼠。不,是从上面来的。她眯起眼睛看着头顶隔窗中的小块矩形光斑,看到那里有一团羽毛似的东西在慢慢移动。那一刻她的心怦怦直跳。伊卡洛斯?但在她还没来得及确定时,那只鸟就飞走了。一个小东西重重地砸在了她的额头上。她叫了起来,然后抓住了在地上弹跳的小泥球。她的眼睛一遍又一遍地扫视着圆盘的表面,上面刻有文字。上面写着,*做好准备*。她又抬头看向窗格。为什么做准备?

无尽的时光长河滚滚向前,蒙面的幻影纠缠着她。一天,德谟斯的影像出现了,独自一人出现在牢房门口。起先卡珊德拉假装没有注意到他,然后站起来,把她的长矛刺向他的胸膛。

他没有消失。

"姐姐。"他说。这句话像鼓声一样在监狱里回荡。她挣扎着保持平衡,但身体依然维持着战斗状态。这是卡珊德拉在这么长时间里听到的第一个词语。他穿着白色长袍,但这一次没有穿盔甲。

他说:"我一直想知道,你在斯法克特利亚想做什么。"

"我记得的最后一件事,"卡珊德拉回答说,她的声音因为太久没有开口,听上去有点奇怪,"是想救你。"

"我记得的最后一件事是,我被你的矛打昏了,"他立刻回答,"这不是你第一次抛弃我去死了。"

"教会就是这么告诉你的?"

"这就是我所知道的。"

卡珊德拉冷冷地笑了。"那么现在呢?你是来割开我的喉咙的吗?"

"这件事先不急,毕竟随时都可以,甚至是现在。"他咕哝道。

卡珊德拉感到一种深深的颓然,她觉得自己几乎就要照他的话去做了。但后来,她注意到他回头看了看,眼睛里充满了焦躁不安,好像是在确认这里还有没有其他人。

"但在那之前,"他举起一只手,握住一根栅栏,然后把脸贴在栅栏中间的缝隙上,"把你知道的都告诉我。"

"我以为教会把一切都告诉你了。听起来你是站在他们那边的,但他们不会听你的。你明白这就是他们把我关在这里的原因,不是吗?作为一颗棋子。"

德谟斯的嘴咧开,扯开了一个狰狞的笑,他用力摇动着门上的栅栏,门嘎吱作响。

"你认为我是那么容易被代替的吗?只是个傀儡?没有我,教会什么都不是。"

"他们也告诉你了吗?"卡珊德拉平静地问。

德谟斯的眼神闪烁不定。"别刺激我,姐姐。也许我现在就该杀了你——打破你的理论,证明你一无是处。"

"那么,现在就把门打开吧,来吧。"她说,她现在心跳加速,因为她担心她的腿现在就像两根失去了弹力的弹簧。

德谟斯的怒火平息了。"首先,你要向我解释被扭曲的真相。为什么那天晚上我被遗弃在山上?"

卡珊德拉逃跑的心思当时就动摇了。从那晚开始,她心心念念的就是找到机会解释。她的思绪开始像塞萨利安的马一样飞驰,但她拉住了无形的缰绳,放慢速度,喘了口气,回忆起她与苏格拉底的讨论。赢得辩论的最好方法就是温和地引导对手得出结论。就像用桨划开水面一样做出简单的推理。她跪在牢房的地板上,示意德谟斯在大门的另一边也这样做。

"你还记得这件事吗?"她说,"我不是说这件物什展现给你的记忆,是你对这件事情本身还有印象吗?"

德谟斯倚着大门的栅栏滑下来，坐下，一只手绞他的头发。"母亲、父亲……你。你们都在袖手旁观，只有一个老人把我救起来了。"

"一个老人？"

他皱起了眉头。"一位……元老。"

"哦，果然是这样。"

"为什么？我四肢健全，也没有生病。不是吗？"

"不，但你被先知的毒唇吻了。"

德谟斯的双眼望向了天空。

"你知道是谁向先知传递了信息。"

他慢慢地点头，默默地注视着天空。"一个命运如此可怕的婴儿被抛下了悬崖。什么样的预言导致了这样的后果？"

"先知说你的存在会为斯巴达带来不幸。所以斯巴达决定把你扔下悬崖。毕竟验证结果的风险太大了。你活着的时候，教会把你收入他们的麾下，把你塑造成一个战士……不如说是武器。"

"这是我自己的选择。"他咆哮着，瞪起眼睛死死盯着她，就像一只愤怒的猎犬。

"变成什么？这就是你想要的吗？"

"教会把我视作上帝。他们崇拜我！"

"是吗？"卡珊德拉自然地反问道。

德谟斯又站起身来，胸口起伏着。他开始在牢房门前踱步。"该死！"他咒骂道，"你的骨头是用金子做的吗？呵！他们选择把我扔下去可真是他们的损失！不……那天晚上我被救下，从你和我那不幸的家庭中被解救出来。"

"你还记得那天晚上你最后一次见到我时的样子吗？"她说。

德谟斯放慢了脚步。"我记得……你的表情。最后的表情。"

"是的，当我冲向山顶的时候。我想救你，我想抓住你。"卡珊德拉的头低埋在她的胸口，一声呜咽卡在她喉咙里。"我失败了。我也被扔下了山，作为将元老推下去的惩罚。我的生命也在那里结束了。"

"好一个悲剧的女主角！"他咆哮着，挥动着一只手，却没有直视她的眼睛。

"教会才是罪魁祸首，德谟斯。父亲重任在肩，他身为斯巴达的骄傲，被责任捆绑着——他也是受害者。我花了二十多年的时间去理解他，如果他没有按照先知的要求去做，那我们大家都会蒙羞的。"

"蒙羞？"德谟斯怒气冲冲。"难道会比我们现在的处境还糟糕吗？"

"母亲也下去找你了。"

"什么？她到埋骨坑里去找你。她确实找到了你。"

德谟斯盯着她。

"她逃离了斯巴达，带你去了一个治疗者那里。但那个治疗者是邪教的成员。她向母亲撒了谎，告诉她你已经死了。"卡珊德拉双手环着牢房的栏杆"你还不明白吗？你被利用了。如果你以为他们会告诉你整件事情的真相，那你为什么还来找我？"卡珊德拉指了指监狱的外门，继续说道："这就是教会做的事。他们使用了他们所拥有的权力。他们对你这么做了，对雅典也是这么做的。他们把眼线安插在国王或督政官的身边，当一个人或者国家失去利用价值的时候，他们就会将他毁灭。"

"克勒翁现在在雅典掌握着大权，"德谟斯的情绪十分激动，"他不会放手的。他不会愚蠢到低估了我给他带来的利益。"他和卡珊德拉一样抓住了铁栅，两人的鼻尖碰到了一起。"教会永远别想控制我。我为他们赢得了这场战争的胜利。"

卡珊德拉盯着他的眼睛。"那么你打算以什么为代价呢……阿利克西欧斯?"

德谟斯在颤抖。"不惜一切代价,"他低声说,"这不是你所希望的吗,佣兵?"

两人面面相觑,久久不语。

那一刻,门外的响声打断了他们的谈话。

克勒翁大步走进来,上下打量着卡珊德拉,仿佛她是一块狗肉。德谟斯面带愧色从牢房里退了出来。

"我们一直在找你,德谟斯,"克勒翁厉声说,"我居然会在这里找到你……真是有趣。"

"我来……没什么。"他摇了摇头,没有看到克勒翁锐利的目光。

"你是来杀她的?"克勒翁皱着眉头说出他的猜测。"那不是你该采取的行动,孩子。现在你可以离开了。"说完,克勒翁指了指门。

"我不是你的傀儡,"德谟斯咆哮着,看着克勒翁的眼睛,"你也不是我的主人。"

克勒翁凝视着德谟斯,脸上挂着油腻的微笑。"当然,年轻的战士。"他说,语气不再那么强硬。"我只是担心你的健康。"

德谟斯耸耸肩。"随你怎么处置她吧。"他嘶声说,转身要离开。在他离开前,他最后看了一次卡珊德拉的眼睛。

克勒翁现在就在卡珊德拉眼前,他双手紧握在自己的腰带上,就像一个刚吃下两人份食物的胖子。她注意到他精心休整过的红发和尖胡子上散发着甜蜡的香味,还穿着一件伯里克利的长袍。

"没有什么比死人的衣服更适合你了。"她直截了当地说。克勒翁笑了。"'伯里克利'式的策略将雅典推向了灾难的边缘,所以你杀了他。"

"如果不打碎鹌鹑的蛋,你就找不到完美的蛋黄。他不适合我们。

杀死伯里克利，然后占领斯法克特利亚——这只是个开始。从那以后，我把无数胜利都归功于我英明的领导。中立的梅洛斯岛拒绝了让他们归顺雅典的建议。因此，我们摧毁了他们的城市，并占领了他们的岛屿。厄基纳人胆敢站在斯巴达人一边，而我们彻底击败了他们。不久之后，斯巴达治下的基瑟拉岛就落到了我们手里。我缔造了传奇。我无所不能。"

"比如把税收提高，弄得民不聊生，还是让年轻的雅典士兵去送死？我听到过路人风传关于德利姆惨败的事，雅典在那里损失了多少人马？"卡珊德拉冷笑道，"我在这里的时候感觉到了人们的变化。早年的欢呼声和歌声变得酸涩而沙哑。人们现在抱怨你的盲目征战，而不是与民休息。你不再是那个自命不凡的英雄了，而且——"

"我的下一步计划会是最好的。"他打断了卡珊德拉的话。"有反叛者在玛蒂琳城的莱斯伯斯岛。有传言说，他们已开始与斯巴达人谈判，以期叛逃到伯罗奔尼撒联盟。"

"你做了什么？"卡珊德拉说，她发现了他眼中的阴鸷。

"我？我什么也没做。"他笑着说。"投票已经开始，舰队已经启航。迈蒂琳的士兵和市民如果死个干净，就不会再有反抗了！"

"又一次暴行？当他们嘲笑你的时候，叫你大猩猩——我以为那是因为你又吵又讨厌。嗯，他们说得没错。但现在我知道这正是你内心真正的想法。你不放过每一处发痒的皮肤，在每一条裂缝上涂漆，不惜任何代价折断每一根绳子，紧紧抓住权力。这就是暴政的定义。伯里克利不是为了安抚冲动的群众，而是要引导他们找到更好的思维方式，了解民主和理性。"

"民主？"他笑着反问，"好吧，现在只有一个人坐在那张引以为傲的桌子旁。而那个人……就是我。"他咧嘴一笑，指着自己的胸膛。

"现在我得走了。安培波利斯北部附近产生动乱。斯巴达人根本不知道他们什么时候被打败。现在,他们试图把北方作为自己的领土——窃取这些土地上的黄金、白银和上好的木材。我闻到了即将到来的又一次胜利的气息。我打败他们以后,北方的城门和特拉基亚的城门,必归我掌管。你知道上面是什么,不是吗?"

卡珊德拉感到一阵恶寒。

"西塔尔科斯王曾经允诺让自己庞大的色雷斯军队支持教会事业:许诺过会献出十万支长矛和五万名凶猛的战士为我们服务。西塔尔科斯现在已经死了,但是他的蛮族军队仍然存在。他们将响应我的召唤,他们将降临并控制希腊全土。带来一个秩序和控制的时代。"

卡珊德拉盯着他看,她的心怦怦直跳。

他按了一下手指。"教会胜利了,卡珊德拉。你输了。你失去了加入我们的机会。而现在……对你来说,一切都结束了。"

他离开了,两个卫兵板着脸拿着斧头走了进来。他们把牢房门关起来,锁上了。其中一个挥舞着斧头,咧嘴一笑。"他说我们可以随意处置这女人。"他瞥了另一个人一眼。"砍下她的脚。"

另一个人用斧头指着她的脚踝。卡珊德拉本能地跳起来,抓住天花板上的栅栏。斧头飞快地穿过她的双腿所占的空间。她狠狠地踢在一个人的头顶上。一根脊椎骨断裂的声音在牢房里回荡,他倒在地上。卡珊德拉落在地上,抓住死者的斧头,把斧头往上挥,挡住另一个人的刀子,把他推回到墙上,然后把斧头转向她的脚后跟,把斧头砍到他咧嘴一笑的脸上,把他的头从嘴唇上一路砍下来。他头的上半部躺在墙上嵌入的斧头上,身体的其他部分滑到地上,下面是一条湿漉漉的黑色血迹。她跟跄着转向第一个倒下的人,从他的腰带上拽下钥匙。

她打开了牢房门,马上就要感受到甜蜜的自由……直到她听到越来越近的脚步声。这场疯狂的战斗几乎夺走了她虚弱的身体的每一丝能量。她不能再独自面对更多的敌人了……不能。

"长官！"一个熟悉的声音咆哮着。两个身影冲进监狱，然后跟跟跄跄地停了下来，他们背靠背。其中一个拿着铲子，另一个拿着扫帚。两个人先是有点困惑，然后看到她站在敞开的牢房门口，都感到头晕目眩。

她高兴得心潮澎湃。"巴尔纳巴斯，苏格拉底？"

"佣兵！"巴尔纳巴斯哭了起来，放下他的铲子，紧紧地抱着她。苏格拉底盯着两个被屠杀的狱卒。"你让我活下去。"他举起双臂，活像个奥运冠军一般。"我来了。"

"我们听说你在这里，"巴尔纳巴斯气喘吁吁地说，"我们不确定。我们派了伊卡洛斯，这样你就知道……"

"——准备好了。"卡珊德拉替他说完了。当她听到更多的脚步声时，她竖起了耳朵。"我们必须保持警惕。这两个卫兵很快就会被发现。但我们能藏在哪里呢？这个城市是克勒翁的所有物。"

"一切都在掌握之中。"苏格拉底向她保证。"来吧，我们会从小巷和隐藏的小径走，把你带回伯里克利的旧宅去。自从他死后，那里就被遗弃了。我们将在那里计划我们的下一步行动。希望还没有消失，但它正在消失……迅速地。"

在闷热的雅典夏日的中午，卡珊德拉站在伯里克利的旧宅的阳台上，一手扭着列奥尼达斯之矛，轻轻重复着古老的格斗训练动作。她又一次抓住了长矛，感觉很好。希罗多德他们干掉了四个教众——那么要说这里还剩下谁的话，那也就是克勒翁了。最后，希罗多德从斯法克特利亚的灰烬中拯救了它。巴尔纳巴斯也把她的皮甲带来了——这才是一个战士的战衣……

卡珊德拉又把矛旋了几旋，然后插进了她的腰带，心中感觉自己充满了力量。多日的休养，美味的面包，还有蜂蜜和坚果使她的身体再次充满了活力。伊卡洛斯滑翔着飞了下来，落在栏杆上，卡珊德拉走过去给它梳理羽毛，亲吻它的头。她悲伤地意识到，伊卡洛斯现在是一只老鸟了。她望向东方银色的热气之中，看到雅典舰队驶向大海，三十多艘船已经开拔向北，驶向遥远的安培波利斯，船帆也随着海风鼓胀起来。克勒翁去争取他的荣光了。但这座城市仍然是他和教会的所有物。或者更准确地说，苏格拉底的最新情报显示，在她入狱期间，又有四个教众被杀了——如果只剩下一个人，那么只能是克勒翁了。

他说过，他是他们之中最黑暗的。

在她身后，伯里克利幸存的随从们为这个残酷事实争吵的声音起伏不定。她从阳台的架子上摘下一颗葡萄，把它丢进嘴里。当她转过身来看着他们的时候，冰冷果汁迸裂而出的感觉也无法缓和这种感觉。苏格拉底、衣冠不整的阿尔西比亚狄斯、希罗多德、阿里斯托芬、尤里皮季斯、索福克勒斯和希波克拉底站在这位已故领导人尘土飞扬的计划表桌旁，疲惫不堪，面容憔悴，犹豫不决。

"去联络修昔底德，"希罗多德坚持说，"那里有只忠于他的船只和军队。他们将向克勒翁揭起反旗。"

"还不够，"希罗多德叹了口气，"他被放逐到了远离雅典的地方，在流亡中苦苦挣扎，因为他在'雅典人最初的堕落'中出演过。"

"我们在这里，在雅典，在她跳动的心脏里。她现在需要我们。"希波克拉底拍着桌子咕哝着。

"你有什么建议？"苏格拉底嘲讽道，"我们难不成要组织一支用铲子和刷子武装起来的队伍，去夺取雅典的控制权么？我们看起来会很可笑。更糟的是，这会让我们成为暴君。克勒翁用武力夺取了权力。"

"这是他的方式,"阿里斯托芬争辩道,"但还有其他方法——更缜密、更持久——可以赢得雅典人民的心。"

索福克勒斯说:"他会建议写一出戏剧的。"他愤怒地翻了个白眼。"让我猜猜,只有他够机智,才能写出这样一部作品。"

阿里斯托芬斯一脸不悦,说道:"胡说八道。我让你拿着我的药片,给我拿点喝的。"索福克勒斯气炸了,他叹了口气,离开了桌子,却撞上了阿尔西比亚狄斯,阿尔西比亚狄斯主动提出要按摩他的肩膀,缓解压力……然后开始咬他的耳朵。当苏格拉底怒气冲冲的时候,阿尔西比亚狄斯无辜地伸出手来。"什么?爱的人不就是为了表达爱吗?"

苏格拉底轻笑。"那么你一直在听我说。"

"也许是的,但不是现在。"他指着桌子说。

卡珊德拉旁观,渴望着这些伟大的头脑产生一颗明珠般的计划。但是几天过去了,没有结果。

有一天,巴尔纳巴斯站在她身边,看着她。"我也感觉到了,佣兵。这个位置不痛不痒。"

她转向他的所在。"即使你和我经历了这么多的冲突,你也还是希望跟我去安培波利斯?"

"他们没有告诉你,是吗?就是有关那里的斯巴达驻军的事。"

她皱了皱眉头。"我听说那里有成千上万的斯巴达人。克勒翁沿途也不过能召集九千人而已。他将面临一场激烈的战斗,不会轻易拿下通往北方的大门的。"她再一次想起克勒翁对门外那些色雷斯部落的夸耀之语,然后默默祈祷着,希望天助斯巴达人。

巴尔纳巴斯摇了摇头。"那里只有一百多个斯巴达人,还有少量的同盟军步兵。"

"什么?"

"自从斯法克特利亚的灾难发生以来,监察元老们就拒绝让斯巴达本土兵团投入战斗。他们只派了少量的斯巴达人前来保卫都市,而在他们队伍中,还有大量的黑劳士。"

"你说黑劳士?"卡珊德拉倒吸一口凉气。如果是作为辅兵和搬运辎重的后勤人员的话,他们还是很优秀的。但是,如果他们组成了一支军队,这简直是疯了。

"诸神怜见——是谁在领导他们?"

"布拉西达斯将军。"巴尔纳巴斯回答道。

卡珊德拉听罢,便直勾勾地盯着巴尔纳巴斯。

"他也在斯法克特利亚的战场上获救了。在你被监禁的这段时间里,他一直带领他的黑劳士军队在北方各地寻找盟友,在克勒翁的钢铁帝国中寻找缝隙。"

她听见,里面的一群人正背诵着他们最近几天编好的剧本的台词。欧里庇得斯站在一个箱子上,扮演着伯里克利的角色,他态度专横、形容庄严、直言不讳。然后,阿里斯托芬来到场景之中,在那里跳跃着,挥着自己的手,动作就像摘花一般,然后像一只受尽折磨的猪一样尖叫起来。"不,听我说!看,这里有个黑漆漆的洞穴。跟我来,让我们看也不看地一头跳进去吧!"

阿尔西比亚狄斯一边从酒囊里呷着酒,一边大笑。希罗多德鼓起掌来。索福克勒斯高兴地笑着,他敲击着蜡板,一面看着那两人表演,一面继续念着剧本。

"公演会在明天举行。"苏格拉底说着,走到卡珊德拉这边。"这出戏将向人们展示克勒翁自私自利的行事之道——他不是勇者,也不是英雄。他的声誉将被推到悬崖的边缘。"

卡珊德拉注意到，他正转过头来注视着自己。

他扬起一条眉毛，笑了笑。"我能看出，你还有话憋着没讲——说出你的感受吧。"

"光毁掉他的名声可不够。"她沉思着。"我们不能单单只是弄伤他，因为他有办法进行可怕的报复行为。我们必须斩草除根。"

"没错。"苏格拉底说，他的微笑渐渐消失了。

"那么，对我来说，这场剧目的舞台就是战场。"她直挺挺地站着，朝着巴尔纳巴斯看去。

"艾德莱斯提亚号一直都在备战状态，佣兵。"巴尔纳巴斯深情地半鞠躬。"我们一直在等你的下一个命令呢。"

第十七章

一股热风吹起了布拉西达斯的头发，他一只脚站在安培波利斯那被阳光晒得发白的南面护墙上，凝视着外面干枯的草地。斯特赖蒙河在城市的北面城墙周围分出了支流，而一座小山就坐落在南面一箭之遥的地方。前一天的早晨，这座山还是一座安静宜人的土丘——仅此而已。然而后来，克勒翁的船到达了埃昂港——一处由雅典人控制的小码头，那里也是斯特赖蒙河流入爱琴海的地方。现在，那里已经挤满了成千上万的雅典步兵，他们身上特有的银白蓝三种颜色也已经覆盖了这座山头。那里还有无数的铁甲骑兵和希腊人的同盟军。他们唱着无礼的歌曲，嘲讽斯巴达人在斯法克特里亚的失败。他们的歌声绵延不断，让对面的红衣人丢尽了脸面。

"敌我兵力差得太远了啊。"他的副手克里亚利达斯说。

布拉西达斯用余光向城里看去：那里驻扎着被派来协助他攻取并防御这座北方要冲都市的军队，而现在，那里所有的只是一群乌合之众。一百五十名斯巴达人像雕像一样站在门楼附近。那么其他人呢？在这场北方战役中，黑劳士们也做出了突出的贡献——他们进攻勇敢，守备坚牢，问题在于，他们从未对抗过这样的敌人。他们戴着代替头盔的狗皮帽，穿着破旧的棕色——而不是代表斯巴达的红色斗篷。他瞥了一眼北边，朝河对岸望去，然而那里除了一线扭曲的热气之外，什么都没有。色雷斯人就驻扎在外面的某个地方。在那座山上的红发混账打下了这块土地并向他们敞开大门，那希腊就要倒霉了。但比起他们，最可怖且危险的存在现在就站在山上的克勒翁旁边——那头野兽差点儿在斯法克特里亚杀了他。

德谟斯。无敌的恐惧化身。

"我们该怎么办？"克里亚利达斯追问道，"我们的粮草已经不多了，克勒翁也知道这一点。"

"我们能做些什么呢？"布拉西达斯回答说，"雅典人好不容易有一次敢于在战场上直面我们时，我们却不能打开城门跟他们直接较量——我重视我队伍中的每一个斯巴达人，但是也重视每一个黑劳士……但如果我们在激战中直面平原上的雅典精英，那么大家都会枉死在战场之上。我们唯一的选择是等待，并祈祷提喀女神会垂恩于我们。"克里亚利达斯从他身边走开，去给下面的士兵进行演说，以激励他们的士气。布拉西达斯盯着城外庞大的军队，心中有一种最陌生、也最不斯巴达式的情绪升腾而起。

恐惧。

阳光灼伤了克勒翁的脖子，他在马鞍上也坐得屁股发麻。但是对于他来说，下马和站在地面上的凶徒——和德谟斯在一样的水平线上，是决然不可能的事情。他看着那战士，他站在山脊之上。"我可不需要你啊，你这条狗。"他腹诽道。

一路上，德谟斯每出现一次。便会有从营房中传来的喝彩声。在埃昂港的时候，士兵们还传唱他在斯法克特里亚时的英雄事迹。然而，当他从他们身边走过时，大多数人都畏缩了起来。"恐惧和尊重，真是荣光的组合呢。"克勒翁心中一股无名火油然而生，他斗篷下的手在稀薄的空气中徒劳地抓着，他攥成拳头的手因愤怒而战栗着"好吧，等到战斗来临的时候，也许你会得到最高的荣誉呢，德谟斯。"他微笑着，紧握的手环着一张弓的上臂。以英雄的身份战斗……然后在战争中死去。

就在这时，一阵笑声从山顶传来。在最前列队形整齐的队伍后面，来自科基拉岛的同盟士兵放下了他们的矛和盾牌，在那里喝着水，分享着面包。其中一人绕着在那里另一个人跳着舞。"看看我！看看我啊！"那个跳舞的人怪叫道。

于是，更多人爆发出了笑声。炽热的耻感像手指一般爬上了克勒翁的脖子。是那出戏剧……那出该死的戏剧！有关雅典诸多事体的流言此时已经传到了他们所在的埃昂港。他听到其他人也在窃窃私语，又看到了旁人笑得通红的脸——当他们迎上了克勒翁的视线，便飞快地转过了头去。一位信差证实了这一切：就在他远离雅典的时候，伯里克利手下残留的鼠辈们从洞里爬出来，向人们散布有关他的种种谎言。

克勒翁只觉又一股无名业火翻腾上来。"我会把话传给我那些有权有势的朋友，然后他们就会……"然后，他想起了上一次教会集会，思绪便就此停住——出席者只有他和另外一个蒙面客，其他人都已经到冥河的彼岸去了。等我回到雅典，我就会把那些鼠辈的脚踝捆住，把他们倒吊在城墙上，然后乌鸦就会啄出他们的眼睛。

那些戏仿雅典剧目的演员演得十分卖力。克勒翁的胸口也因愤怒而刺痛起来，但现在，他也不能在这里直接惩治他们——全军上下的视线可都看着呢。这群人会尊重他的决定，这倒没错，然而，如果他们看到了他给这群不敬之徒安排下的凄惨死相，那他们自不会漠然视之。他想起他在埃昂时养的那些狗来，然后向南看了看那个小小的港口。要是那些猎犬还活着，他们早就该在这群应该被开膛的演员身上大快朵颐了。

"将军，"一个雅典军的旅团长向克勒翁发问，"您怎么说？我们要向城墙进攻吗？"克勒翁注视着安培波里斯，城头空无一人，只有布拉西达斯的孤影在城墙上向他回望着。他的一些军官们声称，雅典的骑兵们已经越发焦躁起来，他们低声说，在对伯里克利的保守策略进行了这么多年的轰炸之后，现在伟大的克勒翁却连一群黑劳士都不敢对付。

一股火热的傲气刺穿了他的身体，他抓起他的剑，想象着自己把剑高高举起，发出进军命令的模样——这样的英雄时刻将会被永世流传，把那些戏剧中惹人厌的流言踩在脚下……"因为我不太确定我们该不该这么做，"那旅团长补充道，"您看城外的森林，里面可能埋伏了骑兵。还记得底比斯骑兵在波耶提亚进行的大屠杀吗？如果这样的力量在这里降临到我们身上……"克勒翁感到自己的肠子扭曲蠕动起来，他的腹部发出一声响亮而痛苦的怪叫。声音几乎盖过了那旅团长的提议。

"派侦察员去侦察树林。在这里设置一个哨站。然后让军队掉头，返回埃昂。"雅典人的怨言和沮丧的喘息声从他们的队伍中升腾而起。克勒翁的脖子因愤怒而发烫。"我们明天再来。"他吼道。"到那时，斯巴达人又将缺粮少食物，恐惧不堪。明天我们就会把他们的脑袋穿在长矛上示众！为了胜利，我们明天再战！"

他的讲话勾起了几声喝彩，但许多军官发出的命令声很快就把它淹没了，他们叫喊着，要自己手下的士兵掉转方向。当雅典军队蹒跚而来的时候，隆隆的靴子声从山顶升起，离开了安培波利斯市，掀起了一股厚厚的尘土。克勒翁看到科基拉人的盟友组成了旋转力量的左翼。从理论上讲，他们应该带领队伍返回伊安。然而，他们行动迟缓，步履散乱，有些人还在捡起他们的头盔和矛，把软木塞放回他们的水囊上。他的怒火如一股熔化的青铜般高涨。

"快走！"他咆哮着，骑着马朝他们走去，一棍子打在他们的后脑勺上。那一刻，布拉西达斯感到热风顿时停息了下来。"他们撤退了吗？"他自言自语。透过尘埃落定后那清澄的阳光，他看到了敌人杂乱无序的队伍。童年的记忆在他的脑海中爆发开来：战术家教他和其他男孩如何识别敌军中的一个弱点。背部和侧翼，这位古板的老专家也是循循善诱，在泥土地板上排成了一排排磨光的鹅卵石来演示。他的脖子伸长，一股寒战从他的脊椎底部蹿将上来，从他的头皮掠过。

"斯巴达人们，"他猛地跳到那一百五十人面前，"做好准备。"

士兵们应声挺直身躯，将长矛高高举起。

"吼！"

"斯法克特里亚的耻辱已经压在我心中太久了。对你们来说不是一样吗？"他咆哮着，飞快地走下台阶，要走到他们面前。他们大声疾呼，把长矛击在盾牌上。他转向由克里亚利达斯领导的黑劳士群众。"还有你们，勇敢的战士们，扔掉你们的狗皮帽，拿起你们的长矛，准备和我们一起大步前进……准备永垂不朽！"

艾德莱斯提亚号冲上了斯特赖蒙入海口处的沙湾，在一阵剧烈的震动中停了下来。卡珊德拉跳进了粗糙的沙地。四下一片寂静。直到她听到乘着热风从远处传来的声音：先是一阵木头的嘎吱声，然后人们的吼声便从中涌出。她抬头仰望那长长的低矮山脊———一堵长满草的墙挡住了的声源。她冲上坡去,在碎石地上滑行,皮肤也被汗水浸得光滑起来。伊卡洛斯疯狂地盘旋着,尖叫着,它已经来到了高处看到了对面的一切。当她来到山脊之上,她踉跄着停了下来,她只觉自己被一阵热风击中,然后眼前的景象让她愣在了那里。

平地上有一处圆形的山丘作为要冲。而雅典军队此时正沿着南面的坡道向下行进,形成了一个危险而松散的队形。在山上东侧的远处,有一小群身穿红色斗篷的斯巴达人正从那里迂回着,她马上就明白了这群人的领袖是何许人也。然而,斯巴达的这股小部队在数量上比起雅典军队实在是相差甚远。

"你在干什么,布拉西达斯?"她说,"你知道你赢不了这场战斗的。"但是,当那一百五十人冲向毫无防备的雅典人之后,他们便毫不留情地在阵列中挖出了一道深深的口子。在雷鸣般的盾牌声、长矛的铿锵声、尖叫声和破碎的尸体声中,布拉西达斯率领的斯巴达军把雅典军的左翼打作一团乱象,而阵列中心也被牵制,在那里动弹不得。此时的景象就与她幻视的"温泉关"情形十分相似:布拉西达斯一头跳到敌人中间,在他们中间闪展腾挪,与战友们一起大批收割着敌人的生命,但她知道,因为兵力过于悬殊,他最终还是不可能获胜的。当雅典人的号角吹响时,她看到,从克勒翁的右翼杀出一彪军来,开始对乱作一团的左翼进行支援,她感到一股巨大的悲哀向自己袭来,因为她知道,这将是布拉西达斯的末日。

然而后来,斯巴达人的号声又从山坡上无法得见的西侧喷涌而出。从薄雾中,一股武装黑劳士的巨浪冲了出来。卡珊德拉在黑劳士们的战吼中战栗起来,他们在山坡上飞驰而入,突进了雅典人毫无防备的后心。

闪亮的银色和不时涌现的红色在山坡上顿时搅作一团。卡珊德拉看到,布拉西达斯现在已经深陷在这场争斗中,前线的雅典人围住他,克勒翁自己也高声叫喊,安抚着手下的士兵,要他们把布拉西达斯的人头带来给他。她脑海中闪现出温泉关的景象,那是斯巴达英雄的末路。不,这次可不会这样。

她从山脊上跳下,跳过一条小溪,飞快地跑到了战团的边缘。她避开雅典人的长矛,滑过血淋淋的泥土,然后纵身跃起,把一个试图攻击她的科基亚人撞去了一边。除了克勒翁,今天的战场上并没有她的敌人。一个瞪着眼睛的头从她的路上弹跳着滚了过去。她跑的时候,一阵热血和内脏拍打着她的背。最后,她来到了战团的中心。雅典的冠军战士们正朝布拉西达斯砍去,她抓住一个敌人的肩膀,逼他转过来面对自己,然后用列奥尼达斯之矛刺向他的肋骨。而有一个敌人却攻了过来,用长矛把她的肚子捅了个对穿,她的皮肤被割裂开来,她的大腿上也流满了鲜血。她避开了那人的第二次打击,然后砍下了他的手。现在,布拉西达斯猛地抓住自己命运的转机,迎头朝第三个雅典冠军战士撞了过去,然后把第四个人从脸上砍开,一路撕到了腹股沟。在这狂乱的战斗之中,他就在那里摇晃着,颤抖着,脸上沾满了鲜血,洁白的眼睛和牙齿却还展露着杀红眼的人才有的狂热的笑,他举起长矛向卡珊德拉致敬。"我就知道你还没死! 而且你抓的时机也很完——"

他抽搐了一下,然后一支长矛的矛头带着一股红色的奔流刺穿了他的胸膛。

"不!"卡珊德拉大声喊道,伸出手去。

长矛立了起来,布拉西达斯像渔夫一样被举起来。我们的将军现在正抽搐着,在那里吐着血。德谟斯举起长矛,像是举着一面胜利的旗帜般，在他把布拉西达斯扔下来之前，肌肉也随着力道而凸起。

德谟斯就那么盯着自己的姐姐。

"看样子克勒翁没能完成对你的处刑啊？"他啐了一口。"也许他本就该把这件事儿留给我来办。"说完，他飞身朝卡珊德拉奔来，一面拔出他的剑，向她的脖子挥去。她后退一步，飞快地拔出列奥尼达斯之矛，挡下了那一击。两把刀刃紧紧格在一起，在那里疯狂地摇晃着——就像他们在斯法克特利亚时一样——两人都在用力，一面咆哮起来，而战斗在他们身旁依旧如火如荼地持续着。

"是的，姐姐。"德谟斯厉声说着，然后在剑上发力，一点点地把她的武器逼向了她自己的脖颈。"我们之中有一个人非死不可。"

她感觉一股战栗的力量压制在她的身上，借他的刀刃把自己的矛逼了回来，好像一个掰手腕的人进行着自己的逆转，她开始起身，而德谟斯却继续向下压了过来，现在，她的矛尖却反向他的脖子刺去。德谟斯的自信开始崩溃。她看到他的眼睛睁大了起来。于是她又来到了"这里"：来到了一处悬崖上，在这里，她可以拯救自己的兄弟，或者杀掉他一了百了。

然后，随着一声痛苦的尖叫，德谟斯开始抽搐起来。

他倒了下去。卡珊德拉向后退开，盯着她的长矛。是她做的？不，她的刀刃没有触及他的身体，上面也没有新鲜的血迹。那是怎么回事？是谁干的？然后，她便看到一支箭刺进了德谟斯的后心，她看着他跪在地上，滑到一边。他的身体被一群扭打在一处的士兵，猛力挥动的胳臂和飞旋的长矛掩去了踪迹。她沿着箭道看过去——目光停留在了德谟斯身后的一块小岩上。克勒翁站在那里，他的弓弦还在抖动，脸拉得老长好像还在怀疑着什么。他的嘴唇一挑，露出一种狂乱而短暂的胜利微笑，然后连忙扣上了一支新箭。然而，还没等他把弓拉开，卡珊德拉就向他一头冲了过来。

"浑蛋!"他尖叫着,手里还摸索着箭,手臂却被弓缠住了。

当她提起矛来,向他胸膛刺去时,他扑向一边,把弓甩了下去,然后在战场上不顾一切地狂奔起来。她也飞奔起来,追在他的后面,奋力挣脱大簇袭来的长矛,只是为了冲破混乱,让克勒翁保持在自己的视线之内。当她从呻吟的伤者,从道道血池、呕吐物和散落的肠子上跃过时,流矢的嘶鸣还有飞石的呼啸从也她的头顶疾掠而过。

等她来到战场的边缘,才算是来到了战斗相对不那么激烈的地方。最后,战场的喧嚣被她抛在脑后,成了远处嗡鸣。最重要的还是正在前面夺命狂奔的雅典人。他跌跌撞撞,不住翻滚,蓝色的斗篷在他起身时受了冲击,被撕裂开来。她像母鹿一般奔跑着,感觉到自己的脚底在裸露的土地上,然后是湿润的沙地上摩擦着。当她在海滩上追到了克勒翁时,海浪的轰隆声包围了她。一团湿沙在他起身的时候被扬将起来,当他冲入浅滩时,海水又泛起了一股泡沫。他涉水而出,直到水涨到他的胸口之后,这才停了下来,在那里喘着气,头转向她的所在,然后又看向了海面。他的脸像月亮一样惨白。"我……我不会游泳。"他喘着粗气说道。

卡珊德拉默默地向他走去。他举起剑来。而她只是抓住他的手腕,扭转起来,直到他放下武器为止,然后抓住他的长袍领子,把他拖回水及脚踝的浅滩。在那里,她让克勒翁跪了下来。他开始哭泣和恳求。卡珊德拉一句也没听,只是把一只手放在他的后脑勺上,把他按趴在地上,又把他的脸推到沙子里。他的胳膊和腿被打得粉碎,而被闷在地面中的尖叫也让沙子震动起来。最后,克勒翁终于一动不动,没了反应。

她又坐了下来,呼吸也变作了深深的喘息。最后一个也是最危险的教会成员死了。在她身后,她听到了斯巴达军号的呻吟,还有象征胜利的庄严呼吼。

"吼!"他们叫喊着,举起长矛,在他们崇拜的领袖的尸身旁围作一圈。

布拉西达斯已经死去,但尽管历尽艰险,安培波里斯还是得救了,北方也得救了。

从克勒翁的长袍里,有东西漂进波浪里。她意识到,那是一个面具,而它的额头上还有刀剑留下的刻痕。伊卡洛斯飞了过来,然后落在她的肩膀上,看着那恶物沿着海岸线漂流。老鹰对着那块不断缩小的浮物尖叫起来。

"是的,"卡珊德拉说,抚摸着它的羽毛,"一切都结束了。"

第十八章

　　他们说,布拉西达斯是听着颂赞斯巴达胜利的歌谣死去的。他们说,他死时脸上带着伤感的微笑。几乎没有人看到他死在德谟斯的矛头之下的惨相。当艾德莱斯提亚号从安培波利斯湾溜走时,卡珊德拉凝视着在落日下被映得红亮的战场腹地,上面现在满是焚烧尸体的火堆和堆叠如山的战利品。而战局发生逆转的那座山上,现在已经没有尸体,但死者永远不会被遗忘。还有,斯巴达现在有了一个新的英雄——这位英雄叫布拉西达斯,而他生前统领的多民族混合军,也已经被冠上了"布拉西达斯军"的名号。即使是战斗已经结束的现在,那些斯巴达人和黑劳士们也依旧在一起扎营——毕竟,他们在一次无关阶级,所有人如兄弟手足般并肩作战的战斗中,取得了最终的胜利。

　　尽管战争胜利了,但艾德莱斯提亚号驶向南方的航程中,却没有什么欢乐的气氛:巴尔纳巴斯和他的船员们一副闷闷不乐的样子。每当夜幕降临,他们就只是静静地喝着酒,在那里聊着和卡珊德拉一同历险的日子。他们在雅典靠了岸,那里的人们已经选出了新的领导人——在克勒翁统治期间,最黑暗的日子里,由苏格拉底和坚持伯里克利原则的人们支持的尼西亚斯成为卫城山的新主人,他甚至与斯巴达展开了会谈。有人说,双方即将缔结一份和平条约——准备宣誓和平相处五十年。卡珊德拉觉得,这样还挺不错的。斯巴达和雅典都饱受战争的蹂躏。除了一大群寡妇和孤儿之外,他们什么都没有得到。她在雅典待了一个月,静静地坐在福柏和伯里克利的坟墓旁。然后又启航回到了家乡。

他们在八月初回到了斯巴达。在一个阳光明媚的夏末清晨,巴尔纳巴斯和卡珊德拉的马一起漫步,而她本人从特里萨港向北,走进了空旷之地。自从她最后一次见到她的母亲以来,自那次灾难以来,已经过去了这么久。她现在的感觉,和几年前接近纳克斯的那一刻十分相似。密里涅知道她还活着吗?她还好吗?当他们进入斯巴达人的村庄时,她的心怦怦地跳了起来。黑劳士们停下了手头的活计,他们站起身来,盯着她看。

"那是佣兵啊。"一个人小声说。

"波耶提亚的女英雄。"另一个人说道。

"是她吗?她就是和布拉西达斯在安培波利斯并肩作战,并赢得了对北方战争的胜利的人?"

斯巴达人们也是一样,方才还在大声喊叫争吵不休的人们,现在都齐齐看向她,沉默不语。他们一如既往地向她投去嫉妒的目光。然后,所有人一起举起了手中的长矛。有那么一瞬,卡珊德拉以为他们要攻击自己,但他们依旧单手举着长矛,矛头直直指向天空——这是在向她表达敬意。接着,他们又整肃地齐声喊叫起来,那一声叫喊让她的灵魂为之震颤。

"吼！"

在他们的身后，卡珊德拉看到她家的大门吱呀一声打开了。密里涅从缝隙里钻了出来，一只手放在她的胸口上，仿佛在控制自己的心跳。卡珊德拉从她的马上滑了下来，踉跄着走过去，倒在母亲的怀里。

大部分时候的夜里，她们都围坐在路边，喝着掺了大量水的葡萄酒，吃着橄榄和大麦糕。卡珊德拉花了很多个晚上来解释一切：在斯法克特利亚发生的灾难，雅典监狱里令人发狂的数月时光，以及这一切都得到改变的那一天。自己重获自由的经过，阿里斯托芬的剧目，还有向北去往安培波利斯的旅程。

"上月发生的事情已经传到了这里，"密里涅呷着酒说道，"他们说那里的伤亡不计其数，但我们迎来了一场光荣的胜利。当然，他们也提到了布拉西达斯的陨灭。"

"他是我们大家的榜样。"卡珊德拉说道。"监察元老给他的支援实在是少得可怜，但他还是把北方从克勒翁手里解放了。我听说，他们打算在列奥尼达斯墓附近为他建一座祠堂。他也确实配得上与先王比肩的荣耀。"

"当我听到他去世的消息时，我哭了出来。但后来我听到人们谈起了在场的另外一人——一个佣兵。我心里立刻充满了希望，我觉得那个佣兵也许就是，也许就是你。自打我把你送去斯法克特利亚的那天起，我就再也没有听到你的音讯——传来的只有在那个被烧毁的小岛上发现了焦尸之类的流言。但我从来不愿相信，在安培波利斯出现的佣兵就是你。有时，我祈祷着事实不会变成那样……因为他们说，德谟斯也在那里。"

卡珊德拉感觉，自己的喉咙里堵了一块石头。"他是在那儿。"

密里涅从火炉旁慢慢抬起头来，她的脸上有了些光彩，眼神却依旧黯淡。"是啊,所以有传闻说,是他杀了布拉西达斯,看来这也是真的。"

"你……要我带他回家来的,"卡珊德拉低声说,"然而我没有做到。"她的目光又回到了火炉上,目光呆滞,一副怅然若失的模样。

"我尽力了,母亲。但是雅典的克勒翁出于嫉妒,杀掉了他。"

过了一会儿,密里涅才点了点头。"那继承我们血脉的另一人就这样消失了。"她平静地说着。她站起身来,滑到卡珊德拉的座位上,一只胳膊环在她的肩上。"我们之中已经不剩几个人啦。"她一面说着,一面用手指梳理着卡珊德拉蓬松的头发,凝视着她的眼睛。"我觉得,自己也该回答你很久以前问我的问题了。"

"我不明白您的意思。"

"你的父亲,卡珊德拉——你真正的父亲。"

密里涅俯下身子,把嘴唇贴在卡珊德拉的耳朵上。

她低声说出的名字在卡珊德拉的身体里回荡。就像一只铃铛在她体内鸣响起来。现在,她明白了……

季节更替,秋季挟着狂风和暴雨前来。一天早晨,卡珊德拉从自己温暖舒适的床上醒来,她的身体和精神都恢复了活力,身体也没有被多年来伴随着她的疼痛和痛苦折磨。她看见外面阴沉的天色,忒格托斯山的峰顶也被勾出了轮廓。也许是因为刚刚醒来,或者是乌云的颜色太浓了,但那时,有什么东西触动了她的心,使她想起了童年那一夜的回忆。她第一次毫不畏惧地让这段记忆浮现在了自己的脑海。回到斯巴达后,她参观了五个古老聚落中的每一个,参加了宴会和诗歌晚会,在体育馆接受训练,在欧罗塔河的激流中游泳。今天,她本要带伊卡洛斯到树林里打猎,但她突然想起,自己还有一个地方没有去过。

于是她便一个人去了那里，没有告诉母亲，也没告诉巴尔纳巴斯。随身除了武器，也只带着一个水囊和一块奶酪。她开始了自己的旅程。卡珊德拉做了一次深呼吸，醒了醒神。空气十分清新，空气中弥漫着松树和潮湿的泥土的芬芳。走上坡时，她解下了她那柄著名的列奥尼达斯之矛，试着把它当作一根手杖。她悲伤地笑了，把它用作拐杖实在是太屈才了，她也意识到多年前自己是那么的渺小。当她爬上了山坡，她想象着逝去岁月的幻影从她面前掠过：可怜的监察元老和神官们。尼科拉欧斯，密里涅。还有被她抱在怀里的……小阿利克西欧斯。

泪水刺痛了她的眼睛，而她也没有注意到前方伊卡洛斯的啸声。当她来到高地之上，她的视线停留在那座被岁月摧残得破败不堪的祭坛上。一时间，她心中所有的苦痛膨胀起来，到达了爆发的边缘——而在她马上就要这么做的时候，有一件事阻止了她。

那里还站着另一个人。

他背对着她站在那里，凝视着深渊。

"阿……阿利克西欧斯？"她结结巴巴地问道。

伊卡洛斯示警的啸声现在异常清晰，它就在上空，在那里盘旋着，尖叫着。

阿利克西欧斯没有回答。

"你应该已经死在了安培波利斯才对。"她目不转睛地盯着她弟弟那赤裸的肩膀，看到了最近一道箭伤留下的刺眼的疤痕，那伤口并没有完全显露出来，他那长长的黑色卷发盖住了其中一部分。

"伤口不过是一种装饰而已。"他转向她，面无表情。"我一直在这里的山顶上等着你，而现在是我等待的最后一个月。我就知道，你终究会来到这里的。"他的目光如钢铁般坚定。卡珊德拉意识到，他在看的不是自己，而是她身后的人。

"我的羊羔,我的孩子啊。"密里涅说着,走到卡珊德拉身边。

"母亲?"卡珊德拉哑声问道,"你跟着我来的?"

"是这座山把我们吸引过来的。"密里涅答道,她从卡珊德拉身边走过时,把一只手温柔地放在卡珊德拉的肩膀上。"你答应把他带回家的,卡珊德拉,而你也做到了。"

卡珊德拉抓住她的手腕,止住了她的脚步。"这样会有危险的,母亲。"

但是。密里涅的眼睛里仍旧充满泪水,她伸出一只手,向对面的德谟斯探去。

阿利克西欧斯皱起眉头,望向别处。"在世界的边缘,一位母亲向她的孩子伸出手去。真够感人的啊。"

"阿利克西欧斯,求你了。"密里涅呜咽着。

"你用了这个名字,好像它对我有什么意义一样。"他咆哮道。

"这是我和你父亲给你起的名字。"

他的脑袋抽动了一下,然后歪向一边,一脸怀疑地看着她。"这名字是不是你把我带到这里送死之前起的?"

密里涅紧紧抓着自己的胸膛。"那晚是教会把我们引到这里来的。当时的我竭尽所能,想要挽救你的性命啊。"

阿利克西欧斯双拳紧握,站在那里颤抖着。

卡珊德拉看到了他心中燃起的火焰。"阿利克西欧斯,一切都结束了:战争,教会。让他们的阴云离开你的脑海——回忆起你本来的模样吧。"

他摇了摇头。"教会试图给世界带来秩序。我是他们选中的人,现在我将成为秩序的使者。"

"我们身上流着同样的血啊,阿利克西欧斯,"卡珊德拉说道,"我所想要的，就只有自己的家人。我知道，我能感受到，你跟我有同样的想法。"

阿利克西欧斯的头垂下来。他沉默了一阵，开口道："有一次，当我还是个孩子的时候，那时是克莉西斯在照料我，我发现一只小狮子被困在一个陷阱里。我的朋友试图解救它……就在那时，我听到了它母亲那无情的咆哮。"他又抬起了头，继续说道："我看着母狮把我的朋友撕成碎片。在野兽的世界里，一个家庭是会保护自己的孩子的。"

他的头现在完全抬了起来，他情绪激动，黑色的眼瞳也湿润了。

"我是爱你的啊，阿利克西欧斯。"密里涅呜咽着说。一时间她的脸上显出了痛苦的神色，好像在和自己争吵。"我一直用斯巴达人的方式表达对你的爱，我爱你……我依旧爱着你。"

阿利克西欧斯伸出手去，慢慢地摸向肩上的剑鞘，然后拔出他的剑。"我的名字是德谟斯。你所爱的人已经死了。我有自己的宿命，我不会让你挡了我的路。"他朝密里涅走去，将自己的剑飞快地抽了出来。

咔嘟！卡珊德拉的长矛迎上了他的攻击，把自己的母亲从这次攻击中解救了出来。密里涅并没有退缩——他的刀刃离她的头不过一指之遥——但是她的脸上布满了泪水。

"阿利克西欧斯，不！"卡珊德拉喊道。

唾液从他紧咬的牙关间飞了出来，他使出蛮力，试图将剑刃强行刺进自己母亲的身体。

卡珊德拉大叫起来，把她所有的力气都集中在一处，将德谟斯甩了出去，然后用自己的列奥尼达斯之矛指向他。"我不想和你动手。"

"我在安培波利斯告诉过你，姐姐。我们之中注定会有一个人死去。"他撇着嘴说完，便一头扑向了她。

两人的刀刃碰撞在一处，迸出了火花，山崖上响起了令人胆寒的兵刃之声。

"不……不！"密里涅一面哭叫着，一面向后退去，然后跪倒在地。

德谟斯发起了一连串的攻击，划开了卡珊德拉的手臂，割伤了她的额头，差点儿把她从悬崖上推下去，如果不是因为她身手敏捷，迅速扬起一阵尘土，可能她现在已经死在德谟斯手下了。纷乱的乌云在她的头顶翻卷，卡珊德拉感觉到了自己内心升腾起的怒意。当她猛击在德谟斯的剑上时，天上下起了雨。看到他恶魔般带着怒意的视线粉碎开来，看着他的武器在手上飞旋起来，然后径直落入了深渊，看着她的兄弟颓然倒在地上，举起的双手像是盾牌一般。她感觉到她握矛的手臂收紧起来，当她伏下身去开始攻击的时候，她的全身也战栗起来。

列奥尼达斯之矛的矛尖在德谟斯的肋骨前停了下来。

两人都喘着气，互相盯着对方的眼睛，卡珊德拉抱着他，让他悬在了生死线上。雷声从虚无中绽出，天空也和着它咆哮起来。

密里涅爬到他们跟前，抓着她的头发。"求你了，不要。"

"我做过许多可怕的事情，"德谟斯低声说，"姐姐，一切也许都会截然不同的。"

卡珊德拉感觉到，自己心中那温暖的火焰闪烁了起来。"一切都还可以改变的啊。"

他摇摇头。"我告诉过你，我们中的一个必须死在这里。我没有输给过任何人……直到我在斯法克特利亚和你交手。你在那里和我打了个平手。然后就是安培波利斯——哪怕克勒翁没把我打倒，你也会在那里击败我的。"

"这已经无关紧要了,"她恳求道,"想想看,我们的未来会是怎样的。我们本该构成一个怎样的家庭。"

他们对视了一眼——就像他们共同度过的童年中的那一刻一样,那时卡珊德拉差点儿就抓住了他。一滴新鲜的眼泪杂着雨水,流淌在阿利克西欧斯的脸颊上。"我无法成为你想要的人。"他慢慢地摇着头,嘴唇在颤抖。"那些杂草扎根已经太深了。"

卡珊德拉看着德谟斯的手向他的胫甲边缘摸去,看着他从那里抽出了一把隐藏的小刀,看着他朝密里涅的脖子击去。时间慢了下来。卡珊德拉感觉到,她的身体抽搐了起来,因为她把列奥尼达斯之矛深深地刺进了阿利克西欧斯的胸膛。刀子从他的手中掉了下来,然后他凝视着天空,咽下了自己缓慢而悠长的最后一口气。

密里涅悲痛欲绝地哀号起来,而卡珊德拉则长久而响亮地抽泣着。雷声也在她们头顶上翻滚着,直到密里涅的哭声开始平息,才开始安静下来。

"我努力去救回他了,母亲。"卡珊德拉低声说道,而雨也开始小了起来。

"我看到了发生的一切,"密里涅呜咽着说,"他现在自由了。"

两人拥抱着对方和阿利克西欧斯的尸体,在那里待了数个小时。

最后,云层散开,深橙色的光线射向忒格托斯山,洒满了整个山顶。

尾声

我在黑暗中穿行，然而并不害怕。毕竟，我可是个斯巴达人，一个佣兵，一个战争英雄。在这黑暗的故地中，我的脚步声听起来是如此的寂寥。当我走到更深的地下时，夏日的酷暑便从我身后渐渐散去。我用火石来点燃了我的火把，然后从已经空无一人的石凿厅堂中走过。那些锁链还留在那里，然而掳客受害者的血痕已经干了许久。我从那尊阴森的蛇雕像旁经过，进入了被遗忘的大厅之中。毒牙下面的水槽已经流干了许久，看来那条蛇也已经饿死了。那个祭坛——我第一次见到克莉西斯那个扭曲的灵魂的地方，现在也蒙上了厚厚的灰尘。于是，我继续向前走去。

我心中的某个部分还留着一个孩童般的梦想——梦想着我能在这些古老的洞穴深处找到自己的弟弟，就像我那天晚上在这里的集会上发现了他一样。但是，我的矛撕碎他心脏的记忆仍然太过迫近，太过鲜活了。德谟斯去世已经快一年了。我们把他埋葬之后，一起哭了一场。没人期待过会有其他人出席这个这场葬礼，但当尼科拉欧斯和史坦托尔从远处出现时，我严肃地看了他们一眼，请他们走近些。

那天晚上我们在家里的老屋里吃饭。气氛有时就会非常尴尬。尼科拉欧斯坐在桌子的一端，他要了一杯葡萄酒，而母亲却在另一端倒了一杯……然后一口把酒喝了个干净，继续吃自己的饭。史坦托尔乐得笑出了声，然后又咳嗽起来当作掩饰。是了，那场宴会并没有抚平他们心中的伤痕，也许它们也永远不会愈合了。但现在，我们至少达成了一种理解——过去的仇恨已经被埋葬了，而教会就是它的陪葬品。

第二年春天，我又在母亲的祝福中踏上了旅程，踏上了一次我知道自己无可逃避的航程。当艾德莱斯提亚号横渡大海时，巴尔纳巴斯和希罗多德形影不离，在那里重温着我们一起冒险时的种种故事，船长在甲板上表演着，把各种大事小情都夸张得无以复加，而希罗多德的手中则拿着尖笔，记录的速度就好像啄木鸟的啄击一般，他全神贯注地记录着巴尔纳巴斯讲述的一切，连舌头都无意间伸了出来。

在一个宁静的日子里，我们来到了破碎的锡拉岛上。海面就像一条水鸭色的丝绸般平静，而空中也没有一丝风信。希罗多德提出要陪我到黑山去，但我拒绝了。这是一次我必须独自完成的旅程——好吧，伊卡洛斯还在我的肩膀上，我得带着它。

我一面绕着那新月形的岩体——那是一处火山炸裂后留下的荒芜断层——心里一面想着：梅利顿所说的在高处岩石上出现的精巧铭文是否都是一场骗局，是一场疯狂的玩笑——这座被遗弃的小岛上有什么呢？除了灰烬和石头，还有什么呢？

我一路攀上了高地，然后花了几天时间，在崎岖不平的土地上搜寻了一番。有一天，我来到一堵石墙前——乍看过去，上面好像什么都没有。只有当我的手扶在表面滑动，以保持平衡的时候，我才摸到了上面精妙的蚀刻纹。我向后退了几步，然后看到了奇怪的铭文——我在那里待了好几天，在那里探索着，一遍又一遍地读着这些符号，哪怕是晚上的时候，我也看着它们，希望它们能像梅利顿所见的那样,点亮起来。一天晚上，它们确实发出了光芒，一块岩石向后剥落，露出了通往山中的隐蔽通道。我走进去，就在那里找到了他——我的亲生父亲。

活着的传说，毕达哥拉斯。

他还活着——虽然大多数人认为，他已经死了六十多年，但他现在还活着——他的岁数已经比人类的寿命长了许多。他的眼睛明亮，心神也依旧机敏。他的话改变了一切。他让我看到了一些我知道我永远无法向别人——除了巴尔纳巴斯——解释的东西。是的，锡拉岛不过是个破碎的外壳，但在那条石门廊的另一端散发着金光。奇异的雕纹不过只是个开始。他给了我一根古老的权杖——就像我的矛一样，我触碰它的时候，会有奇异的感觉——并给我看了许多其他类似的奇观。然而，就好像悲剧在这里降临在我的身上一般，我和他一起待了几天，而毕达哥拉斯眼睛里的光辉却开始减弱，他的步态蹒跚起来，呼吸也变浅了。他解释说，这是命中注定的事情，那柄权杖让他在世上多活了不少年头，而现在，这柄权杖该归我了。

那是自那以后第三天的事情——我醒来时听到了毕达哥拉斯的喘息，他的嘴唇也变成了蓝色。我试图帮助他，想要把那柄权杖还给他，但他拒绝了，坚持说自己的天命已尽。他就像阿利克西欧斯一样在我怀里离开了人世。

我应着他坚决的要求，烧掉了他的尸体，烟尘带着他的魂灵，在我的目光中消逝无踪。

在那之后，我在隐藏的大门周围的石头上凿了几凿，让那里的悬崖滑了坡，而那处入口也随之永远地被埋葬了。同样地，这也是毕达哥拉斯坚决向我提出的要求,而我知道他的理由。我在里面不过待了寥寥数日,那里的光景就让我明白,就像苏格拉底所坚持的一样,我们在世上的所见,不一定都是它们真实的样貌。而现在,这世上仍有许多的秘密,仍有许多未解的谜团。在他弥留之际,他和我说我们还会再度对话。因此,我明白我必须回到盖亚之窟。

当我走进大洞穴时,我的脚步声就像受惊的鸽子的翅膀声一样回荡着,我将视线放在那抛光的石环上,那个留着红色血络的台座依旧存在于它的中心。这里已经没有了教会,没有德谟斯……也没有阿利克西欧斯。

我的喉咙干燥无比,为着我失却的一切感到心痛。然后我看向基座上那尊蒙尘的金字塔,心脏也狂跳起来。

我向前迈了一步,深吸一口气,把灰尘从金字塔上吹了开去。它那金黄色的光芒立时放射如初,我只觉有低沉的嗡鸣弥漫在这洞穴里,而奇异的辉光也从其中迸射而出。

然后,它便对我开口了。

"走近些。"它低声说道。

我的心跳顿时停止了——那声音……是我母亲的声音。不过,这也是我真正父亲向我解释过的秘密之一。"先行者们的造物都十分迷人……但也无比狡猾。它们会搜索你的心神,它们会搞清你的本质,你所爱的还有害怕的一切。它们会扭曲你的心灵,左右你的灵魂,让你的心神如同坠入五里雾中。卡珊德拉,面对它们的时候,一定要多加小心。"

我将手向上伸去,双手停在金字塔的上方,感受到它发出的热量。

"触碰我。"它乞求道。

我舔了舔自己的嘴唇,两脚分开站定,一副临战待发的架式,然后，我把手掌放在了那光滑的表面上。如此行动的我好像被一块巨石撞到了头上。在我面前出现的，是白色的光芒，金色的闪光，还有一段刺耳的颂唱。有什么东西抓住了我，在那里摇晃着，挣扎着。就像是有巨大的手掌把我定在那里，然后像铁匠铸剑一样捶打着我的灵魂。那无形的力量正在努力从我的本质之中偷取着什么……或者是杀了我。我只觉得，一阵尖叫正从我的胸中奔涌而出。

然后一股劲风般的力量打在了我的身上，那邪恶的能量就此消隐无踪。我觉得自己已经安全了：在这个遍布柔和光线的幻境之中，我没有质量，也没有形体。而现在，我听到了另一个声音。

"你已经见证过这个造物和它的类似物能对人类施加的影响了。"毕达哥拉斯说。

"父亲？"我哑声问道。

"你听到的声音不是你母亲的声音。但这里的我就是我，你大可以如此肯定——我告诉过你，我们会再见面的。"

"这怎么……怎么可能呢？我是亲眼看着你的尸体在火堆上燃尽的啊。"

"摆渡人卡戎正在等我渡过冥河呢。我与那物什的联系，是我的灵魂还留在生者一侧的唯一理由，但这样的联系也即将结束。所以，我必须在还来得及的时候，把有关这个金字塔的真相告知于你。先行者们创造了它，以求遍照时间之网。以求洞晓过去、现在和未来发生的事情……"

"这就是为什么教会对它如此崇拜的缘由。"我一面说着，突然明白了过来。"它是形成控制和秩序的要件。"

"他们从来没有理解过这一点。"毕达哥拉斯叹道。"几十年前，一群人聚集一处，来践行一个他们认为可以给世界带来稳定的理论。所有的一切在运行中都被均分开来，有序和无序、纪律和自由、控制和解放，就像一个完美和谐的天平。"

围绕着我的那柔和的灯光扭曲起来，聚在一处，然后显出了模糊的图像。而在那影像之中，我看到了年轻的毕达哥拉斯，他在那里指导着，教学着。许多人点头赞同，也有许多人进行着辩论。然后我在后面看到了一些人，他们在那里自顾自地窃窃私语着。

"但是，这群体中的有些人没能抵抗无限权力的诱惑。他们堕入了混沌的怀抱……科斯莫斯教会就此诞生。"

画面在柔和的光线中飞闪而过：蒙面的恶徒们聚集、吟唱，他们邪恶阴谋的触手蔓延开去——军队在本可避免的战斗中死去，公民被屠杀，无辜的人被处决……还有一个孩子，也因他们的意愿，被从山上扔下。

他们滥用权力，把希腊世界推入一场永恒的战争。影像突然停止了。"你们的天命，就是为这场战争画下句点。"

我的心怦怦直跳。"我？还有……阿利克西欧斯？"

"是的，但是教会带走了你的兄弟，接纳他成为他们之中的一员。凡人的血流淌在你的血管里，卡珊德拉，但那鲜红色的古老灵药也混在其内。列奥尼达斯是先行者的后裔。我也是，你母亲也是。这便是我和她走到一起的缘由。她的如此做法可能要算作对斯巴达人尼科拉欧斯的背叛，但是……"

"总好过把世界出卖给教会。"我接过了话头。

"是的。他们追捕你，我，你的母亲和你的兄弟，只因我们是真正用这些物事的钥匙。金字塔只对那些带着它们造者血脉的人说话。这就是为什么教会如此需要德谟斯的缘由——即使他们意识到，他那混沌一团的天性根本无法控制，但他们也别无选择。"

"但是现在教会已经消失了。我毁了他们。我已经成功了。"我说道。

我刚说完,却只见父亲的脸拉了下来。"我希望我能说你确实做到了,卡珊德拉。但是在摧毁教会的过程中,你把让天平倾斜得太多了——只有在平衡之下,世界才能有和谐。你不明白吗?在我去世之前,我本该把这些也告诉你的:诚然,你消灭了教会,但你只是将土地清了出来,给了更加黑暗、更加强大的杂草生长的空间。这世界必须恢复平衡才行。"

我感到一阵寒意从我身上涌过。"我该怎么做,才能恢复平衡呢?哪里……我该从哪里开始呢?"

"那根权杖就是关键。它会给你额外的时间。时间就是一切。利用时间,你就可以……"他突然沉默了。

"父亲?"

"不……一切已经太迟了,"他的声音紧绷着,"黑暗的杂草已经生根了。"

"我不明白。"

"你必须离开了,卡珊德拉,现在就走!"

"父亲?"我叫出了声。

但是,只听唰的一声,幻象消失了。我已经回到了已然寂寥而破落的盖亚之窟中。

金字塔现在已经冷却,也没了声响。我听到了自己急促的呼吸声,心跳也稳定了下来。

"你也看到了吗?"一个声音在洞穴里回荡。"很美,不是么?"

我看到,有一只苍白的手正放在金字塔的另一端,那手所属的手臂从一泓暗影中伸出。僵劲的手指也从我的肌肤上爬过。

"谁在那里?"她从阴影中走出来,活像一个从梦中爬出的生物般。

"阿斯帕西娅？"

"看到我你很意外吗？"她问道。

我没有回答——我的举止已经说明了一切。

我朝她看了过去：她依旧一副美丽优雅的模样，披着白色的袍子。然后我的眼睛停在衣服下面的轮廓上——

那是一件面容丑陋、鹰钩鼻、相貌邪恶的面具。

阿斯帕西娅朝我的方向迈了一步，一面把面具拿了出来。

我盯着她。"怎么回事？为什么？"我结结巴巴地问道。

"教会已经消失了，卡珊德拉。"她说着，把面具扔在地上。她用自己的鞋子踏在上面，把它踩作两半。"我作为他们中的一员发挥了我的作用，但只是为了完成我自己的计划。"

"什么计划？"

"你听到那位传奇人物的话了，不是么？有关所谓'需要给世界带来新的秩序'的那些话。"

"我不知道你听到或看到了什么，阿斯帕西娅，但我父亲不是这么说的。他告诉我，极端的秩序或混乱都不是正解，而平衡则是重中之重。"

"毕达哥拉斯不够强大，他的力量不足以给世界带来真正的秩序。"阿斯帕西娅自顾自说了下去，好像我没有回答她一样。"'教会'也没有。在这场伟大的游戏中，你确实是一个有用的盟友——你把他们从这棋盘上扫了出去。"

"但是……你让他们杀了伯里克利啊。"

"如果可以的话，我也想阻止他们的，"她面无表情地说，"但是那天你在那里，你看到了发生了什么。如果我想干涉的话，德谟斯和他的人都会杀了我们。在任何情况下，伯里克利都会乐于用自己的死，来加速教会的灭亡。"

洞中一时无声。

"那么现在呢?"我发了问,却害怕得到答案。

"然后啊,我做了一个梦。"阿斯帕西娅说道。

我无法将目光从她的眼中移开——她的眸子像冰晶一样闪烁着光芒。

"我梦见了全希腊达成了共和——不再有争斗的城邦。不再有民主和寡头政治的对立意识形态,不必再去分出蓝色和红色的阵营。不再有这种儿戏般的事体。一个统一的领域,臣服于一位真正的领袖的缰绳下:一位哲人——一位引导我们所有人的国王——一位将给世界带来秩序的舵手。这将是一个漫长的过程,就像一片新森林的生长,而现在,在大火延烧之后……一颗最优秀的种子已经被种在了灰烬之中。"

"灰烬?阿斯帕西娅……希腊已经归于和平了。"我说道。

"你说那协议下的虚伪假象吗?那我是不会让它持续下去的。"她咕哝道。"除了战争之外,我们还能在什么地方构筑梦想呢?"她的脸因为情绪而扭曲起来:上面显出了冷酷的笑容。她退回阴影之中,在黑暗中说出了接下来的话。

我本能地跟在她后面,然而那里除了阴影之外,什么都没有。

"我梦想的,是真正的、完整的、未被破坏的秩序……"她从某个地方低语着,那声音很快便随着回声淡去。然后,我便听到脚步声去往远处,最后消失无踪。

洞窟里又只剩下我一人,而我的思绪也像一艘狂风中的船只般摆荡着,我的手渴望把列奥尼达斯之矛从我的腰带上拔出。我该去追上阿斯帕西娅,然后质问她吗?然后呢——击倒她,让她那些精妙排布的棋子向我展开复仇?在经历了这一切之后,我意识到这一切还没有结束。

一切才刚刚开始。

词汇表

病室 /Abaton：阿斯克勒庇俄斯神庙中供病人休息的大厅。

内殿 /Adyton：希腊神庙中最内部的区域。

训教所 /Agoge：举世闻名的斯巴达教育场所，从七岁起就令男童经历最艰苦的训练，并培养他们的爱国情怀。男童们在到达三十岁前都会和训教所保持联系，直到三十岁后才会被视作真正的纯血斯巴达人。

男宾间 /Andron：与专用作招待女性的女宾间 /Gynaeceum 不同，此处为居所主人招待男宾专用。（希腊文化中，男性主人招待男性，女性负责招待女性，偶有双性皆可的活动。）

执政官 /Archon：雅典的行政官员。

阿夫洛斯管 /Aulos：斯巴达人在战争时吹响的管状乐器。

权杖 /βακτήρια：斯巴达政官手中拿着的标志性丁字权杖。

近卫军团 /Enomotia：由三十二人组成的"剑兵团"，成员大多有血缘关系或关系密切。他们会一起扎营，一起吃喝，一起进军。

督政官 /Ephors：五名推选而出的斯巴达政要。他们决定了是否开战，派出多少稀缺战力进入战场。除此之外，他们还负责监督两位斯巴达国王。

无袖长袍 /Exomis：单肩袍服，大多时候作为男装。

长老会 /Gerousia：由斯巴达长者们组成的议会。

交际花 /Hetaerae：ἑταίρα 本意为"伴侣"，即为侍奉女神阿芙洛狄忒的交际花。

大长袍 /Himation：希腊时期的男装，往往披在无袖短袍 /chiton 的外面。

重骑兵 /Hippeis：斯巴达的禁卫军，最早成立时为骑兵，逐渐转为步兵。著名的三百勇士便是来自这支军团。

重甲步兵 /Hoplite：古希腊的重装作战单位。

桨夫长 /Keleustes：三桅战船上指挥桨手的人。

问候语 /Khaire：“向您致敬。”

寇松壶 /Kothon：斯巴达人喝黑色肉汤（用猪腿、猪血、盐和醋烹饪成的液体）时最喜欢使用的器皿。

舵手 /Kybernetes：战船上负责掌舵的人。

军团长 /Lochagos：号令整个军团的军官。

军团 /Lochos：斯巴达人组成的部队。在故事发生的年代十分罕见。

雇佣兵 /Misthios：靠赚取赏金为生的人。

海军都统 /Navarchos：一支舰队的最高统帅。

潘克拉辛 /Pankration：一项接近于现代拳击及摔跤的搏击运动。

轻盾兵 /Peltast：身负许多标枪的轻装兵种，负责骚扰、袭击较外围的敌人。

护手 /Porpax：盾牌内侧皮质或铁质的袖环。持有者会将手臂从中穿过，并令盾牌成为身体的一部分。

见鬼 /Malákas! 该死 /Skatá!：希腊语的辱骂词。

山民 /Skiritos：一支由居住在斯克里特山脉附近的非公民自由民组成的特殊部队。他们极其擅长侦察，是极好的夜哨，在战斗中也能起到重要的辅助作用。

羊毛长裙 /Stola：一种款式较长的褶皱裙。

将军 /Strategos：希腊时代的军政领袖。

刮身板 /Strigil：一件在洗完澡后搓去身上死皮的器具。

主办人 /Symposiarch：策划主办宴会的人。

陆军队长 /Taxiarchos：统帅陆军部队的军官。

陆军部队 /Taxiarchy：雅典的部队。（在本书中是如此称呼的，但历史上希腊所有的城邦都用过这个词语称呼他们自己的部队。)

镶铜板亚麻胸甲 /Thorax: 盔甲的一种。

船长 /Triearchos: 三列桨座战船的船长。

角色表

阿利克西欧斯 /Alexios：卡珊德拉的弟弟，当他尚在襁褓中时，便因德尔菲先知一道无端的预言而被丢下了忒格托斯山的悬崖。

阿尔西比亚狄斯 /Alkibiades：狡黠的享乐主义者，希腊方面权力顶点伯里克利的侄子。

安舒莎 /Anthousa：科林西亚城阿芙洛狄忒神庙名下交际花们的头人。

阿希达穆斯 /Archidamos：斯巴达时任双王中较年长的一位。

阿利斯提乌斯 /Aristeus：科林西亚的将军。

亚里斯托芬 /Aristeus：许是当时雅典境内最有名气的喜剧作家。

阿斯帕西娅 /Aspasia：雅典方领袖伯里克利的情人，此人头脑聪颖，长于思虑，口才亦是上佳，在雅典知识分子的核心圈子中占据一席之地。

巴尔纳巴斯 /Barnabas：卡珊德拉的忠实友人，热衷于讲述各种稀奇古怪的故事，海上航行经验丰富，也曾干过佣兵的活计。

布拉西达斯 /Brasidas：斯巴达最为伟大与英勇的将军之一，在战场之外，他也是一位手段高超的政客，并将自己的才能投入在为战争画上句点的高贵事业中。

克莉西斯 /Chrysis：投入科斯莫斯教团旗下的女祭司，将德谟斯塑造成为教团服务的人间兵器一事的罪魁祸首。

独眼人 /Cyclops：凯法利尼亚岛上作威作福的犯罪大亨。

德谟斯 /Deimos：教团自其幼年开始打造的人间兵器，他性格残虐，掌控着超乎寻常的力量，这一切造就了他可怕的名声。

蒂欧妮 /Diona：存身于基拉岛上的教团成员。

多洛普斯 /Dolops：克莉西斯的亲生儿子，阿斯克勒庇俄斯圣所的神官。

厄尔皮诺 /Elpenor：基拉岛出身的商人，有钱有势。